KB264930

# 박지원 산문의 논리와 미학

이현식

어회

## ▌머리말


산에 오르는 일은 힘이 들면서도 즐거운 일이다. 낯선 산의 경우는 더더욱 그렇다. 연암의 글을 읽는 것은 낯선 산에 오르는 일과 같다. 멀리선 사람에게는 아무 것도 보여주지 않다가 우거진 덤불을 헤치는 수고를 해야만 비로소 길을 열어주는 그런 산 말이다.

연암을 만난 것은 대학원 시절이었다. 고문을 강의하러 오신 김도련 선생님은 조선조 최고의 문장가로 연암을 꼽았다. 특유의 어투 때문에 알아들을 수 없는 말이 더 많았지만, 관심을 끄는 내용이 있었다. 이듬해 세배를 갔을 때 선생님은 내게 고문을 공부해보라고 권유했다.

논문 제출 마감 시간에 쫓겼던 나는 덥석 박지원의 문학론을 논문 주제로 잡았다. 선생님의 강의 내용에 몇 가지 내용을 보태면 요령 있게 마무리할 수 있을 듯 싶었다. 그러나 이런 계산은 무모한 착각이었다는 것을 곧 깨달았다.

갈등과 후회 속에서 논문을 제출하곤 다시는 연암을 돌아보지 않으리라 마음먹었더. 그러나 박사 과정에 들어가서 나는 다시 연암이 그리웠다. 벌이 많은 것을 보면 꿀이 있는 것이 틀림없을 터인데, 쉽사리 들여다 볼 수 없었기에 그 속이 점점 궁금해졌다.

연암의 글을 읽을 때마다 벽을 느꼈다. 그 원인은 원문 해독 능력이 떨어지는 나의 부족함 때문이기도 했지만, 한편으로는 연암 문학이 성취한 미학적 수준 때문이기도 했다. 이른바 고문의 미학적 장치나 논리 전개의 특성을 이해할 수 없었던 나는 내용에만 몰두할 수 없었다.

내용을 이해하기 위해서 왜 이 부분을 이렇게 썼을까, 이 부분은 다른 부분과 어떤 관계가 있는가 하는 문제에 대해서 고민했다. 박사학위 논문이 그 결과물이었다. 결과는 만족스럽지 못했지만 갈등은 접었다. 연암 문학의 미학적 장치와 논리 전개의 특성을 본격적으로 연구해 보고 싶었다.

한 편의 글은 수많은 부분들의 집합이다. 그것들은 서로 일정한 관계로 연결된 네트워크다. 미학적 장치와 논리 전개의 과정은 이런 네트워크의 특성을 드러내는 중요한 요소들이다. 이것들은 사상보다 덜 중요해 보이지만 사실 그 사상의 특징을 사상 자체보다 잘 보여준다.

뿐만 아니라 이에 대한 관심은 작품의 순수성을 지키는 길이기도 하다. 주제가 결론이라면 미학적 장치와 논리 전개 과정은 문맥으로 비유할 수 있다. 문맥을 무시할 때 주제의 의미를 오해하거나 왜곡할 수 있다. 미학적 장치와 논리 전개 과정에 대한 관심은 이런 오해와 왜곡을 피할 수 있는 하나의 방법이다.

논문을 쓰면서 기존의 연구 성과와 다른 내용을 적지 않게 발견했다. 기존의 연구 성과를 부정해야 하는 일은 당황스러운 일이었지만 한편으로는 즐거운 일이기도 했다. 그것은 낯선 산을 오르는 것만큼 모험적인 일이었다.

논문을 쓰면서 가장 컸던 어려움은 원문을 해독하는 일이었다. 연구 초기에는 다른 사람의 번역에 크게 의존했다. 그러나 연구가 진행되면서 그것을 연구에 그대로 쓸 수 없다는 것을 깨닫게 되었다. 누군가 정교한 번역을 해주기를 바랐지만 조금 더 기다려야 할 듯하다.

이 책에는 논문 10편이 실렸다. 이 논문들은 모두 미학적 장치와 논리 전개 과정에 대한 고민의 결과들이다. 이들 중에는 새로 쓴 논문도 있고 기존 논문을 개작한 것도 있고, 자구만 수정한 것도 있다. 책으로 묶는 과정에서 체례를 통일시키면서 제목이 달라진 부분도 있다. 양해를 구한다.

이미 쓴 논문을 다시 바라보는 것은 참으로 괴로운 일이다. 거친 논리 전개가 그렇고, 세련되지 못한 문장이 그렇고, 잘못된 번역이 그렇다. 이전에 쓴 것과 지금의 생각이 달라진 경우는 더욱 괴롭다. 그렇지만 이것들은 부정할 수 없는 나의 과거이고 현재이다. 이것 그대로 여러 연구자들의 질정을 기다린다.

타계하신 임창순 선생님, 은퇴하신 송준호 선생님, 병석에 계신 김도련 선생님은 내게 한문과 문학과 산문을 가르쳐주셨다. 두 분 선생님이 이 책을 보시면 무어라 말씀하실까? 좋은 가르침을 은혜로 갚지 못하고 누를 끼치는 것 같아서 송구스럽다.

아내와 두 딸 상원·채원이가 고맙다. 남편으로 아버지로 제 구실을 못할 때가 많았지만 언제나 힘이 되어 주었다. 아버지와 장인 어른이 살아 계셨다면 기뻐하셨을 것이다. 투병 중이신 어머니와 장모님도 힘을 내셨으면 좋겠다.

언제나 격려해 준 유재일 형에게 감사의 말을 전할 길이 없어서 안타깝다. 신연우 교수, 안장리 교수, 이강엽 교수, 최기숙 연구원, 주형예 선생 등의 조언도 도움이 많았다. 시장성도 없는 책을 흔쾌히 출판해 준 이회문화사의 사장님과 출판사 가족들께도 감사를 드린다.

지리산 기슭 영과재盈科齋에서

2002. 10.

# 대립의 통합과 부정의 통합

# 대립의 통합과 부정의 통합

대립의 통합 논리
부정의 통합 논리

# 대립의 통합 논리

## 1. 머리말

연암燕巖 박지원朴趾源(영조 13년~순조 5년, 1737~1805)의 문장은 문학적으로 매우 아름답다. 그의 글은 적실한 표현과 생동감 넘치는 비유, 치밀한 구성과 적절한 논리를 갖추고 있어서 마치 정교한 예술품처럼 미감을 분출한다. 또한 사고의 깊이와 선구자적인 안목은 그가 훌륭한 문장가일 뿐 아니라 위대한 사상가이기도 하다는 평가가 결코 헛말이 아님을 일깨워준다.

연암 연구에서 주된 영역은 주로 내용, 곧 사상적 측면이었다. 최근 10년 사이로 수사적 방면에 대한 관심이 증가하면서 이 분야의 연구 성과가 누적되고 있지만 아직도 주된 관심은 사상적 측면이다. 그런데 연구사를 돌이켜 보면 사상에 대한 수많은 논의 중에서 그의 사상이 어떤 논리 전개를 통해서 도출된 것인지에 대해 관심을 가진 경우는 거의 발견되지 않는다.

어떤 글이라도 글에 나타난 주제(사상)를 제대로 이해하려면 그것이 어떤 과정을 통해서 도출된 것인지를 함께 생각할 필요가 있다. 어떤 발언이 지닌 의미를 제대로 알려면 그 발언의 문맥을 살펴야 하듯 그 글의 주제를 제대로 이해하려면 그 주제가 어떤 문맥 하에서 나온 것인지를 고려하여야 한다. 글에 있어서 문맥이란 논리 전개 방식이다. 따라서 어떤 글을 제대로 이해하기 위해서는 논리 전개 방식을 함께 따져야 하는 것이다.

주제를 오해한 경우는 말할 것도 없거니와 주제를 제대로 이해했다고 해도 그 문맥을 놓친다면 생각하지도 못한 오류에 빠질 가능성이 있다. 일부 논문에서 때때로 중요 개념이 누락되고 해석상의 오류가 일어난 것은 이 때문이다. 이를 해결하기 위해서는 글의 전체적인 조망을 확보해야 하는데 그 조망이 바로 문맥을 파악하는 것이고 논리 전개 방식을 염두에 두는 것이다.

논리 전개 방식은 단순한 수사적 기교가 아니다. 그것은 사유방식의 그림자이다. 그래서 논리 전개 방식의 의의는 전체적인 조망을 확보하는 것 이상의 의미를 지닌다. 사실 특정 논리 전개 방식은 그가 진리를 증명하기 위해 사용한 방식이다. 따라서 이는 그가 어떻게 진리에 도달할 수 있다고 믿었고 실제로 어떻게 진리를 증명했는지에 대하여 여러 가지 단서를 제공한다.

본고의 관심은 이 부분이다. 연암의 문장에는 몇 가지 전형적인 논리 전개 방식이 있다. 그 중의 하나가 대립의 통합이라는 형태이다. 대개 이 방식에서는 두 개의 대립항(하위 차원)과 하나의 통합적 대안(상위차원)이 제시된다. 그래서 이런 글에서는 특정 개념을 먼저 제시하고, 후에 그것과 대조되는 그러나 대등한 다른 개념을 대립시킨 후에 두 개념을 뛰어넘는 통합적 대안을 제시하는 형태를 보여준다.

통합적 관점에서 볼 때 두 개의 대립항은 불완전하다. 그 불완전성은 따로 논의되지 않더라도 대등하면서 대조적인 대립항이 존재한다는 사실 때문에 스스로 증명된다. 이에 반해 통합한 대안은 두 개의 대립항 각각의 중요 개념을 통합하기 때문에 완전하다. 그래서 대립의 통합 방식의 논리 전개에는 대립과 부정, 초월과 통합의 개념이 존재하게 된다.

이는 마치 변증법의 논리 구조와 비슷한 것처럼 보인다. 동양적 전통에서 이런 논리 구조의 전형을 가르쳐 준 것은 《역易》이다. 여기서 《역》은 그 사상이나 내용을 지시하는 것이 아니라 논리 전개의 틀의 측면만을 가리키는 것으로 비슷한 논리 전개의 틀을 가진 모든 사상의 대표적이고 상징적인 이름이다. 그래서 연암의 사유방식 혹은 진리 증명 방식의 일부는 《역》과 연관되어 있을 가능성을 시사한다.

본고는 연암 문장에서 대립의 통합 방식의 논리 전개를 보여주는 작품을 추출하여 그것의 전형성을 확인하려고 한다. 그리고 그런 방식이 연암의 문장을 이해하는데 어떤 유용성을 지니고 있는지 살펴보고, 나아가서 그런 논리 전개 방식이 《역》에 연원을 둔 것이라는 것을 밝히려고 한다. 본고는 박영철본 《연암집》을 텍스트로 삼았다.[1]


## 2. 대립의 통합


### 〈필세설筆洗說〉의 의미

연암의 글에 〈필세설〉이 있다 이는 관재觀齋 서상수徐常修(영조 11년~정조 17년, 1735~1793)를 소재로 다룬 글이다. 서상수는 연암보다 2살 연상이다. 나이 이삼십 시절에 연암은 원각사 백탑의 북쪽 전의감동에 살았고 서상수는 원각사 북쪽에 살았다. 두 사람은 당시 이 부근에 살던 이덕무, 박제가 등의 인물들과 함께 서로 교유했던 것으로 추정된다.[2]

---

1) 朴趾源, 《燕巖集》, 啓明文化社, 1986. 이하 이 책에서 인용한 경우에는 작품명만 기록한다.
2) 〈白塔淸綠集序〉, 《貞蕤文集》 권5, 국사편찬위원회편, 탐구당, 1974, 234쪽. 성이 고리처럼 둥근데 탑이 그 가운데 있었으니, 우뚝 솟은 모습을 멀리 바라보면, 마치 땅을 뚫고 힘차게 솟아오른 눈 속의 대나무 죽순 같은 곳이 圓覺寺의 옛터다. 지난

연암은 〈필세설〉에서 그의 특장으로 서화골동의 감식안과 감상자로서의 능력을 꼽았다. 서상수는 성품이 총명하여 문장·글씨·그림·음악에 뛰어났고 향불 사르는 것을 즐기고 차를 감상하는 것을 취미로 삼았지만3) 진실로 그의 장점은 서화골동의 감식안과 감상자로서의 능력에 있다는 것이다.

근세의 감상가로는 상고당 김광수를 일컫는다. 그러나 재기와 사고 능력이 없으니 최고로 뛰어난 것은 아니다. 대개 김씨가 처음으로 감상의 학문을 연 공은 있으나 여오(서상수)는 훌륭한 것을 꿰뚫어 보는 감식안을 가져서 벌려 놓은 많은 물건들은 보기만 해도 진짜와 가짜를 변별할 뿐 아니라 재기와 사고 능력을 겸비하여 감상에 뛰어난 사람이다.4)

당대의 감상가로서 김광수金光遂(숙종 22년~?, 1696~?)의 명성은 꽤 알려져 있었던 것으로 보인다.5) 연암은 김광수가 감상의 학문을 연 개창

---

戊子년·己丑년(1768·1769, 연암 32·33세-필자주) 사이에 내 나이 18, 9세로 박지원 선생이 문장이 뛰어나 당대의 명성이 있다는 소문을 듣고서 마침내 탑의 북쪽으로 선생을 찾아 나섰다. (중략) 그 때에 이덕무의 사립문은 선생의 집 북쪽을 마주 보고 있고, 이서구의 집은 그 서쪽에 서 있고, 수십 걸음 떨어져 서상수의 서루가 있으며, 또 꺾어져 북동쪽으로는 두 유씨의 집이 있다. 그래서 나는 한번 가면 돌아오는 것도 잊은 채 열흘이 넘도록 머물러 지내곤 했다. 시문과 편지가 걸핏하면 책을 이루었고 술과 음식을 장만하여 부르고 찾아가는 것을 밤낮을 가리지 않았다. 環城而塔爲中焉, 遠望嶙峋, 若雪竹之迸筍者, 圓覺寺之遺址也. 往歲, 戊子·己丑之間, 余年十八九, 聞朴美仲先生, 文章超詣, 有當世之聲. 遂往尋之于塔之北. (중략) 當是時也, 烔菴之扉, 對其北, 洛書之廊, 峙其西, 數十武, 而爲徐氏書樓, 又折而北東, 爲二柳之居也. 余乃一往忘返, 留連旬月, 詩文尺牘, 動輒成帙, 酒食徵逐, 夜以繼日.

3) 〈筆洗說〉, 《燕巖集》 권1, 271쪽. 여오는 성품이 총명하고 문장에 능숙하며 작은 해서체를 잘쓰고 겸하여 미우인의 발묵법에 능숙했으며 한편으론 음악에 정통했다. 봄·가을의 여가에는 마당을 쓸고 향을 사르고 차를 감상하였다. 汝五, 性聰慧, 能文章, 工小楷, 兼善小米潑墨之法, 旁通律呂. 春秋暇日, 迅掃庭宇, 焚香品茗.

4) 위의 글, 같은 곳. 近世鑑賞家, 號稱尙古堂金氏, 然無才思, 則未盡美矣. 蓋金氏有開創之功, 而汝五有透妙之識, 觸目森羅, 卞別眞贋, 兼乎才思, 而善鑑賞者也.

5) 〈觀齋淸明上河圖跋〉, 《燕巖集》 권1, 441쪽. 이 글에서 연암은 김씨가 서화고동

의 공은 있지만 재기와 사고 능력 면에서는 서상수가 더 낫다고 했다. 연암은 이를 확인시켜주는 일화 하나를 소개했다.

> 골동 그릇을 파는데, 삼 년 동안 팔지 못한 것이 있었으니, 바탕이 울퉁불퉁 투박한 돌처럼 보여 술잔으로 생각되었다. 곧 밖으로 휘어지고 안으로는 말린 형상을 한 데다 먼지와 때 때문에 돌의 윤기가 보이지 않았으므로 온 나라를 다 다녔으나 거들떠보는 사람이 없어서 부귀한 집들을 거칠수록 가격이 더욱 낮아져서 수백 냥밖에 안 되게 되었다.
>
> 하루는 어떤 사람이 그것을 가지고 서군 여오에게 보였다. 여오는 "이것은 붓 씻는 그릇이다. 이 돌은 중국의 복주 수산의 오화석 채광지에서 난 것으로 옥 다음의 민석 같은 것이다."라고 하여 값이 얼마인지 묻지도 않고 바로 팔천 냥을 주었다. 그것의 때를 벗기니 전에 울퉁불퉁 투박하게 보였던 것은 바로 돌의 무늬로 쑥 잎처럼 푸른 빛이었다. 모양이 휘어지고 말렸던 것은 마치 가을의 연꽃이 말라서 그 잎이 말린 것을 조각한 형상이었다. 마침내 나라에서 유명한 골동 그릇이 되었다.[6]

이 일화는 두 가지 사실을 알려준다. 서상수는 아무도 그 가치를 알지 못하는 붓 씻는 그릇의 용도와 가치를 대번에 알아봤다. 이는 그가 뛰어난 감식안의 소유자라는 것을 말해준다. 또 그 그릇의 값어치는 이미 수

---

의 감상에 정밀했는데 절묘한 작품을 만나면 집안에 돈이 되는 것을 다 긁을 뿐 아니라 밭과 집을 팔아서까지 사들였기 때문에 성안의 진귀한 물건들이 모두 김씨에게도 들어갔다고 적었다.(金氏精賞鑑古董書畵, 遇所妙絶, 輒竭家資賣田宅以繼之, 以故城中寶玩, 盡歸金氏.) ≪18세기 조선 인물지≫(李奎象, 민족문학사연구소 한문분과 옮김, 창작과 비평사, 1997. 40쪽)에도 그가 김상지로 이름이 높다고 기록되어 있다.

6) 〈筆洗說〉, 270쪽. 有鬻古器而三年不售者, 質頑然石也. 以爲飮器也, 則外窊而內卷, 垢膩之掩其光也. 遍國中未有顧之者, 更歷貴富家, 價逾益下, 至數百. 一日有持而示徐君汝五者. 汝五曰, 此筆洗也. 石産於福州壽山五花石坑, 次玉而如珉者也. 不問値高下, 立與八千, 刮其垢, 而昔之頑然者, 乃石之暈而艾葉綠也. 形之窊且卷者, 如秋荷之枯 而卷其葉也. 遂爲國中之名器. 승계본 연암집에서는 不問値高下가 不問價高下로 되어 있다. 교감 부분은〈燕巖集 異本에 대한 考察〉(金血祚, 한국한문학 17집, 한국한문학회, 1994. 180쪽)에서 재인용.

백 냥으로 떨어져 있었지만, 그는 가격을 묻지 않고 즉석에서 팔천 냥을 주었다. 이는 그가 골동품의 가치를 제대로 알고 대우하는 양심 있는 전문가였다는 것을 의미한다.

그래서 연암은 서상수이야말로 진정한 의미의 감상자라고 평가했던 것으로 보인다. 그런데 이 글의 뒷 부분에 서상수가 자신이 경제력이 없어서 원하는 골동품을 소장할 수 없는 것을 스스로 한탄하면서 자신의 감상관을 설명하자 연암이 그를 위로하며 그 감상관을 교정해주는 내용이 등장한다.

> 이에 내가 위로하여, "감상이라는 것은 사람의 재능을 구별하여 품평하는 학문(九品中正之學)이다. 옛날에 허소가 사람의 선악을 품평한 것은 흐린 물과 맑은 물이 구별되는 것처럼 분명했지만 당시에 허소를 알아본 사람에 있었다는 말은 들어보지 못했다. 지금 여오는 감상에 뛰어나서 버려진 물건 중에서 이 그릇을 감별하여 뽑을(識拔) 수 있었다. 아아, 여오를 알아볼 수 있는 사람은 그 누구인가?"라고 말했다.[7]

연암은 감상 행위란 구품중정의 학문, 곧 사람의 재능을 구별하여 품평하는 학문과 같다고 했다. 구품중정이란 벼슬아치들의 재능과 덕행을 9등급으로 평가하여 등급에 따라 보직을 주는 관리등용의 구품관인법을 말한다. 이 제도는 사람의 능력을 정확하게 평가하고 선발하는 것이었다. 감상 행위란 이처럼 대상의 옥석을 가리고 구별하여 골동품의 가치를 제대로 평가하는 것이라는 말이다.

골동품 감상을 구품중정의 학문이라고 정의하고 허소의 이야기를 끌어들인 것은 특별한 의도가 있는 것으로 보인다. 허소는 중국 후한의 사상가로 정확한 인물평으로 유명한 인물이었다. 그는 매월 1회 품평을 바

---

7) 위의 글, 271쪽. 余乃慰之曰, "鑑賞者九品中正之學也. 昔許劭品藻淑慝, 判若涇渭, 而未聞當世能知許劭者也. 今汝五, 工於鑑賞, 而能識拔此器於衆棄之中. 嗚呼! 知汝五者其誰歟?"

꾸어 발표했던 ‘월단평月旦評’의 주인공으로, 위나라 조조에 대해 태평시대에는 훌륭한 신하(能臣)가 될 것이지만 난세에는 간웅(姦雄)이 될 것이라고 평했던 인물이다.

그런데 아이러니컬하게도 세상에는 그를 알아주는 사람이 없었다. 사공 양표가 나중에야 그를 알아보고 천거했으나 그는 벼슬에 나아가지 않았다. 허소의 이야기는 인재를 인재로 알아주지 않는 현실의 모순을 함축한다. 연암은 이를 이용하여 서상수가 골동감상의 식별 능력이 뛰어난 인물이지만 역설적으로 그의 재능을 알아주는 사람이 없는 현실을 안타까워했다. 이것이 이 글의 주제다.

그런데 이 글 뒤에는 “〈필세설〉을 빌어서 스스로 자기의 글을 알아주는 사람이 없는 것을 슬퍼한 것이다.”라는 평어가 붙어 있다.8) 누군가는 이 글의 함축을 서상수의 불우함에만 국한시키지 않고 연암 자신의 불우함에 대한 한탄으로 그 의미를 확장했던 셈이다. 이런 추정이 가능한 것이었다면 이 글의 주제는 서상수와 연암 자신의 불우함에 대한 한탄과 현실 비판이 될 것이다.

### 대립의 부정과 초월적 통합

그러면 이 글의 결론은 어떤 과정을 통해서 도달한 것일까? 이제 이러한 결론에 도달한 과정, 곧 그 논리 전개의 과정에 관심을 돌려보자. 이를 위해 식발의 감상관이 제시된 과정을 살펴보아야 한다.

일찍이 집안이 가난하여 (골동품을) 수장할 수 없는 것을 한탄하고, 또 세상 사람들이 이를 좇아 떠들어댈까 두려워하여, 걱정하면서 내게 말하기를 “‘쓸데 없는 물건을 가지고 노는데 마음이 팔리면 본심을 잃는다’(玩物喪志)고 나를 비난하는 사람은 어찌 나를 진실로 아는 것이리오? 대저 감상이라는 것은

---

8) 박영철본에는 이 글 뒤에 “借筆洗, 而自悼無人知自家文者.”라는 평어가 붙어 있다.

시의 가르침(詩之敎)과 같은 것이다. 곡부의 공자 신발을 본다면 깨달아 결심하지(感發) 않을 사람이 있으며 점대의 위두(威斗)를 본다면 스스로 경계하지(懲創) 않을 사람이 있으리오?"라고 말했다.9)

아마도 서상수는 사람들이 자신에 대해 서화골동의 감상에 빠졌다고 비판할까봐 걱정했던 모양이다. 그래서 그는 이에 대한 오해를 해명했다. 사람들이 자신을 두고 '쓸 데 없는 물건을 가지고 노는데 마음이 팔리면 본심을 잃는다.'고 비난할까 봐 걱정하지만 자신이 서화고동을 감상하는 것은 완물의 기쁨 때문이 아니라 시의 가르침을 배우기 위한 것이라는 것이다.

서상수의 말은 서화골동 감상에 대해서 두 가지 태도가 있음을 일깨워준다. 하나는 완물玩物, 곧 물건을 가지고 노는 것이다. 흔히 서화골동의 감상이 가장 빠지기 쉬운 상태가 이것일 것이다. 그런데 예로부터 선비들은 이에 대해 완물상지玩物喪志, 곧 물건을 가지고 노는데 마음이 팔리면 본심을 잃는다고 하여 이를 경계했었다.

다른 하나는 골동품의 감상을 통해서 교훈을 얻는 것이다. 서상수는 골동품 감상을 통해 시처럼 무엇인가를 깨달아 결심하거나(感發) 스스로 경계하는(懲創) 교훈을 얻는다고 했다. 공자의 신발을 보면서 공자처럼 살기 위해 노력하려고 하고, 왕망(BC 45~AD 23)이 위엄을 세우기 위해 만들었다는 북두칠성의 모형을 보면 왕망처럼 되지 말아야겠다고 경계한다는 것이다.

감발感發과 징창懲創은 전통적 시관의 하나다. 《논어》에는 공자가 '시로는 사람을 감발시킬 수 있다'고 말한 내용이 나온다.10) 또 '시 삼백

---

9) 위의 글, 271쪽. 嘗歎家貧而不能收藏, 又恐流俗從而噪之, 則顧鬱鬱謂余曰, 誚我以玩物喪志者, 豈眞知我哉? 夫鑑賞者詩之敎也, 見曲阜之履而豈有不感發者乎? 見漸臺之斗而豈有不懲創者乎?

10) 〈陽貨〉, 《論語》. 공자가 말했다. "제자들아, 왜 시를 배우지 않는가? 시로는 사

편은 한 마디로 뭉뚱그리면 (생각에) 사악함이 없는 것이다'는 말도 있다. 이 말은 선한 시는 감발과 징창으로 사람들에게 올바른 성정을 얻을 수 있도록 할 수 있다는 의미로 해석된다.[11]

서상수는 완물의 태도를 부정시하고 감발과 징창을 긍정했다. 이는 당대의 교양인으로서 자연스러운 생각이었을 것이다. 아마도 그는 연암이 자신의 태도를 긍정적으로 평가해주기를 바랐을지도 모른다. 그러나 연암의 반응은 이와 달랐다. 그는 두 가지 개념을 모두 부정했다. 대신 그는 사람의 능력을 가리듯이 그릇을 감별할 줄 아는 식발識拔을 그 대안으로 제시했다. 골동의 감상의 올바른 태도는 완물이나 감발·징창이 아닌 식발이라는 것이다.

이 글에서 주제만 따진다면 완물이나 감발·징창 개념은 특별히 주목할 필요가 없다. 그러나 글의 논리 전개를 주목할 때 이 부분은 결코 무시되어서는 안 된다. 이 글의 주요 개념을 보면 완물의 부정, 감발과 징창의 제시, 감발과 징창의 부정, 식발의 제시 등의 순서로 전개되었으니 식발의 개념은 완물, 감발과 징창의 부정 위에 만들어진 셈이다. 완물과 감발·징창 개념은 식발을 등장시키는 중요한 디딤돌이었던 것이다.

연암은 왜 구태여 완물과 감발·징창의 개념을 거론한 후에야 식발을 논했을까? 이를 이해하기 위해서는 이 셋의 관계를 살펴볼 필요가 있다. 완물은 기본적으로 물건에 마음을 빼앗긴 것이요, 징창·감발은 감상자가 물건에 자의적인 의미를 부여한 것이다. 완물이 대상이 쏠렸다면 징

---

람을 감발시킬 수 있고, 정치의 득실을 볼 수 있고, 사람들과 교양 있게 교제할 수 있고, 자신의 원망하는 마음을 표현할 수 있느니라." 子曰 小子, 何莫學夫詩? 詩可以興, 可以觀, 可以群, 可以怨.

11) 〈爲政〉, 《論語》. 子曰 詩三百, 一言以蔽之, 曰'思無邪'. 이를 주자는 다음과 같이 풀었다. 시의 말이 선한 것은 (그것으로) 사람의 착한 마음을 감발하게 할 수 있고, 악한 것은 (그것으로) 사람의 방탕한 마음을 스스로 징창하게 할 수 있으니 그 효용은 사람들로 바른 성정을 얻도록 하는 데 귀결되는 것이다. 凡詩之言, 善者, 可以感發人之善心, 惡者, 可以懲創人之逸志, 其用, 歸於使人得情性之正而已.

창·감발은 마음에 쏠린 것이다. 이런 점에서 완물과 징창·감발은 서로 대립적인 개념이라고 할 수 있다.

그렇지만 식발에는 이런 치우침이 없다. 구품중정법은 인물도 알아야 하고 관직의 성격도 알아야 한다. 그래야만 인물을 적재적소에 배치할 수 있는 것이다. 마찬가지로 식별이란 대상의 가치를 정확하게 아는 일이다. 가치를 제대로 매기기 위해서는 대상에 빠지거나 자의적인 판단에 빠져서는 안 된다. 대상도 알고 그 가치도 제대로 매길 수 있어야 하는 것이다.

그러니까 완물과 감발·징창이 서로 대상과 마음의 극단에서 대립된 개념이라면 식별은 그 극단의 대립을 통합한 개념인 것이다. 세 개념의 대비는 완물과 감발·징창이 한쪽에 치우친 것이라는 느낌을 주는 대신 식발은 완전하고 균형잡힌 개념이라는 느낌을 준다. 이는 연암이 굳이 완물과 감발·징창 개념을 부정한 후에야 식발을 거론한 이유가 이것이었음을 시사하는 것이다. 곧 식발의 개념이 두 개의 극단적인 개념을 통합한 완전하고 균형잡힌 것이라는 점을 강조하기 위한 것이던 것이다.

주목되는 것은 완물, 감발·징창, 식별 사이에 존재하는 관계다. 완물, 감발·징창은 대등하고 대조적인 성격의 대립항이다. 두 대립항은 서로 간의 대립을 통하여 편파성과 불완전성을 드러낸다. 그러므로 이것들은 어느 쪽도 완전한 대안이 될 수 없다. 따라서 그 대안으로 가능한 것은 이 둘의 통합밖에 없게 된다. 그 결과 이 둘을 통합시킨 대안은 그 통합성 때문에 완전하게 인식된다.

이런 논리 전개의 기본적인 요소는 대립항의 부정, 그것의 초월적 통합이다. 그래서 이는 변증법의 논리 구조와 비슷하다.12) 어떤 글에서 그

---

12) 기존의 연구에서 연암의 사유방식으로 변증법적 논리가 지적된 적이 있다. 임형택은 연암의 작품 중 〈蜋丸集序〉의 '참된 견식은 시비의 가운데에 있다.(眞正之見, 固在於是非之中)'의 '가운데'를 편견을 배제하고 객관적으로 볼 수 있는 시점을 가

글의 결론만이 아니라 논리 전개 과정을 주목해야 하는 이유가 여기에 있다. 만약 식발의 감상론에만 주목했다면 비록 주제 파악에는 성공했겠지만 그것이 변증법적 사유방식의 산물이라는 것을 짐작하기 어려웠을 것이다. 식발이 두 개념의 대립과 부정, 초월과 통합 과정을 거쳐서 나온 것임을 알 때 그것이 변증법적인 사고의 산물이었다는 것을 알게 되는 것이다.

이런 논리 구조는 또 다른 의미를 함축한다. 이는 연암이 어떤 문제의 시비를 가리는데 있어서 각각의 주장이 대립적인 관계에 놓여 있다면 그것의 어느 한 편을 취하는 대신 그 대립적 차원을 뛰어넘어 두 대립적 개념을 통합하려고 한다는 것이다. 그러므로 이 글의 논리 전개의 방식은 주제의 문맥을 파악하는데 도움이 될 뿐 아니라 연암의 사유방식의 일단을 들여다 볼 수 있는 단서가 되는 것이다.


## 3. 상호의존성과 통합

### 〈백이론(伯夷論)〉의 의미

이런 전개 방식을 택한 글은 매우 많다. 그래서 이를 연암 문장의 대표적인 유형의 하나라고 할 수 있다. 하지만 이런 유형에 속한 글이라고 해도 언제가 같은 것은 아니다. 연암의 글 중 〈백이론〉과 같은 작품은 〈필

---

리키는 것으로 보면서 이를 변증법적인 방법으로 설명했다. 또 대소·강약·미추의 차별을 상대론적으로 정의하는 것, 사물을 변화의 관점에서 보는 것, 일상적 경험적 현실을 비판하는 것 등을 변증법적인 증거로 설명했다. 이는 사상이 아니라 논리 구조의 시각에서만 접근한 필자의 개념과 일치하지 않는다. 林熒澤, 〈朴燕巖의 認識論과 美意識〉, 韓國漢文學研究 第11輯, 韓國漢文學研究會, 1988, 28쪽. 같은 책, 〈토론〉, 99쪽.

세설〉의 논리 구조를 지녔으면서도 세부적인 부분에서는 다른 모습을 보인다.

연암은 〈백이론〉으로 두 편의 글을 남겼는데. 그 중 〈백이론상伯夷論上〉에서 백이와 무왕의 동도론同道論을 주장했다.

무왕은 기자가 묶인 것을 풀어주고, 비간의 묘를 봉분하고 상용의 마을에 예를 표하였으나 오직 백이에게만은 아무런 뜻을 표하지 않았다(不致意). 이 것은 무슨 까닭인가. 아아! 그가 살았을 때는 문왕이 그랬듯이 예로써 대우하고, 그가 떠날 때는 기자에게 했듯이 신하로 삼지 않고, 상용에게 했듯이 의롭게 여기어 그 마을을 표창하고, 죽었을 때는 비간처럼 봉해주어도 좋았을 것이다. 그러므로 나는 말한다. '탕 임금과 백이와 무왕은 도가 같으니, 이는 그들이 천하와 후세를 걱정했기 때문이다.'13)

흔히 알 듯이 백이는 신하로서 임금을 칠 수 없다는 도리를 내세워 무왕의 혁명을 막았고, 무왕은 도탄에 빠진 백성을 구해야 한다면 백이의 저항을 묵살했다. 그래서 백이는 후세를 걱정하고 무왕은 천하를 걱정했다는 명분으로 대립되었다고 평가한다. 그런데 여기에서 연암은 백이와 무왕이 똑같이 천하와 후세를 걱정했다고 했다. 그러므로 그 도는 같은 것이었다는 것이다.

연암이 이처럼 주장한 근거는 무엇일까?

그러므로 백이가 무왕을 비난한 것은 거사 자체를 비난한 것이 아니라 그 뜻을 밝힌 것일 뿐이요(明其義), 무왕이 백이의 묘를 봉분하지 않은 것은 잊어버려서 그런 것이 아니고 그 뜻을 드러내기 위한 것(顯其義)일 뿐이니, 그

---

13) 〈伯夷論上〉, 《燕巖集》 권1, 257쪽. 武王釋箕子之囚, 封比干之墓, 式商容之閭, 獨不致意於伯夷, 玆曷故焉? 嗚呼! 其生也, 禮養之如文王, 其去也, 不臣之如箕子, 義之表章之如商容, 其死也, 封之如比干, 可也. 吾故曰, '湯伯夷武王同道, 爲其爲天下後世慮也.'

후세와 천하를 걱정한 것은 같다.

　아아! 예로써 대우해도 후세에 그 뜻을 밝히기에 부족하고, 그 마을에 표창을 해도 후세에 그 뜻을 밝히기에 부족하고, 신하로 삼지 않아도 후세에 그 뜻을 밝히기에 부족하고, 무덤을 봉분해도 백이를 후하게 대해주기에 부족한 것이다.14)

연암은 혁명 후에 백이가 은거했다는 점을 주목했다. 이것은 백이의 저항이 거사 자체에 대한 반대가 아니라 단지 후세를 걱정하는 마음을 천하에 밝히려고 했던 것을 의미한다는 것이다. 백이가 만약 혁명 자체를 인정하지 않았다면 계속 저항을 했을 것이므로, 은거했다는 것은 혁명의 필요성 자체는 인정했다는 뜻이 된다는 것이다. 그러므로 백이도 천하를 걱정했다고 할 수 있다는 것이다.

그렇다면 무왕이 후세를 걱정했다는 것의 근거는 무엇인가? 연암은 혁명 후에 무왕이 백이에게 아무런 조치를 취하지 않은 것이 그 증거라고 했다. 무왕이 만약 백이의 저항을 무가치한 것으로 평가했다면 그를 죽였을 것이지만, 그를 죽이지 않은 것을 보면 그 역시 그의 명분에 동의했다는 것이다. 이것으로 보아 무왕도 후세를 걱정했었음을 알 수 있다는 것이다.

백이의 명분을 높이 평가했다면 백이를 표창해야 했을 것이 아니냐는 의문이 있을 수 있다. 이를 염두에 둔 듯 연암은 만약 그랬다면 그 명분이 오히려 훼손되었을 것이라고 추정했다. 백이를 표창할 경우, 백이는 반대한 사람으로부터 표창을 받게 되는 셈인데, 이 경우 후세를 걱정한다는 명분이 오히려 망가진다는 것이다. 따라서 백이를 그냥 둔 것이야

---

14) 〈伯夷論上〉, 같은 곳, 故伯夷之非武王, 非非其擧也, 明其義而已矣. 武王之不封伯夷, 非忘之也, 顯其義而已矣, 其慮後世天下, 同也. 嗚呼! 禮養之, 不足以明其義於後世也, 表章之, 不足以明其義於後世也, 不臣之, 不足以明其義於後世也, 封之, 不足以厚伯夷也.

말로 후세 걱정의 뜻을 드러내는 방식이었다는 것이다.

이런 주장은 양시론과는 다르다. 대개 양시론은 두 사람이 한 일이 달랐지만 각각의 일은 가치 있는 것이므로 두 행적의 우열을 따질 수 없다는 관점에 서 있다. 그러므로 양시론에서는 대개 백이는 후세를 걱정했고 무왕은 천하를 걱정했지만, 후세와 천하가 모두 가치 있는 것이기 때문에 두 사람 모두 옳았다는 관점을 보여준다.

이 작품을 두고 기존 연구자들은 백이 절의의 절대성을 부정했다거나 혹은 백이와 무왕의 동시 긍정의 태도를 보여주는 것으로 평가되었다. 그리고 이것은 다시 존주론과 화이론적 북벌론의 논리를 수정하고 춘추관을 부정했다거나 북벌론과 북학론을 병치했다는 평가를 받았다.[15] 하지만 논리 구조를 되짚어볼 때 이 글이 존주론이나 화이론적 북벌론의 부정이라는 의미로 해석되기는 어렵다.

이 글이 절의의 절대성 부정이나 이를 통한 북벌론 비판의 의미로 해석되려면 백이와 무왕, 북벌론과 북학론을 대립적인 것으로 보는 동시에 백이 절의는 북벌론의 상징으로 무왕은 북학론의 상징으로 보아야 한다. 그래야만 백이 절의의 부정이 북벌론의 부정으로 해석된다. 그런데 연암은 백이와 무왕이 동도였다고 했으므로 이런 각도에서 이 글을 해석하면 북벌론과 북학론이 실은 동일한 것이었다는 결론에 도달하게 된다.

이런 결론은 북벌론과 북학론을 대립적인 것으로 보는 동시에 백이의 절의의 부정을 북벌론의 부정으로 해석하려는 기본 전제와 모순된다. 따라서 이런 전제는 애초부터 잘못되었음을 쉽게 헤아릴 수 있다. 이미 이 글을 분석한 논문에서 밝혔듯이, 이 글의 주제는 여기에 있는 것이 아니라, 탕평책을 매개로 한 영조와 소론의 결합을 비판한 것이다.[16]

---

15) 졸고, 〈〈伯夷論上〉, 영조와 노론에 대한 시론〉, 洌上古典硏究 제13집, 洌上古典硏究會, 2001, 127~130쪽.
16) 졸고, 위의 글, 137~143쪽. 아래 문단의 내용은 이 부분의 대략을 요약한 것이다.

영조의 왕위 계승은 비정상적인 것이었다. 노론은 경종의 재위 도중에 연잉군(영조)를 왕세제로 책봉하였고 왕세제의 수렴청정을 요청하였다. 그 명분은 병약하고 자식이 없었던 경종의 유고를 대비한 것이었지만 이는 영조의 즉위가 혁명에 가까운 비정상적인 것이었음을 시사하는 것이다. 그러자 소론은 이를 역모로 규정하여 노론을 공격했다. 거칠게 비유하자면 영조와 소론은 무왕과 백이의 처지와 비슷한 상황이었던 것이다.

그런데 영조의 즉위 후에 탕평책을 내세워 소론을 등용했고 소론은 이에 응하여 벼슬에 나아갔다. 영조는 택군의 혐의를 피하기 위해 소론이 필요했고, 소론은 권력을 유지하기 위해 영조가 필요했던 것이다. 이 와중에서 영조의 왕위 계승을 주도했던 노론은 신임옥사등 심한 타격을 받았지만 그 보상은 이루어지지 않았다. 그러니까 영조 즉위 후에 영조와 소론의 행적은 무왕과 백이의 그것과 달랐던 것이다.

당연히 노론의 강경론자들은 탕평책이 부당한 야합이라고 생각했을 것이다. 연암의 가계는 이런 노론 강경론자들의 계보를 잇고 있었고 연암 자신도 이런 시각을 지니고 있었다. 이런 정치 상황과 연암의 시각은 연암이 양시론 대신 동도론을 제기한 이유, 그 근거로 백이의 은거와 무왕의 불치의를 꼽은 이유가 무엇인지 짐작케 한다.

백이와 무왕의 양시론적 시각에서는 영조와 소론이 서로 협력한다고 해도 아무런 비난거리가 되지 않는다. 하나 동도론에서는 그렇지 않다. 동도론은 영조와 소론이 종묘 사직의 보위와 비정상적인 왕위 계승의 반대라는 자신들의 명분의 정당성을 확보하려면, 왕위 즉위 후에 영조는 소론을 돌보지 않았어야 했고 소론은 정치 일선에 나서지 말고 은거했어야 했다는 뜻이 된다.

그렇지 않을 경우 영조는 종묘사직을 내세운 명분을 잃게 되고 소론은 비정상적인 왕위 계승의 반대라는 명분을 인정할 수 없는 것이다. 그러니까 이 글은 탕평책에 대한 비판적인 시각, 곧 영조와 소론의 결탁을

비판하는 노론 강경론자들의 시각을 표현한 것이라고 할 수 있다. 이것이 이 글의 주제인 셈이다.[17]

## 상호의존성과 부정

이제 내용 문제를 떠나서 논리 전개의 형태를 분석해보자. 이 글의 핵심인 동도론의 논리 구조는 무엇인가? 연암이 만약 후세와 천하의 어느 하나만으로 충분하다고 생각했으면 아마 양시론을 폈을 것이다. 만약 후세와 천하가 외형적으로는 달라도 실제로는 하나라고 생각했다면 동질론을 폈을 것이다. 그러나 연암은 백이나 무왕이 똑같이 후세와 천하를 걱정했다고 주장했다.

그렇다면 이들 논리의 차이점은 무엇인가? 양시론이나 동질론, 동도론 모두 천하와 후세라는 명분의 가치를 인정한다. 그러나 양시론은 천하와 후세 중 하나로도 충분하다고 여긴다. 이는 두 대립항을 별개의 것으로 나눈 채 각각의 가치를 대등하게 인정하는 것이다. 동질론은 대립된 항목이 외형적으로는 다르지만 내용적으로만 같다고 주장한다. 이는 천하와 후세의 대립성 자체를 부정한다.

이에 반해 동도론은 외형도 내용도 동일한 것이었다고 말한다. 이는 후세와 천하 둘을 동시에 얻지 않으면 안 된다는 의식을 보여준 것이다. 이것들이 개별적으로 중요한 가치이지만 그것이 서로 대립된 경우라면 어느 하나만으로는 완전해질 수 없다고 생각하는 것이다. 그러니까 동도론의 논리 구조는 대립된 항목의 통합을 지향하고 있는 셈이다.

그런데 이 글의 외형적인 모습에서는 천하와 후세의 대립 관계가 분명히 부각되지 않는다. 이 글은 첫 부분에서 백이와 무왕의 대립과 갈등을 그렸다. 그런데 이 부분에서 강조된 것은 무왕 명분의 모순이었다. 그

---

17) 졸고, 위의 글, 137~143쪽.

래서 우위에 선 것은 백이의 명분이었다. 마치 연암이 천하보다는 후세의 명분의 손을 들어준 것처럼 보였다. 그러다가 느닷없이 동도론이 제시되었다.

이 글에서 연암은 후세와 천하의 명분을 각각 부정하는 방식을 취하지 않았다. 연암은 백이의 천하 걱정이 무왕에 의해서, 무왕의 후세 걱정은 백이에 의해서 드러난다고 했다. 백이와 무왕의 관계를 갈등관계가 아니라 상호의존적인 관계로 파악한 것이다. 그러니까 여기서의 초월적 통합은 부정이 아니라 상호의존성을 매개로 한 셈이다.[18] 그래서 이 글의 논리 전개는 〈필세설〉의 그것과 다른 것처럼 보인다.

그러나 명시적으로 표현되지 않았을 뿐 상호의존성 역시 부정의 표현이다. 서로 의존한다는 것은 의존의 주체는 누구라도 독자적으로는 완전하지 않다는 뜻이 된다. 곧 상호의존성은 불완전성을 함축하는 것이고, 이는 독자적 완전성을 부정하는 것이다. 따라서 상호의존성 역시 부정의 표현의 한 양상이라고 할 수 있다.

따라서 이 글 역시 대립항의 부정과 초월적 통합의 논리 구조를 지닌 것으로 볼 수 있다. 비록 〈필세설〉과 외형적인 모습에서 차이가 있을 뿐 서로 논리 구조나 사유방식이 다른 것은 아니다.[19] 이런 의미에서 〈필세

---

18) 상호의존성은 실제의 상황과 다를 수도 있다. 혁명과 저항의 순간에 목숨을 걸고 대립하였을 두 사람을 동도론으로 묶기 위해 끌어들인 궁색한 변명일 지도 모른다. 그러나 여기서 주목할 것은 그것의 타당성이 아니라 그러한 논리 전개가 드러내는 사유방식의 형태와 의미다.

19) 상호의존성을 더 적극적으로 활용한 것은 〈백이론하〉나. 이 글은 다섯 사람을 대립시켜서 논의를 전개하고 있지만 아예 상호의존성이라는 개념을 글의 중심에 두고 있어서 상대적으로 독자적인 불완전성이 더 강조되어 있다. 〈伯夷論下〉, ≪燕巖集≫ 권1, 258~259쪽. 아아! 내가 보건대, 상나라에는 아마도 다섯 인인이 있었을 것이다. 누구를 다섯 인인이라고 하는가? 백이와 태공망이 그 사람이다. 저 다섯 사람은 행적이 각각 달랐지만 모두 간절하고 안타까워하는 뜻이 있었다. 그러니 서로 의존하면(相須) 인이 될 것이요, 서로 의존하지 않으면(不相須) 인이 되지 못할 것이다. (중략) 그러므로 왕자가 아니라면 소사가 꼭 떠날 필요는 없었을 것인데, 꼭 떠나지 않아도 되는데 떠났다면 미자는 인인이 되기에 부족하다고 할 것

설〉을 기본형이라고 한다면 〈백이론상〉은 변이형이라고 할 수 있을 것이다.

## 4. 대립의 통합 논리의 의의

대립항의 초월적 통합이라는 논리 전개 방식, 혹은 그러한 사유방식에 대한 개념은 연암 문장의 미묘한 논리를 정확하게 이해하는데 매우 중요하다. 특히 연암의 문장과 관련된 몇 가지 논점을 해결하는데 유효하다. 그 중 대표적인 것이 문학론에 있어서 문체 개념, 인식론에 있어서 상대주의 개념 등이다.

### 1) 연암 문체의 이해

#### 신문체론과 고문론

연암의 문학과 문학론을 어떻게 이해할 것인가에 대하여는 여러 가지 논의가 있었다. 이 중 대표적인 것이 신문체론이다. 신문체론은 비교적 오랜 역사를 지녔을 뿐 아니라 지지자 역시 적지 않다. 이의 기본 관점은 연암이 기존의 세계관과 다른 세계관에 기초하고 있어서 새로운 사상을

---

이다. 소사가 떠난 일이 없었는데도 왕자가 홀로 죽었다면 왕자는 인인이 되기에 부족하다고 할 것이다. 왕자가 이미 죽고 소사도 떠났는데 태사가 미친 척 하지 않았다면 태사는 인인이 되기에 부족하다고 할 것이다. 태공이 천하를 마음 쓰지 않고 백이가 후세를 걱정하지 않았다면 이는 백이와 태공은 인인이 되기에 부족하다고 할 것이다. 嗚呼, 以余觀乎, 殷其有五仁乎. 何謂五仁? 伯夷太公, 是也. 夫五人者, 所行各自不同, 皆有丁寧惻怛之志, 然而, 相須則爲仁, 不相須則爲不仁矣. (중략) 然而, 微王子, 小師不必行, 不必行而行, 微子爲不足仁矣. 無小師之行焉, 而王子獨死, 王子爲不足仁矣. 王子旣死, 小師旣行, 而太師不佯狂, 太師爲不足仁矣. 太公不以天下爲心, 伯夷不以後世爲慮, 是伯夷太公, 爲不足仁矣.

새로운 문체로 표현했다는 것이다.

최신호의 지적은 아주 전형적인 예에 속한다. 그는 까마귀의 검은 빛이 보기에 따라 달라지니 푸른 까마귀라고 하거나 붉은 까마귀라고 해도 좋을 것이라고 한 〈능양시집서菱洋詩集序〉의 한 구절을 분석하면서 연암이 환경, 시각, 시간과 공간 등의 조건에 따라서 동일한 대상에 대한 인식 내용이 다를 수 있다는 자각에 도달했다고 분석했다. 그리고 그것의 의의를 다음과 같이 설명했다.

> 연암은 중세의 봉쇄적 인식 구조를 헐어버리고 개방적 인식 구조를 새롭게 정립한 사람이라는 것을 알 수 있었다. 엄밀히 따지면, 중세적 구조에서는 인식론이 없었다고 해도 지나친 말은 아니다. 이로서 구속하는 만물귀일萬物歸一만이 있을 뿐이었다.(중략) 그러나 개방적 인식 구조는 만물귀일이 아니라, 그 만물은 그 만물이 가지고 있는 선험적 개체와 형상이 전체에서 해방되어, 그 개체와 형상을 개체와 형상으로서 바라보고 인식할 수 있게 된 것이다.
> (중략)
> 연암은 국문 시가의 창작에까지는 이르지 못하는 한계성은 있었지만, 중국의 전통적인 한시문의 경지를 벗어나서 특이한 문체로, 산문을 통해서 우리 현실을 그려내고 풍자할 수 있었으며, 시 또한 특이한 사물 인식을 통해서 창신創新한 시를 쓰게 되었던 것이다.[20]

이 연구자는 인간과 자연이 분화되어 자연에 대하여 관찰자의 위치를 회복한 것이 근대에 와서 거론된 것이었는데 연암에게서 이런 인식이 발견된다고 했다. 연암이 이러한 사고 방식을 지녔기 때문에 그의 문학은 기존처럼 중국의 문체를 그대로 따르지 않고, 산문으로 조선의 현실을 그렸고 시로는 새로운 경지를 구축했다는 것이다.

연암의 문체론에서 특히 문제가 되었던 것은 ≪열하일기熱河日記≫인

---

20) 崔信浩, 〈燕巖의 文學論에서 본 事物認識과 創作意識〉, 韓國漢文學硏究 第8輯, 韓國漢文學硏究會 創立 10周年 紀念特輯號, 1985, 108~110쪽.

데, 김혈조는 18세기에 소설의 유행에 자극되어 새로운 문체를 추구하는 경향이 나타났는데, 연암의 문체가 대표적인 것이고, 연암의 글 중에서는 ≪열하일기≫가 대표적인데, 이는 소설식 문체로 당시 유행했던 패사소품稗史小品보다 한 단계 발전된 것이라고 했다.21) 강동엽과 김명호도 소설체의 시각에서 신문체의 개념을 이해했다.22)

김성진은 신문체를 소품문의 관점에서 다루었다. 그는 연암 스스로가 ≪열하일기≫를 기행문이라고 하고, 이들 유기작품에는 눈으로 보고 마음으로 느낀 것을 선입견 없이 표현했을 뿐 재도문학적 요소인 온유돈후함이나 치세지음이 보이지 않는다고 지적했다.23) 강명관은 문체반정이 명말청초 문집, 패관잡기, 특히 소품문 등이 주자학적 체제의 검열이었다고 주장하면서 단속의 대상이 되었던 연암의 글을 소품문으로 이해했다.24)

그러나 김도련은 연암의 문장을 고문론의 시각에서 설명한다. 그는 ≪열하일기≫를 고문체로 판명한다. 여기에는 당대 패관소품의 반체제적인 특성도 없고 그 기본적인 관점은 육경六經 고문 정신의 실현이었다

---

21) 金血祚, 〈燕巖體의 成立과 正祖의 文體反正〉, 한국한문학연구 제6집, 한국한문학연구회, 1982, 59~61쪽. 김혈조는 한편으로는 우언과 해학성을 그 특징으로 꼽았다.

22) 姜東燁, ≪熱河日記研究≫, 一志社, 1988, 82~132쪽. 金明昊, 〈燕行錄의 傳統과 ≪熱河日記≫〉, 한국한문학연구 제11집, 한국한문학연구회, 1988, 47~49쪽. 강동엽은 ≪열하일기≫의 문체적 특징으로 패관기서나 俚語·속담 등 생활언어의 수용, 패관기서의 해학적 표현, 우언·기문의 현실비판, 사실적 묘사 등을 꼽았고, 김명호는 ≪열하일기≫가 장면 중심적인 묘사의 치중, 사실적인 세부 묘사, 생동감 있는 인물 묘사, 복선의 설정, 진지한 논의의 해학화 등의 서술적 특징이 있으며 뿐만 아니라 傳이라는 것이 소설로 쉽게 확대 발전될 수 있다는 점을 들어, ≪열하일기≫의 표현이 넓은 의미의 소설적 속성을 지닌 것으로 간주했다.

23) 金聲振, 〈朝鮮後期 小品體 散文 研究〉, 부산대학교 대학원 박사학위논문, 1991, 42~51쪽. 이 논문에서는 이덕무의 ≪入燕記≫ 역시 같은 성격으로 분류했다.

24) 姜明官, 〈문체와 국가장치:정조의 문체 반정을 둘러싼 사건들〉, ≪문학과 경계≫, 2001 가을호, 문학과 경계사, 2001, 142쪽.

는 것이다. 더욱이 연암 스스로 '법고이지변法古而知變, 창신이능전刱新而
能典'의 원칙을 들어 명말청초의 패관소품의 문체를 배격했던 것 등을 염
두에 둘 때 《열하일기》를 명말청초의 문체와 동일시할 수는 없다는 것
이다.

그도 《열하일기》가 형식적으로 명말의 일기체를 원용한 점은 인정
한다. 그러나 이것은 이 글을 패관소품으로 만들려고 했기 때문이 아니
라 시대가 바뀌면 문학 형식을 바뀌는 고문의 기본 원리를 실현하기 위
한 것이었다고 평가했다. 그런 의미에서 이 글은 《주역》, 《춘추》 등
의 전통을 따른 것으로 보아야 한다는 것이다.

결국 박지원은 문체는 비록 만명晩明의 일기체를 원용했으나, 《열하일기》
자체는 《주역》의 미언微言과 《춘추》의 대의大義를 기본으로 하여 정덕正
德·이용利用·후생厚生의 도를 발현한다고 여긴 것이다. 이러한 박지원의
태도를 인정했기 때문에 김택영은 박지원의 학문이 육경에 근본을 두었다고
평가했던 것으로 생각된다.
여기서 《열하일기》는 《주역》, 《춘추》 등 육경의 정신을 배워 시대에
맞게 선변善變한 것임을 알 수 있는 것이다.

《열하일기》는 잡기류적인 형태를 가지고 있으나, 근본적으로 박지원은
일반에서 패관소품을 유희지문遊戲之文으로 생각하는 것과는 달리 고문古文
의 진실 구현 의지를 간직하고 있었다.[25]

이상의 논의들은 기본적으로 연암의 문체가 새롭다는 섬에는 동의한
다. 최신호등은 외형적으로 드러난 새로운 현상에 주목했고 김도련은 외
형의 변화보다는 고문 정신의 실천 여부를 주목했다. 그런 까닭에 최신

---

25) 金都練, 《韓國古文의 源流와 性格》, 太學社, 1998, 186쪽. 이 글은 〈古文의 文體
研究(燕巖을 中心으로)〉(韓國學論叢, 제6집, 國民大學校 韓國學研究所, 1984)을
재수록한 것이다.

호등은 이를 새로운 문체라고 불렀고, 김도련은 고문이라고 부른 것이다. 그래서 두 주장의 견해차는 단지 명명법에 대한 시각차에 지니지 않는 것처럼 보인다.

그러나 그 속을 들여다보면 이 차이는 이것 이상이다. 옛 것이 아니니 새 것이라고 했을 경우에는 옛 것은 옛 것일 뿐이고 새 것은 새 것일 뿐이라는 생각이 전제된다. 옛 것이면서 새 것이거나 새 것이면서 옛 것인 경우를 생각할 수 없다. 연암 문체를 새로운 것이라고 한 논리는 이런 관점에 서 있다. 대립은 있되 통합의 여지가 없는 것이다.

그러나 새 것이면서 옛 것이라고 할 때는 다르다. 이런 인식에서는 옛 것과 새 것이 서로를 배제하기도 하고 서로 겹치기도 한다. 여기에는 옛 것을 배제한 새 것, 새 것을 배제한 옛 것, 옛 것이면서 새 것(혹은 새 것이면서 옛 것)이 있다. 세 번째 개념은 앞의 두 개념을 버리고 초월적으로 통합시킨 것이다. 그러니까 고문론은 대립항의 부정과 초월적 통합의 관점을 지니고 있는 것이다.

### 대립의 통합 논리와 문학론의 이해

그렇다면 연암 문학은 어느 경우에 해당하는 것으로 이해해야 할까? 이를 증명하기 위해 그의 문학 작품을 분석하는 것이 바람직하지만 논의의 번거로움을 피하기 위해 그의 문학론을 통해서 해결책을 찾아보자. 연암의 문학론에 대한 분석에서 중요하게 취급된 글의 하나가 〈초정집서〉다. 이 글에는 다음과 같은 내용이 있다.

> 아아! 법고法古는 옛것에 빠져서 벗어나지 못하고, 창신剏新은 법도에서 어긋나게 되는 것이(不經) 병통이다. 진실로 법고하되 바꿀 줄 알고, 창신하되 전아하게 할 수 있다면 오늘의 글도 옛날의 (모범적인) 글과 같다.26)

---

26) 〈楚亭集序〉, 《燕巖集》 권1, 45쪽. 夫然則, 如之何其可也? 吾將奈何無其已乎. 噫!

여기에도 두 개념이 대립되어 있다. 법고와 창신이 그것이다. 두 개념은 원래 문학사에 등장한 개념이다. 법고란 옛 글의 외형적 특질을 따를 것을 주창한 문학 유파의 구호이고 창신이란 옛 글의 외형을 부정하고 새로운 것을 만들 것을 주창한 문학 유파의 구호다. 자신의 주장대로 법고파는 전통적인 안정감을 얻었고, 창신파는 전통과 다른 새로움을 창조하는 성과를 얻었다.

이의 영향을 받은 사람도 혹은 법고론을 따르고 혹은 창신론을 따랐다. 이들에게서 두 이론은 대립적 관계로만 이해되었다. 그래서 두 유파는 서로를 부정하면서 대립했고 서로의 장점을 통합시키려고 하지 않았다. 그래서 법고파는 진부함에서 벗어날 수 없었고, 창신파는 안정감을 얻을 수 없었다. 두 유파는 얻은 것 못지 않게 잃은 것도 많았다.

그러나 연암의 인식은 달랐다. 그는 법고하되 바꿀 줄 알아야 한다고 했다. 안정감을 찾아 전통적인 것을 따르되 진부함에서도 벗어나야 한다는 것이다. 그는 창신하되 전아하게 해야 한다고 했다. 새로운 것을 추구하되 전통적 안정감을 찾아야 한다는 것이다. 법고의 한계를 창신론의 성취로 보강하고. 창신의 한계를 법고론의 성취로 보강해야 한다는 것이다.

이런 논리는 법고와 창신의 어느 한편을 취하는 대신 두 개념을 초월적인 관점에서 통합시킨 것이다. 이는 연암의 문학관 역시 대립항의 부정, 초월적 통합의 논리 구조를 보여주는 것이다. 또 그는 옛날의 글과 지금의 글이 같다고 했다. 이 역시 고금의 통합적 인식으로 그가 글의 외형적 변화보다는 글의 내면적인 원리에 따라 글을 평가하고 있다는 것을 의미하는 것이다.

그렇다면 연암의 문장을 어떻게 명명하는 것이 옳을까? 대립적인 관

---

法古者, 病泥跡, 刱新者, 患不經. 苟能法古而知變, 刱新而能典, 今之文, 猶古之文也.

점만 강조한다면 새로운 문체라는 주장도 타당할 것이다. 그러나 연암이 보여준 대립의 통합 논리를 염두에 둔다면 이런 명명은 적실한 것으로 보이지 않는다. 만약 연암의 문장을 연암의 사유방식에 적합하게 표현하려면 그의 글을 고문의 관점에서 이해하는 것이 바람직한 일일 것이다.

보통 연암의 문장론을 '법고창신法古創新'이라고 부른다. 이는 연구자들이 연암의 문학론의 통합적 견해를 설명하는 말이다. 그러나 사실 이 용어는 적절한 것이 아니다. 법고와 창신을 일반적인 말로도 볼 수 있지만 그것은 문학사에 등장했던 두 유파의 구호였으므로 그것을 그대로 쓰는 것은 바람직하지 않다. 이 경우 두 유파가 내세웠던 가치, 곧 전통성과 창조성이란 말로 대치하는 것이 바람직할 것이다.[27]

## 2) 인식론의 이해

### 상대주의론

연암의 인식론의 특징을 어떻게 이해해야 할 것인가에 대해서 많은 연구가 있었다. 많은 연구자들은 이를 상대주의적인 것으로 파악했다. 이종주는 시점의 상대화라는 개념으로 상대주의적 인식론을 전개했고[28], 앞서 문체론에서 인용했던 최신호의 개방적 인식론 이후 이동환과 임형택도 상대주의를 연암의 인식론으로 꼽았다.

연암의 사유의 근저에 놓여 있는 몇 가지 주요 지향 가운데 가장 두드러지

---

27) 졸고, 〈燕巖 朴趾源 文章의 研究〉, 연세대학교 박사학위논문, 1993, 88~91쪽. 이에 대하여 박수밀도 동조하고 있다. 朴壽密, 〈燕巖 朴趾源의 文藝美學 研究〉, 한양대학교 대학원 박사학위논문, 2000, 120쪽.

28) 李鐘周, ≪북학파의 인식과 문학≫, 태학사, 2001, 430~432쪽. 이 논문은 〈열하일기의 서술원리〉(한국학대학원석사학위논문, 정신문화연구원, 1982)을 재수록한 것이다.

게 드러나고 있는 것으로 먼저 세계의 상대론적 인식의 태도를 들 수 있다. 즉, 진리 또는 진실은 그 자체 절대적으로 고정되어 있는 것이 아니라 사물과 사물간의 관계, 주체와 세계와의 관계에 따라 상대적으로 성립된다는 생각의 틀이다. 바꾸어 말하면 진리(진실)의 절대성의 부정이다. 〈상기象記〉는 바로 이러한 태도를 본격적인 형태로 표명한 글이다. (중략)

연암의 상대론적 인식의 태도는 그러나 회의론이나 불가지론에까지는 이르지 않았다. 자료 1)(〈상기〉-필자주)의 말미에서 '夫象猶目見而其理之不可知者如此則又況天下之物萬倍於象者乎'가 불가지론적 태도의 표명으로 보일 듯 하나 이것은 어디까지나 주자학의 형이상학적 독단에 대한 공격의 방편으로서의 의미 이상으로 보기 어렵다. 회의론이나 불가지론에는 이르지 않았으나 다만 실천적 대응의 결정적 순간까지 사물 자체를 일정한 객관적 거리에 유보시켜 두려는 태도는 엿보인다.29)

이 연구자는 연암의 인식을 상대론적 인식이라고 평했다. 연암은 인식이 사물과 사물간의 관계, 주체와 세계와의 관계에 따라 달라지는 것이므로 진리 또는 진실의 내용이 달라질 수 있다고 생각했는데, 이것은 그가 고정적이고 절대적인 진리(진실)를 부정했음을 의미하는 것이라고 생각했다. 그리고 이것이 바로 상대론적 인식의 증거라는 것이다. 그리고 구체적인 작품으로 〈상기〉를 꼽았다.

임형택 역시 상대주의적 인식론을 전개했다.

사물을 상대적으로 보고 각각의 존재 의미를 균등하게 인정한다.
무릇 우수의 만물은 형체니 성질이 구구각각 형형색색이다. 크고 작고 강하고 약하고 아름답고 추하고의 구분과 차등이 있다. 이에 큰 놈은 작은 놈을

---

29) 李東歡, 〈燕巖의 思唯樣式〉, 한국한문학연구 제11집, 한국한문학연구회, 1988, 11~12쪽. 연구자는 이 글에서 정치·사회·경제적인 상황과 관련시킨 기존의 연구 방식을 벗어나 사유양식에 대한 접근법을 시도했다. 이 글에서 저자는 상대론적 인식 태도 외에도 경험주의적 사유태도, 역사에 있어서 철저한 현실 지향의 세계관, 동태적 발전적 세계관, 사물에의 개체주의적 접근태도 등을 꼽았다.

억누르고 강자는 약자를 지배하며, 아름다운 것으로 추한 것을 얕잡아 본다.
마침내는 거기에 가치체계와 등급질서가 부여되고 또 그것을 절대적 당위로
굳혀놓기까지 한 것이다. 예컨대 대국은 소국을 지배하여 '사대'라는 명분을
수립했으며, 군주와 신하·아버지와 아들·남자와 여자·지주와 작인作人 사이의
대소 강약의 형세에 상하의 질서를 세우고 당위의 도덕률로 규정했다. 이는
중세사회의 특징적 현상인데, 연암은 여기에 관해서 심각한 회의를 제기하고
있다.30)

　이 연구자는 사물의 차이에 가치 체계와 등급 질서를 부여하고 절대적
당위로 굳혀 놓은 것을 중세적 특징이라고 지적했다. 그러나 연암은 이런
차이를 차등적으로 이해하지 않고 각각의 존재 의미를 균등하게 인정했
다는 것이다. 평등성과 개성의 상호 존중이란 관점에서 상대주의를 주장
한 것이다. 그래서 이곳의 상대성은 가치의 상대성이란 의미에 가깝다.
　이 연구자는 그 증거로 여러 가지 글을 인용하고 해설했는데, 그 중의
하나로 코끼리가 범을 만나면 코로 쳐서 즉사시키지만 생쥐를 만나면 그
코를 둘 것이 없어 들고 서 있을 뿐이라는 〈상기〉의 한 대목과 〈호질〉의
첫머리에 천하무적의 범을 잡아먹는 동물을 등장시켰던 대목을 들어, 이
것은 제왕의 권위조차 절대적이 아님을 암시한다고 풀었다.31)
　이종주, 이동환, 임형택의 상대주의 개념이 모두 동일한 것은 아니다.
이종주는 시점의 상대화를, 이동환은 절대적 진리의 부정을, 임형택은

---

30) 林熒澤, 앞의 글, 25쪽. 이 연구자는 이 글에서 이성 인식으로 현실적인 문제를 극
　복하려는 것, 사물을 항상 운동 변화하는 것으로 보는 것, 사물을 상대적으로 보고
　각각의 존재 의미를 균등히 인정하려는 것, 존재의 현실에 입각해서 객관적으로
　보는 것 등의 내용으로 인식론을 파악하고 이를 변증법적인 것으로 이해하고 있
　다.
31) 임형택, 앞의 글, 26~27쪽. 범은 산중의 왕이다. 그런 범이 코끼리 코 앞에서는 뼈
　도 못추리는데, 코끼리 코는 다시 생쥐 앞에서 무력하게 된다. ≪호질≫의 첫머리
　에 천하무적의 위엄으로 상징된 범을 잡아먹는 것들이 무수히 등장하는 바, 이 역
　시 제왕의 권위가 절대적이 아님을 암시하는 뜻이 내포되어 있는 것이다.

평등성과 개성의 존중을 꼽았다. 그러나 이런 논의는 이후 여러 연구자들에 의해 확대 재생산되었으므로 이미 학계에서는 정론으로 확정된 것처럼 통용되는 것처럼 보인다.

### 대립의 통합 논리와 인식론의 이해

그렇다면 연암의 인식론은 과연 상대주의적인가? 이동환과 임형택은 연암의 상대론적 인식의 의의가 주자학적 세계관의 공격에 있다고 했다. 이는 최신호가 연암의 사상을 중세적 규범을 넘어선 것으로 지적한 것과 같은 의미를 지닌 것으로 보인다. 이들은 〈상기〉를 그 증거로 제시했다. 그런데 이 작품에 대한 이런 해석은 이 연구자만이 아니었다.

김명호는 "유득공이 '천하지기지문天下至奇之文'이라 격찬한 〈상기〉에서 연암은 매사를 '천天'과 '리理'로 합리화하는 고루한 사고방식을 신랄히 풍자하고 있다. (중략) 따라서 연암은 국한된 경험 세계에 기인한 일체의 선입견을 버리고, 개방적인 자세로 만물의 무궁한 변화를 탐구해야 한다고 결론짓고 있다."고 말하면서32) 이는 주자학적 사고의 폐단을 경고하는 의미라고 분석했다.33)

김혈조 역시 이 글이 천天 또는 천리天理를 부정하기 위한 것이라고 하고 "송대 이후 천 또는 천리를 지나치게 사변적으로 해석하여 만물의 이치를 거기에 연역해 내고, 이것이 설대화·권위화하여 인간의 행동양식까지 규제하는 원리로 된 이학을 코끼리라는 사물을 통해 절묘하게 부정한 것이라고 분석했다.34)

---

32) 金明昊, ≪열하일기 연구≫, 창작과 비평사, 1990, 137쪽.
33) 金明昊, 위의 글, 151쪽. 그러나 저자는 연암이 주자학의 모든 것을 부정한 것이 아니라고 말한다. 이 부분에서 연암의 지구지전설이나 萬物塵成說 같은 것을 들어 연암의 사유구조에서 주자학을 발전적으로 계승한 측면도 있음을 지적하고 있다.
34) 金血祚, 앞의 글, 198~199쪽.

주자학적 세계 인식의 부정이라고 하든 권위화된 이학의 부정이라고 하든, 이들이 이것을 〈상기〉의 가장 핵심적인 내용으로 꼽았다는 점에서는 모두 동일하다. 천리 부정의 내용이 없는 것이 아니므로 이런 지적이 틀린 것은 아니지만, 사실 이 글의 초점은 이것이 아니다. 이 글에는 천리에 대한 내용만 있는 것이 아니라 감각적 인식에 관한 내용도 함께 들어 있기 때문이다.

전체적으로 보자면 이 글에는 감각적 인식, 이념적 인식, 객관적 인식이 차례로 등장한다. 감각적 인식과 이념적 인식은 불완전한 오류로 부정되고 객관적 인식만이 참다운 것으로 인정된 것이다. 곧 앞의 두 개의 인식은 대립항으로 각기 부정된 후에, 이 둘이 통합된 객관적 인식을 제시한 것이다. 이 글의 논리 전개 역시 대립항의 부정과 초월적 통합의 형태였던 것이다.

더욱이 감각적 인식을 경험적 인식으로 바꾸고 이념적 인식을 선험적 인식으로 치환할 수 있다면 이 글은 경험적 인식과 선험적 인식의 오류를 넘어선 객관적 인식을 논한 내용으로 해석하게 된다. 객관적인 인식이란 무엇인가? 그것은 특수성과 보편성의 통합이다. 경험적 차원의 특수성과 이념적 차원의 보편성을 결합시켜서 객관적인 인식에 이르는 것이다.[35]

---

35) 졸고, 〈연암 박지원 문장의 연구〉, 연세대학교 국어국문학과 박사학위 논문, 1993, 33쪽. 졸고, 〈象記〉의 연구, 《韓國 古文의 理論과 展開》(金都鍊編), 太學社, 1998, 25~33쪽. 필자는 위 두 논문에서 이 부분의 개념을 정의하는데, 여러 가지 어려움을 겪었다. 이는 필자의 미숙함 때문이지만 한편으로는 동일한 용어가 다른 의미로 사용되는 데 따른 혼란을 피하려다가 겪은 혼란이기도 했다. 처음에 이를 자연성이라는 말로 썼다. 이는 인식의 유형인 객관적 인식의 객관적이라는 말과 구분하기 위한 것이었다. 그래서 자연성을 설명하기를 당위성이 아니라 현존성이요, 일반성이 아니라 개별성이라는 표현을 썼다. 그러나 이때 문제된 것은 개별성이라는 말이었다. 그것은 필자가 의도하는 것을 그대로 표현한 것이었지만 이 말이 일반적으로는 필자가 특수성이라고 부른 것을 의미하는 것이기도 했으므로 이 말을 또 아꼈다. 그러나 여기서는 특수성과 보편성, 개별성의 용어에 대한 개념을 다시 설

그 객관적 인식의 모델은 ≪역≫에서 발견된다. 이에 대하여 다시 논하겠지만, 어쨌든 이 글의 전개가 대립항의 부정과 초월적 통합이라는 것을 이해하고, 연암이 궁극적으로 말하려고 했던 것이 두 개의 인식 유형의 초월적 통합 형태였음을 파악했다면, 연암 인식론의 지평을 진리의 관계성이나 절대성의 부정 등 상대주의 인식에만 국한시키지 않았을 것이다.

## 5. ≪역≫과 대립의 통합

그렇다면 대립항의 초월적 통합의 논리는 그의 독창적 견해인가? 연암은 이를 어디에서 배웠을까? 본래 논리나 사유방식의 연원을 추적하는 것은 매우 어려운 일이다. 더욱이 사상의 연원을 하나하나 추적하는 것은 거의 불가능한 일이기도 하다. 그러므로 인식 논리나 사상의 연원을 따지는 경우는 대표적이고 상징적인 것만을 한정적으로 다룰 수밖에 없다.

이곳의 논의도 이런 한계에서 벗어날 수 없을 것이다. 앞에서 이 논리의 기본 골격과 성격을 서로 대조적이고 대등한 두 개의 대립항과 통합항이 대립과 부정, 초월과 통합의 관계로 결합되있다고 정리했다. 그렇다면 이런 논리적 틀, 사유방식을 어디에서 발견힐 수 있을까? 고전 중에서 이런 인식 논리를 보여주는 대표적인 책이 ≪역≫이다.

≪역≫의 음양과 태극의 관계는 대립항과 초월적 통합의 관계와 유사

---

명하면서 이를 살려 쓸 수 있을 것으로 생각된다. 여기서의 개별성은 일반적인 의미의 개별성과 다르다. 다른 것과의 관계를 배제한 경우를 특수성이라고 부르고 특수성에 보편성을 결합시킨 상태를 개별성이라고 한 것이다. 용어는 바뀌었지만 인식론과 인식 대상에 대한 기본적인 관점이 바뀐 것은 아니다.

하다. 음양은 대조적이고 대등한 두 개의 대립항이다. 그것은 그것 자체
로는 완전하지 못하다. 음과 양은 초월적으로 통합되어야 완전해진다.
그 합이 태극이다. 그것은 음이 배제된 양이나 양이 배제된 음이 아니며,
이 둘이 하나로 묶인 초월적인 합이다. 따라서 ≪역≫의 논리는 두 대립
항의 부정과 초월적 통합의 모습을 보여준다.

   물론 ≪역≫의 논리와 연암의 논리가 완전히 일치하는 것은 아니다.
태극의 아래에 음양이 있고 음양 아래에는 사상이 있고, 다시 8괘와 64
괘가 있다. 연암의 논리에도 복층적인 경우가 있기는 하지만 ≪역≫처럼
다층적인 것은 아니다. 그렇지만 대립의 통합이라는 기본 구조는 서로
일치한다. 그런 의미에서 ≪역≫은 연암의 사유방식과 논리 전개의 원형
이라고 평가할 수 있는 것이다.

   연암은 ≪역≫을 얼마나 깊이 이해하고 있었을까? 전통 사회에서 ≪역≫
에 대한 공부는 선비들의 일반적인 학업 과정의 하나였고, 연암도 아마
이런 과정의 일환으로 습득했을 것이라는 추정이 가능하겠지만 ≪과정
록≫의 기록은 ≪역≫에 대한 연암의 이해 수준이 그런 일반론의 추정치
를 넘어섰음을 시사한다.

   처사 단릉 이윤영의 집에서 ≪역≫을 읽었다. 이공은 선군(박지원-필자주)
   이 논한 깊은 뜻을 들으면 반드시 책상을 치며 감탄하며, '옛날 사람들이 밝혀
   내지 못한 것을 밝혀내었으니, 함께 ≪역≫을 읽을 만한 사람이 세상에 다시
   몇 사람이나 있겠는가?'라고 하여 망년지교를 허락하고, 그 맏아들 희천에게
   (연암을) 좇아 교유하도록 하였다.36)

   이런 기록은 연암이 ≪역≫에 대하여 깊은 조예가 있었음을 알려준다.

---

36) 朴宗采, ≪過庭錄≫, 卷一. 講易于丹陵李處士胤永之室. 李公, 聞先君所論奧義, 必
    擊案歎賞, 以爲'發前人所未發也, 可與讀易者, 世復有幾人乎?' 許爲忘年之交, 使其胤
    子義天, 從遊焉.

이윤영(1714~1759)은 연암과는 한 세대의 나이 차이가 난다. 그런 그가 망년지교를 허락한 것은 연암의 ≪역≫에 대한 공부가 보통이 아니었음을 시사하는 것이다. 그가 단순히 ≪역≫을 읽은 정도가 아니라 그 이치를 깊이 깨우치고 있었던 것이다. 이는 그가 ≪역≫의 논리 구조를 깊이 이해하고 있었을 가능성을 암시하는 것이다.

연암은 ≪역≫의 논리 구조를 어떻게 이해하고 있었을까? 이에 대하여 확실한 자료는 거의 없다. 다만 인식론을 전개했던 〈상기〉의 다음 구절은 이에 대한 작은 단서를 제공한다.

> 대저 코끼리(象)는 오히려 눈으로 보이는 것인데도 그 이치는 알 수 없는 것이 이와 같으니, 하물며 천하의 사물이 코끼리보다 만 배가 되는 것에 있어서랴? 그래서 성인이 역易을 만들 때에 형상(象)을 취하여 지은 것은 아마도 그것으로 만물의 변화를 다 캐내려는 것이었으리라.[37]

연암은 ≪역≫이 형상을 취해서 만물의 변화를 표현한 것이라고 했다. 이 말은 〈계사전〉에 나오는 '성인이 괘를 베풀어 상을 관찰하고 말을 붙여 좋고 나쁜 일을 밝혔다.'는 말과 '군자는 거처할 때는 그 상을 관찰하여 그 말을 완미하고, 동작할 때에는 그 변화를 관찰하여 그 점괘를 완미한다.'는 말을 따온 것으로 보인다.[38]

〈계사전〉의 관점은 무엇인가? 만물의 형상이 구체적인 것이라면 만물

---

37) 〈象記〉, ≪燕巖集≫ 권3, 74쪽. 夫象猶目見, 而其理之不可知者如此, 則又況大卜之物, 萬倍於象者乎. 故聖人作易, 取象而著之者, 所以窮萬物之變也歟.

38) 〈繫辭傳〉, ≪周易≫. 聖人設卦觀象, 繫辭焉而明吉凶 (중략) 君子居則觀其象而玩其辭, 動則觀其變而玩其占. 이 글에는 성인이 만물의 이치를 깨달은 후에 그것을 상으로 나타내고, 그 상에 적합한 효사를 붙여서 어느 괘가 좋고 나쁘다는 것을 밝혔는데 음효와 양효는 움직이면서 온갖 변화가 생기는데 이 모습으로 얻거나 잃는 것을 나타내고, 근심하거나 기뻐하는 것 등등을 나타냈다고 설명한 후에 그러므로 군자는 가만히 있을 때는 그 상을 관찰하여 그 말을 완미하고 움직일 때에는 그 변화를 관찰하여 그 길흉의 점괘를 완미한다는 내용이 들어 있다.

의 이치는 추상적일 수밖에 없다. 그러므로 사물의 형상을 괘상으로 표현하려면 추상화의 과정을 거쳐야 한다. 그러나 추상화 과정을 거치면 형상성이 사라져 버린다. 하지만 〈계사전〉은 성인이 ≪역≫을 창작하면서 괘상에 형상성과 추상성을 함께 표현했다고 말했다.

곧 〈계사전〉은 형상성과 추상성이라는 두 개의 대립적 요소를 통합하는 방식으로 괘상이 만들어졌다고 본 것이다. 괘상 자체는 추상적인 것이지만 그것을 형상성과 연결시킨 것은 ≪역≫의 성립 역시 대립의 통합 원리에 의한 것이었다는 것을 말해준다. 그런데 연암이 이를 수용했다는 것은 연암도 ≪역≫의 성립에 대해 이런 관점을 지니고 있었을 가능성을 시사하는 것이다.

위의 인용문에서 주목되는 또 다른 내용은 ≪역≫과 객관적 인식을 연결시킨 내용이다. 연암은 코끼리의 형상으로 코끼리의 이치를 알기 어렵다고 했다. 형상에는 이치가 담겨 있다는 것이다. 또 성인은 ≪역≫을 통해서 만물의 이치(변화)를 캐내려고 했다고 했다. 괘의 형상에 만물의 이치를 표현하려고 했다는 뜻이 된다. 곧 ≪역≫이란 것은 형상 속에 이치를 담은 것이라는 말이다.

사물의 형상은 특수성이고 그 이치(변화)는 보편성이므로, 그는 ≪역≫의 인식론을 특수성과 보편성의 통합으로 이해하고 있었던 것이다. 이것을 앞서 객관적 인식이라고 했다. 그러므로 연암에게 ≪역≫은 인식론(객관적 인식)의 모델인 동시에 진리에 도달하거나 진리를 증명하는 논리 구조(대립과 통합)의 모델이었던 것이다. 그의 글이 대립의 통합 원리를 활용하여 결론을 이끌어내는 이유가 여기에 있는 것이다.

## 6. 맺음말

이상의 논의에서 대립과 부정, 초월과 통합의 논리 전개가 연암 문장의 한 양상이었음을 확인했다. 이것이 지니는 의미는 여럿 있겠지만 그 중의 하나는 연암이 이를 진리를 증명하거나 진리를 인식할 수 있는 방식으로 믿었을 것이라는 점이다. 이는 복잡한 그의 문장의 진정한 의도를 파악할 수 있는 잣대를 얻었다는 의미가 된다.

그렇다고 해서 모든 것이 해결된 것은 아니다. 대립항의 부정, 초월적 통합이 그의 사유방식과 논리 전개 양식의 대표 유형이라고 하더라도 연암의 사유방식이나 논리 전개 양식이 항상 이런 것은 아니다. 그의 논리 방식은 이외에도 다양하다. 전혀 반대되는 것도 있고 유사한 것도 있다. 그 다양한 양상과 총체적인 모습에 대해서는 앞으로 지속적으로 연구해야 할 것이다.

또 연암의 사유방식이나 그 문장의 전개 방식이 ≪역≫의 논리 구조를 지녔다는 것은 그의 사상이 곧 ≪역≫의 사상과 같다는 뜻이 아니다. 사상이 옷이라면 논리 구조는 단지 뼈대에 불과하다. 옷과 뼈대가 전혀 별개일 수는 없겠지만 동일한 것도 아니다. 따라서 연암의 사상이 무엇인가에 대한 논의는 아직 시작되지도 않은 셈이다.

연원에 대한 가설을 입증하고 살을 붙이려면 더 많은 자료가 필요하다. 미시적인 차원에서 ≪역≫에 대한 연암의 발언을 더 많이 확보하는 동시에, 거시적인 차원에서 실학의 흐름과 ≪역≫의 관련성을 살피는 작업을 병행해야 할 것이다. 실학의 발생 단계에 자연과학과 자연철학이 적지 않은 영향을 미쳤다는 증거가 적지 않기 때문이다. 이 역시 앞으로의 과제다.

# 부정의 통합 논리

## 1. 머리말

연암燕巖 박지원朴趾源(영조13년~순조 5년, 1737~1805)의 글 중에는 불교와 관련된 글이 몇 편 있다. 이런 글들을 읽어보면 불교에 대한 연암의 이해가 상당히 높은 수준이었음을 느낄 수 있다. 뿐만 아니라 이 글들은 정교한 비유와 구성으로 이루어진 것이어서 여타의 작품과 비교해도 전혀 그 격이 떨어지지 않는다. 연암 작품의 선집에 이것들이 뽑힌 것은 그 방증이라고 할 수 있을 것이다.[1]

연암이 불교에 관해 관심을 보인 것이 언제부터인지, 어떤 계기에 의한 것인지 알 수 없다. 또 그가 읽은 불서가 무엇인지, 불서에 대한 이해가 어떠한지에 대한 자료도 확인되지 않는다. 다만 그가 불가와 관련된 글을 썼었다는 기록 정도가 《과징록》에 남아있을 뿐이다.

> 아버지께서 (중략) 중년 이후에 세상의 구속에서 벗어나 은거하여 속세를 떠나 노닐면서, 때때로 우언과 해학과 유희로 글을 지은 것이 장자와 불가의

---

1) 金澤榮, 《重篇燕巖集》 권4. 尹光心, 《幷世集》, 권1. 《重篇燕巖集》에는 〈발승암기〉, 〈선귤당기〉 등이 수록되었고, 《幷世集》에는 〈선귤당기〉와 〈규공탑명〉이 수록되어 있다.

　두 계통에 출입한 것이 있다.(후략)2)


　여기서 말한 불가에 관련된 글이 무엇을 가리키는지 확실하지 않다. 그런데 이 기록에 이어서 〈규공탑명塵公塔銘〉에 관한 언급이 있는 것을 보면 아마도 이 글을 염두에 두고 말한 것처럼 보인다.3) 이 외에 ≪과정록≫에 언급되지 않은 글 중에 불교적인 색채를 지닌 작품으로는 〈영규비靈圭碑〉, 〈관재기觀齋記〉, 〈선귤당기蟬橘堂記〉, 〈발승암기髮僧菴記〉 등을 더 꼽을 수 있다.

　〈영규비靈圭碑〉는 승려 영규의 행적을 적은 비문이고, 〈규공탑명〉의 경우는 승려 규공의 탑명이다. 〈관재기觀齋記〉는 금강산 마하연에서 있었던 일을 적은 서상수의 관재 기문이고, 〈선귤당기蟬橘堂記〉는 김시습과 대사의 일을 끌어들여 쓴 이덕무의 선귤당 기문이다. 〈발승암기髮僧菴記〉는 절 집에 사는 김홍연의 일화를 적은 기문이다.

　불교 관련 문장이 관심을 끄는 것은 종교적인 이유 때문이 아니다. 이들 문장은 연암이 불교를 어떻게 이해하고, 불교의 어떤 부분에 관심을 보였는가에 대한 단서를 제공한다. 더구나 연암은 불교의 논리를 글의 논리 구조를 활용하고 있다. 이런 점은 연암의 글을 이해하기 위해서는 불교 관련 작품을 반드시 정리할 필요가 있다는 것을 의미한다.

　연암의 사상을 이해하기 위해 그의 불교사상이 더 중요하다고 생각할

---

2) 朴宗采, ≪過庭錄≫ 권4. 先君, (중략) 中年以後, 脫略世網, 隱居遠遊, 往往寓言諧笑遊戲之作, 出入莊佛二家者, 有之.(후략). 이 책은 판본이 셋이다. 한국한문학회7집(한국한문학연구회, 1983.)에는 7번째 조목으로 실려 있고, 열상고전연구 제8집(열상고전연구회, 1995.)에는 4번째 조목으로 실려 있고, ≪역주과정록≫(김윤조 역주, 태학사, 1997, 211쪽.)에는 2번째 조목으로 실었다.
3) 이 기록은 열상고전문학8집에만 보인다. 443쪽. 이 작품의 명칭에 대하여는 〈규공탑명〉으로 보아야 한다는 견해와 〈규공탑명〉으로 보아야 한다는 견해 두 가지가 있다. 〈燕巖 朴趾源의 〈塵公塔銘〉 管窺〉(鄭珉, ≪한국 고문의 이론과 전개≫, 태학사, 1998. 511쪽)에 자세한 내용이 소개되어 있다. 필자는 〈규공탑명〉으로 쓴다.

지 모른다. 그러나 본고가 특별히 관심을 갖는 것은 이들 글에서 사용하고 있는 논리 전개 방식이다. 논리 전개 방식이란 마지막에 도달한 결론, 곧 주제(사상)가 아니라 그 결론에 도달하는 과정이다. 글에서 의미 있는 것은 그 결론일 것이다. 그러나 과정은 결론을 포함하고 함축한다. 그래서 결론보다 그 결론의 특질을 더 잘 반영하기도 한다.

따라서 이들 글에 나타난 논리 전개 방식은 연암의 불교 사상에 대한 여러 자료를 제공할 것이다. 그가 무엇을 불교적 진리라고 생각했으며, 불교가 그 진리를 어떻게 증명한다고 믿었으며, 또 연암이 이것을 자기 글의 형상화 원리로 어떻게 사용했는가 하는 것들이 바로 그것이다. 이런 것들은 다른 글에 대한 연구 못지 않게 연암의 사유 세계를 이해하는 유용한 자료가 될 것이다.

본고는 이를 위해 먼저 대표적인 작품을 분석하여 기본 개념을 정리하려고 한다. 그리고 유사한 작품의 분석에 이런 개념이 과연 유용성이 있는지 검증해 볼 것이다. 아울러 불교의 진리와 그 증명 방식이 이들 글의 논리 전개 방식이 어떤 관계가 있는지도 따져볼 것이다. 본고의 주텍스트는 박영철본 ≪연암집燕巖集≫이다.4)

## 2. 부정의 통합

### 〈선귤당기〉의 의미

〈선귤당기〉는 이덕무의 당호에 쓴 기문이다. 이덕무는 호가 많다. 호의 의미가 주로 정신의 수양적 덕목과 관련되어 있고, 그 자신이 그렇게

---

4) 朴趾源, ≪燕巖集≫, 啓明文化社, 1986. 이하 인용문에서는 작품의 제목만 밝힌다. 판본간의 치이기 있는 것은 필요에 띠리 언급할 것이다.

실천하며 살았다는 점에서 그에게 호는 일종의 좌우명과 같은 의미를 지녔던 것으로 생각된다. 호를 짓는 것이 자신과 대화하는 방식이요, 자신에게 다짐하고 암시하는 행동이었을 것이라는 뜻이다.

선귤당 당호 매미와 귤은 어떤 의미를 지닌 것이었을까? 〈선귤헌명병서蟬橘軒銘並序〉에는 이에 대한 단서가 들어있다. 여기에서 이덕무는 일찍이 구양수와 굴원을 사랑했고, 구양수의 〈명선부鳴蟬賦〉와 굴원의 〈귤송橘頌〉을 읽고 느낀 바가 있었다고 적었다.

> 구양수는 말하기를 "(매미는) 바람을 타고 높이 날아가되 (어찌) 그칠 곳을 아는 것이 아니며"라고 하였고, 굴원은 말하기를 "(귤은) 가지 잎이 무성하여 다듬기 좋으니, 아름답고 훌륭하네."고 하였다.5)

그러니까 선귤이 "사물에 의지하여 형체를 만드니 어찌 변화할 수 있는 것이 아니며, 거름 흙에서 나왔으니 어찌 욕심 없는 것을 사모하는 것이 아니며, 바람을 타고 높이 날아가되 어찌 그칠 곳을 아는 것이 아니며"6)라는 대목과 "그 색깔이 선명하고 그 속이 희니 마치 도를 행하는 사람과 비슷하다. 가지 잎이 무성하여 다듬기 좋으니, 아름답고 훌륭하네.7)"는 대목을 취한 것이었음을 밝힌 것이다.

여기서 매미는 높이 날되 머무를 것을 아는 존재로 형상화되어 있다. 따라서 매미의 이미지는 높은 곳을 지향하되 분수를 지킬 줄을 아는 덕목을 가리킨 셈이다. 또한 귤은 가지 잎이 무성하여 그것을 닦으면 훌륭하게 될 수 있는 존재로 형상화되어 있다. 따라서 좋은 성품을 지니고 있

---

5) 〈蟬橘軒銘 並序〉, 《靑莊館全書》 권1, 민족문화추진회, 1984, 302~303쪽.

6) 〈鳴蟬賦〉, 《歐陽修全集》. 豈非因物造形 能變化者邪, 出自糞壤 慕淸虛者邪, 凌風高飛 知所止者邪.

7) 河正玉 編著, 《屈原》, 太宗出版社, 1984,. 319쪽~326쪽에서 재인용. 精色內白, 類任道兮, 紛縕宜修, 姱而不醜兮.

어서 갈고 닦아 훌륭한 사람이 될 수 있는 것을 뜻한 셈이다.

합쳐서 말하자면, 선귤이란 지향성은 높으면서도 분수를 지키고, 바탕이 좋으면서도 수양을 게을리 하지 않는 덕목과 품성이었던 것이다. 그러므로 연암은 이를 가지고 기문을 지었어야 했을 것으로 보인다. 그러나 〈선귤당기〉 어디에도 이런 설명이 전혀 없다. 그 대신 연암은 호를 선귤로 바꾼 것을 힐난하고 변명한 친구와 이덕무의 대화를 싣는 것으로 끝을 맺었다.

> 대저 어린 아이는 이름이 없다. 고로 '어린 아이(嬰)'라고만 부르고, 여자는 자를 쓰지 않으므로 '처자(處子)'라고만 부른다. '어린 아이와 처자(嬰處)'라고 이름을 붙인 것은 대개 은사로서 이름을 가지려고 하지 않았기 때문인데, 지금 갑자기 '매미와 귤(蟬橘)'로 스스로 호를 삼았으니, 이래서 자네는 앞으로 그 이름을 다 감당하지 못할 것이네. 왜냐하면, 저 어린 아이는 몹시 약하고 처녀는 몹시 여려서, 사람들은 그것이 여리고 약한 것을 알지만 오히려 이 이름을 불렀다. 하물며 매미는 소리를 내고 귤은 향기가 나는 것이니 그대의 집은 아마도 장차 이것 때문에 시장처럼 될 것이네."
>
> 영처자가 말했다. "대저 대사의 말처럼 매미는 허물을 벗어 허물이 말라버리고, 귤은 오래 되어 껍질이 텅 비었으니 무슨 소리·빛깔·냄새·맛이 있으리오. 이미 즐길 만한 소리·빛깔·냄새·맛이 없으니 사람들이 장차 껍질과 허물 이외에서 나를 찾을 것이다."[8]

친구는 영처嬰處라는 호를 선귤로 바꾼 것을 힐난했다. 어린아이와 처자를 가리킨 영처는 은거하려는 뜻을 표현한 것이었지만 사람들이 찾아왔으니, 사람들이 좋아하는 매미 소리와 귤 향기로 호를 삼으면 사람들

---

8) 〈蟬橘堂記〉. 夫孺子無名, 故稱嬰, 女子未字, 曰處子. 嬰處者, 盖隱士之不欲有名者也. 今忽以蟬橘自號, 則子將從此, 而不勝其名矣. 何則? 夫嬰兒至弱, 處女至柔, 人見其柔弱也, 猶以此呼之. 況蟬聲而橘香, 則子之堂, 其將從此而如市矣. 嬰處子, 曰夫若如大師之言, 蟬蛻而殼枯, 橘老而皮空, 夫何聲色臭味之有? 旣無聲色臭味之可悅, 則人將求我於皮殼之外耶. 況蟬聲而橘香의 況은 박영철본은 夫로 되어 있다.

이 마구 찾아와 아예 시장처럼 될 것이라고 했다. 그러자 이덕무는 매미와 귤의 이미지에는 허물·껍질, 소리·빛깔·냄새·맛 등이 있지만, 자신의 당호 이미지는 이것과 관계없다고 했다.

당호에 대한 기문은 대개 당주의 의도를 형상화하는 것이 보통이다. 그래서 이 기문에는 지향성이 높으면서도 분수를 지키고, 바탕이 좋으면서도 수양을 게을리 하지 않는 매미·귤의 덕목과 품성에 대한 언급이 있어야 자연스럽다. 하지만 여기에는 이런 부분이 전혀 없다. 여기에서 등장한 매미와 귤의 이미지는 허물·껍질, 소리·빛깔·냄새·맛의 이미지뿐이다.

그렇다고 선귤이 허물·껍질, 소리·빛깔·냄새·맛 등 이미지를 인정한 것도 아니다. 이것들은 모두 부정된다. 이런 결론은 글을 읽으면서 당호에 대한 어떤 설명을 기대한 사람을 당황하게 만든다. 그렇다면 연암이 말하려고 한 것은 무엇일까? 이덕무가 생각한 매미와 귤의 덕목과 품성을 몰랐던 것이 아닐텐데 연암은 왜 이런 식으로 끝을 맺었을까?

이 글만으로는 이에 대한 의문을 풀 수가 없다. 이 글의 참 뜻을 이해하려면 글자의 풀이가 아니라 이덕무의 됨됨이에 대한 연암의 생각을 헤아려보아야 한다. 〈형암행장炯菴行狀〉에는 이에 대해 주목할 만한 내용이 등장한다.9)

그(이덕무-필자주)가 학문을 하는 것은 안으로 인격을 독실히 닦고 밖으로 유혹을 끊는 것이었다. 그의 본성은 맑고 투명했으며 실제 생활의 미세한 부

---

9) 〈行狀〉, 《青莊館全書》 권4, 민족문화추진회, 242쪽. 세상에서 무관을 평하는 자가 그의 품행을 제1로 치고, 지식을 제2로 치고, 넓은 견문에 특이한 기억력을 제3으로 치고 문예는 다만 제4로 쳤는데, 이제 그 문예를 미치지 못함이 이와 같으니 무관의 품행은 이로서 알 만하다. 世之論懋官者, 稱其品行爲第一 識解第二 博聞强記第三 文藝特第四耳. 今其文藝之不可及者如此, 則懋官之品之行, 從可知矣. 그런데 《青莊館全書》의 《雅亭遺稿》 부록으로 붙어 있는 〈行狀〉에는 이 부분이 있으나 《燕巖集》의 〈炯菴行狀〉에는 이 대목이 없다.

분에서도 그것이 드러났으니, 안회顔回에게 가르친 사물四勿의 교훈과 증자 曾子가 실천한 삼성三省의 교훈을 열심히 힘썼던 사람이다.(중략)

그런즉 (이덕무는) 나라와 백성을 걱정하는 뜻을 잠시도 잊은 적이 없었으니, 진실로 마땅히 과거를 보아 재능을 펼쳐보는 것이 당연했다. 그러면 장차 못할 것이 없건만 오직 세속의 더러움을 싫어하고 자신의 본래 생활이 여유로운 것을 즐거워하여, 뜻을 지키고 명을 좇아 담연히 욕심이 없었으니 가난한 집이 쓸쓸해도 가난함을 즐거워하여 (후략)10)

연암은 이덕무가 본성이 맑으며 배운 것을 실천했다고 했다. 예에 따라 행하라는 안회의 교훈을 실천했고, 날마다 세 가지를(혹은 세 번씩) 반성하라는 증자의 덕목을 실천했다고 했다. 또 그는 과거를 보아 경세적 역량을 발휘할 만한 능력도 있었다고 했다. 그러나 그는 세속의 더러움을 싫어하고 자기 본래의 여유로움을 즐거워했기에 자신의 뜻을 지키고 명을 좇는 쪽을 택했다고 말했다.

곧, 그가 본성이 훌륭할 뿐 아니라 수양을 통해서 유교적 덕목을 생활에서 실천했고, 뛰어난 경륜과 능력이 있으면서도 오히려 분수를 지키며 살았다는 것이다. 물론 이러한 평가는 의례적인 것일 수도 있다. 그런데 주목되는 것은 연암이 거론한 이런 사항들이 이덕무가 생각한 매미와 귤의 덕목과 일치한다는 점이다. 연암에게 선귤의 의미는 당호이기만 한 것이 아니고 동시에 이덕무의 실제 모습으로 이해되었던 것이다.11)

---

10)〈炯菴行狀〉,《燕巖集》권3. 其爲學 篤於內修, 屛絶外誘. 本體澄澈, 其用纖悉, 顔氏之四勿, 曾子之三省, 皆勉焉用力者也. (중략) 然則其憂國憂民之意, 未嘗須臾忘也, 固宜擧而試之. 將無所不可, 而唯基厭流俗之滔滔, 樂本地之恢恢, 守志信命, 澹然無欲, 蓬蓽蕭條, 貧賤是甘.(후략) 이 부분은 연암의〈炯菴行狀〉에는 있으나《靑莊館全書》의〈行狀〉에는 없다.

11) 이덕무가 실천적 선비였다는 것은 위의 인용문 외의 여러 문헌에서도 확인된다. 〈士小節〉,《靑莊館全書》권6, 50쪽. 어떤 사람이 묻기를 '선비의 본분에는 몇 가지가 있습니까?'라고 물었다. 나는 "집에 들어와서는 부모에게 효도하는 것, 밖에 나가서는 윗사람을 공경하는 것, 낮에는 일하는(밭가는) 것, 밤에는 책을 읽는 것 네 가지뿐이다."라고 말했다. 或問, '士之本分, 凡幾何矣?' 余曰, "其人略曰'入孝出

아마도 연암은 이런 정황을 전달하고 싶었을 것이다. 그런데 만약 선 글의 이미지를 설명한다면 그것이 아무리 이덕무의 실제 모습이라고 강 조해도, 그것은 단지 당호의 의미를 설명하는 것 이상의 의미를 지니기 어려울 것이다. 그러므로 선귤이 단순히 당호의 이름으로 해석되는 것을 피하려면 결코 선귤의 이미지를 직접 설명하는 방식을 써서는 안 되는 것을 의미한다.

이 글이 허물·껍질과 소리·향기의 이미지를 부정한 채로 끝난 것은 바로 이 때문이었다. 연암은 글의 첫 부분에서 몸과 이름을 서로 대립시 켜서 이름의 부정이 몸을 암시하도록 만들었다. 그리고는 허물·껍질, 소리·빛깔·냄새·맛의 이미지가 모두 이름의 이미지를 갖도록 했다. 그래서 허물·껍질, 소리·빛깔·냄새·맛의 이미지 부정이 곧 선귤이 몸이라는 의미를 함축하게 만들었다.

먼저 몸과 이름을 대립시키고, 이름을 부정하고 몸을 긍정하는 내용이 어떻게 표현되었는지 보자. 이 글에는 김시습과 대사의 대화가 나온다. 김시습이 호를 바꾸려고 하자 대사는 개명이 얼마나 어리석은 일인가를 꾸짖었다.

영처자가 집을 만들고 선귤당이라는 이름을 붙였다. 그 친구 중 한 사람이 웃으며 말했다.

"자네는 어찌 분연히 호가 많은가?" 예전에 열경은 부처님 앞에서 참회하 고 크게 깨달았다는 맹세를 하고, 속명을 버리고 법명을 따르기를 원했다. 대 사가 손벽을 치고, 웃으며 열경에게 말했다. "심하도다, 너의 미혹함이여. 네 가 오히려 이름을 좋아하는구나.

---

恭, 晝耕夜讀, 只四事而已'". 이 말은 무관을 평하는 사람들에게 반드시 인용되는 내용이다. 〈靑莊館全書〉의 《雅亭遺稿》 뒤에 부록으로 붙은 박지원의 〈炯菴行狀〉 (243쪽) 尹行恁의 〈墓碣銘〉(46~247쪽), 李書九의 〈墓地銘〉(249쪽) 등에 모두 이 내용이 인용되어 있다.

(이는 스스로를) 형상이 마른 나무 같으니 나무 비구니라고 부르고, 마음이 죽은 재 같으니 재 두타라고 부르는 것이로다. (이곳은) 산이 높고 물이 깊은 곳이거늘 어찌 이름을 쓸 일이 있으리오.

너는 네 몸을 돌아 보라. 이름이 어디에 붙어 있는가. 네가 몸이 있기에 이런 그림자가 있으나, 이름은 본래 그림자가 없으니 장차 무엇을 버리고 싶어 하는가? 너는 네 머리를 만져 보라. 곧 머리카락이 있었으므로 빗을 사용했으나, 머리카락이 이미 잘린 다음이니 어디에 빗을 빗으리오.12)"


대사의 말은 둘로 요약된다. 하나는 이름을 바꾼다고 하지만 이곳에서는 이름을 쓸 일이 없다는 것이고, 다른 하나는 몸이 없으니 이름을 버릴 필요도 없다는 것이다. 새 이름은 필요 없고 옛 이름은 잊어버리라고 말한 셈이다. 대사는 다시 이름이라는 것은 실체도 없으며, 몸을 구속하는 것이라고 말한다. 실체가 없으니 버릴 수도 없고 구속하는 것이니 새로운 이름을 쓸 필요가 없다는 것이다.

개명의 매카니즘을 생각해보자. 개명은 이전에 쓰던 이름이 소용없게 되었기 때문이다. 그러나 이는 이전에 쓰던 이름이라서가 아니라 이름 자체가 실체가 없는 것이기 때문이다. 개명이란 것은 의식하든지 그렇지 않든지 이름에 대한 부정 의식을 내포한다. 따라서 새 이름을 쓰려는 것은 모순이다. 새 이름을 찾는 것은 이름에 실체가 있다고 믿는 것을 전제하기 때문이다.

그러니까 개명은 자가당착적인 행위라는 것이다. 옛 이름이 별 의의가 없다는 것은 깨달으면서도 새 이름이 별 의의가 없다는 것은 모르기 때문이다. 대사가 김시습에게 한 말은 결국 옛 이름이 별 의미가 없다는 것

---

12) 〈蟬橘堂記〉, 嬰處子爲堂而名之, 曰'蟬橘.' 其友有笑之者, 曰"子之何紛然多號也? 昔悅卿, 懺悔佛前, 發大證誓, 願棄俗名而從法號. 大師撫掌, 笑謂悅卿, 甚矣汝惑, 爾猶好名. 形如枯木, 呼木比邱. 心如死灰, 呼灰頭陀. 山高水深, 安用名爲? 汝顧爾形, 名在何處? 緣汝有形, 卽有是影. 名本無影, 將欲何棄? 汝摩爾頂, 卽唯髮故, 而用櫛梳. 髮之旣剃, 安施櫛梳?"

을 깨달았다면 오히려 이름 자체가 아무런 의미가 없는 것을 깨달았어야
한다는 뜻이 된다. 이름의 의의를 부정해버린 것이다.

허물·껍질, 소리·빛깔·냄새·맛의 이미지가 모두 이름의 이미지를
지니도록 한 것은 대사는 두 이름을 매미와 귤로 비유했기 때문이다.

> (이는) 매미가 허물이 있고 귤이 껍질이 있는 것과 같은데, (너는) 껍질과
> 허물 밖에서 매미 소리를 찾고 귤 향기를 찾으면서, 껍질과 허물이 저것처럼
> 텅 빈 것임을 알지 못하는구나.13)

선문답 같은 말이지만 의미 파악이 어려운 것은 아니다. 옛 이름을 버
리고 새 이름을 찾는 것은 매미와 귤을 보면서 껍질과 허물을 버리고 소
리와 향기에서 찾는 것과 같다는 것이다. 매미와 귤의 이미지를 껍질과
허물에서 찾지 않으려는 것은 매미와 귤의 의미가 그처럼 외면적인 데
있지 않은 것임을 알았기 때문일텐데, 다시 소리와 향기와 같은 외면적
인 것에서 찾으려고 하니 자가당착이라는 것이다.

두 비유를 종합하면 매미와 귤의 이미지를 허물·껍질에서 찾아서도,
소리와 향기에서 찾아서도 안 된다는 뜻이다. 그런데 허물·껍질은 옛
이름, 소리·향기는 새 이름이다. 선귤이 허물·껍질도 아니고 소리와
향기도 아니라고 했으니 결국 선귤이란 당호를 이름으로 받아들이지 말
라는 뜻인 셈이다.

그런데 선귤당이란 이름을 기준으로 보자면, 이름이 당호라면, 몸은
이덕무다. 따라서 허물·껍질, 소리·빛깔·냄새·맛의 이미지 부정은
선귤이라는 당호가 이덕무의 실제 모습이라는 의미를 함축하게 된다. 결
국 연암은 매미와 귤의 덕목과 품성을 직접 설명하지 않은 채 선귤의 이
미지가 이덕무의 삶의 모습이라는 의미를 표현했던 것이다. 이 글의 주

---

13) 〈蟬橘堂記〉. 如蟬有殼, 如橘存皮. 尋聲逐香皮殼之外, 不知皮殼空空如彼.

제는 바로 이것이다.[14]

### 부정의 통합과 초월적 대립

여기서 주목되는 것은 논리 전개의 방식이다. 그리고 그 주제의 논리적 구조이다. 연암은 이름 이미지만 부정함으로써 이름 이미지와 반대되는 몸 이미지를 표현했다. 여기서 관심을 끄는 것은 이름 이미지가 둘로 나누어진 것이고, 이름 이미지와 몸 이미지 사이의 관계다.

먼저 이름의 두 항목을 살펴보자. 옛 이름과 새 이름, 허물·껍질과 소리·향기는 두 개의 대립항이다. 이 대립항은 대조적이고 대등하다. 외형적으로는 우열이 있는 것처럼 보이지만 그러나 몸의 차원에서 보면 옛 이름과 새 이름은 동일하다. 매미와 귤의 덕목과 품성 차원에서 보면 허물·껍질과 소리·향기는 동일한 것과 같다. 그래서 이것들은 모두 부정될 수밖에 없다.

부정은 옛 이름과 새 이름, 허물·껍질과 소리·향기의 부정이다. 이것은 두 대립항의 통합과는 다르다. 최종적인 결론은 옛 이름과 새 이름의 통합도 아니고, 허물·껍질과 소리·향기의 통합도 아니다. 오히려 그 통합의 반대다. 논리적으로 보면 각각의 항목이 부정되고 부정된 것이 통합된 것이다. 여기에는 단지 부정만 있다. 그래서 부정의 통합일 뿐이다.

글의 표면에는 이것만 존재한다. 그런데 옛 이름과 새 이름의 부정은 몸의 긍정을 함축하고 있고, 허물·껍질과 소리·향기의 부정은 덕목과 품성을 함축하고 있다. 두 항목이 대립되어 있는 차원을 뛰어 넘는 곳에는 전혀 다른 제3의 대안이 존재하는 것이다. 비록 이것들은 명시적으로

---

14) 〈선귤당기〉의 내용에 대하여 더 자세한 설명은 〈朴趾源의 〈蟬橘堂記〉 연구〉(연민학지 제7집, 연민학회, 1999)를 참조할 것.

천명되지 않았지만 그 존재를 부정할 수 있는 것은 아니다.

요컨대, 〈선귤당기〉에도 대립과 부정, 초월과 통합이 있다. 그렇지만 초월은 통합을 지향하기 위한 것이지만 통합은 부정의 통합일 뿐이다. 그리고 부정의 통합이 의미하는 것은 함축적으로만 존재한다. 그것은 명시적으로 제시되지 않았다. 부정의 저편에 두 대립항과 반대되는 의미가 자리잡고 있는 것이다.

이런 논리는 변증법과는 비슷하게 보이지만 일반적인 변증법과는 구별된다. 이런 논리는 불교의 논리에서만 보인다는 점에서 굳이 변증법으로 부르려면 불교적 변증법이라고 불러야 할 것이다. 이를 변별하는 것은 매우 유익하다. 이를 이해하지 못하면 왜 어떤 글은 아무런 결론이 없이 부정만으로 글이 구성되었는지도 알 수 없을 뿐 아니라 부정의 방식으로 끝나는 글의 주제도 파악할 수 없기 때문이다.

뒤에서 다시 논의하겠지만 이 논리 구조는 불교의 공空의 논리와 유사하다. 이는 연암이 유가적 전통뿐 아니라 동양적 전통을 폭넓게 수용했음을 보여준다. ≪역≫의 논리와 비교하면 두 논리는 서로 대립적이다. 비록 양적으로 보자면 비록 ≪역≫의 논리를 더 많이 사용한 것으로 생각되지만, 이와 같은 논리도 사용하였다는 것은 연암의 지적 관심의 폭이 넓고 그 운용력이 매우 컸음을 보여주는 것이다.


## 3. 부정의 통합과 이율배반

### 〈관재기觀齋記〉의 의미

부정의 통합 방식의 글이 그렇게 많은 것은 아니지만, 같은 논리 전개를 지녔으면서 조금 다른 양상을 보여주는 작품도 있다. 연암의 글에 〈관재기〉가 있다. 관재觀齋는 서상수(영조 11년~정조 17년, 1735~1793)의 당호로 그가 골동감상의 감식안이 매우 뛰어났던 것을 생각하면, 이 당호는 골동감상을 '보는' 행위를 가리킨 것으로 보인다.

연암은 그가 서화골동 양심적인 감상자였을 뿐 아니라 감식안이 매우 뛰어난 인물이라고 평가했다. 골동 감상의 학문을 열었던 당대 최고의 감상자 김광수(숙종 22년~?, 1696~?)보다 그가 재기와 사고 능력이 더 뛰어났다고 했으니 그의 재능이 대단했었으리라는 것을 추정할 수 있다.[15] 재능도 재능이지만 이런 평가를 받았다는 것은 그가 이 일에 매우 깊이 빠져 있었다는 뜻도 된 다.

이 글은 무엇을 볼 것인가에 대해 대사와 동자의 대화 내용을 담은 형식으로 되어 있다. 이는 관재라는 당호의 의미를 풀기 위한 것일 것이다. 한데 그 내용이 완전히 불교적인 내용이다. 우선 이 글의 주제를 파악하기 위해서는 이 글의 결론을 살펴보자.

대사가 말했다. "너는 순순히 받아들이고 보내거라. 내가 세상을 본 것이 60년이지만 사물은 머무르지 않고(無留) 도도히 모두 흘러갔다. 시간은 지나가서 그 바퀴를 멈추지 않으니 내일의 해는 오늘의 해가 아니다. 그러므로 받아들이는 것(迎)은 거스르는 것(逆)이고, 이끄는 것(挽)은 힘쓰는 것(勉, 붙드는 것)이고, 보내는 것(遣)은 순순히 따르는 것(順)이다. 너는 마음에 매이지 말고, 너는 기에 막히지 말라. 명命으로 받아들이고 명으로 자신을 보며, 이理로써 보내고 이로써 사물을 보아라."[16]

---

15) 朴趾源,〈筆洗說〉, 《燕巖集》 권1, 441쪽. 근세의 감상가로는 상고당 김광수를 일컫는다. 그러나 재기와 사고 능력이 없으니 최고로 뛰어난 것은 아니다. 대개 김씨가 처음으로 감상의 학문을 연 공은 있으나 여오(서상수)는 훌륭한 것을 꿰뚫어 보는 감식안을 가져서 벌려 놓은 많은 물건들은 보기만 해도 진짜와 가짜를 변별할 뿐 아니라 재기와 사고 능력을 겸비하여 감상에 뛰어난 사람이다. 近世鑑賞家, 號稱尙古堂金氏, 然無才思, 則未盡美矣. 蓋金氏有開創之功, 而汝五有透妙之識, 觸目森羅, 卞別眞贗, 兼乎才思, 而善鑑賞者也.
16)〈觀齋記〉師曰, "汝順受而遣之. 我觀世六十年, 物無留者, 滔滔皆往. 日月其逝, 不停

대사는 사물이 머무르지 않고 흘러가는 것이라고 말했다. 해가 날마다 똑같은 것처럼 보여도 내일의 해는 오늘의 해가 아니라는 것이다. 사물이 변한다는 것은 사물에는 불변의 본체가 없다는 뜻이 된다. 따라서 형상의 변화란 본체의 부정을 의미하는 것이다. 그런데 본체 없는 형상이란 있을 수 없는 법이니, 본체의 부정은 결국 형상의 불변성도 부정하게 된다. 변화의 관점은 본체와 형상을 모두 부정하는 것이다.

대사는 계속해서 받아들이는 것은 거스르는 것이니 기에 막히지 말라고 했다. 형상을 실재로 인정하고 받아들이는 것은 실상을 '거스르는' 것이요 '기에 막히는' 것이라는 뜻이다. 또한 이끄는 것은 힘쓰는 것(붙드는 것)이니 마음에 매이지 말라고 했다. 본체를 상정하는 것은 억지로 '붙들어 매는' 것이요, '마음에 매이는' 것이라고 했다.

그는 보내는 것만 순순히 따르는 것이라고 했다. 오직 형상과 본체의 실재성을 부정하는 것만이 실상을 '따르는' 것이라는 뜻이다. 그런데 갑자기 대사의 말은 전혀 뜻밖으로 변한다. 그는 명으로 자신을 보고 이로써 사물을 보라고 했다. 명은 인식의 주체요, 이는 사물의 본체다. 본체와 형상을 부정하더니 다시 이를 인정했다. 왜 이런 말이 나왔을까?

불가에서 존재론적으로 형상과 본체는 존재하지 않는다. 그래서 이것들을 모두 부정한다. 그 상태가 바로 공空이다. 또한 객관 사물이 없으니 인식론적으로 인식의 주체인 마음도 존재하지 않는다고 믿는다. 마음과 사물, 주관과 객관이 모두 부정된다. 그러나 비록 존재의 실재성이 비록 공空이지만 우리의 현실은 모든 형상을 실제로 믿고 그것을 기반으로 살아간다. 더군다나 깨달음은 이를 통해서만 가능하다.

따라서 그것을 임시적으로 가정적으로 인정하지 않으면 안 된다. 그러니까 불교는 존재의 부정으로 현실을 부정했다가 가상적 실재성을 인정

---

其輪. 明日之日, 非今日也. 故迎者逆也, 挽者勉也, 遣者順也, 汝無心留, 汝無氣滯, 順之以命, 命以觀我, 遣之以理, 理以觀物."

함으로써 다시 현실을 긍정하게 된다. 이는 물론 형상의 실재를 인정하는 것이 아니다. 그것은 단지 부정하기 위해서 가정적으로만 인정하는 것이다. 또 이 때의 현실 긍정은 부정 이전의 상태와는 다르다. 부정 이전이 집착의 상태라면 이후는 깨달음의 상태이기 때문이다.

관이 골동감상의 의미를 지닌 것인데 왜 기문의 내용은 불교적인 내용이 되었을까? 불교적인 내용은 일종의 비유다. 그가 평소에 불교를 신봉했기 때문에 그에게 익숙한 불교적인 개념을 사용한 것으로 보인다. 그러면 무엇을 말하기 위해 불교적 깨달음에 대해서 이야기했을까? 그것은 서상수이 지나치게 골동감상에 빠져 있는 것을 일깨우기 위한 것으로 보인다.

연암이 칭찬한 것과는 달리 그의 재능은 세상에 널리 알려지지 않았다.17) 이는 그가 은거에 가까운 생활을 하고 있었기 때문으로 보인다. 그에 관한 자료는 그가 풍류적인 인물이었음을 말해주는데, 40세에 이르러서야 생원시에 합격한 것을 보면18) 젊은 시절은 주로 풍류를 즐기면서 골동감상에 빠져 있었던 것으로 보인다.

그의 재능을 알고 있는 연암에게 이런 모습은 안타까운 일이었을 것이다. 모든 것이 공이라고 하다가 그 끝에 다시 공이니까 다시 '현실을 인정한다'고 한 연암의 해석은 연암의 의도가 무엇인지 짐작하게 한다. 골동감상으로 세상과 거리를 두는 것도 좋지만 그것에만 머물러서는 안 된다는 뜻이다. 곧 '골동서화만 보지' 말고 '세상도 보라'고 권면한 것이다. 이것이 곧 이 글의 주제이다.19)

---

17) 연암 당대의 인물 백과 사전에 해당하는 ≪병세재언록幷世才彦錄≫에는 신분 고하, 남녀노소에 관계없이 재능 있는 다양한 인물이 기록되어 있지만 서상수에 대한 언급이 전혀 없다. 김광수가 여러 번 언급된 것과 비교하면 이는 그가 사람들에게 알려지지 않았다는 증좌가 된다. 李奎象, ≪18세기 조선 인물지 幷世才彦錄≫, 민족문학사 연구소 한문 분과 옮김, 창작과 비평사, 1997.

18) 吳壽京, 〈18세기 서울 문인지식층의 성향〉, 성균관대 박사학위 논문, 1990, 162쪽.

## 부정의 통합과 이율배반

그러면 이런 결론은 어떤 과정을 거쳐 제시된 것일까? 위에서 인용한 대사의 말 앞에는 다음과 같은 내용이 있다.

> 을유년(29세, 영조 41년, 1765년-필자 주) 가을 나는 팔담을 거슬러 올라가 마하연으로 들어가서 치준대사를 방문했었다. 대사는 손가락으로 감괘처럼 결인을 하고 눈으로는 코 끝을 보고 있었다. 어린 동자가 화로를 들쑤셔 향을 피우니, 연기가 묶은 머리처럼 뭉게뭉게 솟아나 지초를 찌는 듯 자욱했다. 붙잡아 주지 않았건만 곧게 올라가더니, 바람도 없는데 저절로 흔들리며 하늘거리는 고운 자태가 몸을 가누지 못하는 듯했다. 동자가 갑자기 깨닫고 웃으며 말했다. "공덕이 이미 가득하여도 걸핏하면 바람으로 변해 버리네요. 부처의 덕이 이루어진 후에야 무지개가 생기겠지요."
>
> 대사가 눈을 번쩍 뜨면서 말했다. "소자야, 너는 냄새를 맡느냐? 나는 그 재를 보느니라. 너는 그 연기를 좋아하느냐? 나는 그 사라진 것(空)을 보느니라. 움직임이 이미 적막하게 되었거늘 공덕은 어디에 베풀었느냐?" 동자가 말했다. "감히 묻건대, 무슨 말씀이신지요?" 대사가 말했다. "너는 그 재를 맡아 보아라. 다시 무슨 냄새가 나느냐? 너는 그 사라진 것(空)을 보아라 다시 무엇이 있느냐?"
>
> 동자가 눈물을 주르륵 흘리면서 말했다. "예전에 사부님께서 내 머리를 만지고 내게 다섯 가지 계율을 내리고 내게 법명을 내리시더니 지금은 사부님께서 '이름은 곧 내가 아니요, 나는 곧 없는 것'이라고 말씀하십니다. 없다는 것은 형상이 없다는 것(無形)이니 이름을 어디에 붙이겠습니까? 청컨대 이름을 돌려 드리겠습니다."[20]

---

19) 〈관재기〉의 내용에 대하여 더 자세한 설명은 〈《觀齋記》, 공의 논리와 미학〉(국어국문학 제26집, 국어국문학회, 2000.)을 참조할 것.

20) 〈觀齋記〉. 歲乙酉秋, 余溯自八潭, 入摩訶衍, 訪緇俊大師. 師指連坎中, 目視鼻端. 有小童子, 撥爐點香, 團如縮髮, 鬱如蒸芝, 不扶而直, 無風自波, 蹲蹲婀娜, 如將不勝. 童子忽妙悟, 發笑曰, "功德旣滿, 動轉歸風, 成我浮圖, 一粒起虹". 師展眼, 曰, "小子, 汝聞其香, 我觀其灰. 汝喜其烟, 我觀其空. 動靜旣寂, 功德何施?" 童子曰, "敢問何謂也?" 師曰, "汝試嗅其灰, 誰復聞者? 汝觀其空, 誰復有者?" 童子涕泣漣如, 曰, "昔者,

처음에 동자가 본 것은 연기의 형상과 냄새였다. 공자는 그것을 보고 공덕 완성의 어려움과 당위성을 깨닫는다. 그러나 대사는 형상과 냄새 대신 그것의 사라짐(空)을 보라고 말한다. 그러자 동자는 그 말을 모든 것은 마침내 형체가 사라진다는 뜻으로 받아들이고는, 이제 자신에게 자기정체성의 상징인 법명도 필요 없고 자신조차 사라지게 될 것이라고 슬퍼한다.

동자의 태도에는 보는 것에 대한 두 가지 관점이 등장한다. 하나는 연기의 형상을 보는 것이다. 인식론적으로 보면 전자는 형상의 실재성을 인정하는 태도이다. 다른 하나는 사라짐을 보는 것이다. 이는 모든 형상이 무로 귀결된다는 뜻이다. 형상은 없어지지만 그 귀결점인 사라짐의 존재는 인정된다. 사라짐 자체를 실재로 인정한 것이므로, 그것을 무無라고 하든지 공空이라고 하든지, 본체의 존재를 인정하는 것이다.

연기의 형상과 사라짐은 서로 대립된다. 언뜻 생각하기에는 연기 형상의 실재성은 부정되더라도 사라짐이라는 본체는 인정될 수 있을 것처럼 보인다. 그런데 대사는 다시 해의 비유를 들어 연기가 사라진다는 것은 그것이 없어진다는 뜻이 아니라 변한다는 뜻이라고 말한다. 해의 비유는 앞에서 인용했듯이 변하는 것에는 형상도 본체도 없으니 형상이나 본체가 아무 것도 존재하지 않는다는 뜻이다.

이 글의 논리전개는 〈선귤당기〉와 마찬가지다. 하나의 개념을 제시한 후 대조적인 개념으로 이를 부정한 후에는 다시 그것조차 부정했다. 형상의 부정, 본체의 부정이 그것이다. 여기에도 대립과 부정, 초월과 통합은 있다. 하지만 통합의 성격이 대립항의 통합이 아니다. 그것은 그 부정의 통합일 뿐이다. 불교적 변증법의 논리인 것이다.

그러나 두 글은 차이점이 있다. 〈선귤당기〉의 제3의 대안은 이름과 반

---

夫子摩我頂. 律我五戒. 施我法名. 今夫子言之, 名則非我. 我則是空, 空則無形, 名將焉施. 請還其名."

대되는 몸 이미지였다. 그리고 몸과 이름의 관계는 대립적인 관계로만 존재한다.[21] 그러나 〈관재기〉는 명과 이로써 마음과 사물의 존재를 인정했다. 처음에는 형상과 본체를 부정했다가 가정적이기는 하지만 다시 이것들을 인정한 것이다. 부정한 것을 다시 긍정했다는 점에서 〈선귤당기〉와는 다르다. 이것은 이율배반의 논리다.

## 4. 부정의 통합 논리의 의의

부정의 통합 논리 전개 방식, 혹은 그러한 사유방식에 대한 개념은 연암 문장의 미묘한 의미를 정확하게 이해하는데 매우 중요하다. 특히 작품 해석에 있어서 몇 가지 논점을 해결하는데 유효하다. 특히 〈발승암기〉과 〈규공탑명〉의 주제에 대한 논란의 해결에 매우 유익한 수단을 제공한다.

### 1) 〈발승암기〉, 부정의 통합과 초월적 대립

#### 김홍연 긍정론과 부정론

〈발승암기〉에 대해서는 두 가지 다른 해석이 있다. 하나는 이 글을 양반적인 삶의 거부라는 의미로 해석하여 인간 평등과 인격 존중의 의식을 담은 것이라고 주장하는 것이다. 다른 한편으로는 이 글이 허명에 집착하는 양반가의 인물에 대한 비판이라고 해석되기도 한다. 전자가 발승암

---

21) 〈선귤당기〉에서 이름과 몸의 이미지가 과연 별개인가에 대하여 의문을 제기할 수 있다. 아무리 이름 이미지를 부정해도 선귤당은 엄연한 이름이기 때문이다. 그렇다면 선귤은 몸이면서 이름이 된다. 이는 객관적인 시점에서는 인정될 수 있는 해석이다. 그러나 이는 연암의 의도와 다르다는 점에서 이곳에서 다루기는 부적절하다.

김홍연金弘淵의 삶을 긍정적으로 평가했다면, 후자는 김홍연에 대하여 부정적으로 평가한 셈이다.

먼저 긍정론부터 보자. 김혈조는 이 글을 다음과 같이 평가했다.

삶의 자세가 보다 도덕적이거나 아니면 호협하게 방외인적으로 살거나 간에 모두 자신의 삶에 충실하면 그만이지 어느 한쪽만이 우위라고 평할 수 없다. 보다 창조적이며 개성적인 삶이 강조된 셈인데 작품의 주인공 김홍연은 나름대로 삶의 가치가 주어져야 마땅하다는 것이 연암의 논리이다.

그는 양반 출신이면서도 도덕률로 자신을 엄하게 단도리하는 양반사대부들과는 그 기질이 달랐고 삶의 궤적 역시 남달랐다. 그가 양반의 세속적 사고와 그 타락 또는 위선적 행위에 반발해 보다 자신의 개성적인 삶을 추구했는지 알 수 없으나 요컨대 그는 변화하는 사회현실에 적응하여 호협하게 산 인물이다.

연암이 살았던 조선 후기 특히 서울시정의 도시적 분위기는 소비적 유흥적으로 조성되어 갔는 바 김홍연은 그 시대적 조류를 타고 장안의 왈짜 또는 한량으로서 각종 연예인과 기녀 및 서화가들과 어울려 개성적으로 살았던 것이다.

이 자유분방한 삶을 양반 사대주의 그것과 다르다는 이유로 양반적인 삶을 살도록 강요하거나 무시해서는 안 됨이 물론이거니와 오히려 그의 개성적 면모를 존중해야 한다는 것이 연암의 생각이다. 이는 모든 인간을 평등하게 보고 서로의 인격을 존중해야 한다는 연암의 사유방식의 반영이다.[22]

이 연구자는 이 글을 일반적으로 양반들이 자신을 도덕적으로 단두리하는 데 반해 양반이면서도 자유분방한 삶을 산 김홍연에 대해서 그 개성적 면모를 인정해 준 것으로 이해했다. 따라서 이 글을 자신의 삶에 충실할 것을 강조하는 대신 양반적인 삶에 대한 강요를 거부하는 의미를 담고 있으며, 나아가 인간 평등과 인격 존중의 의식을 담은 것이라고 해

---

22) 金血祚, 〈燕巖 朴趾源의 思惟樣式과 散文文學〉, 성균관대학교 대학원 한문학과 박사학위논문, 1992, 113쪽. 문단은 편의상 필사가 나누었다.

석했다.

이런 해석은 강혜선에게서도 발견된다. 강혜선은 이 글의 게송에 대해 다음과 같이 평가했다.

> 상대주의적인 존재 가치를 인정해야 한다는 박지원의 사유의식을 집중적으로 보여주는 게偈이다. 가는 곳마다 전 재산을 털어 기암 절벽에 이름을 남기는 괴이한 짓을 벌이던 김홍연의 행적이 당대 양반의 관점에서는 비난받아 마땅한 짓이지만, 그 또한 삶의 한 태도이니 그를 인정해야 한다는 뜻이다. 즉 박지원은 김홍연의 자취를 만나면서, 박지원 자신의 새로운 인식을 발견하고 있는 것이다.[23]

그러나 박경남은 부정론을 전개했다. 그는 이 글이 헛되이 이름만 보존하려고 집착하는 김홍연과 같은 양반가 자제들의 행태를 비판한 것으로 해석했다.

> 〈발승암기〉는 그 제명에서부터 독자의 호기심을 자아내고 있을 뿐만 아니라, 기념할 만한 대상을 칭송하는 기문의 관례적 문법을 벗어나 한 인물을 풍자와 비판의 대상으로 삼고 있음을 알 수 있었다. 또 우언이나 설說에서 보이는 허구적 문답을 도입함으로써 기記 장르의 서술체를 확장하면서, 이 안에 덕성의 함양과 실천 없이 헛되이 이름만을 보존하려고 집착하는 양반가 자제들의 행태를 비판하는 작자 자신의 목소리를 감추어 두고 있음을 확인할 수 있었다.[24]

이 연구자는 이 글이 기문이면서도 그 대상을 풍자와 비판의 대상으로 삼았고, 사실의 기록보다는 허구적 문답을 전개한 점에서 일반적인

---

23) 姜慧仙, 〈朴趾源 散文의 古文 變容 樣相에 대한 硏究〉, 서울대 대학원 박사학위 논문, 1996, 114쪽.

24) 朴京南, 〈朴趾源의 〈髮僧菴記〉 硏究〉, 한국한문학연구 제29집, 한국한문학회, 2002, 428~429쪽.

기문의 형식과 다르다고 평가했다. 또한 이런 가운데에 덕성의 함양과 실천 없이 헛되이 이름만을 보존하려고 집착하는 양반가 자제들의 행태를 비판하는 뜻이 담겨 있다고 정리했다.[25]

이들의 의견은 일정 부분 타당성이 인정된다. 〈발승암기〉에는 김홍연에 대한 긍정적인 시각도 있고, 풍자와 비판의 시각도 보인다. 이처럼 서로 해석이 달리진 것은 두 가지 내용 중 어느 한쪽에만 의미를 부여했기 때문이다. 그러나 이 글의 의미를 정확히 이해하기 위해서는 긍정적인 면과 비판적인 시각을 모두 아울러야만 한다.

연암은 젊은 시절 유람 다닐 때 전국의 산 구석진 곳에 새겨진 김홍연이란 이름을 보았는데, 뒤에 어떤 사람으로부터 그가 무과에 급제하였으나 벼슬에 연연하지 않았고, 집이 부유해서 재물을 거름 쓰듯 하여 고금의 법서, 이름난 그림, 칼, 거문고, 제기, 기이한 꽃과 풀 등을 옆에 두었으며, 마음에 드는 것을 만나면 천금을 아끼지 않았다는 말을 들었다.

그런데 9년이 지난 어느 날 연암은 평양에서 김홍연을 만났다. 그는 가난 때문에 모았던 물건을 모두 팔아 치웠고, 늙고 병든 채 아내도 없이 머리도 긴 채 절 집에 의탁하여 있었다. 연암은 옛날의 명성과는 다른 그의 모습을 보고 아쉬워했는데, 하루는 그가 찾아와서 후세에 이름이 남을 수 있도록 글을 부탁했다. 연암은 이름은 쉬 잊혀지는 것이라고 하면서 게송을 지어 주었다. 이것이 〈발승암기〉의 대략이다.

김홍연에 대한 연암의 생각은 두 가지인 셈이다. 하나는 긍정적인 면이다. 무과에 급제했지만 벼슬에 연연하지 않았고, 부유했지만 재물에도 연연하지 않은 모습이 그것이다. 또 하나는 부정적인 면이다. 후세에 이름을 남기려는 일에 집착하는 모습이 그것이다. 이런 평가는 연암이 지

---

25) 이 연구자는 발승암과의 만남이 우연적이고 글의 중심 내용이 가설적 문답이었다는 점에서 발승암이 실제 인물이 아니라 항간에 떠도는 이야기에 바탕을 둔 우의적 인물이라고 추정한다. 박경남, 위의 글, 418~421쪽.

은 게송의 내용에서도 확인된다.

> 까마귀는 모든 새가 검거니 믿고
> 백로는 희지 않은 새를 의아해 하나
> 흑과 백을 제 각기 옳다 따지면
> 하늘도 그런 다툼 지겨워하리.
> 모든 사람 두 눈을 가졌지만은
> 한 눈을 찡그려도 또한 보이니
> 어찌 꼭 눈 둘 되야 본다 하리오
> 외눈박이 나라도 또한 있거늘.
> 눈 두 개도 오히려 적을까 하여
> 이마에 눈 하나 다시 보탰고
> 다시 또 관음보살 변하였으니
> 변한 모습 눈이 천 개 되었지마는
> 천 개 눈을 오히려 무엇에 쓰랴
> 장님 또한 검은 색 볼 수 있거늘.
> 김군은 병으로 못쓰게 되어
> 절집에 부쳐서 살아가지만
> 많은 돈을 모아둘 뿐 안 썼었다면
> 거지 가난과 다를 것 없었으리라.
> 중생은 제 각자 깨닫는 법이라
> 억지로 따르게 할 필욘 없지만
> 대심은 원래부터 남 달랐으니
> 이 때문에 의아하게 생각한 걸세.26)

---

26) 〈髮僧菴記〉. 烏信百鳥黑, 鷺訝他不白. 白黑各自是, 天應厭訟獄. 人皆兩目具, 瞑一
目亦覩. 何必雙後明, 亦有一目國. 兩目猶嫌少, 還有眼添額. 復有觀音佛, 變相目千隻.
千目更何有, 瞽者亦觀黑. 金君廢疾人, 依佛以存身. 積錢若不用, 何異丐者貧. 衆生各
自得, 不用强相學. 大深旣異衆, 以玆相訝惑. 瞑一目亦瞯의 瞯은 영남대본을 따랐다.
박영철본에는 瞯이 覩로 되어 있다. 판본간 글자 차이에 대해서는 김혈조, 앞의 글,
111쪽 주석 72번 참조.

게송의 내용은 김홍연의 삶에 대한 종합 평가다. 이 부분은 두 내용을 나누어져 있다. 전반부(1~14행)는 그에 대한 비유이고 후반부(15행 이하)는 비유에 대한 설명이다. 앞에서 보았듯이 비유 부분의 의미에 대해서 여러 가지 해설이 있다. 그러나 비유 부분의 의미는 설명 부분의 내용을 벗어나지 못하는 법이다. 그러므로 전반부 비유의 의미는 후반부 내용의 범위에서 해설하는 것이 좋다.

먼저 후반부 내용을 보자. 김홍연이 지금은 병들어 절 집에 의탁해 있는 신세지만 젊은 시절에 돈을 거름 쓰듯 했었으니 거지같이 살아온 것은 아니라고 했다. 그러나 이름을 남기려고 그렇게 애쓰는 모습은 뜻밖이라고 했다. 사람은 자신의 방식대로 살아가는 법이라 다른 방식을 강요할 수는 없지만, 평생을 남과 달리 명예나 부에 집착하지 않았건만 마지막에 이름에 집착하는 행동은 이해할 수 없다는 것이다.

전반부의 비유 역시 이런 내용을 담은 것이다. 연암은 까마귀와 백로가 자기의 색깔이 옳다고 다투지만 실은 어느 하나가 옳은 것이 아니라고 했다. 이것은 김홍연의 생활이 다른 사람과 달랐지만 그것을 이상하게 생각할 필요가 없다는 뜻이다. 돈, 권력을 추구하는 세상 사람들과 달리 이를 초탈했다고 해서 김홍연의 생활을 이상하게 생각할 필요가 없다는 것이다.

또한 눈이 많아야 잘 볼 것이라고 생각해서 눈이 많은 것을 추구하지만 실은 외눈으로도 볼 수 있으며, 나아가 장님도 검은 색을 본다고 했다. 사람들은 부, 권력, 명예(이름)을 다 가지려고 했으나 김홍연은 부와 권력을 벗어 던진 채 명예 하나만 좇아서 살아왔는데, 이렇게 살아온 것이 대단한 일이지만 사실 명예에 대한 집착조차 벗어 던져도 삶이 허망한 것은 아니라는 뜻이다.

내용을 이렇게 파악하면 그 의미가 후반부의 설명과 일치하게 된다. 그러니까 이 게송은 부와 권력을 초탈하여 살아온 김홍연이 뜻밖에 이름

(을 남기는 것)에 대하여 집착을 보이자, 그에게 부와 권력을 벗어버린 것처럼 이름에 대한 집착조차 벗어 던지라는 권면의 뜻을 담고 있는 셈이다. 이것이 게송의 의미이자 〈발승암기〉의 주제이다.

두 비유를 그의 호협한 삶을 그린 것으로 보고, 여기에서 상대방에 대해 개성적 면모와 차이점을 인정하고 존중하는 자세를 읽는 것도 가능한 일이다. 그러나 이 글의 절반 이상이 이름에 대한 집착을 비판한 내용이었다는 것을 무시해서는 안 된다. 또 눈의 비유를 허명에 대한 집착을 비판한 것으로 해석하는 것도 이해된다. 그러나 이 글의 절반은 부와 권력의 초탈에 대한 칭송의 의미를 안고 있는 것을 놓쳐서는 안 될 것이다.

### 부정의 통합과 초월적 대립

이제 이 글의 논리를 살펴보자. 이 글의 대부분은 이름에 집착하는 김홍연의 행적을 적은 것처럼 보인다. 그러나 이미 살펴보았듯이 이 글에 나타난 김홍연의 이미지는 두 가지다. 하나는 부와 권력을 누릴 수 있는 조건이었는데도 이를 벗어 던진 모습이고 다른 하나는 이름을 남기는 것이 허망한 것인데도 불구하고 그것에 집착한 모습이다.

원래 부, 권력, 명예(이름)는 대립적인 개념이 아니다. 하지만 이 글에서 연암은 이 둘을 대립적인 관계에 놓았다. 연암은 김홍연이 부와 권력에 대해 자유로웠지만 명예에 대해 집착했다고 묘사했다. 이런 묘사는 그가 부·권력과 명예를 대립적으로 놓았다는 것을 의미한다. 곧 부와 권력에 대한 집착을 하나의 항목으로 치면 명예에 대한 집착이 그 대립항인 것이다.

김홍연의 자유로운 삶에 대한 칭찬은 부와 권력의 가치를 부정적인 것으로 만들어 버린다. 그리고 다시 이름에 대한 집착을 비판함으로써 이름의 가치를 부정했다. 그런데 흥미로운 것은 이 부정 후에 연암은 특별한 무엇을 제시하지 않은 것이다. 부와 권력, 명예에 대한 집착을 벗어나서 찾아야 할 무엇에 대한 언급이 없는 것이다. 이는 부와 권력, 명예의 가치를 비판한 다른 글과 비교할 때 아주 낯선 일이다.

부와 권력, 명예에 대한 경계를 표한 다른 글에 〈마장전〉과 〈예덕선생전〉 등과 같은 젊은 시절의 작품이 있다. 여기에서 연암은 현실의 선비들이 권세와 명예와 이익을 좇아서 참소와 아첨으로 사람을 대하는 것을 비판하고 경계한다. 그러나 단순 비판에 그치지 않고 신의, 도덕 등의 가치를 그 대안으로 제시한다.27) 하지만 〈발승암기〉에는 이런 대안이 없다.

그렇다고 이 글에서 아무런 암시가 없는 것은 아니다. 글의 중간 중간에 집착과 자유의 모습을 대립시킴으로써 집착의 부정이 자유로운 삶에 대한 권면으로 해석될 수 있도록 했다. 그래서 이 글의 논리 구조는 옛 이름과 새 이름을 모두 부정하고, 동시에 그 부정을 몸에 대한 긍정을 뜻하도록 만들었던 〈선귤당기〉의 그것과 비슷한 셈이다. 요컨대 부정의 통합 논리요, 초월적 대립의 형태인 것이다.

이 글을 단지 김홍연에 대한 긍정적 평가라고 보거나 부정적인 평가라고만 본 것은 두 대립항 중의 어느 하나에만 초점을 둔 것이다. 이 글의 이러한 논리 구조로 이해하지 못한 것이다. 단지 그러나 만약 부정의 통합 논리를 이해하고 있었다면 연암이 두 개의 대립항 모두를 부정했었음을 알았을 것이다.

기존의 연구자들은 〈발승암기〉를 불교와 관련시키지는 않았다. 그러나 이 글도 실은 이렇게 불교적인 함의를 지니고 있다. 불교적 함의란 부, 권력, 명예에 대한 부정적인 인식 자체를 가리키는 것은 아니다. 〈마장전〉에 이미 이 세 가지에 대한 부정적인 인식이 정리되어 있다는 점에

---

27) 졸고, 〈燕巖 朴趾源 文章의 研究〉, 연세대학교 국어국문학과 박사학위논문, 1993, 110쪽.

서 이런 인식은 꼭 불교의 영향으로 이런 생각을 갖게 되었다고 하기 어렵기 때문이다.

그러나 이 글은 발승암에게 주는 글이다. 그런데 발승암이 절 집에 살고 이 글에 게송까지 실려 있는 것으로 보아 이 글의 주제를 불교적 함의와 연결시키는 것이 불가능한 것은 아니다. 이니 그렇게 하지 않는 것이 오히려 더 이상한 일이다. 따라서 발승암에게 권하는 자유의 권면은 불교적 무집착의 의미를 지닌 것으로 보아야 한다. 부, 권력, 명예에 대한 부정적 관점 자체는 불교에만 있는 것은 아니지만, 이 글에서는 불교적 의미가 담겨 있는 것으로 보아야 한다는 뜻이다.[28]

## 2) 〈규공탑명〉의 이해

### 불교의 긍정론과 부정론

〈규공탑명〉은 승려 규공의 탑명이다. 앞에 서를 붙여서 그가 이를 쓰게 된 사정을 적었다. 규공이 죽자 그 제자 현랑이 다비를 마친 후 이를 안치하는 탑을 세우고 그 탑명을 부탁하자, 연암이 이에 이 글을 쓴 것이다. 연암에게 이런 글을 부탁한 것을 보면 규공과 연암이 가까운 사이였을 것이라는 추정할 수 있지만 이 글에는 개인적인 친분 관계에 대한 내용이 담겨 있지 않아 그런 사정을 짐작하기는 어렵다.

〈규공탑명〉의 의미에 대한 해석은 연암 당대에도 의론이 나누어졌던 것으로 보인다. 아들 박종채는 이에 대하여 흥미로운 기록을 남겼다.

선군이 젊었을 때 〈규공탑명〉을 지었다. 벗처럼 대했던 김노영이 읽고는, "이는 지극히 정밀한 글이다."라고 하곤 마침내 읽어 외웠는데 서늘한 밤 맑

---

28) 단지 자유를 추구하는 것만을 따지면 노장 사상과 연결시킬 수도 있다. 그러나 노장 사상의 논리 구조와 다르다. 이에 대해서는 다른 논문에서 다루도록 한다.

은 아침이면 왕왕 한 차례씩 소리내어 읊조리곤 했다. 뒤에 내종인 이정리는 내게 말했다. "요즈음 〈규공탑명〉을 다시 읽어보니, 이것이 불교를 배척한 작품임을 깨닫게 되었습니다. 김공이 말한 '지극히 정밀한 글(至精之文)'이란 것이 본디 핵심을 깊이 깨달은 것이었습니다." 나는 왕왕 남들이 이 글을 평론하는 말을 들었지만 이렇게 해석한 적이 한번도 없었다. 하루는 한 늙은 승려에게 보였더니 늙은 승려는 한 번 읽고는 곧 멋쩍어 하면서 말했다. "이 글은 불교를 배척하는 글이다."29)

이 글에 대한 여러 사람들의 평은 일치하지 않는다. 이 글을 지극히 정밀한 글이라고 한 김노영의 의도가 무엇인지 알 수는 없지만30) 이정리는 이 글이 불교를 배척한 것이라는 점을 새롭게 깨달았다고 했고, 노승 역시 그렇게 해석했다. 뒤에 이규경 역시 이 글을 '불가의 말을 빌려다 유가의 가르침을 담았다(假佛語, 寓儒旨)'고 평가했으니 이런 시각을 지닌 사람이 적은 수는 아니었던 것으로 보인다.31)

그러나 이정리의 말을 역으로 해석하면, 그 자신도 이전에는 그렇게 이해하지 않았었다는 뜻이 된다. 또한 박종채가 여러 사람의 평을 들었지만 이런 해석을 처음 들었다고 한 것을 보면 보통의 경우 대개는 이

---

29) 朴宗采, ≪過庭錄≫ 권4, 열상고전연구 제8집, 열상고전연구회, 443쪽. 先君少時, 著有麈公塔銘, 輩行金公魯永, 讀之曰, "此至精之文", 遂記誦焉, 每凉宵晴朝, 輒朗咏一過. 後內從李正履, 爲余言, "近者, 更讀麈公塔, 得知其爲闢佛文字. 金公所云'至精之文', 深得旨意也." 不肯每聽人論此篇, 未嘗有此解. 一日, 示一老衲, 老衲一讀, 便憮然曰, "是乃闢佛文." 김노영은 연암의 10살 연하인데 연암이 허과한 사이로 동생 김노경의 아들 추사 김정희를 자식으로 입적시킨 인물이다. 이정리는 연암의 46살 연하인데 李在誠의 아들로 연암의 처조카다. 혈연 관계에 대해서는 ≪역주과정록≫(박종채 저, 김윤조 역주, 태학사, 1997, 15쪽, 55쪽)을 참조할 것.

30) 金魯謙, 〈藝述〉, ≪性菴集≫ 권7 부록. ≪역주과정록≫(박종채 저, 김윤조 역주, 태학사, 1997, 404쪽)에서 재인용. 김노겸 역시 이 글을 '지극히 기이한 글(至奇之文)'이라는 평했다. 김노겸은 연암의 44세 연하인데, 김정희의 친부 김노경과 6촌 간이다. 혈연 관계에 대해서는 ≪역주과정록≫(박종채 저, 김윤조 역주, 태학사, 1997, 68쪽 주석.)을 참조할 것.

31) 李圭景, ≪詩家點燈≫, 아세아문화사, 1981, 592쪽.

글을 불교 배척의 의미로 해석하지 않았던 것을 알 수 있다. 이는 이 글을 불교의 가르침과 연결시켜서 이해하는 시각이 더 일반적이었음을 의미한다.

박영철본 ≪연암집≫ 이 작품 뒤에 실린 평도 이런 시점을 취하고 있다.

> 부처 말씀의 〈비유품〉은 곡진하여 여러 물상을 깨달을수록 정밀하고 미묘한데 이 글이 이에 가깝다. 육제六諦를 벗어나고 참 진리 완전히 깨달았으니 결코 대승 이하의 구기는 아니다.[32]

이에 따르면, 이 작품은 부처의 비유와 같이 곡진한 비유를 썼으며, 그 내용은 대승불교에서 가르치는 참 진리(實相)의 내용을 담고 있다는 것이다. 이 평어를 참고한다면 이 글은 불교의 참 진리의 요체를 정확하게 짚고 있다는 뜻이 된다. 이 평을 얼마만큼 신뢰하는가가 역시 문제가 되겠지만 이런 내용을 실은 것을 보면 역시 이런 관점 역시 만만치 않았던 것을 알 수 있다.

최근의 연구자들 역시 의견이 서로 나누어진다. 이 글에는 규공의 제자를 비판한 내용이 있는데, 이를 불교 비판으로 확대 해석하느냐, 아니면 그 제자의 비판으로만 한정시키느냐에 따라 관점이 달라졌다. 이 글을 불교에 대해 비판이라고 본 것은 안대회, 김명호, 김윤조 등이다. 특히 김명호는 이 글이 주자의 관심설觀心說에 불교 비판논리를 이용하여 불교의 허망설虛妄說을 비판한 것이라고 보았다.

> 불교의 환망설幻妄說을 역이용해서 사리탑을 세우고 그 탑명을 구하는 행위를 허망한 짓으로 조롱하며 나아가 불교의 출세간주의 자체를 비판하고 있는 내용으로 보아 이 작품을 과연 문면 그대로 실존했던 어느 승려의 청탁을

---

32) 佛說譬喩品曲盡, 種種物相, 彌覺高妙, 此文近之, 而解脫六諦, 圓證實相, 決非大乘以下口氣.

바아 창작된 것으로 볼 수 있을지 의심된다. 다시 말해서 이 작품이 탑명의 형식을 빈 일종의 희작戱作일 가능성도 전적으로 배제할 수는 없을까 한다.[33]

불교적인 내용으로 인정한 연구자는 김혈조와 정민이다. 김혈조는 이를 스승의 유업을 계승 발전시켜야 한다는 권면을 담은 것으로 해석했다.

마찬가지로 스승의 죽음에 집착하여 이를 슬퍼만 하지말고, 또한 스승의 유체인 사리탑에서 스승의 형상을 찾으려고 애쓸 필요도 없다. 요컨대, 스님의 죽음을 보다 실천적으로 해석하라는 말이다. 스승이 생전에 편 공업은 그의 죽음과 함께 끝났다. 이제 그 공업을 계승하여 이를 확산시켜야 할 실천적 과제가 제자에게 부여된 것이다. (중략) 이것이 진정 스승이 마음으로 남긴 유지를 마음으로 받아 전하는 길이다. 곧 이심전심이다.[34]

정민은 한편으로는 이규경이 말한 '유가의 가르침'을 수용하면서 한편으로는 이 글을 대승 차원의 법문이라고 해석한다.[35]

결론부터 말해 논자(정민-필자주)는 이 글이 단지 불교를 배척한 글만은 아니라고 본다. 표면적으로 연암은 사리탑을 세우고 거기에 탑명을 새겨 놓으

---

33) 安大會, 〈燕巖 朴趾源 散文의 表現技法과 主題 試攷-塵公塔銘을 중심으로〉, ≪한국어문≫ 3, 한국정신 문화연구원, 1994. 153~166쪽. 金允朝, 〈≪幷世集≫ 所載 연암 작품의 검토〉, ≪安東漢文學論集≫第6輯, 安東漢文學會, 1997. 354~355쪽. 안대회의 견해는 鄭珉의 논문(〈燕巖 朴趾源의 〈塵公塔銘〉 管窺〉, ≪한국 고문의 이론과 전개≫, 태학사, 1998. 511쪽에서 재인용.)을 참고했다. 김윤조의 견해는 뚜렷하게 제시되지는 않았지만 주로 불교 배격의 내용이라고 평가한 것들을 인용한 것으로 보아 이 범주로 분류했다. 인용문은 안대회의 논문 뒤에 붙은 金明昊의 논평문(169쪽) 내용이다. 김명호의 견해는 자신의 논문 〈연암 문학사상의 성격〉(한국한문학연구 제17집, 한국한문학회, 1994, 441~442쪽.)에서 다시 재론되었는데 여기 인용문은 정민의 논문을 재인용한 것이다.

34) 金血祚, 앞의 글, 86쪽.

35) 鄭珉, 앞의 글, 504~511쪽.

려고 하는 현랑의 행위를 신랄하게 비판하였다. 그리고 주인공이 되었어야 할 주공의 생애도 외면하고 탑명조차 희화화시켜 버렸다. 이것을 표층 의미로만 읽는다면 명백히 척불斥佛로 읽힌다. 그러나 (중략) 연암이 설파하고 있는 논리는 어쩌면 불가의 대승 이상의 구기를 갖춘 상승의 법문으로 읽는 것이 더 자연스럽기조차 하다.36)

표층적인 관점에서 보면 척불로 읽히지만 연암의 논리는 불가의 대승 차원의 법문이라는 것이다. 이 글의 불교적인 성격을 파악했다는 점에서 정민의 견해는 기존의 견해보다는 실상에 더 접근한 것으로 보인다. 그러나 이 글에 유가적인 가르침이 깃들어 있다고 한 것에 이르러서는 그렇게 적절하게 보이지 않는다.

이 연구자가 유가적인 가르침이 담겼다고 한 것은 이규경의 지적 때문으로 보이는데, 그가 구체적으로 지적한 것은 두 가지다. 하나는 이심전심에 대한 연암의 태도다. 이 연구자는 연암이 이심전심을 비판적으로 보았다고 하면서 이것은 주자의 관심설 비판의 영향이라고 생각했다. 그러나 뒤에 논하겠지만 연암의 이심전심을 부정한 것이 아니라 현랑에게 이심전심의 의미를 제대로 알라고 나무랐던 것이므로 이런 지적은 그다지 유효해 보이지 않는다.

다른 하나는 이 글에 실린 시의 내용 중 열매의 씨를 인仁이라고 하고 그 이유를 살고 살아서 그치지 않기 때문이라고 한 내용 때문이다. 이 연구자는 여러 곳에서 유가와 관련된 증거를 찾았다. 유만주는 성性을 살구씨 곧 행인杏仁에 비유했고, 정자는 인仁을 '살고 살아서 그치지 않음'으로 풀었으며, 주자와 가현옹이 인을 '자연이 사물을 낳는 마음'으로 풀었으니 이것이 그 증거라는 것이다.37)

---

36) 鄭珉, 앞의 글, 510쪽.
37) 鄭珉, 앞의 글, 506~508쪽. 兪晚柱, 程子, 朱子, 家鉉翁에 대한 인용문과 해설은 이곳을 참조할 것.

하지만 이런 증거들이 비록 중요한 발언이기는 하나 연암의 의도와 일치하는 것이 아니다. 우선 유만주의 비유는 연구자 스스로 지적했듯이 심성의 구조가 심心, 덕德, 성性의 삼중 구조로 된 것을 비유하기 위해 살구 열매의 구조를 원용한 것이다. 심성의 삼중 구조가 과육, 과핵, 핵 안의 속살 등 삼중 구조와 비슷하다는 의미에서 성性을 살구씨(杏仁)에 비유한 것이지 인仁의 본질을 씨에 비유한 것은 아니다.

또 인仁과 '살고 살아서 그치지 않는' 말을 연결시켜서 유가적인 우의를 찾은 것도 적실한 것은 아니다. 정자나 주자가 말한 인의 특성은 유가 철학의 관점인 것은 사실이다. 그러나 〈규공탑명〉에서 '살고 살아서 그치지 않는'다고 한 것은 인의 본질이 아니라 씨의 생명력을 지칭한 것이다. 따라서 인이 '살고 살아서 그치지 않는' 이미지로 해석되었으므로 이 글에 유가적인 우의가 있다고 판단한 것은 적절하다고 할 수 없다.

뒤에서 다시 논하겠지만 연암의 표현에서 느껴지는 것은 오히려 불가적인 함축성이다. 더구나 불가에서는 마음의 번뇌가 없어지지 않는 것을 풀뿌리가 '살고 살아서 그치지 않는' 모습으로 비유한다. 만약 '살고 살아서 그치지 않는' 것이 유가의 이미지라고 한다면 이 글에서는 오히려 유가적인 용어를 이용하여 불가적인 가르침을 전했다고 할지언정 그 반대의 표현을 쓰기는 어렵다.

씨를 인이라고 하기니 '살고 살아서 그치지 않는'다고 한 것은 씨의 생명력을 두고 표현한 것이다. 이런 관념은 실은 특정 사상에서만 가능한 것은 아니라 일반적인 관념으로 취급할 수 있는 문제다. 따라서 이 글의 의미는 유가적인 우의를 배제한 채 해석하는 것이 좋다. 결론부터 말하자면, 이 글은 규공 스님의 죽음을 두려워할 것도 없고, 사리를 모아 탑을 세우려고 할 필요가 없고, 스승의 가르침을 마음 속으로 깨달아야 한다고 말한 것이다.

연암은 스님의 죽음을 열매가 떨어신 것에 비유한다. 열매가 떨어지자 사람들은 스님이 죽은 것으로 생각하지만, 연암은 열매의 이치가 씨에 있으며, 씨는 영원히 살아 있는 것이라고 말한다. 이 씨는 곧 스님의 가르침, 곧 불교의 진리를 뜻한다. 스님은 부처의 가르침, 곧 진리로서 영원하니, 스님의 죽음과 그 기념보다는 스님의 가르침을 마음에 담아두라는 뜻이다. 이것이 이 글의 주제다.

연암은 현랑의 행위를 비판하고 현랑의 인식을 부정했다. 하지만 이것은 불교에 대한 비판이 아니다. 연암의 비판은 철저하게 불교적 인식론과 존재론에 바탕을 두고 있다. 현랑에 대한 비판은 그가 불교적 관점에 철저하지 못한 점을 비판한 것이지 불교를 비판한 것이 아닌 것이다. 따라서 이 글의 내용을 불교에 대한 비판이나 유교적 관점이 개입된 것으로 보는 것은 부적절하다. 이 글은 오로지 불교적 관점과 깨우침을 담은 것이다.

## 부정의 통합과 이율배반

이런 것들은 이 글의 논리 전개 과정을 살펴보면 확인된다. 이 글의 논리 역시 부정의 통합 논리의 틀을 지니고 있다. 이 글에서 중심이 되는 것은 스승의 죽음을 받아들이는 태도이다. 이 글에서 스승의 죽음에 대한 대중의 반응은 두 가지다. 하나는 스님의 죽음을 두려워하는 것이고 다른 하나는 스님에 대한 보존 의식이다. 다음 내용을 보자.

스님 규공이 입적한 지 엿새가 되어 보조암의 동쪽 대에서 다비식을 거행했으니, 온숙천 노송나무 아래에서 다섯 걸음도 떨어지지 않은 곳이었다. 밤이면 언제나 빛이 났는데 벌레 등쪽에서 나는 푸른 빛과도 같고, 물고기 비늘에서 나는 흰 빛과도 같고 버드나무 썩은 등걸에서 나는 검은 빛 같기도 했다. 대비구 현랑이 대중을 이끌고 마당을 돌면서 몸과 맘을 정결히 하고 두려워 떨면서 마음 속으로 공덕을 쌓겠노라 다짐했다. 나흘 밤을 넘기고서 곧 스승의 사리 3과를 수습하여 탑을 세우려고 서찰과 예물을 함께 가지고 내게 명을 청하였다.

　나는 평상시 불가의 말을 이해하지 못하지만 애써 청하므로 시험삼아 물어보았다. "현랑! 내가 옛날에 아픈 적이 있어서 지황탕을 복용했었소. 즙을 걸러서 그릇에 부으니 작은 거품이 부풀어올랐소. 노란 좁쌀 같기도 하얀 별 같기도 하고, 아가미 거품 같기도 하고 벌집 같기도 한데, 내 얼굴과 머리가 보여서 마치 눈동자에 부처가 비춘 것 같았소. 거품마다 비춘 상이 여여히 불성을 가지고 있는 것 같았건만, 열이 식으니 거품이 꺼지고, 마시고 나니 그릇이 텅 비고 말았소. 옛날의 맑았던 상태를 누가 공에게 깨닫게 해주겠소." 현랑이 머리를 조아리며 말했다. "내가 내게 확인시킵니다. 저것의 모습과는 관계가 없습니다." 내가 웃으며 말했다. "마음으로 마음에 전한다고 하니, 마음이 아마도 여러 개인 모양이구려?"[38]


규공 스님이 입적하여 다비식을 거행한 후에 밤마다 빛이 나자, 대중과 현랑은 몸과 맘을 정결히 하고 두려워 떨면서 마음 속으로 공덕을 쌓겠노라 다짐했다. 연암이 주목한 부분은 사람들의 반응이었다. 규공 스님의 주검 위에서 나는 빛 때문에 사람들은 몸과 마음을 정결하게 하고 두려워하면 공덕을 맹세했다. 이런 반응은 이들이 스님의 죽음을 곧 모든 것의 이별 또는 단절로 받아들이는 것을 의미한다.

　다비가 끝난 후 현랑이 사리를 들고 탑명을 구하러 왔다. 사리탑으로 스님을 보존히려는 것이다. 따라서 이런 반응은 이들이 스님을 영원한 존재로 받이들이려고 하는 것을 의미한다. 연암은 거품의 비유를 들었다. 탕약 거품 방울에 비춘 자기 모습이 눈동자에 비춘 부처 모습 같았는데,

---

38) 〈塵公塔銘〉. 釋塵公示寂六日, 茶毗于寂照菴之東臺, 距溫宿泉檜下不十武. 夜常有光, 蟲背之綠也, 魚鱗之白也, 柳木朽之玄也. 大比邱玄郎率衆繞場, 齋戒震悚, 誓心功德. 越四夜, 迺得師腦珠三枚, 將修浮圖, 俱書與幣, 請銘于余. 余雅不解浮圖語, 旣勤其請, 迺嘗試問之曰, "郎! 我疇昔而病, 服地黃湯, 漉汁注器, 泡沫細漲, 金粟銀星, 魚呷蜂房. 印我膚髮, 如瞳栖佛, 各各現相, 如如含性. 熱退泡止, 吸盡器空. 昔者惺惺, 誰證爾公." 郎叩頭曰, "以我證我, 無關彼相." 余大笑曰, "以心觀心, 心其有幾?"

거품이 꺼지자 모두 사라져 버렸다고 했다. 거품은 스님을 의미한다. 규공 스님의 존재도 진짜 같지만 허상이라는 것이다. 굳이 사리탑을 세워 보존할 일이 아니라는 것이다.

그래서 연암은 규공 스님이 살았었다는 것을 어떻게 증명할 수 있겠느냐고 되물었다. 그러자 현랑은 자기가 스님을 보았으니 자신이 스님의 존재를 증명할 수 있다고 했다. 그러자 연암은 이심전심의 말은 마음이 여러 개라는 뜻이 아니라고 말했다. 마음 속에 스님이 있다는 것은 마음이 실재한다는 것을 의미하는데, 이심전심의 불교의 심법은 마음의 실재성을 인정한 것이 아니라는 것이다.

대중과 현랑의 반응은 어떤 의미를 지닌 것일까? 스님의 죽음을 두려워한 것은 육체의 죽음을 죽음으로 받아들인 것이다. 따라서 이는 스님의 존재를 육체(형상)로서 생각했다는 뜻이 된다. 사리는 보존하려는 것은 스님을 영원히 보존할 수 있다고 생각한 것이다. 이는 스님이 육체적 죽음을 넘어서 영원히 존재할 수 있다고 생각했다는 뜻이 된다.

육체를 인정한 것은 형상의 실재성을 인정한 것이다. 영원성을 인정한 것은 본체의 실재성을 인정한 것이다. 스님의 죽음을 인정하던가 보존하던가 하는 것들은 결국 형상과 본체의 실재성을 인정하는 태도를 의미하는 것이다. 연암은 이 둘을 모두 부정했다. 스님의 존재 자체가 모두 거품 같다는 것이다. 그래서 이 글의 논리 전개는 두 개의 대립 개념을 부정한 후 그것을 통합한 형태가 되었다. 부정의 통합 논리인 것이다.

그런데 이 글은 여기에서 그치지 않았다. 연암은 다시 스님의 존재를 인정했다. 씨의 비유가 그것이다.

　　　이에 그를 위해서 시를 붙인다.
　　　"구월이라 하늘 가득 서리 내려서
　　　모든 나무 말라붙고 잎이 졌거늘

나뭇가지 꼭대기를 힐끗 봤더니
열매 하나 벌레 먹은 잎에 가렸네
위는 붉고 아래는 누렇고 파래
벌레 먹어 씨가 반쯤 나와 있는데
여러 아이 올려보며 모여 서서는
손을 모아 다투어 따려하지만
돌멩이를 던져봐도 멀어 안 맞고
막대기를 이어봐도 높아 안 닿네
바람맞아 흔들려 떨어졌건만
온 숲을 다 뒤져도 찾지 못하자
아이들은 나무 돌며 울어대면서
부질없이 까막까치 원망만 하네
이에 내가 아이에게 비유하나니
너희 눈은 산 나무만 보려하누나
올려 봐선 찾을 길 이미 없거늘
고개 숙여 주울 생각 전혀 안 하네
열매가 떨어지면 땅에 있는 법
발 밑에서 이리저리 채일 것이니
하필이면 빈 하늘만 찾아 헤매나
열매 이치 외려 씨에 남은 법인데
씨를 일러 '인'과 '자'라 하는 까닭은
대 이어서 살고 살기 때문이라네
마음으로 마음에 전한다 하면
탑에 가서 ㄱ 이치 깨달으시게.[39]

열매가 떨어지자 아이들이 안타까워만 할 뿐 열매가 떨어져서 씨로

---

[39] 〈麈公塔銘〉. 乃爲係詩曰, 九月天雨霜, 萬樹皆枯落, 瞥見上頭枝, 一果隱蠹葉, 上丹下黃靑, 核露蠐半蝕, 群童仰面立, 攢手爭欲摘, 擲礫遠難中, 續竿高未及, 忽被風搖落, 遍林索不得, 兒來繞樹啼, 空詈烏與鵲, 我乃比諸兒, 爾目應生木, 爾旣失之仰, 不知俯而拾, 果落必在地, 脚底應踐踏, 何必求諸空, 實理猶存核, 謂核仁與子, 爲生生不息, 以心若傳心, 去證慶公塔.

영원히 살아있는 것이라는 깨닫지 못한다는 것이다. 열매가 떨어졌다는 것은 스님의 죽음을 비유한 것이다. 아이들이 안타까워한다는 것은 현랑과 대중의 반응을 비유한 것이다. 열매가 씨로 살아 있는 것이라는 것은 스님은 그 가르침은 영원한 것이라는 뜻이다.

앞에서 두려움과 기념에 대한 반응을 힐난하여 스님을 아예 잊으라고 말해 놓고, 시에서는 다시 씨의 비유를 통해 스님을 기억하라고 말한다. 스님의 형상과 본체를 모두 부정한 것이라면 스님의 가르침조차 인정하지 않아야 한다. 그런데 연암은 열매가 씨로 남는다는 비유를 했다. 씨는 스님의 가르침이므로 만약 스님의 가르침을 인정하면 스님의 존재(형상과 본체)를 인정하게 된다.

그러나 다시 인정된 스님은 두려움과 기념의 차원에서 인식되던 스님이 아니다. 스님은 형상과 본체로서 존재하는 존재가 아니다. 이 둘은 이미 부정된 것이다. 다시 긍정된 스님은 이러한 공의 가르침이다. 따라서 스님의 인정은 형상과 본체를 부정하기 위해서 임시적으로만 인정된 것이다. 곧 이 글의 논리 구조는 부정한 것을 다시 인정했던 〈관재기〉의 그것과 유사한 셈이다.

이 글이 이렇게 된 것은 이 글이 스님의 죽음을 다룬 것이기 때문일 것이다. 그러나 한 편으로는 다른 이유를 추정해 볼 수 있다. 그것은 이 글이 부탁받은 글이었기 때문이다. 씨로서의 존재를 인정한 것은 어쨌거나 대중과 현랑의 인식과 욕구를 인정하는 셈이 된다. 인식론적으로는 가정적이어서 불완전한 것이지만 글을 주고 받는 문맥에서 보면 이런 배려는 청탁자의 욕구를 해결해주는 구실을 한 것으로 생각된다.

이런 해석은 이 글을 둘러싼 텍스트 문제에 대한 새로운 관점을 제공한다. 박영철본 ≪연암집≫의 텍스트는 앞에서 인용한 서문과 시만 실려 있는데, ≪병세집≫과 ≪시가점등≫에는 이것 외에 또 다른 게송이 붙어 있다. 그런데 다른 게송 부분에 대해서 ≪병세집≫의 두주 부분에는 ‘이 일단락은 잘라내야 한다(此一段當刪)'고 했고, ≪시가점등≫에서는 '규공탑명병명평虯公塔銘幷銘評'이라고 이름을 붙여서 마치 명에 대한 평처럼 취급되어 있다.[40]

게송을 이 글의 일부로 인정하면 이 글에는 게송과 시가 함께 붙어 있는 꼴이 된다. 그러나 게송이나 시가 명칭만 다를 뿐 명銘 구실을 하는 점은 같다는 점에서 연암이 이 둘을 함께 붙여 놓았을 가능성은 거의 없다. 그러므로 이 게송이 연암의 작품이라면 연암은 이 둘을 썼다가 최종적으로 게송을 버리고 시를 선택했었으리라고 추정하는 것이 자연스럽다.

그렇게 판단하는 근거는 무엇일까? 그것은 바로 씨의 비유 때문이다. 씨의 비유는 스님의 가르침을 기억하라는 것이며 그 가르침은 영원하다는 것이다. 그러나 게송에는 이런 내용이 없다. 게송은 거품의 비유뿐이라 실재성 부정만 강조되었을 뿐이다. 둘 다 불교적인 것은 분명하지만, 씨의 비유가 공의 논리에 더 부합할 뿐 아니라, 대중과 현랑의 요청에 부합한다는 점에서 시가 최종적으로 선택되었을 것으로 보인다.


## 5. 공의 논리와 부정의 통합

대승불교의 기본이 되는 반야 사상·중관 사상은 현상과 본체를 모두 부정하는 동시에 주관과 객관의 분별 역시 부정한다.[41] 이들이 사물의

---

40) 안대회는 이 부분을 이규경의 것으로 이해했고, 김윤조는 박지원과 동시대의 다른 인물로 추정했고, 정민은 박지원의 글로 보았다. 필자는 정민의 견해에 동의한다. 김윤조, 앞의 논문, 353쪽. 정민, 앞의 논문, 488~492쪽.

41) 梶山雄一 외, 정호영 옮김, ≪공의 논리≫, 민족사, 1994, 152~162쪽. 중관 사상은 반야 사상에서 나왔다.

존재상을 설명하는 방식의 하나가 연기설緣起說이다. 연기는 시간의 선후 관계에 따른 인과 관계 또는 논리적인 상대 관계를 포함한 의존성 일반 을 의미하는 것으로, 곧 모든 사물이 서로 의존 관계에 있다는 것이다. 그런데 의존 관계에 있다는 것은 독자적으로 존재하지 않는다는 것을 의 미한다.

사물의 존재상을 설명하는 또 다른 이론은 찰나멸론刹那滅論이다. 찰나 멸론이란 모든 존재가 생긴 순간에 소멸하면서 한 순간 전의 존재가 원 인이 되어 다음 순간의 존재를 낳지만, 그 원인과 그 결과가 동일하지 않 다고 하는 주장이다. 결국 모든 것은 각 순간에 별개의 것으로 생성되는 과정을 계속하는 셈인데, 이런 까닭으로 동일성을 갖고 영속하는 것이 없다는 것이다.42)

사물의 독자성과 동일성이 없을 때 그 사물의 본체를 따지기 어렵다. 본체의 존재 자체가 부정되는 것이다. 역으로 본체가 인정되지 않는다면 형상의 존재도 인정될 수 없는 법이다. 원래 본체란 형상이 있을 때만 그 존재를 논할 수 있는 법이기 때문이다. 그래서 이 둘은 기본적으로 동시 적인 것이다. 하나의 존재를 인정하지 않으면 다른 것의 존재도 인정할 수 없는 것이다.

그래서 반야 사상·중관 사상은 이 둘을 모두 부정한다. 불교에서 이 렇게 아무 것도 존재하지 않은 상태를 존재론적으로 공空이라고 한다. 흔히 이해하듯 공이라는 것은 형상이 소멸된 상태를 가리키는 것이 아니 라 형상과 본체가 모두 부정된 상태를 말하는 것이다. 그리고 이런 존재 론의 바탕에는 독자성이나 동일성을 부정하는 이론들이 있는 것이다.

인식론적으로 보자면 존재를 인식하는 것은 마음 곧 인식의 작용이다. 유식론에서는 마음의 사물도 인식 작용으로만 설명하지만, 일반적으로

---

42) 같은 책, 46~56쪽, 66~81쪽. 찰나멸론에 관한 논의는 전반적으로 이를 참고했다.

사물과 인식 작용은 짝을 이루는 것이다. 그러므로 인식의 작용, 곧 마음의 존재를 인정하게 되면 사물의 존재를 인정하게 되고, 사물의 존재를 인정하면 마음의 존재, 인식의 작용을 인정하게 된다. 또한 마음과 사물, 주관과 객관의 어느 하나를 부정하려면 나머지 하나도 부정해야 하는 것이다.

불교의 논리에서는 모든 의식작용, 곧 마음의 실재성을 부정한다. 이는 모든 객관과 주관을 부정하기 위한 것이다. 그러므로 객관과 주관의 구별 자체를 망념이라고 생각한다. 객관과 주관을 인정하면 여기에서 감각과 지각, 인식이 생겨나서 사람들이 미망에 빠지게 된다는 것이다. 따라서 불교의 진리를 깨달으려면 주관과 객관의 분별 의식을 뛰어넘어야 한다고 말한다. 분별은 그것의 존재를 인정하는 셈이 되기 때문이다.

형상과 본체의 부정, 주관과 객관의 부정은 공 사상의 핵심이다. 공은 형상도 본체도 없는 것이기 때문에 인간의 언어나 사유로는 설명할 수 없다. 그러므로 공의 내용을 모습을 설명하지 않는다. 마찬가지로 주관과 객관의 분별을 뛰어넘은 마음과 인식에 대해서도 설명하지 않는다. 인식의 대상이 아니어서 인식할 수 없기 때문이다. 그것은 인식하는 것은 분별의 마음을 뛰어 넘은 참마음뿐이다.

말은 의식 작용의 산물이다. 따라서 말로 전달되는 것은 의식 작용의 대상이 된 것이다. 불교의 진리는 의식 작용 너머에 있기 때문에 말로 표현될 수 없다. 그러므로 그것은 언어를 뛰어넘어서 전달된다. 마음과 마음으로만 전달되는 것이다. 여기서 마음은 객관과 대립된 주관이 아니라 분별을 뛰어넘은 참마음이다. 불교의 깨달음을 불립문자不立文字요, 이심전심以心傳心이라고 하는 것은 이것 때문이다.

공의 세계를 깨달은 참 마음의 차원에서 객관과 주관 모두 허상이다. 마음의 욕망과 번뇌는 모두 망상이요, 세상의 부귀영화 역시 허상이다. 불교적 진리를 깨달으면 이런 모든 것에서부터 자유로워질 수가 있다.

어느 것에도 집착하지 않을 수도 있다. 이것이 깨달음의 궁극적인 목표다. 그래서 공의 세계, 분별 없는 마음, 무집착은 모두 동시적인 것이다.

그런데 분별 없는 마음으로 보면 현실과 깨달음의 세계를 나눌 필요가 없다. 그래서 반야 사상·중관 사상에서는 속세와 불교의 세계를 구분하지 않는다. 비록 현실이 허상이지만 깨달음은 이곳에서 이루어져야 한다. 부정했던 현실을 다시 인정하게 된다. 곧 현실의 부정을 통해 깨달음의 세계를 발견했지만 다시 현실 세계로 돌아온 것이다. 그래서 대승불교에서는 현실의 삶을 중요하게 생각하는 것이다.

그래서 대승불교의 논리는 부정의 통합과 이율배반이라는 두 가지 성격을 지닌 것으로 생각된다. 논리적인 틀을 다시 정리해보자. 공의 논리는 형상과 본체, 주관과 객관의 대립항을 모두 부정한다. 그러나 결론은 대립항의 통합이 아니라 부정 자체의 통합이다. 이것은 부정의 통합 논리다. 그러나 부정과 동시에 부정했던 대상을 다시 긍정한다. 이것은 이율배반의 논리요, 딜레마의 논리다.

〈선귤당기〉에서는 새 이름과 옛 이름이, 〈관재기〉에서는 연기의 형상과 사라짐이, 〈발승암기〉에서는 돈·부귀와 명예가, 〈규공탑명〉에서는 두려움과 보존 의식이 각각 대립되었지만 이것들은 모두 부정되었다. 부정은 통합되었지만 이것은 두 대립항의 합이 아니었다. 이것은 부정의 통합 논리다.

동시에 혹은 명시적으로 혹은 함축적으로 제시되긴 했지만 부정이 부정으로만 끝난 것은 아니었다. 〈선귤당기〉에서는 이덕무의 삶이, 〈관재기〉에서는 현실 긍정이, 〈발승암기〉에서는 자유로움이, 〈규공탑명〉에서는 스승의 가르침이 그 부정의 너머에서 제시되었다. 이런 것은 초월적 대립 논리이거나 이율배반의 논리요 딜레마의 논리다.

이런 논리 구조는 변증법적인 논리 구조와 비슷하지만 동일한 것은 아니다. 그런 의미에서 이를 불교적 변증법이라고 불렀다.

## 6. 맺음말

연암에게 있어서 불교적 변증법을 지닌 작품들은 일반적인 변증법의 그것보다는 제한적이다. 이런 논리는 대개 불교와 관련되었거나 그와 관계된 사람에게 준 글에서만 발견된다. 논리 전개 방식을 진리 증명이나 진리 인식의 방식으로 간주할 수 있지만, 이 논리가 연암의 글에서는 제한적으로 발견된다는 점에서 이를 연암의 일반적인 세계관이나 인식논리로 간주하기는 어렵다.

그런데 연암이 이런 방식을 불교 관련 문장에 활용했다는 것은 일반적으로 말하자면 그가 각 문장의 기본적인 성격을 고려하면서 글을 썼다는 증거가 된다. 한편으로는 이 글의 논리 구조는 그의 불교적 소양이 결코 만만한 수준이 아니라는 것도 보여준다. 그는 대승불교의 핵심 논리를 알고 있었을 뿐 아니라 그것을 활용하여 유수한 문장을 만들 수 있을 만큼 익숙한 상태였던 것이다.

위의 논의에도 불구하고 불교와 연암에 대한 일반적인 상황이 밝혀진 것은 아니다. 연암이 언제부터 불교에 관심을 가졌을까? 누구로부터 어떻게 배웠을까? 그의 불교에 대한 이해는 만만한 것이 아니어서 주변에 불교에 대한 깊은 이해를 가진 사람이 있었을 것으로 보이지만 구체적인 사실을 밝힌 것은 아니다. 불교적인 내용의 글을 준 서상수나 이덕무가 그럴 가능성이 많지만 이 역시 확인된 것은 아니다.

≪역≫과 불경은 동양에서 변증법과 불교적 변증법의 원천이다. 이 둘은 그 결론과 지향점이 전혀 반대지만 유사한 측면도 있다. 연암은 이 두 가지 논리를 글의 논리 전개에 모두 활용하고 있다. 이는 연암 사유의 폭이 매우 넓었었음을 시사하는 것이다. 그렇지만 연암에게 이 둘의 관계는 어떤 것일까? 이 부분에 대한 의문도 있었지만 함께 고찰하지 못했다. 모두 후고를 기약한다.

# 문학적 형상화의 원리와 수사적 양상

문학적 형상화의 원리
연암 산문의 수사적 양상

# 문학적 형상화의 원리

## 1. 머리말

연암燕巖 박지원朴趾源(영조 13년~순조 5년, 1737~1805)은 문학론에 관한 다양한 글을 남겼다. 〈소단적치인騷壇赤幟引〉은 문장의 수사적 원리에 대한 글이고, 〈초정집서楚亭集序〉, 〈녹천관집서綠天館集序〉, 〈공작관문고자서孔雀館文稿自序〉는 당대의 논란거리 중의 하나인 법고론法古論과 창신론創新論의 문제점과 해결책을 피력한 글이다.

문학론에 관한 글 중에 독특한 내용을 지닌 글이 하나 있다. 〈종북소선자서鍾北小選自序〉이 그것이다. 이 글에서 연암은 문학적 형상화의 원리에 대해서 논했다. 그는 역과 그림과 문학이 모두 자연을 기원으로 하지만 그 형상화의 원리가 다르다고 하면서 문학의 형상화 원리로 소리·색깔·감성·의경 네 가지를 제시했다. 네 가지 개념은 비록 그 자체기 새로운 것이 아니지만 그것이 지닌 의의는 주목할 만한 일이다.

이 글이 지닌 의의는 이에 그치지 않는다. 이런 개념들은 분명히 연암이 실제 창작과정에서 활용하던 것이었을 것으로 보인다. 따라서 이 글의 분석을 제대로 할 수만 있다면 우리는 그의 작품들을 분석하는 기준의 하나를 새롭게 발견하는 연구 성과를 얻을 수 있을 것이고, 나아가서 전통 사회의 한문학 전반에 걸친 미학적 분석의 틀 하나를 얻을 수 있을 것이다.

그래서인지 이 글은 여러 연구자들의 관심을 끌었다. 그렇지만 이 글을 본격적으로 분석한 경우는 드물었다.1) 본고는 〈종북소선자서〉의·내용을 분석하려고 한다. 이를 통해 연암이 생각한 문학적 형상화의 원리를 이해하고, 문학 작품의 비평적 기준을 확보할 것이다. 텍스트로는 박영철본을 사용했다.2)


## 2. 역·그림·문학의 형상화 원리


≪종북소선≫은 연암이 종북 곧 종루 북쪽의 전동典洞에 살던 시기에 쓴 글을 주로 모은 것으로 추정된다.3) 이 안에는 〈자서〉 외의 서문이 12개, 기문記文이 6개, 제발題跋이 4개, 묘갈명墓碣銘이 4개 실려 있다. 이 곳에 실린 서문에는 문학에 관한 내용이 많고, 기문에는 젊은 시절의 교우

---

1) 졸고, 〈연암 박지원의 〈종북소선자서〉연구〉, 태동고전연구 제8집, 태동고전연구소, 1992.

　김혈조, 〈연암 박지원의 사유양식과 산문 문학〉, 성균관 대학교 박사학위논문, 1992, 276~298쪽.

　박수밀, 〈燕巖 朴趾源의 文藝美學 硏究〉, 한양대학교 국어국문학과 박사학위논문, 2000, 12, 95~116쪽. 연구사에 대한 정리는 박수밀의 논문 96쪽 주석 2번 참조할 것. 본고는 〈연암 박지원의 문장 연구〉(연세대학교 국어국문학과 박사학위논문, 1993, 36~65쪽)을 개고한 것이다.

2) 朴趾源, ≪燕巖集≫, 慶熙出版社, 1966, 103쪽. 이하 〈鍾北小選自序〉의 출전은 따로 밝히지 않는다.

3) 이곳의 글은 대부분 이 시기의 글이지만 〈梁護軍墓碣銘〉, 〈雲峰縣監崔君墓碣銘〉 등은 말년에 쓴 글이다. 이와는 반대로 이 시기에 쓴 것으로 추정되는 〈楚亭集序〉는 安義 縣監 시절 혹은 그 이후의 글을 모아 놓은 ≪煙湘閣選本≫에 끼어 있다. ≪鍾北小選≫의 편집이 연암 자신에 의한 것인지 그의 아들이나 후대의 편집자에 의한 것인지 확실하지 않아서 착간의 이유를 짐작할 수 없지만, 상황에 따라서 ≪鍾北小選≫의 편집시기, 자서의 집필 시기에 대한 논란이 있을 수 있다.

관계와 그의 사고 방식들을 짚어볼 수 있는 내용들이 많다. 이 문집의 서문으로 쓴 것이 바로 〈종북소선자서〉다.

〈종북소선자서〉는 크게 세 단락으로 나눌 수 있다. 첫 번째 단락은 역과 그림과 문학의 기원과 본질에 대해 설명한 내용이고, 두 번째 단락은 문학의 형상화 원리로 소리·색깔·감정·의경을 제시하고 그것의 의미에 대하여 설명한 내용이고, 세 번째 단락은 앞의 두 단락의 내용을 정리하면서 그것이 역과 그림과 문학의 본질을 이해하는데 필수적이라는 점을 다시 한번 확인하는 내용이다.

## 1) 역과 기호

역의 성립에 대한 전통적인 견해는 포희씨庖犧氏 제작설이다. 포희씨가 하늘과 땅을 굽어 살펴서 음양의 효를 만들고 또 효를 쌓아서 괘를 만들었다는 내용이다. 또 팔괘의 성립에 관한 이론에는 취상설과 취의설이 있다.4) 취상설은 사물의 형상을 본떠서 만들었다는 것이고 취의설은 그 뜻을 취하여 만들었다는 것이다.

취상설쪽에 섰던 당나라의 공영달孔穎達은 성인이 괘에 이름을 붙일 때 여러 가지 근거로 이름을 붙였다고 말했다. 어떤 것은 사물의 형태를 나타내고, 어떤 것은 사물의 작용이나 성질을 취했고 어떤 것은 사람의 일을 취했다고 한다. 그래서 역은 삼라만상과 인간만사를 포괄한다는 것이다. 즉 괘는 사물의 형상이나 사람의 일을 취하여 만들어졌고 또 그것

---

4) 朱伯崑, 《易學哲學史 上》, 北京, 北京大學出版社, 1986, 11~26쪽. 取象說과 取義說에 관한 설명은 이 책을 참조할 것. 이 글에서는 이외에 역을 해석하는 관점으로 變卦說을 더 꼽는다. 변괘설은 괘의 6爻 중에서 어떤 효 하나를 선택하여 길흉을 추단한다. 그 효를 可變之爻라고 하는데 이는 본괘 중에서 9, 6의 數이거나 혹은 老陰 老陽의 象이다. 효가 변하면 음양이 뒤바뀌어서 새로운 괘를 만드는데 이것을 가지고 점을 치는 일의 근거로 삼는 것이다.

을 취하여 이름 삼았다는 뜻이다.

이런 설명은 괘의 구성이 세 가지로 이루어졌음을 말해주는 것이다. 그것은 기호자체, 이름, 의미(사물의 형상이나 사람의 일)의 세 가지다. 다음 인용문을 보자.

> 성인이 괘에 이름을 붙일 때 체례가 같지 않았다. 어떤 것은 사물의 형상으로 괘의 이름을 삼았으니, 비괘否卦・태괘泰卦・박괘剝卦・이괘頤卦・정괘鼎卦 따위가 이것이다. 어떤 것은 사물의 작용으로서 괘의 이름을 삼았는데 건괘乾卦・곤괘坤卦 따위가 이것이다. 이와 같은 것이 많았다. 비록 사물의 형상을 취하되 사람의 일로써 괘명을 삼은 것은 바로 가인괘家人卦・귀매괘歸妹卦・겸괘謙卦・이괘履卦 따위가 이것이다.
>
> 이렇게 다르게 된 것은 사물에도 여러 가지가 있고 사람의 일에도 여러 가지가 있기 때문이다. 만일 한 가지 일에만 매달리면 만물의 형상을 포괄할 수 없고, 하나의 형상에만 국한된다면 만사를 총괄할 수가 없다. (후략)5)

> 무릇 역은 형상이다. 사물의 형상으로 사람의 일을 밝혔으니 시의 비유와 같다. 어떤 것은 천지와 음양의 형상을 취해서 뜻을 밝혔는데 건괘에서 숨은 용・나타난 용이라고 한 표현이 그것이고, 곤괘에서 서리를 밟으면 굳센 얼음이 곧 언다고 하거나 용이 싸운다고 하거나 한 표현이 여기에 속한다. 어떤 것은 만물의 잡상雜象을 취해서 뜻을 밝힌 것도 있다. 둔괘屯卦의 63효에 사슴 사냥을 하는데 몰이꾼이 없다거나 64효에 말을 탔다가 내린다거나 하는 것이 여기에 속한다.
>
> 이와 같은 것은 역 가운데 많다. 어떤 것은 사물의 형상을 취하지 않고 바로 사람의 일로써 뜻을 밝힌 것도 있다. 건괘의 96효의 군자가 종일토록 쉬지

---

5) 孔穎達, ≪周易正義≫. 朱伯崑, 위의 책, 342쪽에서 재인용. 聖人名卦, 體例不同, 或則以物象而爲卦名者, 若否・泰・剝・頤・鼎之屬是也. 或以象之所用以爲卦名者, 卽乾・坤之屬是也. 如此之類多矣. 雖取物象乃以人事以爲卦名者, 卽家人・歸妹・謙・履之屬是也. 所以如此不同者, 但物有萬象, 人有萬事, 若執一事, 不可包萬物之象, 若限局一象, 不可總萬有之事. (후략) 주백곤은 공영달이 取象說과 取義說을 통합하여 易을 설명했다고 평가한다. 그는 취상설의 주장을 적극 섭취하여 취의설에 바탕을 둔 王弼의 논리를 반박한다는 것이다.

않는다거나 건괘의 63효의 아름다움을 간직하는 것이 바르게 지켜질 수 있다거나 하는 예가 이것이다. 성인의 뜻에 형상을 취할 만한 것은 형상을 취하고 인사를 취할 만한 것은 인사를 취한 것이다.[6]

취의설을 주장한 주자는, 포희씨가 괘효를 만들 때 관찰한 것은 사물의 성질이었는데, 사물의 성질에 음양이 있다는 것을 알아서 음은 —로 표현하고 양은 --로 표현했다고 설명한다. 예를 들면, 건괘가 하늘을 가리킨 것은 하늘의 덕이 씩씩한 것이기 때문에 건이라는 이름을 갖게 되었다는 것이다.[7]

> 여섯 획은 포희씨가 그은 괘다. —은 홀수를 나타낸 것이니 이는 양의 수다. 건乾은 씩씩하다(健)는 뜻이니 이는 양의 성질이다. (중략) 복희씨가 하늘과 땅을 우러러 보고 굽어 살펴서 음양에 홀수 짝수의 수가 있는 것을 알아서 홀수의 획 —을 그어서 양을 그리었고 짝수의 획 --을 그어서 음을 표시했다.
>
> (또) 한번 음이 되고 한번 양이 되는 것에도 한번 음이 되고 한번 양이 되는 형상을 낳는 것을 알아서 아래에서 위로 획을 쌓되 두 개를 쌓고 또 세 개씩 쌓아서 여덟 개의 괘를 만들었다. (또) 양의 성질이 씩씩하고 형체가 있는 것 중 큰 것이 하늘이라는 것을 알아서 세 개의 홀수의 획을 그은 괘를 乾이라고 이름하고 그것을 하늘에 비의했다.[8]

---

6) 孔穎達, ≪周易正義≫. 朱伯昆, 위의 책, 344쪽에서 재인용. 凡易者象也. 以物象而明人事, 若詩之比喩也. 或取天地陰陽之象, 以明義者. 若乾之潛龍見龍, 坤之履霜堅氷, 龍戰之屬是也. 或取萬物雜象, 以明義者, 若屯之六三卽鹿無虞, 六四乘馬班如之屬是也. 如此之類, 易中多矣. 或直以人事, 不取物象而明人事, 若乾之九三君子終日乾乾, 坤之六三含章可貞之例是也. 聖人之意, 可以取象者則取象也. 可以取人事者取人事也.

7) 주백곤에 의하면 주자는 義理學派로 분리된다. 그는 주자를 義理學派와 象數學派의 이론을 통합한 것으로 평가하려는 주장에 대하여 주자가 상수학파의 이론을 흡수한 부분은 邵雍의 河圖洛書의 설뿐이고 상수학파의 해설에 대하여 결코 찬동하지 않았다고 평한다. 朱伯昆, 위의 책, 426~427쪽.

8) ≪周易傳義·乾卦≫. 六畫者, 庖羲所畫之卦也. 一者奇也, 陽之數也. 乾者健也, 陽

그도 괘의 구성을 기호 자체, 이름, 의미(만물의 성질)의 세 가지로 설명한 셈이다. 그러므로 취의설이거나 취상설이거나 역의 구조에 대한 인식은 동일한 것을 알 수 있다. 역은 기호 자체와 기호의 이름과 그 지시 의미의 세 영역으로 이루어졌다는 것이다. 그런데 이름은 기호 자체에 흡수되던가 혹은 의미와 동일시될 수 있어서 독립적인 항목으로 삼지 않아도 좋다.

이 경우, 결국 역의 구조에서 남는 것은 괘효라는 기호와 그것의 지시 내용 두 가지다. 따라서 역의 형상화 원리란 기호화가 되는 셈이다. 그런데 역의 기원과 형상화 원리에 대한 연암의 생각도 이런 관점에서 벗어나지 않는다. 그는 역의 표현 양식에 대해서 포희가 사물을 관찰하고 그것을 숫자로 표현하고 그것을 다시 덧쌓아서 괘를 만들었다는 전통적인 이론을 수용하고 있다.

곧 숫자를 매개로 한 기호화가 바로 역의 형상화 원리라는 것이다. 이와 관계되는 두 가지 내용을 인용하면 다음과 같다.

> 아! 포희씨가 죽은 뒤 그의 문장文章이 흩어진지 오래되었도다. 그러나 벌레에 더듬이가 움직이고 꽃에 암수술이 달려 있고 돌에 푸른빛이 돌고 새 깃에 비취빛이 감도는 것 등, 그것의 문심文心은 변하지 않았다. (중략) 포희씨가 역을 만든 것은 하늘을 우러러보고 땅을 굽어 살펴서 홀수와 짝수의 획을 덧쌓은 것에 지나지 않았는데 이렇게 해서 그림이 되었다.[9]

연암은 포희씨가 '벌레에 더듬이가 움직이고 꽃에 암수술이 달리고 돌에 푸른빛이 돌고 새 깃에 비취빛이 감도는 것'을 관찰하고 기록하여 역

---

之性也. (중략) 伏羲. 仰觀俯察, 見陰陽有奇耦之數, 故畵一奇以象陽, 畵一耦以象陰. 見一陰一陽有各生一陰一陽之象, 故自下而上, 再倍而三, 以成八卦. 見陽之性健而其成形之大者爲天, 故三奇之卦, 名之曰乾, 而擬之於天也.

9) 〈鍾北小選自序〉. 嗟乎! 庖犧氏沒, 其文章散久矣. 然而蟲鬚花蘂, 石綠羽翠, 其文心不變. (중략) 庖犧氏作易, 不過仰觀俯察, 奇偶加倍, 如是而畵矣.

을 만들었다고 했다. 그리고 포희씨가 관찰 내용을 홀수와 짝수의 획으로 표현한 것이 역이며, 그렇게 해서 그림이라는 양식이 나왔다고 했다. 요컨대, 역이란 자연 관찰 내용을 홀수와 짝수의 획을 덧쌓아서 표현한 것이라는 뜻이다.

그렇다면 포희씨가 자연을 관찰했을 때 그 대상은 무엇이었을까? 그것은 벌레·꽃 등으로 지적된 사물의 형상이다. 이것을 두고 연암은 문심이라고 했다. 문심을 음양의 획으로 표현하려면 문심은 추상화 과정을 거쳐야 한다. 그렇게 해서 만들어진 것이 문장이다. 그러므로 문장은 문심에서 나왔지만 추상화 과정을 거친 기호다. 문심은 자연에 속한 것이고, 문장은 포희씨에 속한 것이다.

이 때 문심은 단순한 형상이 아니다. 그때 그 형상은 내면의 반영으로 이해된다. 내면의 원리, 본질, 덕목 등이 반영된 것으로서의 형상이다. 따라서 기호화된 것은 형상이 아니라 내면의 여러 모습들이다. 따라서 문장은 내면이 반영된 기호다. 문장을 내면이 반영된 모습이라고 했는데, 문장이라는 말이 과연 형상이 내면의 반영이라는 의미를 지닐 수 있는 것일까?

문의 용례를 통해 이런 단서를 찾을 수 있다. 문文은 사람에게서 풍기는 분위기, 말이나 글, 몸치장이나 얼굴의 생김새, 심지어는 국가의 예악 제도를 가리키기도 한다. 그런데, 원래 문의 의미가 무늬이므로 이 글자가 몸치장이나 생김새 등을 의미하는 것은 이해되지만 말과 글, 국가 제도 등을 의미하는 것은 이상하게 느껴진다.

그러나 말과 글, 국가 제도가 외면, 곧 무늬일 수 있다고 생각하면 이것 역시 납득할 수 있을 것이다. 사람의 인격을 내면이라고 하자. 그것이 무엇으로 드러나는가? 당연히 말과 글이고, 행동거지다. 국가의 질서를 내면이라고 치자. 그것은 무엇으로 드러날까? 당연히 국가의 제도일 것이다. 따라서 문이 말과 글, 국가 제도를 뜻하게 된 것이 이상한 것이 아니라는 것을 쉽게 이해할 수 있다.

그렇다면 문이 이런 의미를 지니게 된 이유를 역으로 따져보자. 이는 외양인 말과 글에서 내면적 요소인 인격을 알 수 있고, 외적인 형태인 국가 제도에서 내면의 요소인 국가 정체성을 확인할 수 있다고 생각했다는 뜻이 된다. 이런 생각은 외양과 내면이 별개라고 생각하면 상상하기 어렵다. 이것이 가능했다는 것은 전통사회에서 외양이 곧 내면의 반영이라는 사고 방식을 지녔다는 것을 의미한다.

이처럼 문의 개념은 사물의 존재상을 외형과 내면으로 이분화하면서도 동시에 외면과 내면을 통합, 동일시하는 사유방식을 보여준다. 문장이 문심의 외형을 본뜬 것이지만 사물의 내면을 담은 것이라고 주장할 수 있는 것이다. 그러니까 역의 측면에서 보자면 문심이란 기호의 지시내용이요, 문장은 그것의 기호가 되는 셈이다.

요컨대, 역은 숫자로 만든 기호(文章)에 자연의 내면(이치나 원리)을 담은 것이라는 뜻이다. 이는 연암이 역의 형상화 원리를 기호화로 이해했음을 보여주는 것으로, 그의 견해가 전통적인 견해와 크게 다르지 않은 것을 알 수 있다.

## 2) 그림과 상형

역을 기호화로 보았다면 그림의 형상화 원리는 무엇일까? 〈종북소선자서〉에는 역·그림·문자·문학의 발생과 영향관계에 대해 언급한 대목이 나온다. 역과 그림을 비교하면 역이 앞서고 그림이 나중이라고 했다. 문자와 문학을 비교하면 문자가 앞서고 그림이 나중이라고 했다. 그래서 역을 알지 못하면 그림을 알지 못하고 그림을 알지 못하면 문자나 문학도 알 수 없을 것이라고 했다.

역을 읽지 않으면 그림을 모르고, 그림을 모르면 문학을 모르리라. 왜 그런가? 포희씨가 역을 만든 것은 하늘을 우러러 보고 땅을 굽어 살펴서 홀수와 짝수의 획을 덧쌓은 것에 지나지 않았는데, 이렇게 해서 그림이 되었다. 창힐이 문자를 만든 것도 또한 사물의 실정을 다하고 형태를 그대로 본뜨며(曲情盡形) 형태와 뜻을 바꾸고 빌려쓴 것(轉借象義)에 지나지 않았는데, 이렇게 해서 문학이 되었기 때문이다.10)

위의 인용문에서 연암은 역과 그림과 문학의 형상화 원리를 이해하기 위한 순서로 역 → 그림 → 문학을 제시하기도 하고, 발생론적으로는 역 → 그림, 문자 → 문학의 순서를 제시하기도 했다. 여기서 주목되는 것은 그 순서다. 그런데 이 순서를 정하기 위해 두 내용을 비교해 보면 그림과 문자가 동일시되고 있는 것을 발견할 수 있다.

그림과 문자는 전혀 다른 표현 양식이다. 그런데도 연암은 이를 동일시했다. 그 근거는 무엇이고 그것이 의미하는 것은 무엇일까? 근거는 쉽게 찾을 수 있다. 이 둘은 상형이라는 원리를 공유한다. 허신許愼의 ≪설문해자說文解字≫를 보면, 한자의 성립에 관하여 6가지의 원리를 설명하고 있는데 그 중에 하나로 상형을 꼽았다.11) 상형이란 사물의 형태, 특히 외형을 본떠서 문자를 만드는 원리다.

상형의 원리와 문자 사이에는 3가지 개념이 존재한다. 상형과 상형자와 상형문자의 셋이 그것이다. 상형은 사물의 형상을 본떠서 문자를 만드는 원리이므로 그것만으로는 그림의 단계에 지나지 않는다. 문자의 요건을 모양(形)·소리(音)·뜻(義)의 세 가지라고 한다면 상형은 형태와 뜻은 있을지 몰라도 아직 소리가 없기 때문이다.

상형의 원리로 만들어진 그림에 음이 붙고 의미가 고정이 되었을 때

---

10)〈鍾北小選自序〉. 不讀易則不知畫, 不知畫則不知文矣. 何則? 庖犧氏作易, 不過仰觀俯察, 奇偶加倍, 如是而畫矣. 蒼頡氏造字, 亦不過曲情盡形, 轉借象義, 如是而文矣.
11) 段玉裁 注, ≪說文解字注≫, 臺灣, 黎明文化事業公司, 增訂 1판, 1985.

비로소 문자의 단계로 접어들었다고 할 수 있다. 이 때 이렇게 만들어진 하나 하나의 문자가 상형자다. 인류 역사상 이러한 원리에 의해 만들어진 문자는 많다. 이에 반해 상형문자란 하나의 문자가 아니라 문자체계를 말하는 것이다. 어떤 문자체계 내의 거의 모든 문자가 상형의 원리에 의해 만들어졌을 때 그 문자 체계를 상형문자라고 하는 것이다.

단순하게 말하자면, 그림과 문자의 구분은 소리의 유무로 구별된다. 그런데 〈종북소선자서〉에서는 소리에 대한 언급이 없다. 문자의 생성 단계에서도 뜻과 형태(情과 形)만을 말하고, 그것의 응용에서도 형태와 뜻만(象과 義)를 거론했을 뿐이다. 이것을 보면 연암이 말하려고 했던 것은 문자의 모든 속성이 아니라 그림과 같은 상형의 속성이었던 것으로 생각된다.

연암이 문자를 상형의 시각에서 보고 있다는 것은 그의 직접적인 언급에서도 확인된다. 그는 솥과 호리병과 해와 달의 모습을 보고 솥의 세 다리, 호리병의 가는 허리, 해의 둥근 테두리, 달의 활 같은 형상이 정鼎, 호壺, 일日, 월月 등의 문자의 형태에 그대로 남아 있다고 말한다. 문자의 모습이 바로 사물의 형상 그대로라는 것이다. 이런 지적은 그가 문자를 언급한 관점이 상형에 있었음을 의미하는 것이다.

> 솥은 세 다리가 달리고 호리병은 허리가 가늘고 해는 테두리가 둥글고 달은 활의 형상을 하고 있으니 문자의 모습이 지금도 그대로 있다.[12]

문자와 그림이 같은 것은 아니지만 그림 역시 사물의 형상을 그린다. 그림의 가장 큰 관심은 사물의 형상이고 그것을 사실적으로 그리는 것이다. 그래서 그림의 형상화 방식은 기본적으로 상형이다. 어떻게 보면 그림이야말로 상형이 기본 원리라고 할 수 있다. 역과 그림이 똑같이 자연

---

12) 〈鍾北小選自序〉. 鼎足壺腰, 日環月弦, 字體猶全.

을 그렸지만 전자가 기호화를 지향한 반면 후자는 상형을 지향한 것이다. 곧 문자와 그림을 동일시한 것은 상형의 원리를 염두에 두었기 때문이었던 것이다.

이런 동일시를 바탕으로 연암은 역 → 그림/문자 → 문학의 순서를 제시했다. 연암은 역을 읽지 않으면 그림을 모른다고 했다. 이것은 무슨 이유일까? 상형의 방식이 기호화보다 더 진화된 것이라고 본 것일까? 언뜻 생각하면 기호화 방식이 상형보다 더 진화된 것처럼 느껴지는데, 연암의 왜 거꾸로 역보다는 그림이 더 진화된 것처럼 생각했을까?

사물의 묘사나 복원력에 있어서 기호화와 상형의 차이는 아주 뚜렷하다. 기호화가 추상적인 범위를 벗어나지 못하는 반면에 상형은 구체적인 형상을 재현한다. 구체성이나 생동감의 관점에서 보자면 이 둘의 선후관계는 분명해진다. 연암이 역을 읽지 않으면 그림을 모른다고 한 것은 바로 이것 때문으로 보인다.

### 문학과 성색정경

이런 정황을 어떻게 확인할 수 있을까? 이를 확인하기 위해서 역을 읽지 않으면 그림을 알 수 없고, 그림을 모르면 문학도 모른다는 말의 의미를 되새겨볼 필요가 있다. 이 말은 문학적 형상화의 특징이 역과 그림의 연장선상에 존재한다는 것을 함축한다. 역과 그림과 문학의 차이를 정도의 차이라는 관점에서 파악하고 있다는 뜻이다.[13]

그렇다면 그것은 무엇일까? 이를 확인하기 위해 연암이 생각한 문학

---

13) 이것은 문장이 역이나 그림이나 문자와 다른 형상화 원리를 지니고 있다는 것을 의미한다. 비록 역과 그림이 자연과 사람의 모습을 표현하지만 그것으로는 담을 수 없는 모습이 있었을 것이다. 이는 역과 그림의 한계를 뛰어넘는 새로운 양식이 필요했다는 것을 의미하는데, 그것이 바로 문학이었다는 것이다. 그 한계는 역과 그림 사이에 존재하는 것과 같은 것일 것이다.

적 형상화의 내용을 분석해 보자. 연암은 문학의 표현 대상과 표현 방식을 소리·색깔·감정·의경이라고 말했다.

> 바람불고 구름이 끼고 천둥치고 번개가 치며, 비 오고 눈 내리고 서리가 내리고 이슬이 맺히는 것이며, 저 나는 짐승과 물 속에 사는 물고기와 달리는 짐승 뛰는 짐승들이 웃고 지저귀고 울고 또 길게 울고 있으니 소리·색깔·감정·의경(聲色情境)이 지금까지 스스로 존재해 왔다.14)

바람소리·천둥소리·비 오고 눈 내리는 소리·구름 빛·번개 빛·서리 내리고 이슬 맺힌 모습·짐승들의 움직이고 울고 웃는 모습들은 자연의 현상과 변화를 보여준다. 자연의 구체적인 형상들은 소리와 색깔로 존재하며 또 그 현상과 변화는 살아 있기 때문에 감정과 생각을 전하는 것과 같이 느껴진다. 이것은 자연현상과 생명체들의 생동감 넘치는 온갖 양태다.

자연현상과 생명체이 보여주는 이러한 모습들은 곧 구체적이고 생동감 넘치는 자연의 문채文彩를 만들어낸다. 연암은 문채를 만드는 요소를 소리·색깔·감정·의경이라는 4가지 개념으로 정리했다. 자연을 소리의 측면, 색깔의 측면, 감정의 측면, 의경의 측면에서 자연을 바라본다는 뜻이다. 이런 대상은 기호화의 대상인 자연의 내면, 상형의 대상인 자연의 외형과는 다르다.

역이나 그림도 그렇듯이 문장은 인간의 삶을 다룬다. 연암은 자연에만 소리·색깔·감정·의경(聲色情境)가 있다고 생각하지 않았다. 그는 문장에도 소리·색깔·감정·의경이 있다고 주장한다. 이것은 문학의 형상화가 관념적인 내용이나 외면적 모습을 형상화 대상으로 삼는 것이 아니

---

14) 〈鍾北小選自序〉. 其風雲雷電, 雨雪霜露, 與夫飛潛走躍, 笑啼鳴嘯, 而聲色情境, 至今自在.

라, 소리의 측면, 색깔의 측면, 감정의 측면, 의경의 측면에서 삶을 형상화한다는 뜻이다.

역·그림·문학은 자연과 인간을 기록한 세 가지 표현 양식이다. 위에서 보았듯이 세 양식의 관심과 형상화의 방식이 서로 다르다. 역은 자연과 인간의 원리를 담고, 그림은 그 외양을 담고, 문학은 생동감 넘치는 문채, 곧 소리·색깔·감정·의경을 담는다. 그래서 역은 기호화의 방식을 택하고, 그림은 상형의 방식을 취하고, 문학은 성색정경론의 관점을 지닌다는 것이다.

그런데 기호화보다는 그림이, 그림보다는 문학이 더 구체적이고 생동감이다. 연암이 역을 읽어야 그림을 알고, 그림을 알아야 문학을 안다고 한 것은 바로 이를 두고 한 말이다. 역, 그림, 문학의 순서는 형상화 원리의 독자성만 의미한 것이 아니라 형상화의 내용과 구체성과 생동감의 차이를 지적한 표현이었던 것이다. 그렇다면 문학의 형상화 원리, 곧 소리·색깔·감정·의경은 구체적으로 어떤 내용일까?

## 3. 문학적 형상화의 원리, 성색정경론

소리·색깔·감정·의경을 문학적 형상화의 핵심 개념으로 거론한 것은 연암이 처음은 아니다. 그러나 이 네 가지 요소를 하나로 묶어서 정리한 것은 독창적인 것이다. 이제 소리·색깔·감정·의경의 개념을 하나하나 분석해서 그 내용을 파악해보자.

### 1) 소리(聲)

문학에서의 소리를 나타내는 개념들은 다양하다. 비교적 많이 거론된

것으로 성률聲律, 성조聲調, 성운聲韻, 율성律聲 등이 있다. 그런데 이것들
의 의미는 사람마다 문맥에 따라 조금씩 다르게 사용되므로 단일한 개념
으로 정리하는 것이 쉽지 않다. 따라서 문학에 있어서의 소리의 개념은
단어 자체의 뜻에서 찾기보다는 그 단어가 놓여 있는 문맥에서 찾는 것
이 좋다.

곽소우郭紹虞에 의하면 문학에 있어서 소리의 개념은 두 가지로 나누
어진다. 하나는 음악적 소리요, 하나는 문자적 소리다. 음악적 소리는 인
간의 목소리와 대응되는 소리로서 이것은 음조의 높낮이를 나타내는 궁
상각치우의 5성을 가리킨다. 이에 반해 문자적 소리는 문자 자체가 가지
고 있는 소리 자질의 하나로서 한자 특유의 성조인 4성을 가리킨다.

다시 말하자면 음악적 소리는 자연적인 소리요, 문자적 소리는 인위적
인 소리라고 할 수 있다. 그래서 음악적 소리는 부르는(歌) 노래가 되고,
문자적 소리는 읊조리는(吟) 소리가 되었다.15) 음악적 소리는 이른 시기
부터 이용되었으나 문자적 소리는 비교적 늦게 자각되었고 문학적 형상
화에도 늦게 이용되었다.

후대로 오면서 더 많은 관심을 끈 것은 문자적 소리였다. 소리의 결에
대한 규칙을 찾는 노력이 그것이다. 초창기의 이러한 노력은 귀에 듣기
싫은 소리의 결을 피하려는 소극적인 것이었다. 이런 노력의 이론적으로
정리된 것이 성병설聲病說이다. 율시에서는 성조를 평상거입平上去入 4분
체계를 쓰는 것이 아니라 평측平仄의 2분 체계를 사용하는데, 이는 성병
설의 영향이었다.16)

소리에 대한 관심이 꼭 문자적인 부분에 한정된 것은 아니었다. 한편
으로는 음악적인 소리에 대한 관심도 이어졌다. 문학에 있어서 소리의

---

15) 郭紹虞, 〈聲律論考辨〉, ≪照隅室古典文學論集≫, 臺灣, 丹靑圖書有限公司, 1985,
   535~574 쪽.
16) 郭紹虞, 위의 책, 같은 곳.

의의를 강조했던 유파인 명나라 시대 이른바 격조설格調說의 선구인 이 동양李東陽은 음악적인 소리에 관심을 보였다. 그는 누르고 높이고 올리고 떨어뜨리는 소리의 변화에 관심을 가졌던 것이다.17)

산문에 있어서도 소리에 대한 관심은 이러한 두 가지 개념에서 벗어나지 않는다. 소리를 중심으로 산문을 나눈다면 변문駢文과 고문古文으로 나눌 수 있다. 변문이 인위적인 소리인 문자적 소리의 결을 중시한다면 고문은 자연적인 소리인 음악적 소리를 중시한다. 고문에서 억양돈좌抑揚頓挫하는 호흡의 결을 중요시하는 것은 바로 자연적인 소리를 중요시하기 때문이다.18)

그러면 연암이 형상화의 원리로서 여기에서 거론한 소리는 이와 다른 것으로 생각된다. 곽소우가 언급한 소리는 음악적이든지 문자적이든지 언어와 문자가 갖는 물리적인 소리라는 공통점이 있다. 그러나 연암이 말하는 소리는 이러한 소리와 다르다. 연암의 소리는 사람의 소리를 지칭한다는 점에서 위의 개념 어느 것에도 속하지 않는다.

연암은 소리의 두 가지 예를 들었다. 하나는 이윤伊尹과 주공周公의 소리이고 하나는 백기伯奇의 아들과 기량杞梁의 아내 소리이다. 자신이 이윤과 주공의 목소리를 직접 듣지 못했지만 그 소리를 상상하면 충정에 차 있는 것을 느낄 수 있고, 백기와 같은 고아와 기량의 아내 목소리를 상상하면 그 간절함을 느낄 수 있다고 말한다.

"그러면 문장에는 소리가 있는가." "(상나라) 이윤 같은 대신과 주공 같은 (주나라 성왕의) 숙부는 내가 그 말을 듣지 못했지만 그 소리를 상상하면 충정에 차 있고, 백기의 아들 같은 고아와 기량의 아내 같은 과부는 내가 그 모

---

17) 郭紹虞, 〈神韻與格調〉, 위의 책, 199쪽.
18) 郭紹虞, 〈聲律論考辨〉, 위의 책, 556쪽. 그러나 연암은 〈騷壇赤幟引〉에서 韻으로 소리를 낸나는 개념을 사용하고 있는데 이때는 인물의 소리가 아니라 문자적인 소리를 가리킨다.

습을 보지 못했지만 그 소리를 상상하면 간절하다." (중략) 그러므로 늙은 신하가 어린 임금에게 고하는 심정과 고아나 과부가 마음 속에 그리워하는 정을 알지 못하면 함께 소리에 대하여 논할 수 없을 것이다.[19]

이윤은 상나라 탕 임금의 신하다. 그는 탕을 도와 상 왕조를 세운다. 뒤에 탕의 손자 태갑이 임금으로서의 자질을 갖추지 못했다고 여겨서 내쫓았다. 그러나 태갑이 회개하자 다시 임금으로 모셔들였다. 주공은 주나라의 무왕의 아우다. 무왕을 도와 상나라를 멸망시키고 주나라를 세웠다. 무왕이 죽자 무왕의 아들이며 자신의 조카인 성왕을 도와 주나라 왕실의 기반을 다졌다.

두 사람은 공통점이 있다. 이들은 왕조의 건립에 참여한 사람들이다. 대신으로 태갑과 성왕 등 어린 임금을 내쫓고 왕권을 차지할 수도 있을 만큼 정치적인 영향력이 컸던 사람이다. 그러나 그들은 그렇게 하지 않았다. 늙은 신하로서 어린 임금을 도와서 왕조의 기반을 닦았다. 신하로서의 책무를 충실하게 다한 것이다. 따라서 연암은 이윤과 주공의 목소리를 상상하면 충실함이 느껴진다고 했다.[20]

백기는 주나라 선왕 때 윤길보의 맏아들이었다. 백기의 어머니가 죽고 후처가 들어왔는데, 후처는 자신의 아들 백봉을 태자로 삼기 위해서 백기를 모함했고, 이 모함으로 백기는 들판으로 쫓겨났다고 한다.[21] 기량

---

19) 〈鍾北小選自序〉. "然則文有聲乎?" 曰, "伊尹之大臣, 周公之叔父, 吾未聞其語也, 想其音則款款耳. 伯奇之孤子, 杞梁之寡妻, 吾未見其容也, 思其聲則懇懇耳."(중략) 故不識老臣之告幼主 孤子寡婦之思慕者, 不可與論聲矣.

20) 연암은 두 사람의 말소리를 '款款'이란 말로 표현했다. 이깃을 洪起文은 '은근히 들려온다'라고 했지만 그들의 내면 심정을 뜻하는 말로서 생각하는 것이 좋을 것이다. ≪박지원작품선집(1)≫, 洪起文 譯, 국립 문학 예술 서적 출판사, 1960, 190쪽 참조.

21) 백기의 행적에 대해서는 오랫동안 미상에 붙여져 있었으나, 최근에는 그 행적을 확인할 수 있었다. 최초의 기록으로 보이는 것은 ≪韓詩外傳·王風·黍離≫다. 여기에는 백기가 주나라 宣王의 중신 尹吉甫의 맏아들이었는데 어머니가 죽은 후,

의 처는 제나라 사람으로 남편 기량이 전쟁에서 죽은 후 슬피 울자 그 슬픔에 성이 무너져 버렸다고 한다.

이들은 인간으로서 커다란 불행을 당한 사람이다. 백기는 결백했지만 후처의 모함을 받아 들판으로 쫓겨났다. 기량의 아내는 남편의 죽음 때문에 슬픔에 잠겼다. 연암은 그들의 모습을 보지 못했다고 했다. 그러나 그들의 목소리를 상상할 수 있다고 했다. 그들의 목소리는 틀림없이 간절하고 애절했을 것이라는 것이다.22)

소리는 청각 이미지다. 그런데 소리의 예를 이렇게 들었다는 것은 연암이 말한 소리가 음악적이거나 문자적인 소리가 아니라는 것을 의미한다. 그것은 글 속에 등장하는 인물의 말소리다. 그러나 그것은 단순한 말소리가 아니라 그 인물의 내적인 모습을 반영하는 소리다. 그러니까 연암이 말한 소리는 그 인물의 성품과 인격 혹은 심정과 처지의 반향인 셈이다.

소리가 지닌 이런 성격은 무엇을 의미하는가? 문학은 그 사람을 표현하되 그림처럼 외양만 형상화하지 않는다는 말이다. 문학은 그 사람의 내면을 드러내되 역처럼 추상적인 방법을 쓰지 않는다는 뜻이다. 소리라는 외적인 요소를 이용하여 그 사람의 내면적인 모습이 드러날 수 있도

---

계모가 백기를 모함하자 윤길보가 믿고 효자 백기를 죽였다고 기록되어 있다. 그 동생 伯奇이 구하려고 했으나 구하지 못하자 黍離詩를 지었다는 것이다. 《初學記》 권2에는 한나라 蔡邕의 《琴操·履霜操》를 인용하여, 계모가 자기 아들 백봉을 태자로 삼기 위해 백기를 모함하자 윤길보가 노하여 백기를 들판으로 쫓아냈으나 백기가 자신이 죄도 없이 쫓겨난 것을 슬퍼하여 거문고 곡조인 〈履霜操〉를 작곡하여 읊었는데, 뒤에 윤길보가 깨닫고 백기를 구하고 후처를 죽였다고 기록되어 있다. 《太平御覽·蟲豸部·蜂》에는 후처가 벌을 잡아 옷에다 묶어놓았는데, 백기가 보고 벌을 떨어내자 후처가 자기의 옷을 끌었다고 모함하여 윤길보가 백기에게 자살하도록 시켰다는 내용이 기록되어 있다.

22) 연암은 이를 '懇懇'이라는 말로 표현했는데 洪起文은 이를 '또렷하게'라고 번역했지만 이것도 심정을 나타내는 말로 풀어야 할 것이다. 洪起文, 앞의 책, 190쪽 참조.

록 한다는 것이다. 그러니까 추상적인 내면을 구체적인 소리로 표현한다는 것이다. 이것이 바로 문학적 형상화의 성격인 것이다.

## 2) 색깔(色)

성색정경론의 두번째 요소는 색깔(色)이라고 불리는 것이다. 색깔은 시각적 이미지다.[23] 이는 단순히 색채만을 의미하는 것은 아니고 대상의 묘사 특히 외적인 묘사와 관계되는 개념이다. 색깔에 관한 언급이 처음 나오는 것은 ≪주례周禮≫의 〈고공기考工記〉에 나오는 '색칠하다(設色)'는 말인데, 이는 조각이나 그림과 관련된 것이었다.

그렇다면 문학에서 색깔은 어떻게 거론되었을까? 청대의 전겸익錢謙益은 〈향관설서서원탄시후香觀說書徐元歎詩後〉에서 은자의 말을 인용하여 시란 천지간의 향기로서 "눈은 색깔을 보지만 코는 향기를 맡는다.", "시를 감상하는 것은 눈의 작용이 아닌 코의 작용으로 해야 한다."고 말하고, 소리·색깔·향기·맛의 4가지 중 향기는 이 세 가지를 겸할 수 있다고 말했다.[24]

이에 대하여 일본의 아오끼(靑木正兒)는 맛을 홍취로, 소리를 성률聲律

---

23) 色의 원래적 의미가 무엇인지 확실치 않다. 許愼은 '얼굴빛'을 本義로 풀고 있고 (段玉裁 注, ≪說文解字注≫, 臺灣, 黎明文化事業公司, 增訂 1판, 1985, 436쪽.), 徐中舒는 갑골문에 근거하여 '(칼로) 자르다'의 뜻으로 풀고 있으며(徐中舒, ≪甲骨文字典≫ 四川, 四川辭書出版社, 1988, 1012~1013쪽.), 李揚鏡 등은 남녀가 결합한 것으로 풀고 있다.(李揚鏡等編, ≪常用詞古今義例釋≫, 湖南, 湖南教育出版社, 1987, 351쪽.) 이것으로 보아 色의 원래의 의미가 빛깔이 아니었던 것으로 짐작된다.

24) 눈은 색깔을 보지만 코는 향기를 맡는다. 目以色爲食, 鼻以香爲食.
시를 감상하는 것은 눈의 작용이 아닌 코의 작용으로 해야 한다. 觀詩之法, 用目觀不若鼻觀.
소리·색깔·향기·맛(聲色香味)의 4가지 중 코로 맡는 것은 나머지를 겸할 수 있다. 이것이 시를 제대로 감상하게 하는 이끄는 법이다. 聲色香味四者, 鼻根中可以兼擧, 此觀詩方便法也.

로, 색깔을 수사의 개념으로 해석을 하고 있다.25) 또 왕영지王英志는 오
교吳喬(17C 중엽)의 글에 나오는 "시는 어찌 소리와 색깔을 끊을 수 있으
리오?(詩豈能盡絶聲色?)"라는 말을 인용하면서, 소리는 성조가 울리는 소
리로 색깔은 묘사의 현란함을 가리키는 것으로 해석하고 있다.26)

그러면 연암은 색깔을 어떠한 문맥 속에서 거론하고 있을까? 연암은
문학에 색깔이 있냐는 질문에 ≪시경≫에는 원래부터 있었다고 하고 그
증거로서 정풍鄭風 〈봉丰〉의 한 구절과 용풍鄘風의 〈군자해로君子偕老〉의
한 구절을 인용한다.

> "문장에 색깔이 있는가?" " ≪시경≫에는 원래부터 있었다. '비단 저고리를
> 입고 덧옷을 입었으며 비단 치마를 입고 덧옷을 입었네.' '검은 머리가 구름 같
> 으니 다리를 달갑게 여기지 않네.'가 그것이다. (중략) 문장으로서 시적인 생각
> 이 없으면 더불어 ≪시경≫ 국풍의 색깔을 안다고 할 수가 없을 것이다."27)

비단 저고리와 치마에 덧옷을 입었다고 한 것은 〈봉〉의 3장에 나오는
내용이다. 〈봉〉장은 어떤 여자가, 혼인을 약속한 남자가 집밖에서 기다
리는데 마음이 변하여 그를 따라가지 않았다가(제1장), 그 남자를 따라가
지 않은 것을 후회하는(제2장) 내용의 시다. 그러면서도 이 여자는 자신
이 비단 저고리와 치마로 입고 그 위에 덧옷을 입었으니 누가 나를 가마
에 실어 데려갈 사람이 있지 않겠는가(제3,4장) 하는 심정을 토로한다.
이 말의 의미는 무엇인가? ≪원본비지시전집주≫의 소疏는 덧옷을 입
은 이유를 "그 무늬가 드러나는 것을 싫어했기 때문이다."라고 풀었

---

25) 吳宏一, ≪淸代詩學初探≫, 修訂本, 學生書局, 臺灣, 1985, 122쪽에서 재인용.
26) 王英志, 〈試論吳喬‘意爲主將’說〉, ≪淸人詩話硏究≫, 江蘇古籍出版社, 江蘇, 1986,
    117쪽.
27) 〈鍾北小選自序〉. "文有色乎?" 曰. "詩固有之, 衣錦褧衣, 裳錦褧裳, 鬒髮如雲, 不屑
    髢也. (중략) 文而無詩思, 不可與知乎國風之色矣."

다.28) 이가원李家源의 해석도 이와 비슷하다. 화려한 비단 치마와 저고리를 입었으면 그것을 다 드러내는 것을 원할 텐데 오히려 그 화려함이 밖으로 그대로 드러나지 않도록 하려고 덧옷을 입었다는 것이다.29)

이 인용문은 색깔이란 말이 인물 묘사와 관련된 것임을 시사한다. 덧옷을 입는다는 것은 화려함을 가리는 것을 말한다. 이를 문채적인 관점에서 해석한다면, 인물의 묘사는 직접적으로 드러내는 것이어서는 안 된다. 아름다움을 묘사하려고 해도 직접적으로 하기보다는 간접적으로 드러내어야 한다는 것이다.

검은 머리가 구름 같으니 다리를 달갑게 여기지 않는다고 한 것은 〈군자해로〉의 2장에 나오는 말이다. 이는 위衛의 선공부인宣公夫人인 선강宣姜이 음란해서 부인으로서의 덕을 갖추지 못한 것을 풍자한 노래다. 부인은 당연히 한 남편을 섬기며 그와 함께 살고 같이 죽는 것이 당연한데 선강은 현숙하지 못하니 어찌하랴는 탄식과(제1장) 제후의 부인으로서 입는 상복象服과 아름다운 장식의 화려함과(제2장) 아름다운 미모를 묘사한(제3장) 것이 그 내용이다.

이 글은 어떤 의미를 지녔을까? 보광輔廣은 "바탕이 아름다운 것을 말하는 것이니 자기가 가진 것만으로도 충분한 사람은 외부의 것이 필요없기 때문이다."라고 했다.30) 또 이가원도 "구름처럼 고른 머리칼에는 다리를 더 꾸미지 않음은 제 색깔을 그대로 지녀야 함을 이르는 것"이라고 해석하고 있다.31)

이 부분 역시 인물 묘사와 관계된 것이다. 다리란 귀부인의 머리 위에

---


28) 《原本備旨詩傳集註》, 태산문화사, 1984, 256쪽. 惡其文之著也.

29) 李家源, 《燕巖小說研究》, 第4版, 서울, 乙酉文化社, 1984, 120쪽. "찬란한 비단옷 위에는 반드시 얇고도 고상한 덧옷을 입어서 그 지나친 빛깔이 밖으로 활짝 나타나지 않게 하는 것이라든지 (후략)"

30) 《原本備旨詩傳集註》, 앞의 책, 166쪽. 言質之美也. 足乎己者, 無待於外也.

31) 李家源, 앞의 책, 120쪽.

덧대어 얹는 머리를 말하는데, 예로부터 머리가 검고 숱이 많은 것이 복과 장수를 의미했기 때문에, 귀부인들은 이러한 머리 장식을 좋아했다. 그런데 이 시는 머리의 숱이 많고 까만 여자라면 구태여 이러한 다리가 필요 없다는 것이다.

다리의 거부는 장식의 거부다. 본바탕이 아름다우니 장식할 필요가 없다는 것이다. 이것은 인물 묘사에 있어서 어떤 의미가 있는가? 이것은 인물 묘사란 원래의 바탕을 드러내면 되는 것이지 불필요한 것을 덧붙일 필요는 없다는 뜻이다. 즉 인물등의 외양 묘사는 궁극적으로 화려한 수식이 아니라 꾸밈없는 본래의 모습을 드러내는 것을 추구해야 한다는 것이다.

종합하면, 덧입기와 장식 거부가 의미하는 것은 외양 묘사에 있어서 절제와 실질의 추구다. 시각적 이미지는 기본적으로 드러내거나 덧붙이려는 속성을 지니지만, 그렇게 하기보다는 간접적인 묘사와 본래의 모습을 드러내는 것을 추구해야 한다는 것이다. 바꾸어 말하면, 인물의 외면 묘사의 측면에서 문장의 형상화는 절제와 실질의 추구가 그 기준이 되어야 한다는 뜻이다.

외적 형상의 묘사는 시의 불가결한 요소다. 그래서 그는 ≪시경≫에는 이러한 요소가 원래부터 있었다고 했다. 그러니 "≪시경≫의 시와 같은 발상이 없으면, ≪시경≫의 국풍의 색깔을 안다고 할 수 없다"고 말했다. 시경은 모든 시의 기준이고 모범이다. 따라서 이는 ≪시경≫의 묘사가 기본적으로 절제와 실질이었다는 뜻이 되고, 또한 이것은 문학에서의 묘사가 절제와 실질을 추구해야 한다는 뜻이 된다.

## 3) 감정(情)

세 번째는 감정이다. 문학에서 감정이란 무엇일까? ≪중국고대문론유

편中國古代文論類編≫에서는 문학을 작가와 관련시켜 생각할 때 대략 언지설言志說과 감정설感情說과 성정설性情說의 3가지로 나누고 있다. 언지설은 시란 뜻(志)의 표현이라는 견해로서, 뜻에는 작가의 사상·포부·지향 등이 포괄되지만 감정적 측면은 제외된다. 후대에는 감정적 측면도 포함시키는 사람도 종종 있었으나 이는 언지설의 주류는 아니다.

성정설은 시란 성性과 정情을 표현하는 것이라는 견해로서 성은 선천적인 것이고 정은 후천적인 것으로, 정은 성에서 나와서 외부와의 접촉에서 발동하는 것이라고 생각한다. 그러므로 성정이란 말에는 작가의 사상·감정·기질·품성 등 모든 것이 다 함축되어 있다. 그러나 실제적으로는 이 주장은 정을 강조하는 경우가 많다.

감정설은 선진·양한에서 시작해서 진대晉代 이후에 성행했는데 진晉나라 육기陸機가 '시는 감정을 표현하므로 화려하고 유약해진다.'라고 말한 것이 이 유형이다. 이러한 주장은 감정설의 유행에 큰 영향을 미쳤으며, 그 이후 '시란 감정에서 나오는 것이다.', '감정이 시가를 낳았다.', '시는 감정을 말하는 것이다' 등으로 이어져 시와 감정의 관계에 대한 사람들의 의식을 이어나갔다.[32]

문학을 감정의 기록이라는 측면에서 그 본질을 파악한 것이 이른바 감정설이다. 만약 사상적인 측면을 전혀 무시한다면 이것도 완전하다고는 할 수 없지만 시를 감정과 관련시켜서 본 것은 시의 성격을 가장 잘 파악한 것이라고 할 수 있다. 그렇다면 연암이 말한 감정은 무엇인가? 이에 대한 연암의 설명은 참으로 묘하다.

---

32) 賈文昭 主編, ≪中國古代文論類編 上≫, 第1版, 海峽文藝出版社, 福建, 1988, 2~4쪽.
　　시는 감정을 표현하므로 화려하고 유약해진다. 혹은 시는 감정의 표현에 따라 정밀하고 미묘해진다. 詩緣情而綺靡.
　　시란 감정에서 나오는 것이다. 夫詩者出于情.
　　감정이 시가를 낳는다. 情生詩歌.
　　시는 감정을 말하는 것이다. 詩以道情.

일반적으로 감정은 슬퍼하고 기뻐하고 화를 내고 기꺼워하는 것을 가리킨다. 그런데 그는 감정이 무엇이냐고 묻고서는, 새가 울고 꽃이 핀다는 말과 물이 푸르고 산이 푸르다는 말로 대답을 한다. 감정의 구체적인 내용인 희로애락에 대한 언급이 전혀 없이 자연에 대한 묘사를 답으로 끌어들였다.

> "감정이란 무엇인가?" "새가 울고 꽃이 피었구나. 산이 푸르고 물이 파랗구나."라는 것이다. (중략) 사람이 이별을 해보지 못하고 그림에 먼 뜻이 없으면 문학의 감정과 의경에 대하여 함께 논할 수 없을 것이다.[33]

그렇다면 여기서 말하는 감정이란 희로애락의 정서와 무관한 것인가? 연암은 인용문의 끝에 이별을 경험하지 못한 사람과는 문학의 감정을 논의할 수 없다고 했다. 이별은 인간의 경험 중 가장 강렬하고 순수하며, 다양하고 복잡한 감정이다. 시인 묵객들은 생이별과 사별의 슬픔을 문학 작품으로 승화시켜왔다. 이것은 문학에서의 감정이 곧 희로애락의 정서를 의미하는 것을 말한다.

흥미로운 것은 감정이 있냐고 묻고 난 후에 감정에 대하여 대답한 것이 '새가 울고 꽃이 피는 것'이나 '물이 푸르고 산이 푸른 것'이었다. 이것들은 감정이 아니라 외부사물이다. 그러니까 감정을 물어 놓고 사물을 대답한 셈이다. 새가 울고 꽃이 피는 것 등은 감정이 아닌데, 이것을 감정이라고 한 것은 연암이 이 부분에서 말하고 싶은 것이 감정 자체가 아니라 다른 것이라는 것을 뜻한다.

연암이 감정을 거론한 것은 감정에 대한 설명이나 감정의 중요성이 아니라 감정의 표현 방식이었던 것으로 보인다. 그러니까 위의 인용문은

---

33) 〈鍾北小選自序〉. "何如是情?" 曰 "鳥啼花開, 水綠山靑." (중략) 人無別離, 畵無遠意 不可與論乎文章之情境矣."

시에서의 감정이란 '물이 푸르고 산이 푸르다'는 말처럼 사물로 표현되어야 한다고 말한 것이라는 뜻이다. 곧 문학에서 감정은 경물로 형상화되어야 하며, 그렇기 때문에 작품 속에 등장한 경물에는 감정이 스며 있는 것이라는 것이다.

시가 감정과 경물의 결합으로 이루어진다고 하는 생각은 동양의 문학 전통 안에서는 새삼스러운 것이 아니다. 여기서 경물이란 작가의 감정을 대신하는 사물로서 서양에서 말하는 객관적 상관물의 개념과 통한다. 그런데, 시에서 감정과 경물의 결합은 두 가지 방식이 있다. 하나는 율체시의 경우처럼 한 구절은 감정을 읊고 다음 한 구절은 경물을 읊는 것이다.

다른 하나는 같은 구절 내에서 감정과 경물이 겹쳐지는 것을 말한다. 명나라의 도목都穆은 ≪남호시화南濠詩話≫에서 "시를 지을 때에는 반드시 감정과 경물이 합쳐져야 하니 감정과 경물이 합쳐지고 나서야 비로소 함께 시에 대해 말을 할 수 있을 것이다."고 했고, 사진謝榛은 "시를 지을 때는 감정과 경물에 근본을 두어야 하는데 혼자서는 스스로를 이룰 수 없고 둘은 서로 배치되지 않는다", "경물은 시의 매개물이고, 감정은 시의 씨앗이다"라고 했다.

청나라의 왕부지王夫之는 "감정과 경물은, 이름은 둘이지만 실제로는 떨어질 수 없다. 시에 신묘한 것은 묘하게 합쳐서 흔적이 없고, 교묘한 것은 감정 속에 경물이 있고 경물 속에 감정에 있다"라고 하여 감정과 경물의 일치를 주장했고, 왕국유王國維는 ≪인간사화人間詞話≫에서 이러한 견해들을 집대성하기도 했다.[34]

---

34) 賈文昭 主編, 앞의 책, 782~786쪽. 시를 지을 때에는 반드시 감정과 경물이 합쳐져야 하니 감정과 경물이 합쳐지고 나서야 비로소 함께 시에 대해 말을 할 수 있을 것이다. 作詩必情與景會, 景與情合, 始可與言詩矣
　시를 지을 때는 감정과 경물에 근본을 두어야 하는데 혼자서는 스스로를 이룰 수 없고 둘은 서로 배치되지 않는다. 作詩本乎情景, 孤不自成, 兩不相背,
　경물은 시의 매개물이고, 감정은 시의 씨앗이다. 景乃詩之媒, 情乃詩之胚

황영무는 자연물 혹은 자연현상과 감정이 만나는 양상을 정경일치情景
一致, 정경상반情景相反, 이경절정以景截情, 정경교융情景交融의 4가지 유형
으로 분류했다. 정경일치란 걱정·근심을 비오는 현상과 연관시켜 묘사
하는 경우처럼 자신의 감정을 분위기가 비슷한 경물에 가탁하는 것을 말
하고, 정경상반은 원앙새를 보고 남과 떨어진 자신의 외로움을 읊는 경
우처럼, 감정이나 상황이 반대인 경물을 서로 충돌시켜서 비극적 긴장감
을 만들어 내는 것을 말한다.

정경일치와 정경상반이 감정과 경물 사이의 정서적 관계를 두고 구분
했다면 이경절정과 정경교융은 둘 사이의 관련 양상을 두고 구분한 것이
다. 이경절정이란 '고향에 돌아갈 수 없는데 또 꽃이 피었구나'와 같은
시구를 말한다. 이는 마치 한 구절은 감정을 읊고 다음 구절은 경물을 읊
어서 정경의 결합처럼 보이지 않는다. 그러나 꽃이 폈다는 서술이 고향
에 대한 그리움을 나타난 것이라는 점에서 결국 두 구절이 감정의 연속
선상에 놓여 있는 것을 알 수 있다.

정경교융이란 '서풍에 백발 삼천장이 날린다'와 같은 시구를 말한다.
여기서 서풍은 실제의 바람이 아니다. 그것은 고향에 대한 향수를 불러
일으키기 위해서 만들어낸 경물이다. 그것은 단지 마음 속에만 존재하는
것이다. 그러므로 이 경우에는 감정 속에 경물이 있고, 경물 속에 감정이
있어서 완전히 하나로 결합되어 있다고 할 수 있다.35)

감정과 경물의 결합이라는 관점에서 연암의 말을 살펴보자. 새가 울고
꽃이 피는 것은 때에 따라서 즐거움도 되고 슬픔도 된다. 시인은 자신의
울음을 새의 울음 소리로 대치할 수 있다. 산이 푸르고 물이 파란 것은

---

감정과 경물은, 이름은 둘이지만 실제로는 떨어질 수 없다. 시에 신묘한 것은 묘
하게 합쳐서 흔적이 없고, 교묘한 것은 감정 속에 경물이 있고 경물 속에 감정에
있나. 情景名爲二, 而實不可離. 神于詩者, 妙合無垠. 巧者則有情中景, 景中情.
35) 黃永武, ≪中國詩學≫, 臺灣, 巨流圖書公司, 1968.

때에 따라서 시인의 정서를 반영한다. 떠난 임의 변절을 원망하면서 산과 물의 변함 없는 모습을 대조시킬 수 있다.

연암이 이별을 해보지 않으면 문학의 감정을 이해할 수 없다고 말한 것은 이별을 당했을 때 사물과 이러한 교감이 가장 잘 일어날 수 있기 때문일 것이다. 그렇다고 연암이 감정의 직접적인 표출을 완전히 무시한 것을 보이지는 않는다. 일부분이지만 순수 감정이나 순수 경물만으로 문학적 형상화를 완성시킨 경우도 얼마든지 있기 때문이다.

감정과 경물의 결합을 뒤집어 보면, 문학의 경물에는 작가의 감정이 녹아 있다는 뜻이 된다. 작품 속에서 새가 울고 꽃이 피고 물이 푸르고 산이 푸르다는 경물에 대한 묘사가 나오면, 그것은 그대로 자연만의 풍광이 아니요 그것은 작가의 감정과 결합된 것으로 보아야 한다는 것이다. 문학에 있어서 경물은 단순한 경물이 아니라 작가의 감정이 스며있는 경물이라는 것이다.

요컨대, 연암은 감정을 감정과 경물의 결합의 관점에서 이야기한 것이다. 이는 성색정경론의 감정이 곧 문학의 형상화 원리를 가리키는 개념이라는 것을 말해주는 것이다. 문학에서의 자연은 역에 담긴 자연의 이치가 아니요, 그림이 표현한 외형적인 자연이 아니라 감정이 녹아있는 자연이라는 것이다.

## 4) 의경(境)

연암은 사물을 의경의 관점에서도 정리했다. 작품에 형상화된 사물은 작가에 의해 선택되고 변형된 사물이다. 그래서 자연계에 존재하는 사물과는 다르다. 그 사물에는 작가에 의해 채색된 특별한 의미가 함축되어 있다. 그래서 작품 속의 사물은 자연계의 사물과는 다른 의미를 지니게 된다. 사물이 지닌 이런 특성을 논할 때 사용되는 개념이 의경이라는 개념이다.

의경이란 한자의 경境境을 설명한 것이다. 이 개념의 의미는 매우 다양하다. 이 글자는 원래 강토의 경계란 뜻으로 공간적인 개념을 지니고 있었으며, 가끔 음악의 연주가 잠시 정지되는 시간을 뜻하는 시간적인 개념으로 전용되기도 하였다. 증조음曾祖蔭은 이런 경의 개념이 불경의 번역 과정에서 예술적인 의미를 지닌 경의 개념으로 사용되었다고 분석했다.

≪무량수경無量壽經≫에 '그 뜻이 넓고 깊어서 나의 경계가 아니다.'란 말이 있고, ≪화엄범품행華嚴梵品行≫에 '경계를 깨달으니 환상 같기도 하고 꿈같기도 하다.'란 말이 나오는데, 이는 심리적인 사상 의식이나 환상을 뜻한 것이었고, ≪법원주림法苑珠林≫의 ≪섭념편攝念篇≫에 이르러서 마음의 6가지의 경계를 설명하면서 그 중의 하나로 의경계意境界를 꼽았는데, 이것이 곧 예술적인 개념이라는 것이다.[36]

그렇지만 이런 것들은 문학적인 개념과는 조금 거리가 있다. 의경이란 말이 문학적 개념으로 처음 사용한 것은 당나라 왕창령王昌齡의 ≪시격詩格≫이란 글이다. 누군가의 위탁이라고도 하는 이 글에서 왕창령은 시의 경境에 세 가지가 있다고 하면서 그 중의 셋째를 의경이라 하고, 이를 설명하면서 '뜻에서 살피고 마음에서 생각하면 그것의 진실함(眞)을 얻을 것이다'라고 말했다.[37]

여기에서의 의경은 심미주체가 마음으로 느낄 수 있는 어떤 내용을 가리킨다. 마음으로 느낀 내용이 과연 무엇인가에 대해서는 여러 가지

---

36) 曾祖蔭, ≪中國古代美學範疇≫, 湖北, 華中工學院出版社, 第1版, 1986, 254~245쪽.
   그 뜻이 넓고 깊어서 나의 경계가 아니다. 斯義宏深 非我境界.
   경계를 깨달으니 환상 같기도 하고 꿈같기도 하다. 了知境界 如幻如夢.
37) 曾祖蔭, 위의 책, 256~257쪽에서 재인용. 셋째는 의경이니 마찬가지로 뜻에서 살피고 마음에서 생각하면 그것의 진실함(眞)을 얻을 것이다. 三曰意境, 亦張之于意, 而思之于心, 則得其眞矣.

논란이 있을 수 있지만, 중요한 것은 의경이란 말이 표면에는 나타나지 않았으나 심미주체의 연상과 상상작용에 의해 깨닫게 된 어떤 내용을 가리켰다는 것이다.

이는 그가 시에 있어서 표현된 내용과 느끼게 되는 내용 사이의 일정한 간격 혹은 불일치가 존재한다는 사실을 자각했던 것을 알려준다. 그는 의경이란 사물에게 매어 있는 것이 아니라 사물의 형상 밖에서 생겨난다고 보았는데, 곧 이런 상황을 개념화시키기 위해서 사용한 말이 의경이었던 것이다.

그 후 교연皎然, 권덕여權德興, 사공도司空圖들도 역시 어떤 사실의 묘사가 묘사된 내용에만 그치지 않고 그 이상의 무엇을 가리키는 현상에 대해 관심을 갖게 되었다. 이들에 의해 이와 같은 예술적 성취가 문학적 아름다움의 중요한 부분이라는 것을 확인하면서, 많은 사람들은 문학에서의 이런 현상이 더 많은 관심을 가졌고, 문학 표현이 이런 경지에 도달하는 것을 최고의 경지로 여기게 되었다.

후대에 의경은 감정과 경물의 결합과 동일시되었다. 이것은 의경이 이룩한 예술적 성취가 현상적으로 감정과 경물의 결합에서 오는 효과와 같았기 때문으로 보인다. 송대의 엄우嚴羽는 의경이라고 불리던 이러한 예술적 효과에 대하여 흥취興趣라는 말로 불렀다. 흥취라는 개념을 그가 강조한 것은 경물에 중점을 두든지 혹은 뜻(혹은 감정)에 초점을 맞추든지, 엄우 역시 문장이 표현된 내용을 넘어서 그 이상의 의미를 갖게 된다는 것을 자각했었다고 할 수 있다.[38]

당송시대의 의경론이 불교의 영향을 받았다고 하면 명청의 의경론은 회화의 영향을 많이 받은 것으로 보인다. 명청 시기의 화론 중의 하나인 〈화인畵引〉에는 "기운氣韻은 의경 속에 있기도 하고 의경 밖에 있기도 하

---

38) 曾祖蔭, 위의 책, 256~269쪽에서 재인용.

다."라는 말이 있다.[39] 이 말은 문학의 의경 개념처럼, 그림에도 표현된 것과 느껴지는 것 사이의 거리가 있음을 설명한 것이다.

그런데 이런 인식이 연암에게서 발견된다. 그는 의경을 "먼 곳의 강을 그릴 때는 파도를 그리지 않고, 멀리 떨어진 산을 그릴 때는 나무를 그리지 않고, 멀리 있는 사람을 그릴 때는 눈을 그리지 않는다"는 것과 "그 말하는 것은 손가락에 있고 그 듣는 것은 손을 모아 인사하는 것에 있다."고 설명한다.

> "무엇이 의경인가?" "먼 곳의 강을 그릴 때는 물결을 그리지 않고, 먼 곳의 산을 그릴 때는 나무를 그리지 않고, 먼 곳에 있는 사람을 그릴 때는 눈을 그리지 않는다. 그 말하는 것은 손가락에 있고 그 듣는 것은 손을 모아 인사하는 것에 있다." 그러므로 사람이 이별을 해보지 못하고 그림에 먼 뜻이 없으면 함께 문장의 감정과 의경에 대하여 논할 수 없을 것이다.[40]

연암은 의경의 개념을 그림 그리는 방식으로 설명한 셈인데, ≪열하일기熱河日記≫의 〈황도기략黃圖紀略〉 양화조洋畵條에도 이런 내용이 언급되어 있어서 관심을 끈다.

> 무릇 그림을 그리는 사람은 외면을 그리되 속을 그릴 수 없는 것은 어쩔 수 없는 것이다. 사물에는 뛰어나오고 들이긴 모습·작고 큰 모습·멀고 가까운 모습이 있기 마련이니, 그림이 능숙한 사람도 단지 그 사이에서 몇 번의 붓을 대충 놀리는 것에 지나지 않는다. 산에 때때로 주름이 없고, 강에 때때로 물결이 없으며, 나무에 때때로 가지가 없는 것은 이것이 이른바 '뜻을 그려내는 방법'이다.[41]

---

39) 曾祖蔭, 위의 책, 271쪽에서 재인용.
40) 〈鍾北小選自序〉. "何如是境?" 曰, "遠水不波, 遠山不樹, 遠人不目, 其語在指, 其聽在拱." 故人無別離, 畵無遠意, 不可與論乎文章之情境矣.
41) 〈黃圖紀略〉, ≪燕巖集≫ 권3, 213쪽. 凡爲畵圖者, 畵外而不能畵裡者, 勢也. 物有릉

　여기에서 연암은 묘사에는 외면과 내면의 묘사 두 가지가 있는데 실제의 그림은 외면을 그릴 수밖에 없으므로 내면을 그리고 싶을 때에는 이른바 '뜻을 그려내는 방법(寫意之法)'을 써야 한다고 주장했다. 그리고 뜻을 그려내는 방법에 대해서 산을 그리되 먼 곳은 주름을 그리지 않고 강을 그리되 물결을 그리지 않고 나무를 그리되 가지를 그리지 않는 것으로 설명한다.

　위의 말은 원래 회화에서 나온 개념이다. 먼 곳의 산수나 사람을 그리는 방법이 최초로 언급된 문헌은 왕유王維의 〈산수론山水論〉과 형호荊浩의 〈산수부山水賦〉이다.[42] ≪중국화론유편中國畵論類編≫에 실린 두 글을 인용하면 다음과 같다.

　　무릇 산수를 그리려면 뜻이 붓에 앞서야 한다. 산을 일장으로 그리면 나무는 일 척으로 그리고 말을 일 촌으로 그리면 사람은 일 푼으로 그린다. 먼 곳에 있는 사람은 눈을 그리지 않고 먼 곳의 나무는 가지를 그리지 않고. 먼 곳의 산은 돌을 그리지 않아 은은히 눈썹과 같고, 먼 곳의 강은 물결을 그리지 않고 높이가 구름과 나란하다. 이것이 산수를 그리는 비결이다.[43] (〈산수론〉)

　　무릇 산수를 그리려면 뜻이 붓에 앞서야 한다. 산을 일장으로 그리면 나무는 일 척으로 그리고 말을 일 촌으로 그리면 사람은 콩알 크기로 그린다. 이것이 산수를 그리는 법이다. 먼 곳에 있는 사람은 눈을 그리지 않고 먼 곳의 나무는 가지를 그리지 않고. 먼 곳의 산은 산의 주름을 그리지 않고 높이가

---

　　坎細大遠近之勢, 而工畵者, 不過略用數筆於其間, 山或無皴, 水或無波, 樹或無枝, 是所謂寫意之法也.

42) 이 두 글은 王維 혹은 荊浩 중 한 사람이 지은 것으로 보기도 하고 각각 지은 글로 보기도 한다. 또, 이 글에 실린 내용을 어느 한 사람이나 한 시대에 의해 만들어진 것이 아니라, 역대의 畵家들이 전하는 비결로서 두 사람이 단지 기록으로만 남긴 것이라는 견해도 있다. 兪崑 編著, ≪中國畵論類編≫, 臺灣, 華正書局, 1984, 596~602쪽에서 재인용.

43) 兪崑 編著, 위의 책, 596쪽에서 재인용. 凡畵山水, 意在筆先. 丈山尺樹, 寸馬分人. 遠人無目, 遠樹無枝. 遠山無石, 隱隱如眉. 遠水無波, 高與雲齊. 此是訣也.

구름과 같고, 먼 곳의 강은 물결을 그리지 않아 은은히 눈썹과 같다. 이것이
산수를 그리는 비결이다.44) (〈산수부〉)

이 둘의 제작연대가 어느 것이 우선인지 모르지만 내용이 아주 흡사
하다. 내용을 요약하면, 보통 사람을 그릴 때 눈을 빠뜨려서는 안되지만
먼 거리에 있는 사람을 그릴 때는 반대로 눈을 그려서는 안 된다는 것이
다. 마찬가지로 나무를 그릴 때 가지를 빠뜨릴 수 없지만 먼 곳에 있는
나무는 가지를 그리지 않는 것이 적절하다는 것이다.

두 사람은 이것을 산수화의 비결이라고 하고 있는데, 비결이란 말은
다른 말로 하면 요령이라고 할 수 있다. 두 글은 그림을 그리는 것에 있
어서 이른바 가까운 거리에 있는 것과 먼 거리에 있는 것의 묘사가 어떻
게 달라져야 하는가를 언급한 것이다. 이것은 일종의 원근법인 셈인데,
왜 이것이 '뜻을 그려내는 방법'이 된 것일까?

회화에서 원근의 사물에 대한 묘사는 실제로 '존재하는' 것을 그리는
것이 아니라 눈에 '보이는' 것과 같이 그려내는 것을 뜻한다. 서양 회화
의 원근법에서는 사물의 원근을 크기로 나타내는 것이지만, 동양의 개념
은 이와 조금 다르다. 동양의 원근법은 자세히 묘사하는 것과 소략하게
묘사하는 것으로 구별한다.

칭나라의 정적鄭積은 〈몽환거화학간명夢幻居畵學簡明〉의 논기論忌 부분
에서 이렇게 설명한다.

먼 곳과 가까운 곳을 구분하지 않는다는 말의 뜻은 먼 곳과 가까운 곳을

---

44) 兪崑 編著, 위의 책, 601쪽에서 재인용. 凡畵山水, 意在筆先. 丈山尺樹, 寸馬豆人.
  此其法也. 遠人無目, 遠樹無枝. 遠山無준, 高與雲齊. 遠水無波, 隱隱似有(眉). 此是
  式(訣)也. 괄호 안의 것은 작은 글씨로 각 글자의 아래쪽에 쓰여 있는데 이는 편자
  가 다른 판본과의 비교를 통해 교간한 것이다. 번역은 교감된 것을 기준으로 삼았
  다.

이어 그려서 가까운 곳과 먼 곳이 아무런 차이가 없는 것이다. 대저 가까운 곳은 짙게 그려야 하고 먼 곳은 연하게 그려야 한다. 진하게 하려면 상세하게 그려야 좋고 연하게 하려면 소략하게 그리는 것이 좋다.

소략하기 때문에, 먼 곳의 산에는 주름이 없고, 먼 곳의 나무는 가지가 없으며, 먼 곳에 있는 사람은 눈이 없고, 먼 곳의 강은 물결이 없다. 상세하기 때문에, 산의 틈과 돌의 요철이 보이고, 사람의 수염과 눈썹이 있으며, 가지의 잎과 강의 물결을 그리고, 비늘 같은 기와 조각과 안석과 자리 등을 보이니 가지런해서 수를 셀 만하다.

가까운 곳에서 먼 곳으로 나아가고, 먼 곳에서 아주 먼 곳까지 이르게 되면 아련히 비슷해져서 그 묘함을 말로 하기 어렵다. 마땅히 실제의 풍경을 보고 법을 취해야 하니, 그 속의 깊은 뜻이 눈 안에 있고, 또 그러면 그림 속에 있게 될 것이다.45)

인용문은 원근법을 소략과 세밀로 구분했다. 그 이유는 무엇일까? 그것은 눈에 보이는 모습처럼 그려야 하기 때문이다. 말하자면 산수화를 그리는 목표는 실제의 풍경을 '객관적인 실재'가 아니라 '심미주체가 느끼는 실재감'에 맞추어 그리는 것이라는 뜻이다. 그러기 위해서는 소략과 세밀의 요령을 알아야 한다는 것이다.

소략이라고 하는 것은 생략이다. 그런데 생략이라고 해서 없는 것이 아니다 없는 것처럼 보이는 것이다. ≪임천고치林泉高致≫의 서문 마지막 부분에서는 이를 '없는 것이 아니라 없는 것처럼 하는 것'이라고 했는데, 이는 아주 적실한 지적이다.46) 생략했지만 의도하는 것은 다 존재해야

---

45) 兪崑 編著, 위의 책, 947쪽에서 재인용. 遠近不分者, 遠與近相連, 近與遠無異也. 夫近須濃, 遠須澹. 濃當詳. 澹宜略. 惟其略也, 故遠山無紋, 遠樹無枝, 遠人無目, 遠水無波. 以其詳也, 故山隙石凹, 人物鬚眉, 枝葉波紋, 瓦鱗几席, 井然可數. 而由近至遠, 由遠而至至遠, 則微茫彷彿, 難言其妙. 宜望眞景以法取之, 其中深意在目中. 斯在圖中矣.

46) 兪崑 編著, 위의 책, 640쪽에서 재인용. 먼 곳의 산에는 주름이 없고, 먼 곳의 강은 물결이 없다. 먼 곳에 선 사람은 눈이 없다. 없는 것이 아니라 업는 것처럼 하는 것이다. 遠山無皴, 遠水無波, 遠人無目, 非無也, 如無耳.

한다는 뜻이다. 그래서 이것을 '뜻을 그려내는 방법'이라고 한 것이다.

그러니까 연암이 생각하는 의경이란 다 그리지 않으면서 그 효과는 다 그린 것과 같은 묘사를 의미한 것이다. 그렇다면 이런 회화 이론이 문학의 형상화 원리와 어떤 관련이 있는가? 연암이 인용한 이런 내용은 어떤 의미를 지닌 것일까? 흥미롭게도 청나라의 유대괴劉大櫆는 회화의 이런 원리를 함축이라는 문학적 현상과 연결시켜서 설명한다.

> 글은 먼 것이 귀하니 멀면 반드시 함축의 맛이 있다. 구句 위에 구가 있거나 구 아래에 구가 있으며, 구 속에 구가 있거나 구 밖에 구가 있어서 말로 드러나는 것은 적고 말로 드러나지 않는 것이 많으면 멀다고 할 수 있다. 옛사람이 그림을 논하면서, 먼 곳의 산에는 주름이 없고 먼 곳의 물은 파도가 없으며, 먼 곳의 나무는 가지가 없고 먼 곳에 있는 사람은 눈이 없다고 했으니 이것을 말하는 것이다. 멀면 맛이 길고 글이 맛이 길면 더 보탤 것이 없다.47)

유대괴는 글은 먼 것이 귀하다고 했다. 이것은 그림이 그렇듯이 글도 말하고 싶은 것을 다 말하지 않으면서도 말하려는 것을 다 담은 것을 말한다. 이 경우 말하려는 내용은 표현된 것에는 보이지 않지만 그것은 없는 것이 아니다. 단지 없는 것처럼 보일 뿐 표현된 것 위나 아래 속이나 밖에 존재한다.

이처럼 표현의 저편에 또 나른 의미가 존재하는 것을 흔히 '언외지의言外之意' 혹은 '상외지상象外之象'라고 부른다. 그러니까 연암이 그림의 원근법을 언급한 것은 의경이 개념이 곧 언외지의였기 때문이다. 문학 작품으로 쓰는 사람은 말하고 싶은 말을 모두 말해서는 안 되며, 그 뜻이

---

47) 劉大櫆, ≪論文偶記≫. 鄭奠·譚全基(編), ≪古漢語修辭學資料匯編≫, 北京, 商務印書館, 1980, 525 쪽에서 재인용. 文貴遠, 遠必含蓄. 或句上有句, 或句下有句, 或句中有句, 或句外有句, 說出者少, 不說出者多, 乃可謂遠. 昔人論畫曰, "遠山無皴, 遠水無波, 遠樹無枝, 遠人無目", 此之謂也. 遠則味永, 文至味永, 則無以加.

변형되지 않는 범위 내에서 가능한 한 많은 것을 생략하여 표현된 것보다 더 많은 것을 함축하도록 해야 한다는 것이다.

언외지의는 감상자의 처지에서 언외지미言外之味가 된다. 표현된 말 밖에 또 다른 의미가 존재하므로 감상자는 표현된 것을 넘어서 작가가 말하려는 것을 이해해야 한다. 그리고 만약 감상 주체가 상상력으로 이런 것을 읽었을 때, 감상자는 흥취를 느끼게 된다. 그 흥취를 표현한 말이 바로 언외지미다.

언외지미는 언제나 명확한 것은 아니다. 때로는 분석할 수 없는 몽롱한 느낌에 그칠 수 있다. 그러나 몽롱한 인상에서 감상자는 감상의 기쁨을 느낄 수 있다. 곽소우는 문학 표현의 이러한 효과를 '몽롱한 인상'이라고 설명한다. 그는 왕사정王士禎의 신운설神韻說을 설명하면서 다음과 같이 언급했다.

> (왕사정의 시는) 모방에서 나오지 않았고 형호荊浩가 산수를 논했던 이른바 '먼 사람은 눈이 없고 먼 물은 파도가 없으고 먼 산은 주름이 없다'는 방법을 써서 사람들에게 몽롱한 인상을 주었으니…(후략)48)

작품 속에 '언외지의' 혹은 '상외지상'이 존재할 때, 엄우의 말처럼 그 작품은 '말은 끝났지만 뜻은 끝나지 않은'49) 것이 된다. 유대괴는 위에서 또 "옛 사람은 '뜻이 다 전달되고 나면 말이 끝나는 것이 가장 이상적인 말이다'라고 했으나, 말은 끝났으나 뜻이 다하지 않은 것이 더욱 좋은 것"50)이라고 말하고 있는데 이러한 인식은 모두 동일한 것이다.

---

48) 郭紹虞, 〈神韻與格調〉. 앞의 책, 250쪽.
49) 郭紹虞, ≪中國歷代文論選 中≫, 臺灣, 木鐸出版社, 1981, 170쪽에서 재인용.
50) 劉大櫆, 앞의 책, 525쪽에서 재인용. 옛사람은 '뜻이 다 전달되고 나면 말이 끝나는 것이 가장 이상적인 말이다'라고 했으나 말은 끝났으나 뜻이 다하지 않은 것이 더욱 좋은 것이니, 뜻이 도달한 곳에 말은 도달하지 못하고 말이 다한 곳에 뜻이 다하지 않았다. (후략) 昔人謂, '意盡而言止者, 天下之至言也'. 然言止而意不盡者尤

그런데 연암은 의경을 설명하면서 '말하는 것은 손가락에 있고 듣는 것은 손을 맞잡은 것에 있다.'고도 했다. 이 말의 의미는 무엇일까? 이는 그림 속에서 어떤 사람이 손가락으로 무엇인가 가리키고 있다면 그것은 그가 지금 말하고 있다는 것을 나타내는 것이고, 누군가가 손을 모으고 있다면 그것은 그가 지금 무슨 말인가를 듣고 있는 것이라는 것을 나타낸다는 뜻이다.

이 말 역시 표현된 것과 말하려는 것의 관계를 설명한다. '손가락으로 가리키는 모습'과 '손을 맞잡고 있는 모습'은 표현된 것이다. '말하고 있다'는 것과 '말을 듣고 있다'는 것은 의미하는 것이다. 표현된 것과 말하려는 것 사이는 '이것과 저것'의 연상관계로 이루어져 있다. 그러나 이 역시 표현된 것과 말하려는 것이 다르다는 점에서 언외지의의 한 양상이다.

'이것과 저것'의 연상관계는 생략의 원리(소략과 세밀의 원리)와 다르다. 생략의 원리가 양적인 측면이라면 연상 관계는 질적인 측면이다. 그러니까 언외지미의 방식에 생략의 원리도 있지만 연상의 원리도 있는 것이다. 요컨대, 연암은 생략이나 연상에 의한 언외지미 혹은 함축적 표현을 추구하는 것이 문학적 형상화의 중요한 원리라고 말한 것이다. 이것을 표현한 말이 곧 의경이었던 것이다.


## 4. 맺음말

연암은 문학의 형상화 원리가 역이나 그림과 구분된다고 생각했다. 문학은 역의 기호화, 그림의 상형과 달리 소리·색깔·감정·의경의 방식

---

佳. 意到處言不到, 言盡處意不盡. (후략)

으로 형상화한다는 것이다. 이것은 문학이 역이나 그림과는 다른 독자적인 영역이 있다는 것을 주장하는 동시에 문학이 역이나 그림보다 더 진화된 표현 양상이라는 뜻이 된다.

소리·색깔·감정·의경이란 내면의 표현과 외면의 묘사, 정경결합과 함축을 가리킨다. 내면의 표현이란 인물의 성격 같은 내면의 모습은 직접적으로 설명되어서는 안되고 간접적으로 전달되어야 한다는 뜻이다. 외면의 묘사란 수사의 속성은 드러내려고 하고 과장하려고 하지만 가능하면 절제하여 실제와 일치시켜야 한다는 뜻이다.

정경결합이란 사물과 감정이 결합되어야 한다는 뜻이다. 사물은 사물로서 존재하는 것이 아니고, 감정은 감정으로만 토로되어서는 안 되고 사물은 사물이면서 동시에 감정의 표현이 되어야 한다는 뜻이다. 함축이란 문학의 표현에는 표현된 것 외에 다른 의미가 있다는 것이다. 그래서 궁극적으로 문학의 표현은 표현된 것 이상의 의미를 담는 것을 추구한다는 것이다.

성색정경의 원리는 형상을 추상으로 바꾼 역, 형상만을 추구한 그림과 다르다. 소리와 색깔이 추상적인 내용을 구체적 감각 이미지로 바꾼 것이라면 감정과 의경은 표현된 이미지를 뛰어넘으라고 말한다. 이런 특성은 문학이 관념의 전달만 추구하지도, 또한 구체적인 형상의 전달만 지향하지도 않는 것을 의미한다. 이 글에서 역, 그림, 문학의 순서를 언급한 것은 문학의 이런 특성을 지적한 셈이다.

중요한 데도 이 글에서 다루지 못한 부분도 있다. 연암의 성색정경론은 당대의 문학 이론으로는 매우 체계적이고 정교한 것이다. 이 이론이 그의 문학론 속에서 어떤 위치를 차지하고 있는가에 대해서 밝혀야 했지만 여기서 다루지 못했다. 마찬가지로 이 작품의 의의를 문학사적인 관점에서 따져보아야 했지만 이 역시 다루지 못했다.

또 다른 아쉬움도 있다. 연암은 자신이 제시한 개념들은 작품 속에서 활용했다. 따라서 그 개념을 작품 속에서 구체적으로 찾을 수 있었을 것이다. 이 경우 성색정경론의 의미를 더 구체적으로 밝힐 수 있었을 것이다. 하지만 본고에서 이것들을 확인하지 못했다. 이런 것들은 후고로 넘긴다.

# 연암 산문의 수사적 양상

## 1. 머리말

연암 박지원(영조 13년~순조 5년, 1737~1805)은 조선조의 문장가의 한 사람이다. 연암이 뛰어난 문장가로 인정받은 것은 시대적인 문제를 걱정하는 경세가다운 안목과 그 글에 담겨진 사상적인 깊이 때문이리라 생각되지만, 문장에 대한 안목과 실천적 능력 역시 그러한 평가의 근거로 작용했으리라 생각된다.

그의 문학론은 매우 정교하고 다양해서 당대뿐 아니라 후대 연구가의 깊은 관심을 끌었다. 뿐만 아니라 그는 이런 논리에 기초하여 훌륭한 글을 지었고, 그런 성취를 통해서 자신의 논리를 입증하기도 했다. 따라서 그의 문학적 성취를 알아보기 위해서는 실제로 그의 작품이 이룩한 여러 가지 수사적 양상을 살펴보아야 한다.

넓은 의미에서, 수사란 어떤 생각을 표현하는 모든 방식이다. 그러나 수사의 개념이나 주안점은 시대와 지역에 따라 혹은 개인적 취향에 따라 달랐다. 그러므로 어떤 사람의 수사적인 특징을 추출하기 위해서는, 그가 어떠한 수사 의식을 지니고 있었으며 그러한 인식이 어떻게 실제의 창작에서 실천되었는가를 정리해 볼 필요가 있다.

본고는 이런 관점에서 연암 문학의 수사적 양상들을 정리하는 것을 목표로 한다. 이 작업을 위해 본고는 먼저 연암 자신의 수사론을 정리하고, 그것을 바탕으로 그의 작품에 나타난 수사적인 특징들을 정리하는 방법을 취했다. 본고의 주 텍스트는 박영철본이다.[1]

## 2. 수사 의식

문학의 수사에 대한 연암의 생각이 집약된 글로 〈소단적치인騷壇赤幟引〉을 들 수 있다. 이 글은 과거 답안지를 모아 놓은 책의 서문으로,[2] 그 내용은 일차적으로 과거 답안지의 수사론으로 이해해야 하지만, 한편으로 연암의 일반적인 수사론으로도 이해된다. 이 글을 먼저 분석하는 이유가 여기에 있다.

여기에서 연암은 글을 짓는 데 있어 유의해야 할 것으로 1) 이치에 맞을 것, 2) 혜경蹊逕을 찾을 것, 3) 요령을 얻을 것, 4) 시변時變을 이룰 것 등을 요구했다.

글을 잘 짓는 사람은 아마도 싸움을 아는 것이리라. 글자는 비유하면 병사요, 뜻은 비유하면 장수다. (중략) 그러므로 군사를 잘 쓰는 사람은 버릴 만한 병사가 없고, 글을 잘 짓는 사람은 쓸 만한 글자가 따로 있는 것이 아니다. 만

---

1) 朴趾源, ≪燕巖集≫, 慶熙出版社, 1966, 이하 이 문집의 출전은 따로 밝히지 않는다. 이 판본에 관한 연구로는 다음 논문을 참고할 것.
金允朝, 〈朴榮喆本 燕巖集의 錯誤 脫落에 대한 檢討〉, ≪漢文學論集≫ 第10輯, 檀國大 漢文學科, 1992.
金血祚, 〈燕巖集 異本에 대한 考察〉, ≪韓國 漢文學 硏究≫, 第17輯, 韓國漢文學會, 1994.

2) 騷壇이란 과거 시험장을 말하고 赤幟란 과거 급제의 글을 내어 달던 붉은 깃발을 말하는 것이므로, 騷壇赤幟란 과거에 합격한 글을 가리킨다. 또 ≪騷壇赤幟≫는 李仲存이 이런 글들을 모아 엮은 책이름이기도 하다. 引이란 序文이라는 말이다. 그러므로 〈騷壇赤幟引〉은 ≪騷壇赤幟≫라는 책의 서문인 셈이다.

약 알맞은 장수를 만나면 호미·공방대·창자루 든 농부도 굳세고 날카롭게
되고, 옷을 찢어서 장대에 건 오합지졸도 그 모습이 갑자기 새롭게 빛날 것이
다. 만약 적당한 이치를 얻으면 서민들의 일상적인 말도 오히려 학관에서 말
할 수 있고, 아이들의 노래, 시골의 속담도 또한 ≪이아爾雅≫에 실리게 될 것
이다.3)


글자는 병사요, 뜻은 장수라고 했다. 글자는 어휘이고 뜻은 전체의 내
용이다. 이 둘의 관계를 연암은 뛰어난 장수에게는 겁장이 병사가 없다
는 논리로 설명한다. 비록 호미·공방대·창자루 들고 옷을 찢어서 깃발
을 삼은 농부들이라도, 훌륭한 장수를 만나게 되면 훌륭한 병사가 되는
것이므로, 병사가 겁쟁이가 되는가 용감한 병사가 되는가 하는 문제는
병사에게 달린 것이 아니라 장수에게 달렸다는 것이다.

그는 우아한 말만을 골라 쓸 필요가 없다고 말한다. 비록 서민들의 일
상적인 말이나 아이들의 노래나 시골의 속담들도 전체의 이치에 맞기만
하다면 학관의 이야기나 고상한 말과 같게 된다는 것이다. 어휘가 전체
적인 내용과 어울린다면 그것이 일상적이든지 혹은 어린아이의 속된 이
야기이든지 아무런 문제가 되지 않는다는 의미다.

이치에 맞아야 한다는 것은, 어휘나 표현의 선택이 글의 내용 즉 사리
에 맞아야 한다는 것을 말한다. 일군의 문장가들은, 어휘나 표현은 이미
사용되어 쓸 만한 가치가 입증된 것들만 사용해야 한다는 주장을 내세우
고 있었다. 그러므로 연암의 수장은 당대의 문장기들과 반대되는 셈이다.
다시 말하자면 어휘나 표현은 특정 시대에 사용된 것만이 사용가치가
있는 것이 아니요, 전체의 내용에 맞기만 한다면 어떤 말이든지 사용할

---

3) 〈騷壇赤幟引〉, ≪燕巖集≫ 권1. 善爲文者, 其知兵乎. 字譬則士也. 意譬則將也. (중
략) 故善爲兵者, 無可棄之卒. 善爲文者, 無可擇之字. 苟得其將, 則鉏耰棘矜, 盡化勁
悍, 而裂幅揭竿, 頓新精彩矣. 苟得其理, 則家人常談, 猶列學官, 而童謳里諺, 亦屬爾
雅矣.

수 있다는 것이다. 어휘 표현은 그것 자체로서의 우열보다 그것들이 하나의 내용(주제) 아래에서 적절하게 통합되었는가 하는 관점에서 우열이나 적합성이 판단되어야 한다는 의미이다.

이러한 주장은 연암이 어휘의 적절성을 주제(내용)와의 관계에서 파악하고 있었다는 것을 뜻한다. 이는 연암에게서 문장 수사의 한 축은 주제의 표현이란 관점이었음을 시사하는 것이다. 그런데 어휘는 부분이고 주제는 전체다. 그러므로 연암의 말은 부분의 선택이란 단지 전체의 관점에서 이루어져야 하는데, 그 전체의 하나가 바로 주제라는 뜻이 되는 것이다.

연암이 내세운 두 번째 기준은 혜경蹊逕이다. 혜경은 지름길이다. 글은 전체를 이루는 각 부분의 배열 방식에 따라 구성적인 효과가 달라진다. 혜경이란 그 내용을 전하기 위한 (가장 적절한) 배열 방식을 말한다. 이는 글의 조리條理라고도 일컬어지는 것으로 구성상의 논리성과 효율성을 말하는 개념이다. 다음 글을 보자.

> 그러므로 글이 훌륭하지 못한 것은 글자의 잘못이 아니다. 저 자구의 전아함과 저속함을 평하고, 편장篇章의 높고 낮음을 논하는 자는 모두 상황에 따라 변통하는 기지와 제압하여 승리하는 권모를 모르는 것이다. (중략) 그러므로 글을 쓰는 사람은 항상 스스로 혜경을 잃지 않았나 요령을 얻지 못했나만을 근심하는 것이 좋다. 대저 혜경에 밝지 못하면 한 글자도 내려가기 어려워서 항상 그것의 더디고 껄끄러운 것을 걱정하고, 요령을 얻지 못하면 주위가 비록 빽빽하나 오히려 그 소략하고 빠뜨린 것이 걱정이다.4)

글 쓰는 사람은 어떻게 구상을 할 것인가를 고심한다. 그때의 관심은

---

4) 〈騷壇赤幟引〉. 故文之不工, 非字之罪也. 彼評字句之雅俗, 論篇章之高下者, 皆不識
合變之機, 而制勝之權者也. (중략) 故爲文者, 其患常在乎自迷蹊逕·未得要領. 夫蹊
逕之不明, 則一字難下, 而常病其遲澁. 要領之未得, 則周匝雖密, 而猶患其疏漏.

얼마나 효과적으로 전달할 것인가 하는 것이다. 연암은 이를 장군의 마음 속에 정해 놓은 계략(定策)으로 비유한다. 장군은 승리를 위해 어떻게 군사를 배치하고 어떤 순서로 전투를 수행할 것인가에 대하여 고심한다. 마음 속에 이런 내용이 잘 정리되어 있어야만 전투에서 승리할 수 있는 법이다.

글 쓰는 사람도 마찬가지다. 어떤 부분에 무슨 이야기를 실을 것인가, 또한 어떤 순서로 전개할 것인가가 심각한 관심사일 수밖에 없다. 이 구성의 원리를 흔히 법法이라고 한다. 문장가들이 진한秦漢의 법이 뛰어나다고 하거나 당송唐宋의 법이 뛰어나다고 하면서 논란을 벌일 때, 그 법은 대부분 이 구성의 원리를 가리키는 것이다.5)

구성의 법을 지키는 일은 필요하다. 구성에 대한 방책이 결여되면, 글을 쓰려는 의욕이나 충동이 좌절되고 사물에 대한 모든 지식도 아무런 도움이 되지 못한다. 그러면 그 법이란 무엇인가. 연암은 이에 대해 두 가지 원리를 거론한다. 하나는 배열이 적절해야 한다는 것이다. 배열의 적절성이란 조리를 말한다. 이를 연암은 혜경이라는 말로 표현했다. 혜경을 얻지 못하면, 한 글자도 앞으로 나아가지 못하고 언제나 머뭇거릴 수밖에 없다는 것이다.

그런데 이런 기준을 내세웠다는 것은 연암이 문장의 각 부분의 적절성을 구성의 관점에서 파악하고 있었다는 것을 뜻한다. 요컨대 문장 수사의 한 축은 구성의 관점이라는 것이다. 구성은 전체적인 배열이다. 따라서 부분의 적절성은 전체의 관점에서 이루어져야 하는데, 그 전체의 관점이 곧 구성이라고 한 셈이다. 이 때 구성의 적절성이란 주제(내용) 전달의 효과를 극대화하는 방식임은 말할 필요도 없다.

또 좋은 글은 각 부분이 그것대로 완결성을 보여주는데, 이때의 완결

---

5) 법이라는 개념은 넓게는 수사적인 모든 원칙을 가리키기도 하지만 좁게는 구성상의 원리를 뜻하기도 한다.

성이란 어떤 부분에서 표현하려는 내용이 적확하게 드러난 것을 말한다. 연암은 이것을 요령이라고 말했다. 요령을 얻지 못하면 많은 말을 늘어놓았다 하더라도 빠뜨린 것이 있어서 번잡하기만 할 뿐 제대로 전달할 수 없지만, 요령을 얻게 되면 한 마디 말로도 백 마디 말을 대신할 수 있어서 그 효과가 지극히 크다는 것이다. 그것은 정곡을 찔렀다고 할 때의 정곡과 같은 개념이다. 이것이 세 번째 개념이다.

앞의 두 가지 개념이 주제와 구성이라는 관점에서 부분과 전체가 어떠한 관계를 지녀야 하는가를 말한 것이라면, 세 번째 개념은 각 부분을 독립된 것으로 상정하고 그것 자체의 완결성을 이루어야 한다는 뜻이 된다.6) 이치・혜경・요령은 사리・조리・정곡으로 바꿀 수 있다. 이런 개념들은 연암이 수사의 영역을 주제적 측면, 구성적 측면, 부분적 측면이라는 세 가지 범주로 나누고 있었다는 것을 시사한다.

이러한 원칙을 법이라고 한 것은 반드시 고려하고 지켜야 할 사항이요, 원칙이라는 뜻이다. 그런데 그는 이러한 원칙만 가지고는 좋은 글이 된다고 생각하지 않았다. 일반적으로 좋은 글에는 그 글만의 개성이 존재해야 하는 법이다. 그러므로 동일한 주제를 표현하더라도 구성이 다르던가 소재가 다르던가 주제의 해석이 다르던가 하는 개별성이 있어야 한다. 이러한 개별성을 연암은 변變이라고 했다.

이후에 글을 짓는 사람은 이 방법을 따르라. 반초班超가 출세하여 부귀영화를 누리고 연연산燕然山에 공적비를 세운 것은 아마도 여기에 있을 것이리라. 아마도 여기에 있었을 것이리라. 그러나 방관房琯이 수레로 싸운 것은 앞

---

6) 이 세 개념의 계열에 대해서 연암은 理致, 定策(踐邏과 要領), 法과 變의 3범주로 설명하고 있다. 그래서 필자는 이치를 주제적인 차원에서의 부분과 전체의 문제를 다룬 범주, 혜경과 요령, 법과 변의 개념을 구성적인 차원에서의 부분과 전체의 문제를 다룬 범주로 나누어서 설명한 적이 있다. 拙稿,〈燕巖 朴趾源 文章의 硏究〉, 연세대학교 대학원 박사학위논문, 1993, 133~137쪽.

사람의 자취를 본떴으나 패했고, 우승경虞升卿이 솥의 숫자를 늘린 것은 옛법의 기틀을 반대로 했으나 이겼으니 상황의 변화에 맞추는 임기응변은 때에 있는 것이지 법에 있는 것이 아니다.7)

연암은 글을 쓰는 사람은 법을 알 뿐 아니라 그 법을 상황에 맞게 운용해야 할 줄을 알아야 했다. 법의 고수보다 상황에 따른 변통을 더 중요하다는 것이다. 연암은 방관의 고사와 우허의 고사를 그 증거로 내세운다. 방관은 당나라 사람으로, 춘추시대처럼 야외에서는 수레로 둘레를 쳐서 행궁을 만들던 관습을 그대로 따랐다가 적의 화공을 당하여 크게 패전했다.

우허는 후한 때의 사람으로, 가마솥의 숫자를 줄여서 위魏나라 장군 방연龐涓을 유인해 패퇴시켰던 전국시대의 제나라의 전기田忌와 손빈孫臏의 고사를 거꾸로 이용하여. 가마솥의 숫자를 늘림으로써 강족이 자신을 공격하지 못하게 했다. 승패가 엇갈린 것은 옛날 법을 그대로 따랐는가 아닌가 하는 것이 아니라, 그것을 상황에 맞게 변통했는가의 여부에 있었다는 말이다.

그래서 연암은 임기응변이라는 것은 법에 있는 것이 아니라 때에 있다고 말한다. 글이 성공하는가 하지 못하는가 하는 것은 법의 고수가 아니라 오히려 자신만의 그리고 그때마다의 변주를 만들어낼 수 있는가 하는 것에 달려 있다고 주장한다. 이러한 개념이 시변時變이다. 이 말은 다른 사람과 대비되는 개성을 뜻할 뿐 아니라 자신의 글 상호간에노 발현되어야 하는 개별성을 함께 지칭하는 것이다.

요약하자면, 연암의 수사론은 세 범주에서의 법의 준수와 이의 변용으로 정리된다. 그러므로 연암의 문장에 나타난 수사적 양상을 정리하기

---

7) 〈騷壇赤幟引〉. 繼此而爲文者, 率此道也, 定遠之飛食, 燕然之勒銘, 其在是歟. 其在是歟. 雖然房琯之車戰, 效跡於前人而敗, 虞詡之增竈, 反機於古法而勝, 則所以合變之權, 其又在時, 而不在法也.

위해서 법으로서의 세 영역을 구분하여 논의의 범주로 활용하는 것이 유용할 것이라고 생각된다. 또한 각종 수사의 원칙이 상황에 따라 변화는 모습은 구체적인 논의 중에 드러날 것이다.


## 3. 주제의 표현

주제란 문장의 초점이요, 내용의 핵심이다.[8] 글을 쓰기 위해서 주제를 잡는 것을 입의立意라고 한다. 입의에서 중요한 것은 새로운 것을 만들어 내는 것이다. 여기에는 새로운 주제를 개척하는 것도 포함되지만, 익숙한 주제를 새롭게 재해석하는 것도 이에 포함된다. 이것을 의신意新이라고 한다. 연암은 창의성이란 측면에서 탁월한 능력을 발휘했는데, 주제를 드러내는 방식에서 드러나는 연암 문장의 특징 몇 가지를 정리하도록 한다.[9]


### 1) 백화체·조선 속담의 채용

주제를 표현하는 데 있어서 기초적인 일 중에 하나는 어휘의 선택이다. 연암 당대에 고문가로 자처하는 문인들은, 어휘의 선택에 있어서 대개 선진 시대나 후대의 당송 이후의 문언문의 관습에서 벗어나지 않으려고 했다. 이들은 어휘에는 아속雅俗의 기운이 있어서, 시대를 거슬러 올라갈수록 어휘가 전아하게 된다고 믿었다.

---

8) 이것을 전통적으로는 意라고 표현했다. 제목은 주제를 암시하고 문체를 결정짓기도 하지만 완전한 의미에서는 주제와 다르고, 재료은 주제를 드러내기 위한 방편일 뿐 주제는 아니다.

9) 졸고, 앞의 글, 156~162쪽.

그러므로 선진 시대나 당송 시대 문장의 어투를 흉내내는 것이 전아한 글을 쓰는 우선적인 조건이라고 생각했다. 이들이 당대에 사용되는 어휘, 특히 명나라 청나라의 이른바 소설책 등에서 사용되는 백화체의 문투나 우리나라에서 만들어진 어휘와 문투를 사용하는 것을 배척했던 것은 이런 인식에 따른 자연스러운 결론이었다.

그러나 연암은 이 부분에서 이들과는 명확히 다른 태도를 보여준다. 〈소단적치인〉에서 논의했듯이 연암은 단어 자체의 아속은 이미 결정되어 있는 것이 아니요, 이치에 맞아서 다른 부분이나 전체 내용과 어울리기만 하면 족하다고 생각했다. 이러한 관점에서 연암은 백화체와 조선의 속담·조선의 이야기들도 필요하다고 인정될 때는 거리낌 없이 사용했다.10) 백화체를 노출시키는 것처럼 대화나 필담에서 있는 그대로를 표현하는 수사법을 존진법存眞法이라고 하는데, 이는 말하는 사람의 기세를 나타내려는 의도가 작용한 것이다.

백화체의 사용은 특히 초기 구전九傳과 ≪열하일기熱河日記≫에 많이 사용되었다. ≪열하일기≫에 나타난 백화체는 주로 대화나 필담의 기록에서 나타나지만 사건을 서술하는 지문에서도 찾아 볼 수 있다.11) 아래에 몇 가지 예를 보인다.

> 甚麽白賴? 這個卽呷下了一斗麽, 一升麽?(무슨 시치미를 뗀다는 기냐? 이것을 힌 말을 삼켰다는 거냐, 한 되를 삼켰다는 거냐?)
> 主人大怒, 指着卞君道(주인은 몹시 화가나, 변군을 가리키며 말한다.)
> 尋那廟堂裡來, 寂無人聲.(그 묘당을 찾아왔지만, 적막하여 사람 소리조차 들리지 않았다.)

---

10) 洪起文,〈'燕巖集'에 대한 해제〉, ≪朴趾源作品選集(1)≫, 국립문학예술서적출판사, 1960, 26~27쪽.
11) 金明昊, ≪熱河日記 研究≫, 創作과批評社, 1990, 159~166쪽.

≪열하일기≫에는 어록체에 대한 소양이나 초보적인 중국어 실력만으로는 구사하기 힘든 소설적인 표현들이 적지 않게 나타난다. 이를테면, 潑皮(무뢰배)·白喫(공짜로 먹다)·一遭(한번, 한 바퀴)·衝撞(주제넘게 실례하다)·殺威棒(죄수의 기를 꺾기 위해 때리는 형벌)·一道烟(연기처럼 재빨리) 등의 어구들은 ≪수호전水滸傳≫과 같은 명대 소설에서 주로 애용하는 백화체 표현인 것이다.[12]

이러한 백화체 표현과 아울러, ≪열하일기≫에는 한편으로 조선식 한자어와 조선 고유의 속담 등도 적지 않게 나타나 있다. 그는 관직 명칭이나 지방의 명칭을 되도록 조선서 통용되는 그대로 써서 결코 중국식으로 고치거나 옛날 이름으로 대신하지 않았다.[13] 〈허생전〉에서 이완을 정승과 어영대장이라고 했고, 그 부기 중에 조계원趙啓遠을 판서와 경상감사라고 했다.

〈낭환집서蜋丸集序〉에서 황희 부인은 황희를 대감이라고 했고, 〈열녀함양박씨전烈女咸陽朴氏傳〉에서 통인이라는 명칭을 사용하기까지 했다. "정승이나 판서쯤은 오히려 모르되 대감과 같이 이속된 말은 붓이 더러워질까바 연암이 아닌 다른 고문가로서는 감히 쓸 엄두도 내지 못하는" 것인데도 거리낌 없이 쓴 것이다.[14]

조선의 속말은 격조 높은 표현을 추구하는 문어체의 이른바 고문에서는 모두 금기시하는 것들인데도, 연암은 이를 대담하게 구사하고 있는 것이다. 그 중에서, 月乃(다래 : 말 안장 양쪽에 흙이 튀기는 것을 막고자 늘어뜨

---

12) 金明昊, 위의 책, 166쪽. 연암은 중국어를 몇 마디 배우기는 했지만 官話를 할 줄 몰랐으므로 이것은 그가 ≪수호전≫과 같은 작품들에 익숙해 있었던 증거라는 것이다. 그는 이것들은 의도적인 소설적 형상화 수법으로 이해한다. 하지만 이것이야말로 그의 고문관의 한 표현일 수 있다는 점에서 논의의 여지가 있다고 하겠다.

13) 洪起文, 〈朴燕巖의 藝術과 思想〉, ≪朝鮮日報≫, 1937. 7. 27에서～8. 1까지 연재. 한국한문학연구 제11집, 한국한문학연구회, 1988, 184쪽에서 재인용.

14) 洪起文, 위의 책, 같은 곳.

린 것)·白巖(배암)·笠範巨只(갓벙거지)·犬座(개자리 : 구들 웃목의 움푹 패인 고랑)·不祥(불쌍하다)·排打羅其(배따라기) 따위는 우리말의 소리를 충실하게 표기하기 위한 불가피한 것으로 칠 수도 있지만, 使道(사또)·書房主(서방님)·兄主(형님)·茶啖(다담)·入丈(장가들다) 등의 표현이 섞여 있는 것은 다분히 의도적이라 하지 않을 수 없다.15)

또한 《열하일기》에는 조선 속담 역시 빈번히 등장한다. 예컨대, '삼일정일일미행三日程一日未行'(사흘길 하루도 아니 가서), '관광단끽병觀光但喫餅'(굿이나 보고 떡이나 먹는다), '광주생원초입경廣州生員初入京'(광주 생원의 첫 서울이라) 등과 같은 속담들이 그것이다.16) 이런 표현 역시 연암의 의도적인 것이라고 보아야 할 것이다.

그뿐만 아니라 연암은 자기식의 표현까지 개발하여 사용한다. 홍기문은 이를 지적하여, 다음과 같이 말하고 있다.17)

그 중에는 꿇어 않는 버릇을 회종지구會踵支尻라고 하며 망건 위로 머리를 두드리고 위 아래의 이를 마주치는 버릇을 탄뇌고치彈腦叩齒라고 하는 등 자기식의 표현법이 고정되어 있는 예도 드물지 않다.

이 특징이 박연암 이전의 한문 작가와는 물론이요 그 이후의 한문작가와도 전연 공통되지 않는 점이다. 오직 그의 영향을 받은 이덕무李德懋·이서구李書九와 같은 분들에게서 일종의 그러한 경향이 인정되고 또 간혹 박연암식의 표현법이 그대로 차용된 예까지 발견된다고는 하지만 박연암에게서와 같이 그렇게 뚜렷한 존재로는 드리나지 못하는 것이다.

---

15) 金明昊, 앞의 책, 167쪽. 金明昊 교수는 이런 것을 소설적 형상화를 위한 조처로서 해석한다.
16) 金明昊, 앞의 책, 168쪽. 金明昊 교수는 이런 수사를 토속어의 정취를 돋구고 해학적인 효과를 고조시키는데도 기여한다고 평한다.
17) 洪起文, 〈'燕巖集'에 대한 해제〉, 《朴趾源作品選集》(1), 국립문학예술서적출판사, 1960, 26~27쪽.

백화체·우리 나라의 속담과 한자어·우리 나라의 야담과 고사의 차용 등은 세칭 고문가들이 지극히 경계하는 것이다. 그러나 연암은 필요에 따라서는 아무런 거리낌없이 이들을 문장 속에 끌어들였으니, 이것은 연암 문장의 표현에 나타난 특징 중의 하나이다.[18]

## 2) 우언寓言

주제를 표현하는 방법은 여러 가지가 있다. 그것의 내용을 그대로 직술하는 방법도 있고, 다른 것에 빗대어 말하는 방법도 있다. 비유와 우언은 후자에 속하는 표현 방식이다. 비유가 한 부분에서 일어나는 수사 양상이라면, 우언은 전체를 단위로 거론하는 개념이다. 연암 문장의 특징으로 많은 연구자들은 우언성을 꼽는데, 그들의 지적대로 그 우언성은 우선 내용에서 발견된다.

〈영재집서泠齋集序〉는 비석의 형태를 다듬는 사람과 이에 글자를 조각하는 사람 사이의 다툼을 적었다. 사람의 공적을 후대에 오래 남기는 일에 자신의 공적이 상대방보다 크다는 말다툼이 두 사람 사이에 벌어지자, 무덤가에 있던 돌장승이 비석을 부엌돌로 가져다 쓰면 소용이 없는 일이라고 말해서, 두 사람의 논쟁을 종식시켰다는 내용이 그것이다.

> 돌을 다듬는 사람이 글자 새기는 사람에게 말하기를, "대저 천하의 물건 중에 돌만큼 단단한 것이 없는데, 이에 그 단단한 것을 잘라서 끊고 깎아서, 꼭대기에는 이룡을 만들고 아래에는 거북의 모양을 만들어, 귀신 다니는 길(神道)에 세워서 영원히 이지러지지 않게 하니, 이것은 나의 공이다."라고 말하

---

18) 〈愚夫艸序〉에서 燕巖은 옛날 말들을 모아 놓은 사전으로서 '고상한 말' 혹은 '전아한 말'이란 뜻으로 쓰이는 爾雅라는 말이 실은 아주 '비근한 말(邇言)'이라는 전제를 내세우고 비근한 말을 써야 사물을 오히려 진곡하게 묘사하고 생동감있게 묘사할 수 있다는 의식을 보여준다.

였다. 돌 새기는 사람이 말하기를, "오래도록 지워지지 않는 것으로는 새기는 것보다 오래 가는 것이 없다. 대인이 훌륭한 행적이 있고 군자가 글을 썼다고 하더라도 내가 새기지 않으면 장차 무엇으로 비석을 삼으리오?"라고 말하였다. 마침내는 무덤의 뒷등에게 가서 따졌으나 무덤은 조용히 아무말이 없었으니, 세 번 불러도 세 번 반응이 없었다.

이에 돌장승이 기가 막혀 웃으면서, "너희는 천하에 가장 강한 것은 돌만큼 강한 것이 없고, 오래되도록 지워지지 않는 것은 새기는 것만한 것이 없다고 하나, 돌이 과연 굳다면 잘라서 비를 만들겠는가? 지워지지 않는다면 어찌 새길 수가 있으리오? 이미 자르고 새겼으되 또 부엌 아궁이를 쌓는 사람이 취하여 부뚜막 돌로 쓰지 않으리라는 것을 어찌 알 수 있으리오?"라고 말했다.

양자운揚子雲은 옛 것을 좋아하는 선비로 기이한 글자를 많이 알았는데 바야흐로 ≪태현경太玄經≫을 쓸 때에 쓸쓸하게 낯빛을 바꾸고 얼굴을 고치며 개연히 탄식하여, "아아! 어찌 너희가 이를 알리오?"라고 말했으니, 돌장승의 소문을 들은 사람은 아마도 이 ≪태현경≫으로 장독을 덮으리라. 듣는 사람이 모두 크게 웃었다. 봄날 ≪영재집≫에 쓰다.19)


이 글은 비석을 소재로 삼고 있지만 연암이 말하고 싶은 것은 '비문'이 아니라 '문장'이다. 글을 아무리 잘 쓰고, 보존이 잘 된다 해도 그것을 알아주는 사람이 없으면 아무런 의의가 없다는 것이 실질적인 뜻이다. 그런데 '문장'을 말하면서 '문장'대신 '비문'만을 말하는 방식을 취했다. 이와 같이 말하려는 것을 다른 것에 빗대어 주제를 드러내는 표현 방식이 바로 우언이다.

---

19) 〈泠齋集序〉, ≪燕巖集≫ 권7. "匠石謂剞劂氏, 曰夫天下之物, 莫堅於石, 爰伐其堅, 斷而斲之, 螭首龜趺, 樹之神道, 永世不騫, 是我之功也. 剞劂氏曰, 久而不磨者, 莫壽於刻, 大人有行, 君子銘之, 匪余攸工, 將焉用碑? 遂相與訟之於馬鬣子. 馬鬣子寂然無聲, 三呼而三不應. 於是, 石翁仲啞然而笑, 曰子謂天下之至堅者, 莫堅乎石, 久而不磨者, 莫壽乎刻也, 雖然, 石果堅也, 斲而爲碑乎? 若可不磨也, 惡能刻乎? 既得而斲而刻之, 又安知築竈者, 不取之以爲安鼎之題乎? 揚子雲好古士也, 多識奇字, 方艸太玄, 愀然變色易容, 慨然太息, 曰嗟乎! 烏爾其知之? 聞石翁仲之風者, 其將以玄覆醬瓿乎. 聞者皆大笑. 春日書之泠齋集."

우의성으로 논란의 대상이 되었던 대표적인 작품은 〈호질〉이다.[20] 이 글의 호랑이에 대해서는 실로 다양한 해석이 대립되어 있다. 이가원 교수는 호랑이를 북벌론을 배격하지 못하는 임금으로,[21] 황패강 교수는 〈호질〉을 연극적인 구성으로 분석하여, 범을 냉정한 이성의 상징으로 분석하고 있다.[22] 성현경 교수는 호랑이를 오랑캐의 은유로 보고,[23] 문영오 교수는 호랑이가 무위지치를 표상하는 도가철학을 대표하는 것으로 이해한다.[24]

연암은 〈호질〉에서 북벌론이니 이성이니 오랑캐니 하는 말을 한 적이 없는데도, 여러 연구자들이 호랑이를 호랑이로 해석하지 않고, 위와 같이 다른 의미로 해석한 것은 이 글이 우의寓意의 형식을 지니고 있다고 보기 때문이다.

둘째로, 우의적 표현에서 주목되는 것은 내용의 우의성뿐만 아니라 주제의 표현 과정에서 발견되는 우의성이다. 〈호질〉의 앞에는 이 글이 실리게 된 내력이 적혀 있다. 연암이 밤에 옥전현玉田縣에 도착하여 정진사와 동행하여 한 가게에 들어가게 되었을 때 우연히 벽에 걸린 한 편의 글을 접했는데 그것이 바로 〈호질〉이었다는 것이다.

연암은 앞 부분부터, 정진사는 중간 부분부터 베꼈으나, 정진사가 베낀 곳에 잘못 쓴 것과 빠뜨린 자구가 많았으므로, 연암이 자신의 뜻으로 그 부분을 고쳐서 대략 엮어 기록한다고 언급하고 있다. 연암은 그 글을 '아마도 근세의 중국사람이 비분강개하여 지은 것이리라(盖近世華人悲憤之

---

20) 〈호질〉은 《열하일기》의 《關內程史》에 수록되어 있다. 《관내정사》는 1780년 7월 24일에서 8월 4일까지의 여행 기록으로, 〈호질〉은 7월 28일의 기록 중에 들어 있는데, 이 글은 호랑이가 의인화되어 있어 표면적으로도 우의성을 쉽게 확인한 수 있다.

21) 李家源, 《燕巖小說研究》, 乙酉文化社, 1984, 567~575쪽.

22) 黃浿江, 〈虎叱研究〉, 《燕巖研究》, 車溶柱 編, 1984, 410쪽.

23) 成賢慶, 〈虎叱研究〉, 《燕巖研究》, 車溶柱 編, 1984, 442쪽.

24) 文永午, 《燕岩小說의 道敎哲學的 照明》, 太學社, 1993, 115쪽.

作也)'고 적어 놓았지만, 도입 부분의 기록 때문에 이 글의 작가가 누구인가 하는 논란이 일어났다.[25]

문맥을 통해 보면, 자신의 뜻으로 정진사의 착오를 다시 고쳤으므로, 〈호질〉의 원작가가 자신이 아니더라고 실질적인 내용을 구성한 개작자로서의 연암은 확실히 상정할 수 있을 것이다. 그러나 연암은 자신을 뒤로 숨기고, 오히려 이름 미상의 원작자를 내세움으로써 이 글의 내용이 자신의 창작이 아닐 수 있다는 암시를 주었다.

이러한 설정은 작자로서의 자신을 감추면서 드러내는 기능을 하게 되는데, 이런 배반적인 성격을 우의적인 것이라고 친다면, 〈호질〉은 작품 내용에서뿐 아니라 그것의 제작 과정에서부터 우의적인 장치를 마련했다고 할 수 있다.

## 3) 형식적인 요소의 이용

내용의 합으로 주제를 드러내는 것이 보통이지만 연암의 어떤 문장들은 언어 표현, 소재, 구성 등의 형식적인 요소를 주제의 형상화에 이용하기도 한다. 이러한 표현법은 연암의 문장이 시詩처럼 내용과 형식의 일체화를 추구했다는 느낌을 준다.

〈선귤당기蟬橘堂記〉에는 김시습과 대사의 대화가 나온다. 김시습이 속명을 버리고 법명을 취하려고 하자, 대사는 그가 새로운 이름을 또 가지려 한다고 비난하면서, 이름이라는 것은 실체가 없기 때문에 버린다는

---

25) 이에 대하여는 다음 논문을 참고할 것.
　　연암 원작자설 혹은 개작자설
　　　金澤榮, 〈虎叱文跋〉, 《重篇燕巖集》 5卷.
　　　李家源, 《燕巖小說硏究》, 乙酉文化社, 1984, 487~490쪽.
　　중국인 창작설
　　　李佑成, 〈虎叱의 作者와 主題〉, 창작과 비평 11권, 1968, 가을호, 446~452쪽.
　　　吳相泰, 〈虎叱의 作者에 대하여〉, 영남어문학 5집, 영남어문학회, 1978. 47~66쪽.

개념을 사용할 수 없다고 말한다. 그런데, 이러한 주장이 지극히 장황하게 표현된다.

> 너는 네 몸을 돌아 보라. 이름이 어디에 붙어 있는가. 네가 몸이 있기에 이런 그림자가 있으나, 이름은 본래 그림자가 없으니 장차 무엇을 버리고 싶어 하는가? 너는 네 머리를 만져 보라. 곧 머리카락이 있었으므로 빗을 사용했으나, 머리카락이 이미 짤린 다음이니 어디에 빗을 빗으리오.
>
> 네가 장차 이름을 버리려 하나 이름은 구슬·비단이 아니고, 이름은 밭·집이 아니다. 금은보물·돈이 아니고, 먹는 것·곡식이 아니다. 세발 솥·세발 달린 가마솥도 아니고, 용가마·가마솥도 아니다. 광주리·소쿠리·나무 술잔·보시기·병·항아리 및 제기 등의 물건도 아니다. 곧 허리에 차는 주머니·주머니 칼·향주머니처럼 풀어 버릴 수 있는 것도 아니다. 둥근 비단 옷깃·학을 수놓은 흉배·관대·병부 인장처럼 벗어버릴 수 있는 것도 아니다. 두 마리 원앙을 수놓은 베개나 각색 헝겊을 띠로 늘어뜨린 비단 장막처럼 남에게 팔아 넘길 수도 없다. 때도 아니고 먼지도 아니어서 물로 씻어 버릴 수도 없다. 생선뼈처럼 목에 걸린 것도 아니어서 꾀꼬리 깃털로 끌어내어 토해 버리게 할 수도 없다. 부스럼·헌데의 딱지가 아니므로 손톱으로 긁어 없앨 수 없다.[26]

이 부분의 묘미는 내용이 아니라 표현의 장황함에 있다. 이름이 실체가 없다는 것이 이렇게 진곡하게 반복할 만큼 중요한 사실인가를 가늠해 본다면, 이 부분의 반복적 표현은 지나치다고 할 수 있다. 장황한 수사는 일종의 말놀이요 유희다.[27] 그렇다면, 연암은 부정할 대상을 내용상으로

---

26) 〈蟬橘堂記〉, 《燕巖集》 7卷. "汝顧爾形, 名在何處? 緣汝有形, 卽有是影. 名本無影, 將欲何棄? 汝摩爾頂, 卽有髮故, 而用櫛梳. 髮之旣剃, 安施櫛梳? 汝將棄名? 名匪玉帛, 名匪田宅, 匪金珠錢, 匪食穀物, 匪鼎匪錡, 匪鬵匪鼐, 匪筐筥椊杯牟瓶盎及俎豆物. 卽匪佩囊劍刀蒩香, 可以解去. 匪錦圓領繡鶴補子帶犀魚果, 可以脫去. 卽匪鼓枕兩頭鴛鴦流蘇寶帳, 可賣與人. 匪垢匪塵, 非水可洗. 匪綉梗喉, 非水鴉羽, 可引嘔歟. 匪癤乾痂, 可爪剔除."

27) 이 부분은 진곡하게 표현되었다는 점에서는 회탕이라는 수법이라고 부를 수 있

부정할 뿐 아니라, 유희의 대상으로 삼음으로써 표현 방식으로도 부정해 버린 것이 되는데 이러한 것이 바로 형식적인 요소를 주제의 표현에 이용한 실례가 된다.

또 다른 유형으로는 소재의 함축적인 의미를 주제와 통합시키는 것도 있다. 〈상기象記〉는 열하 기행 중에 코끼리를 구경했던 일을 통해서 대상과 그것에 대한 인식의 문제를 다룬 글이다. 사람들은 코끼리 코가 다른 짐승들의 코 형상과 다른 것을 보고, 그것을 '다리' 혹은 '주둥이'라고 하거나, 코끼리의 눈이 몸집에 비하여 작은 것을 보고, '쥐의 눈'과 같이 간교하게 보인다고 한다. 그러나 연암은 이에 대해 그것은 감각적으로만 그렇게 보일 뿐이요 실상과는 다르다고 말한다.28)

또 사람들은 이빨이란 음식을 씹어먹기 위한 것이라는 통념을 가지고 있고 그것을 당연한 '사실'로 받아들인다. 그러나 연암은 이빨이 꼭 씹는 기능만을 가진 것은 아니기 때문에 코끼리에게는 그러한 사회적인 통념이 들어맞지 않는다고 말한다.29) 사회적인 통념이 꼭 사물의 실상과 일치하는 것이 아니라고 보기 때문이다.

이 글은 감각과 사회적인 통념(이념)에 의존한 인식 내용이 사물의 실

---

고, 축세를 위한 의도적인 조작이라고 지적할 수 있을 것이다.

28) 〈象記〉, 《燕巖集》 권14. "或有認鼻爲喙者, 復覔象鼻所在, 蓋不意其鼻之至斯也. 或有謂象五脚者, 或謂象目如鼠. 蓋情窮於鼻牙之間, 就其通體之最小者, 有此比擬之不倫. 蓋象眼甚細, 如姦人獻媚, 其眼先笑. 然其仁性在眼."

29) 〈象記〉. "然而說者曰, 角者不與之齒, 有若爲造物缺然者. 此妄也, 敢問齒與之者誰也? 人將曰, 天與之. 復問曰, 天之所以與齒者, 將以何爲? 人將曰, 天使之齧物也. 復問曰使之齧物何也? 人將曰此天理也. 禽獸之無手也, 必令嘴喙, 俛而至地, 以求食也. 故鶴脛旣高, 則不得不頸長. 然猶慮其或不至地, 則又長其嘴矣. 苟令鷄脚效鶴, 則餓死庭間. 余大笑曰, 子之所言理, 乃馬牛鷄犬耳. 天與之齒者, 必令俛而齧物也. 今夫象也, 樹無用之牙, 將欲俛地, 牙已先距, 所謂齧物者, 不其自妨乎? 或曰賴有鼻耳. 余曰, 與其牙長而賴鼻, 無寧去牙而短鼻. 於是乎, 說者不能堅守初說, 稍屈所學, 是情量所及, 惟在乎馬牛鷄犬, 而不及於龍鳳龜麟也. 象遇虎, 則鼻擊而斃之, 其鼻也, 天下無敵也. 遇鼠則置鼻無地, 仰天而立, 將謂鼠嚴於虎, 則非向所謂理也."

제의 모습과는 어긋날 수 있다는 것, 즉 '대상과 인식'에 있어서의 오류에 관한 문제를 다룬 것이다. 그런데 이러한 주제를 다루면서 코끼리를 소재로 삼고, 논의의 초점을 코끼리의 형상에 초점을 맞춘 것이 특이하다. 왜냐하면 한자로는 대상도 상象이라고 하고, 코끼리도 상象이라고 하고, 코끼리의 형상 역시 상象이라고 하기 때문이다.

게다가 연암은 다시 코끼리의 형상에서 만물의 형상과 변화에 대한 문제로 논의를 확대한다.[30] 그러므로 이 글은 상象이라는 소재를 주제(대상과 인식의 문제)와 제재(형상)와 소재(코끼리) 등 세 측면에서 활용했다고 할 수 있다. 한자의 다의성을 이용하여 세 가지 의미를 중층적으로 쌓아 올린 형태인 것이다.

형식적인 요소가 더욱 복합적으로 응용되고 있는 것은 〈공작관기孔雀館記〉다. 이 글은 연암이 안의 현감으로 재직하던 시절에 자신의 공관에 공작관이라는 이름을 붙이게 된 내력을 적은 글이다. 이 글은 '공관'과 '공작'은 외양적으로 아무런 관련이 없어 보이지만 그것이 깊은 인연에 의해 결합된 것이라는 내용으로 되어 있다.

공작을 중심으로 하여 이 글에는 모두 세 개의 개념이 층차적으로 확대된다. 공작과 공작관과 〈공작관기〉가 그것이다. 연암은 공작이 붉다고 할 수도 없고 푸르다고 할 수도 없는, 무지개처럼 조개껍질처럼 다양한 빛깔을 가진 새라고 묘사하고 있다. 그러면서 그는 그 문채의 변화무쌍한 것에 더욱 감탄한다.

그는 공작이 놀라서 움츠리면 빛이 죽었다가도, 다시 깃을 펴면 환해지고, 푸른 섬광인가 하면 아주 파랗게 변하고, 붉은 빛인가 하면 불길이 솟은 것같다고 적고 있다. 형용하기 어려운 문채의 미묘함과 예측하기 어려운 문채의 변화를 장관이라고 하면서, 문채(文章)의 볼거리에 이것보

---

30) 〈象記〉. "夫象猶目見, 而其理之不可知者如此, 則又況天下之物, 萬倍於象者乎. 故聖人作易, 取象而著之者, 所以窮萬物之變也歟."

다 더 나은 것이 없다는 것이다.[31]

그런데 공작관에 대한 묘사도 사뭇 인상적이다. 그는 공작관의 뜰에는 구기자·월계·아가위·자형 등이 대나무 방책과 어울려 있는데, 이런 것들은 계절에 따라 다른 운치를 만들어 내고, 또한 연못·물길의 운치, 계절·위치에 따라 변하는 관아 내의 경치도 다양하다고 말한다. 경치가 멋있다거나 계절이나 위치의 변화로 경치가 달라지는 것은 사실 그렇게 새삼스럽거나 유별난 일이 아닌데도 연암은 굳이 이 점을 진곡하게 묘사한다.

이는 공작관의 이미지를 공작 문채의 미묘하면서 변화무쌍한 이미지와 일치시키려는 뜻으로 보인다.[32] 게다가 공작 문채의 이미지는 공작

---

31) 〈孔雀館記〉, ≪燕巖集≫ 권14. "그 후 20여년이 지나서 나는 중국에 들어가서 공작을 본 것이 3번이나 되었다. 학보다는 작고 해오라기보다는 컸는데, 꼬리의 길이가 2척이 넘었고 붉은 다리에 뱀 허물같은 무늬가 있고, 검은 부리는 매 부리처럼 휘어졌다. 온 몸의 깃이 진한 불빛·연한 금빛이었고, 그 끝에는 각각 금빛 눈이 하나씩 있었는데 돌의 이끼처럼 푸른 빛이 눈동자를 이루고, 물처럼 푸른 것이 눈동자를 다시 쌌으며, 붉은 빛으로 테두리를 두르고, 쪽빛으로 다시 구분을 이루어 조개 껍질처럼 아롱다롱하고 무지개처럼 찬란하니, 푸른 새라고 하는 것도 틀리고, 붉은 새라고 하는 것도 또한 틀렸다. 때때로 놀라서 움추리면 빛이 죽었다가, 바로 깃을 펴면 도로 환해진다. 문득 섬광이 나는 듯하다가 더욱 푸르게 되고, 갑자기 붉은 빛이 나는가 하면 불길이 솟는 것 같다. 아마도 문장의 지극한 장관은 이것보다 나은 것이 없을 것이다. 其後二十餘年, 余入中國, 見孔雀三, 小於鶴而大於鷺. 尾長二尺有咫, 赤脛而蛇退, 黑嘴而鷹彎. 遍體毛羽, 火殷金嫩. 其端各有一金眼, 石綠點睛, 水碧重瞳, 暈紫界藍, 螺幻虹縠, 謂之翠鳥者, 非也. 謂之朱雀者, 亦非也. 時驚竦而入晦, 即蔘㼌而還魂. 俄閃弄而轉翠, 炎葳㸤而騰焰. 蓋文章之極觀, 莫常於此"

32) 〈孔雀館記〉. "百尺梧桐閣의 南軒은 孔雀館이다. 남쪽으로 수십 보가 채 못되어 둥근 지붕으로 마주 보고 서 있는 것은 荷風竹露堂이다. 그 뜰 가운데에 대나무를 엮어서 방책을 만들고, 그 안에 구기자·월계·아가위·자형 등을 구분 없이 심었다. 긴 가지와 부드러운 넝쿨이 이어지고 얽혀서 (울타리를) 덮어, 봄·여름에는 병풍이 되고 가을·겨울에는 울타리가 되었다. 병풍이 될 때는 꽃이 어우러진 것이 좋고 울타리가 될 때는 눈이 쌓이는 것이 좋다. 방책에 위가 둥글게 홀같이 구멍이 나서 천연의 문이 만들어졌는데 삽짝을 달지 않았다. 북쪽 담을 뚫고 도랑을 끌어들여서 북쪽의 못에 물을 모았다. 또 북쪽의 못에서 넘친 물로 그 앞을 지나 꾸불꾸불 물길을 만들어서 연잎을 따서 잔을 받치고 물에 띄우고 둥둥 떠다니도록 하

관의 묘사뿐 아니라 ≪공작관기≫의 구성적 측면까지 이어진다. 연암은 자신의 공관公館에 공작관이라는 이름을 짓게 된 인연을 설명하기 위해 글 곳곳에서 여러 가지 삽화를 복선으로 마련하고 있다.

첫 번째는 꿈을 이용한 복선이다. 연암은 젊은 시절에 한 공관에 들어가서 어떤 새의 푸른 꼬리깃을 구경했던 꿈을 적고 있다. 자신이 공작을 구경하고 자신의 공관에 공작관이라는 이름을 붙이게 된 것이 운명적이라는 것을 암시하기 위한 것이다.33) 두 번째 삽화는 어떤 중국 사람으로부터 우연히 받은 공작관이란 글씨를 잊고 있다가, 안의 현감으로 있을 때 또 우연히 그 글씨를 다시 발견하여 자신의 공관에 공작관이라는 이름을 붙이게 되었다는 내용이다.34)

---

니, 이것이 공작관은 같은 방에서도 경치가 달라지고 자리만 바꿔도 경관이 변하게 되는 까닭이다. 百尺梧桐閣之南軒曰孔雀館. 南距不數十武, 頂胡廬而對峙者, 曰荷風竹露堂. 隔其中庭, 架竹爲柵, 雜植枸杞, 玫瑰野棠紫荊于其中, 修條柔蔓, 綴絡扶疎, 掩暎虧蔽, 春夏爲屛, 秋冬爲籬. 屛宜錯花, 籬宜積雪. 因圭其竇, 爲天然之門, 而不扉焉. 穿北垣, 引溝澮, 納之北池, 又溢北池, 經其前爲曲水, 摘蓮葉而承盂, 以泛以流, 此孔雀館之所以同室殊境, 移席改觀者也."

33) 〈孔雀館記〉. "내가 나이 18~9세에 꿈에 한 누각에 들어갔다. 위는 둥글고 깊어서 텅빈 듯이 흰 빛이었는데, 관청이나 절간과 같았다. 양 옆의 비단 갑 안에는 옥 산가지가 가지런히 꽂혀 있었다. 휘어진 길은 겨우 한 사람만 들어 갈 수 있는 정도였고, 가운데에는 수 척되는 푸른 항아리가 있고 푸른 새 꼬리깃이 두 개 꽂혀 있었는데, 높이가 지붕과 같았다. 오래 돌아다니다가 잠이 깨었다. (중략) 아! 공작은 다시 볼 수 없으나 옛날의 꿈을 돌이켜 생각하니 어찌 여기에 오래된 인연이 없다고 생각하리오? 마침내 앞문틀 위에 공작관이란 글씨를 새겨서 걸고 이처럼 글을 쓰노라. 余年十八九時, 夢入一閣, 穹深虛白, 類公館佛宇, 左右錦匣, 玉籤峽然排揷. 曲折經行, 纔通一人, 中有數尺綠瓶, 揷二翠尾, 高與屋齊, 徘徊久之而覺. (중략) 噫! 孔雀不可復見, 而追思疇昔之夢, 安知宿緣不在於斯乎? 遂刻揭前棟, 幷識如此"

34) 〈孔雀館記〉. "그후 오 년이 흘러 중국을 다녀온 한 사람이 공작관이란 글자 3자를 가지고 돌아왔다. 錢塘사람 조설범이 쓴 것이었다. 지난번에 나는 조설범과 한번도 만난 적이 없었으니 아마도 남에게서 나에 대한 소문을 듣고 만 리 먼 길에 자신의 뜻을 보낸 것이 아니겠는가? 그러나 館이란 개인의 방에 붙이는 이름이 아닌데다가 내가 또 늙도록 방 한 칸도 없었으니 도리어 어디에 걸어두었으리오. 지금은 다행히 임금의 은혜를 입어 경치 좋은 곳에서 원님이 되어, 4년을 수죽과 살아 관청을 내 집으로 삼았다. 옛날의 책과 헌 상자를 함께 가지고 다녔는데, 장마가 끝

세 번째 삽화는 중국을 여행할 때에 문장을 공작새에 빗대어 말하던 것을 경험한 일이다. 연암은 중국의 인사들과 문장(글)을 논하면서 그것을 공작에 비유했던 일을 술회한다.35)

이 삽화들은 내용상으로는 공작과의 인연을 말하는 것이지만, 만일 이러한 인연의 결합을 문채로 상상할 수 있다면 그것은 바로 공작의 다양하고 변화난측한 문채와 비견될 수 있을 것이다. 그러므로 이런 삽화는 인연의 강조만이 아니라 실제로는 〈공작관기〉라는 문장의 문채를 미묘하고 다채롭게 해주는 기능을 한다.

이것으로 보면 연암은 의도적으로 주제(기이한 인연의 문채)와 글의 구성(≪공작관기≫)과 글의 소재(공작관과 공작)가 문채의 화려함이라는 개념을 중심으로 동심원을 이루도록 배려하고 있다는 것을 알 수 있다. 이와 같은 것들은 연암이 내용의 표현에 형식적인 요소들을 다양하게 활용하고 있음을 보여주는 것이다.


## 4. 구성의 영역


구성이란 주제를 공간적으로 혹은 시간적으로 펼쳐 놓은 것이다. 그래

---

나고 책을 햇빛에 쏘일 때 우연히 이 글씨를 찾았다. 其後五年, 客之遊中州者, 得孔雀館三字而還. 錢塘人趙雪帆所書也. 曩者, 吾與趙未有一面, 豈於他人乎聞余之風而萬里寄意者耶? 然而館非私室之號, 而吾且老無一廛之室, 顧安所揭之? 今幸蒙恩得宰名區, 水竹四載, 以官爲家. 則舊書敝簏, 隨身俱在, 霖餘曝書, 偶得此筆."

35) 〈孔雀館記〉. "북경에 있을 때 동남 지방의 사람들과 段家의 가게에서 날마다 술을 마시면서 문장을 논했다. 언제나 공작새와 같다고 시와 문을 평했다. 그 자리에 태사 고역생이 있어서 농담을 하며 "손님의 이 얼굴은 선생의 집에서 기르는 새와 어떠합니까(비슷합니까)?"라고 하여 서로 크게 웃었다. 在皇城時, 與東南之士, 日飮酒論文於段家圃. 每擧似孔雀爲之評其詩若文, 而座有高太史栻生戲之, 曰我客斯容, 何如夫子家禽? 相與大笑."

서 주제가 구성의 내용이라면 구성은 주제의 형식이라고 말할 수 있다. 구성에서 중요한 것은 기승전결의 흐름이다. 흔히 좋은 글은 그 흐름이 자연스럽다. 이를 논리성, 일관성, 효율성, 적절성 등의 일반적인 말로 표현하는데, 그것은 문장의 힘에 의해서 좌우되는 것이다. 연암 문장의 수사적 특징으로 꼽을 수 있는 것은 이러한 힘 외에도 함축과 여운 등이 있다. 이에 대하여 알아보자.

### 1) 축세蓄勢

좋은 글은 고동치는 힘과 그 힘을 바탕으로 요동치는 변화를 요구한다. 고동치는 힘이 스스로를 이기지 못하여 글의 흐름을 주도하며 갖가지 변화를 만들어낼 때, 읽는 사람은 그것에 마음을 빼앗겨서 자신도 모르게 손과 발을 움직이며 춤을 추게 된다고 한다. 이러한 글은 신기神氣를 가진 것으로 표현되는데 이것은 옛날 문장의 이상적인 한 형태로 간주되던 것이다.[36]

글이 힘을 갖도록 하는 것을 축세蓄勢라고 말한다. 여기에는 여러 가지 방법이 있다. 의론을 전개할 경우는, 멀리 가게 하려면 먼저 가깝게 당겨서 힘이 질탕하게 하고, 위로 올려보내려고 하려면 먼저 땅에 눌러서 그 힘으로 뛰어오르도록 한다. 한마디로 할 수 있는 것은 반복하여 많은 말로 표현해서 그 힘이 웅장해지는 것을 찾고, 또 이치가 금방 다 드러나는 것은 그 말을 길게 늘려서 그 힘이 느려지고 약해지도록 한다. 연암이 자주 사용하는 구성법을 몇 가지 유형으로 나누어 살펴보도록 한다.

---

36) 趙秉瑜, 〈重篇燕巖集序〉, ≪重篇燕巖集≫. "爲文之法 有理有神. 夫摸寫天地萬物之情, 而有條不紊者, 理也. 鼓動一氣, 變化不測, 使讀者心感魄悅, 手舞足蹈者, 神也."

## (1) 반복反復

문장을 생동시키기 위한 수사적 장치로 가장 많이 이용하는 것은 반복이다. 하나의 문장으로 설명될 수 있는 개념을 수많은 말로 반복 표현하여 문장의 힘을 만드는 것이다. 〈일야구도하기一夜九渡河記〉의 첫 부분에서 연암은 강물이 쏟아지는 모습을 극히 생동감 있게 묘사한 부분이 그 예가 된다.

연암은 물살을 '놀란 물살과 소스라친 물살, 화가 난 물결과 성난 물결, 슬피 우는 여울과 원망하는 여울'이라고 여러 가지 말로 표현하고, 또 쏟아지는 모습을 '달리며 부딪치고 말리며 넘어지고, 울며 부르짖고 소리치며 함성을 지르는' 것으로 형용하며, 다시 그 소리를 '싸움수레 만 승·싸움 말 만 대·싸움 대포 만 개·싸움 북 만 개로도 그것이 무너지며 허물어지고 부서지고 짓누르는 소리를 비유할 수 없다'고 말한다.

그리고 강의 흐름에서 받은 인상을 '모래에 꽂힌 큰 돌이 우뚝우뚝 늘어서 있고, 강둑의 버드나무가 컴컴한 모습으로 서 있어서 마치 물귀신과 강의 신이 다투어 나와서 사람을 놀리는 것 같고 좌우의 이리가 붙드는 것을 시험하는 듯했다'고 적고 있다.

즉 강물의 쏟아지는 모습을 물살의 형태·쏟아지는 모습·쏟아지는 소리·흘러가는 형상을 묘사하되 여러 가지 서로 다른 표현을 반복함으로써 글의 힘을 만들어낸 것이다.

> 하수의 물이 두 산 사이에서 나오면서 돌을 치며 쏟아지는데
> 그 놀란 물살과 소스라친 물살, 화가 난 물결과 성난 물결,
> 슬피 우는 여울과 원망하는 여울이 달리며 부딪치고 말리며 넘어지고,
> 울며 부르짖고 소리치며 함성을 지르니 언제나 장성을 꺾고 부수는 듯한
> 기세를 보인다.
> 싸움 수레 만 승·싸움 말 만 대,
> 싸움 대포 만 가·싸움 북 만 좌로도

그것이 무너지며 허물어지고 부서지고 짓누르는 소리를 다 비유할 수 없다.

모래에 꽂힌 큰 돌이 우뚝우뚝 늘어서 있고,
강 둑의 버드나무가 컴컴한 모습으로 서 있어서
마치 물귀신과 강의 신이 다투어 나와서 사람을 놀리는 것 같고
좌우의 교룡과 이무기가 붙드는 것을 시험하는 듯했다.
어떤 사람은 '여기가 옛날 전쟁터라서 강의 울음소리가 그렇다'고 한다.
河出兩山間, 觸石鬪狼,
其驚濤駭浪, 憤瀾怒波,
哀湍怨瀨, 犇衝卷倒,
嘶哮號喊, 常有摧破長城之勢
戰車萬乘, 戰騎萬隊,
戰砲萬架, 戰鼓萬坐,
未足喩其崩塌潰壓之聲.
沙上巨石, 屹然離立,
河堤柳樹, 窅冥鴻蒙,
如水祇河神, 爭出驕人,
而左右蛟螭, 試其挐攫也.
或曰, '此古戰場, 故河鳴然也'.[37]

축세를 위해 반복의 수법을 구사하는 구절들은 내용만 비슷한 것이 아니라 글자수가 비슷하고 두 구절이 짝을 이루어 진행되는 경우가 많다. 이러한 행문을 여사儷辭(짝 글)라고 하는데, 여사는 반복에 가장 큰 효과를 주는 동시에 글의 호흡을 고양시키는 기능도 한다. 또 여사의 일부는 사륙문의 형태를 보이기도 하지만 사륙문이 지속적으로 사용되지 는 않는다. 이것은 글자의 숫자에 변화를 줌으로써 글의 리듬이 단조로워지는 것을 피하기 위한 것이다.[38]

---

37) 〈一夜九渡河記〉, ≪燕巖集≫ 권14.
38) 이러한 수사를 그 부분 자체만 본다면 달리 문채적인 차원에서 논할 수도 있겠다.

　　이런 조작을 특히 짝 글이 반복된다는 뜻에서 배비排比라고 한다. 연암은 이러한 배비를 자주 쓰고 있다. 예를 들면, 앞에서 인용했던 〈일야구도하기〉는 승承 부분에 귀에 들리는 소리가 실제적인 소리가 아니라 마음으로 듣는 소리였다는 것을 진곡하게 말하기 위하여, 자신이 들었던 수많은 소리들을 그것이 연상시키는 다른 느낌으로 들었던 경험을 적은 대목이 그것이다.39)

　　〈녹천관집서綠天館集序〉의 첫부분에서도 같은 내용이 반복되는 표현이 등장하는데 그 글자수의 형태가 앞의 경우와는 조금 다른 모습을 보여준다. 연암은 옛글을 모방하는 일이 불가능한 일이고 가치도 없는 일이라는 점을 말하기 위해 모방과 관계되는 여러 가지 개념을 다각도에서 거론하고 이를 다시 하나하나 부정해 가는 방식을 쓰고 있다. 이와 같이 동

---

여기에서는 부분의 다른 부분에 대한 기능이라는 관점에서 볼 때 蓄勢的인 기능을 한다는 뜻이다.

39) 〈一夜九渡河記〉. 내가 산 중에 살고 있을 때에 문 앞에는 큰 계곡이 있었는데 매년 여름이 되어 소나기가 한 번 지나가서 계곡의 물이 갑자기 불면, 항상 수레 소리·말 소리, 포 소리·북 소리가 들리더니 마침내 귀의 빌미가 되었다. 내가 일찍이 문을 닫고 누워 비슷한 소리로 연상하여(비유하여) 들었다. 깊은 숲의 소나무가 솔바람 소리를 내는 것이라 생각했으니 이는 청아하게 들은 것이다. 산을 허물고 벼랑을 무너뜨리는 소리라고 생각했으니 이는 땅을 흔드는 것으로 들은 것이다. 개구리 떼가 다투어 울어내는 소리라고 생각했으니 이는 교만하게 구는 것으로 들은 것이다. 수많은 축이 번갈아 울리는 소리라고 생각했으니 이는 분노한 것으로 들은 것이다. 번쩍하는 벼락 소리·급작스러운 우레 소리라고 생각했으니, 이는 놀란 마음으로 들은 것이다. 차가 야하고 강하게 끓는 소리라고 생각했으니, 이는 흥취 있는 것으로 들은 것이다. 거문고가 곡조에 어울리는 것으로 생각했으니 이는 구슬픈 것으로 들은 것이다. 종이 바른 창문이 바람에 우는 것이라고 생각했으니 이는 두려워하는 것으로 들은 것이다. (이는) 모두 제 소리를 바로 들은 것이 아니요, 다만 마음 속으로 생각한 것을 귀가 그것에 대해 소리를 만들어낸 것일 뿐이다. 余家山中, 門前有大溪, 每夏月, 急雨一過, 溪水暴漲, 常聞車騎砲鼓之聲, 遂爲耳祟焉. 余嘗閉戶而臥, 比類而聽之. 深松發籟, 此聽雅也. 裂山崩崖, 此聽奮也. 群蛙爭吹, 此聽驕也. 萬筑迭響, 此聽怒也. 飛霆急雷, 此聽驚也. 茶沸文武, 此聽趣也. 琴諧宮羽, 此聽哀也. 紙窓風鳴, 此聽疑也. 皆聽不得其正, 特胸中所意設, 而耳爲之聲焉爾.

일한 구절의 반복으로 이어지는 수사형식을 첩서疊敍라고 한다.

> "옛 글을 흉내내어 글을 짓는데 거울이 형체를 비추는 것처럼 하면 비슷하
> 다고 할 수 있는가?" "좌우가 서로 반대가 되는데 어찌 비슷하게 되리오."
> "물이 형체를 비추는 것처럼 하면 비슷하다고 할 수 있는가?" "위와 아래가
> 거꾸로 보이는데 어찌 비슷하게 되리오." "그림자가 형체를 따라 다니는 것처
> 럼 하면 비슷하다고 할 수 있는가?" "대낮에는 난장이에 땅딸보가 되고 저물
> 녘에는 키다리에 꺽정이가 되니 어찌 비슷하게 되리오." "그림이 형체를 본뜨
> 는 것처럼 하면 비슷하다고 할 수 있는가?" "움직이는 사람이 움직이지 않고
> 말하는 사람이 소리가 없으니 어찌 비슷하게 되리오."40)

### (2) 억과 양抑揚

연암의 어떤 글은 칭찬하기 위해서(揚) 먼저 누르는(抑) 방식으로 문
장의 힘을 얻어 글의 흐름을 이끌기도 한다. 대표적인 것으로 〈독락재기
獨樂齋記〉를 들 수 있다. 최진겸崔鎭謙은 하계霞溪 옆에 집을 짓고 당호를
독락재獨樂齋라고 이름을 붙였는데, 〈독락재기〉는 이에 대한 기문이다.

기문을 쓸 때는 그 건물 주인의 정신적인 취향을 긍정해 주는 것이 상
식이다. 그런데 연암은 처음부터 이것을 비난한다. 즐기는 일은 '혼자서
만 즐거워하는 것(獨樂)'보다는 '천하와 함께 즐거워하는 데(以天下樂)'에
이르러야 만족스러운 것이라는 것이다. 이뿐이 아니다. 연암은 아예 즐
겁게 산다는 것이 도대체 가능한 일인가 하는 말로써 즐거움을 추구하려
는 생각 자체를 부정한다. 누구든지 즐겁게 삶을 살고 싶지만, 천자도 그
렇게 하기 어려웠으니 천한 필부로서는 도저히 불가능하다는 것이다.41)

---

40) 〈綠天館集序〉, ≪燕巖集≫ 권7. "倣古爲文, 如鏡之照形, 可謂似也歟?" 曰, "左右相
　　反, 惡得而似也." "如水之寫形, 可謂似也歟?" 曰, "本末倒見, 惡得而似也." "如影之
　　隨形, 可謂似也歟?" 曰, "午陽則 侏儒·僬僥, 斜日則龍伯·防風, 惡得而似也." "如
　　畵之描形, 可謂似也歟?" 曰, "行者不動, 語者無聲, 惡得而似也."
41) 〈獨樂齋記〉, ≪燕巖集≫ 권1. "세상 사람과 함께 즐긴다는 것은 흡족한 일이거니

그러다가 갑자기 말을 바꾼다. 즐거움이란 밖이 아니라 안에서부터 우러나는 것이며 이는 성실한 태도로 구하면 얻을 수 있다는 것이다.[42] 여

---

와 자신만 홀로 즐긴다면 불만족할 것이다. 옛날 요 임금이 길거리를 미행하다가 太平歌를 듣고 흡족해 했으니 천하 사람이 함께 즐거워했다고 할 만하다. 그런데 지방 관리의 송축의 말(壽・富・貴・多男子)을 사양하고는 걱정하고 쓸쓸해 하기를, 하루밤에 큰 일이라도 있을 것 같은 탄식을 했었다. 아아! 지방 관리의 송축은 사람의 큰 소원을 모두 갖추고 천하의 지극한 즐거움을 다 드러내었다고 할 만하다. 하지만 대저 어찌 요 임금이 손을 저어 겉으로만 사양하고 속으로는 즐거워하겠는가? 진실로 이 송축은 자신에게 해로움이 있을 뿐더러 그것을 오로지 갖추기는 어렵기 때문이다. 그런데 지금 어떤 철없는 사람이 큰 소리치며 사람들에게 외쳐, '나는 혼자서만 즐거워할 수 있다'고 한다면 남들이 누가 기꺼이 믿으랴. 그런데도 오히려 자신의 방에 '혼자서만 즐거워한다(獨樂)'는 이름을 붙인 것은 더욱 어리석고 미혹된 일이 아니겠는가? 아! 사람의 심정에 누가 기쁘게 마음으로 즐거워하며 삶을 마치고 싶지 않으리오. 그러나 천자의 존귀함과 천하의 부유함으로도 항상 하루만이라도 즐거워할 일을 구하지만, 마음에 딱 맞아 자신에게 흡족한 일이 거의 드물거든, 하물며 가난하고 천한 필부로서 근심 걱정을 견디지 못하는 사람에 있어서랴? 以天下樂之有餘, 而獨樂於己不足. 昔者, 堯遊於康衢熙熙然, 可謂樂以天下矣. 及辭封人之祝, 則憂苦悲悴, 悙然有不終夕之歎. 嗟呼! 封人之祝, 可謂備人生之大願, 極天下之至樂, 夫豈堯以撝謙飾讓, 而爲悅哉! 誠有所病於己, 而獨專之爲難也. 今有一妄男子, 嚚嚚然號於衆, 曰我能獨樂, 人孰肯信之. 而猶然名其居曰獨樂者, 尤豈非愚且惑歟! 噫! 人情孰不欲欣欣然樂於心而終身哉! 然而自天子之尊, 四海之富, 常求其一日之樂, 所以稱於心而足乎己者, 幾希. 而況匹夫之貧賤. 有不勝其憂者乎!"

42) 〈獨樂齋記〉. "이것은 다른 것이 아니다. 좋아하고 싫어하는 것은 외물에 달려 있고, 만족하고 하지 않는 것은 마음에 걸려 있기 때문이다. 마음으로 허둥지둥 구하기만 하면 항상 급급하여 마음에 차지 않는 것인데 또 어느 겨를에 즐거워하는 일에 뜻을 두리오. 그러므로 마음으로 스스로 깨달아서 외물에 얽매이지 않게 된 다음에야 비로소 즐거움에 대하여 말할 수 있는 것이리라. 훔치고 베껴서 얻을 수 있는 것이 아니거니와 어찌 애쓴다고 이룰 수 있으랴. 그러나 본연의 화평한 기운을 머금고 하늘의 쉬지 않는 덕을 본받아서, 하늘에나 땅에나 부끄러움이 없게 된 다음에서야 비록 홀로 선다해도(자신만 즐거워한다 해도) 두려워하지 않게 될 것이다. 이는 그 이치가 꼭 맞는다는 것을 알아서이고, 진실로 지극히 성실한 태도로서만 얻어지는 것이며, 아버지라도 자식에게 줄 수 없고 자식이라도 아버지에게 얻을 수 없다. 此無他, 好惡係於外物, 得失交乎中情, 心營營而有求, 恒汲汲而不足, 又奚暇志于樂哉! 故自得於中, 而無待於外, 然後始可與言樂矣. 非剿襲而可得, 豈强勉而致, 然含元氣之氳氳, 體剛健之不息. 無愧怍於俯仰, 雖獨立而不懼. 知其理之必當, 良獨由乎至誠. 父不可以與其子, 子不可以得之於父."

기에서 즐거움의 추구나 획득의 가능성을 부정하던 논리가 반전된다. 그러나 아직 '혼자서' 즐거워하는 일까지 긍정된 것은 아니다. 다시 연암은 요임금·순임금·우임금·비간·굴원·정저와 걸닉·유령과 완적 등의 삶을 독락의 시각에서 설명한다.

이들의 삶은 각각 그 양상이 달랐지만 자신의 일을 즐거운 마음으로 했다는 점에서 동질성이 있다는 것이다. 성현과 고인의 삶을 독락의 개념으로 설명한 것은 앞서 부정했던 독락의 태도를 다시 긍정한 것을 의미한다. 이러한 마무리는 책을 읽는 것으로 즐거움을 삼은 최진겸의 태도를 오히려 성인과 고인에게 비기는 암시를 주는 효과까지 수반했다.[43] 이러한 흐름이 이른바 올리기 위해 누르는 억양의 수법이다.

다시 정리하면, 연암은 여기에서 '천하와 함께 즐거워함'이라는 개념

---

43) 〈獨樂齋記〉. "요 임금이 그것으로써(마음으로 스스로 깨달아서 외물에 얽매이지 않게 된 것) 천하를 다스렸고, 순 임금은 그것으로 자신의 아버지를 섬겼고, 우 임금은 그것으로 물과 땅을 다스렸다. 비간은 그것으로 자신의 임금을 섬겼고 굴원은 그것으로 자기 나라의 풍속을 안타깝게 여겼다. 장저와 걸닉은 들에서 함께 밭을 갈았고 유령과 완적의 무리는 죽도록 술을 마셨다. 비록 기본적으로 생각하는 점은 달랐지만 또한 지극히 즐거워하는 마음이 깃들어 있는 것들이다. 대저 이 여러 군자들이 비록 털 끝만큼이라도 만족한 마음이 없다거나 사지가 그 일에 피로를 느꼈다면, 요 임금은 늙기도 전에 직무에 지쳐버렸을 것이요, 순 임금은 거문고 뜯는 일(정치)에 게으름을 피우고 우 임금은 덧신(혹은 수레)을 싣는 일(治水)로 지쳤을 것이요, 비간은 꼭 배를 가르고 굴원은 꼭 물에 뛰어 들 필요가 없었을 것이요, 장저와 걸닉은 밭 가는 것을 편치 않게 여겨서 세상의 모든 이해와 영욕이 전부 그 마음을 움직여서 자신의 평소의 행동을 꺾게 하였을 것이다. 그러므로 자신이 본성을 행할 수 있고 자신의 일에 전념할 수 있으면 술 마시는 것으로도 여유있게 삶을 마쳤거든 하물며 방의 창이 밝고 책상이 조용하며 아침 저녁으로 책을 읽고 게을리 하지 않는 이에 있어서랴? 堯以之而治天下, 舜以之而事其親. 禹以之而平水土. 比干以之而事其君, 屈原以之而憫其俗. 長沮桀溺, 耦耕於野, 而劉伶阮籍之徒, 終身飮酒. 雖所性之不同, 亦至樂之所寓爾. 夫是數君子者, 苟一毫之不慊, 若四體之罷役, 堯不待耄期, 而倦於勤矣, 舜懈於鼓琴, 而禹痒於乘木蕃矣, 比干不必剖, 而屈原不必沈矣, 長沮桀溺, 不安於耕田, 而凡天下之利害榮辱, 皆得以動其心, 而撓吾之素行矣. 故得行其所性, 而能專於己, 則飮酒者, 猶然終身, 而況疏其牖, 而靜其几, 蚤夜讀書, 而匪懈者乎!"

으로 '혼자서만 즐거워함'을 억눌렀다. 여기서 '혼자서만'이란 개념이 부정되었다. 그리고 다시 '즐거워함'은 현실적으로 불가능한 것이라는 논리로써 '즐거워함'을 추구하려는 생각까지 부정했다. 이로써 최진겸이 추구하던 '혼자서만 즐거워함'이란 의식은 철저하게 부정되었다. 이것이 누른 것(抑)이다.

그러다가 그는 다시 '즐거움'의 본질이 어디에 있는가 하는 논의를 통해서 누구든지 '즐거움'을 찾을 수 있다는 가능성을 열고, 다시 성인의 삶의 성격이 '혼자서 즐거워함'이었다는 내용을 개진함으로써 최진겸이 '즐거움'으로 삼으려는 것이 고인의 뜻과 같다고 했으니, '혼자서 즐거워하는' 뜻을 오히려 크게 긍정하고 추어올린 것이다. 이것이 올린 것(揚)이다.

김택영은 이 부분의 미묘한 전개를 '글이 마구 달려가서 휘젓더니 술 마시는 것을 말한 구절에 이르러서는 더욱 변화가 있다(文極馳騁動盪, 至飮酒一節, 尤有變化)'라고 평하고 있다. 여기에서 그가 사용한 '글이 마구 달려가서 휘젓더니(馳騁動盪)'이란 표현은44) 이 글의 흐름이 최진겸의 정신적 지향의 부정(獨樂의 비난)과 그 심화(樂의 비난)에서 갑자기 반전(樂의 인정)과 그 심화(獨樂의 인정)로 이어지는 변화를 보였기 때문에 한 말로 생각된다.45)

---

44) 金澤榮編, 《重篇燕巖集》 권4.
45) 〈獨樂齋記〉. "최씨 젊은이 진겸이 霞溪 옆에 집을 짓고 뜻을 같이 하는 여러 사람들과 함께 이 집에서 책을 읽으면서 당호를 '혼자 즐거워한다(獨樂)'는 말로 이름을 지은 것은 고인의 길에 뜻을 두었기 때문이요, 내가 그 뜻이 크다고 생각해서 그를 위하여 이처럼 쓴다. 이는 자신의 전념하는 일을 늘리고 '자신만'을 '여러 사람도'로 만들게 하려는 것이니 이것은 내가 그의 즐거워하는 일을 천하 사람들에게 확산시키려는 까닭이다. 崔氏子鎭謙, 作堂於霞溪之上, 與同志之士數人, 讀書於此堂之中, 而以獨樂名, 所以志于古人之道也. 吾大其志, 而爲之記如此, 欲以益其專而衆其獨, 此吾所以廣其樂于天下也."

## (3) 돈좌頓挫

글의 흐름을 갑자기 끊어서 강한 충격을 주는 구성도 있다. 이러한 것을 돈좌頓挫라고 한다. 〈백수공인이씨묘지명伯嫂恭人李氏墓誌銘〉은 연암이 자신의 형수 이씨의 묘지명으로 쓴 것이다. 첫 부분에서 연암은 형수가 자식을 낳을 수 없을 정도로 병약했기 때문에 자신의 아들을 형에게로 입양시킨 일을 적고 있다. 그 뒤에 그는 늙고 병든 형과 형수에게 연암 골짜기에 은둔하며 살자고 권유한다.

이 말에 형수는 중태의 병세에도 불구하고 자신도 모르는 사이에 일어나서 방긋 웃으며, 이것이 진정 자신의 오래된 소망이라고 말한다. 여기에서 초반의 어두운 분위기는 갑자기 반전된다. 형수가 삶에 대한 강한 의지를 보여준 것이다. 그런데 연암은 이 희망과 소생의 극점에서 갑자기 형수의 죽음을 통보한다. 그 해 가을이 가기 전에 형수가 죽었다는 것이다.

아우 지원趾源이 아들을 낳아 겨우 포대기를 막 벗어나자, 형수는 그가 아들인 것을 보고 마침내 자식으로 삼았는데 지금 열세 살이 되었다. 지원이 새로 화장산 속의 연암 골짜기에 집을 정하고, 그 자연을 좋아하여 손으로 가시덤불과 개암나무들을 자르고 나무를 둘러 집을 지었다.
언젠가 형수에게 "형님은 나이가 드셨습니다. 앞으로 저희와 함께 같이 은둔하시지요. 담장 둘레에 뽕나무 천 그루를 심고, 집 뒤에는 밤나무 천 그루를 심고, 문 앞에는 배나무를 천 그루 기르고, 골짜기를 흐르는 시내의 위 아래에 복사나무와 은행나무를 천 그루 심고, 3무 넓이의 연못에 한 말쯤의 어린 물고기를 넣고, 바위 낭떠러지에는 벌통을 백 통 정도 설치하고, 울타리에는 소를 세 마리쯤 묶어 두고, 제 처는 삼 실로 길쌈을 하고, 형수님께서는 단지 여종들에게 기름을 짜도록 독촉하여 이 시동생이 한 밤에 고인의 책을 읽을 수 있도록 해주시지요."라고 말했다.
형수는 그때 중태였음에도 불구하고 자신도 모르게 벌떡 일어나서는 머리를 가누고 방긋 웃으시면서, "그 일이야말로 이전부터 저의 뜻입니다. 그래서

밤낮으로 서방님과 함께 그 곳으로 가게 되기를 깊이 바랐습니다."라며 고마
워했다.

　그 해 곡식이 채 여물기도 전이었으나 형수는 더 이상 병상에서 일어나지
못하시고 말았다.[46]


보통의 경우 묘지명은 죽은 사람의 착한 성품과 업적을 추겨 세우고
죽음을 애도하는 전형적인 형식을 지니고 있다. 그런데 이 글은 그 고식
성에서 벗어나서 여타의 묘지명과는 다른 생동감을 보여준다. 상황으로
보면, 형수의 죽음은 이미 예측되던 것이요, 갑작스러운 것은 아니다. 하
지만 형수의 죽음이 갑작스럽게 느껴지도록 만들었다. 이것이 이 글의
묘미다.

이 글이 이런 느낌을 준 것은 중간 부분에 전원적인 삶에 대한 형수의
애착과 희망을 묘사했기 때문이다. 이런 묘사는 회복과 소생의 분위기를
조성한다. 그러나 연암은 그 절정에서 갑자기 죽음의 사실을 통보함으로
써 형수의 죽음을 예상치 못한 사건으로 만든 것이다. 이런 갑작스런 변
화를 두고 김택영은 "어려운 글 제목으로 아름다운 글을 지었으니, 기운
이 왕성하다가 갑자기 끊어진 것, 이는 무슨 수단인가."라고 평했다.[47]


## 2) 함축含蓄과 여운餘韻

글을 쓰는 사람은 사신의 글을 왜곡 없이 전달하기 위해 기능한 한 모

---

46) 〈伯嫂恭人李氏墓誌銘〉, 《燕巖集》 권2. "夫弟趾源, 生子纔脫胞, 恭人視其男也, 遂
子之, 今十三歲. 趾源, 新卜居華藏山中燕巖洞, 樂其水石, 手剪荊榛, 因樹爲屋. 嘗對
恭人言, 我伯氏老矣, 行當與弟偕隱, 繞墻千樹種桑, 屋後千樹栽栗, 門前千樹接梨, 溪
上下千樹桃杏. 三畝陂塘一斗魚, 苗巖崖百筒蜂, 籬落之間, 繫牛六角, 妻積磨, 嫂氏但
課婢趣榨油, 夜佐叔讀古人書. 恭人, 時雖疾甚, 不覺蹶然起, 扶頭一笑, 辭曰是吾宿昔
之志, 所以日夜望其同來者甚殷. 禾稼未熟, 而恭人已不可起矣, 竟以柩歸, 以其年九
月十日, 葬于舍北園中亥坐之兆, 所以成恭人之志也. 地系海西之金川."
47) 金澤榮編, 《重篇燕巖集》 권6, "將枯題爲腴文, 淋漓頓挫, 是何手段!"

호한 표현을 경계한다. 그러나 문학은 역설적으로 말을 아끼면서도 많은 뜻을 전달하려고 하고, 한 마디 말에 여러 의미를 담으려고 한다. 그래서 좋은 글들은 지시적인 의미 외에 다른 의미가 담겨 있기도 하고, 혹은 어떤 뜻이 글밖에 남아서 전해지기도 한다.

전자를 함축이라고 하고 후자는 여운이라고 한다. 함축과 여운은 부분의 단위에서 논의될 수도 있으나, 여기에서는 글의 전체적인 단위로서의 함축과 여운을 살펴보도록 한다.

### (1) 함축含蓄

표현된 내용, 저편에 존재하는 어떤 흐름, 내용 저편에 도사린 의미의 내용을 설명하기란 쉽지 않다. 그런데도 전통적으로 글의 고하를 평가할 때, 사람들은 오히려 표현된 내용보다 표면 저쪽에 존재하는 의미의 존재 여부로 그 격의 높고 낮음을 평가했다. 의미의 이러한 이중적 존재 양상을 함축이라고 한다.

〈야출고북구기夜出古北口記〉를 보면 글의 문맥에 나와 있는 의미보다는 그 안에 들어 있는 함축적인 의미가 더 중요한 것이 아닐까 하는 생각을 갖게 한다.48) 이 글은 열하 기행 중 밤에 고북구를 지나면서 그 감회를 적은 글이다.

이 글에서 기起 부분은 고북구의 지리적인 위치와 명칭, 유래와 지형에 대해 설명하면서 이곳의 경관이 얼마나 장관인가 하는 내용을 적고 있다. 하지만 이 부분의 실질적인 초점은 고북구가 새외 지역과 중원의 통로인 관關(국경검문소)이라는 사실의 부각에 있다. 승承 부분은 이곳을 지나가게 된 여행자의 벅찬 감회를 적고 있다. 하지만 연암은 그 장성의

---

48) 이동환 교수는 이 글을 역사적인 격전지를 구경하는 개인적인 자아의 왜소함을 말하기 위한 것으로 해석하고 있다. 李東歡, 〈夜出古北口記에 있어서 燕巖의 自我〉, ≪韓國漢文學≫ 第8輯, 韓國漢文學硏究會, 1985, 313쪽~318쪽.

축조에 얽힌 몽염 장군의 고사를 거론함으로써, 이 부분이 여행자의 단순한 감회 이상의 의미를 함축하고 있음을 느끼게 한다.

나는 무령산을 끼고 돌아와서 배로 광형하를 건너느라 밤이 되어 고북구를 나서게 되었다. 때는 밤이 벌써 삼경이 되었다. 두 번째 관을 나서서 장성 아래에 말을 세우고 그 높이를 재어보니 열 길은 족히 되어 보였다. 붓과 벼루를 꺼내어 술을 뿜어 먹을 갈아, 성을 어루만지며 '건륭 사십오 년 경자년 팔월 칠일 밤 삼경에 조선국의 박지원이 이곳을 들렀노라.'라고 썼다. 잠시 후에 "그러나 나는 지금 같은 서생일 뿐이구나. 머리가 허옇게 되어서야 처음으로 장성밖에 나설 수 있게 되다니."라며 크게 웃었다.
옛날 몽염 장군은 자기 자신이 '나는 임조현에서 시작해서 요동에 이르기까지 만여 리에 거쳐서 성을 쌓고 진지를 팠으니, 이에 그 가운데에 지맥을 끊지 않을 수 없었으리라.'라고 말했는데, 내가 지금 보니 그 산을 파고 계곡을 메웠다는 것이, 사실이로구나![49]

몽염 장군에 대한 언급은 이와 관계된 ≪사기≫의 기록을 떠올리게 한다. ≪사기≫에는 시황제가 '진나라를 망하게 할 것은 호胡다(亡秦者胡也)'라는 참위서를 보았다는 내용이 있다. 시황제는 호가 변방민족을 가리키는 것으로 생각해서 몽염을 시켜서 변방민족을 정벌했다.[50] 그러나 진나라를 멸망시킨 것은 오랑캐가 아니라 그의 아들 호해胡亥였다. 따라서 호는 변방민족이 아니라 자신의 아들이었던 셈이다.
만리장성의 대공사를 지휘한 것은 몽염이었다. 그는 오랑캐의 침입을 걱정한 진시황의 명령을 받아 백성들을 동원하여 임조현에서 요동에 이

---

49) 〈夜出古北口記〉, ≪燕巖集≫ 권14. "余徇霧靈山, 舟渡廣硎河, 夜出古北口. 時夜已三更. 出重關, 立馬長城下, 測其高, 可十餘丈, 出筆硯噀酒磨墨, 撫城而題之, 曰乾隆四十五年庚子八月七日夜三更, 朝鮮朴趾源過此 乃大笑曰, 乃吾書生爾. 頭白一得出長城外耶. 昔蒙將軍自言, 吾起臨洮, 屬之遼東, 城塹萬餘里. 此其中不能無絶地脈. 今視其塹山塡谷, 信矣哉! ≪重篇燕巖集≫에는 乃大笑가 旣乃笑로 되어 있다."
50) ≪史記≫, 〈秦始皇本紀〉 32년조.

르는 만여 리의 땅에 성을 쌓고 진지를 구축했다. 후에 몽염은 조고의 거
짓 조서로 죽게 되는데, 그때 그는 자신의 비운이 장성을 쌓을 때 지맥을
끊었기 때문이었다고 탄식했었다. 그러나 사마천은 그의 죄가 지맥을 끊
은 데에 있는 것이 아니라 백성의 삶을 곤궁케 한 데에 있다고 말했
다.51)

≪사기≫의 기록은 만리장성이 변방민족을 막기 위한 노력이었으나,
화가 국내에서 일어날 것을 알지 못하고 헛되이 방책을 쌓았던 진시황이
나 몽염의 행위는 한족과 제국을 수호하는 현명한 방법이 아니었고, 결
국 백성만 피곤하게 한 것이었을 뿐이라는 역사적인 평가를 내려준 셈이
다. 이러한 함축적인 의미는 고북구를 관으로 파악하고 있는 기 부분과
그대로 연결된다.

전轉 부분에서 연암은 이곳이 옛날의 변방민족과의 전쟁터였다는 것
을 반복하여 진곡하게 형상화한다.

아! 이곳은 옛날 수많은 전쟁이 일어났던 곳이다. 후당의 장종이 유수광을
잡을 때에 별장 유광죽이 고북구에서 이겼고 거란의 태종이 산남을 빼앗을

---

51) 〈蒙恬列傳〉, ≪史記≫. 蒙恬이 위연히 탄식하고 말하기를, '내가 하늘에 무슨 죄를
지었는가? 죄없이도 죽는가?' 하고 오래 있다가 천천히 '나의 죄가 진실로 죽어 마
땅하리라. 나는 임조현에서 시작해서 요동에 이르기까지 만여리에 거쳐서 성을 쌓
고 진지를 팠으니, 이에 그 가운데에는 지맥을 끊지 않을 수 없었는가? 이것이 바
로 나의 죄다.'라고 말하고, 이에 약을 삼키고 스스로 죽었다.
太史公은 말한다. "내가 북쪽의 변경에 갔을 때에 直道로 돌아왔는데 가며서 蒙恬
이 秦나라를 위하여 쌓은 장상의 亭障을 보니 그 산을 끊고 계곡을 메꾸어 직도를
관통하였으니, 진실로 백성의 힘을 가볍게 여긴 것이었다. 대저 秦나라가 처음에
제후를 멸망시킬 때에 아직 천하의 마음이 아직 안정되지 않았으며 전쟁의 상흔이
아직 낫지 않았었다. 그런데 蒙恬은 명장이면서도 지금은 안된다고 강력하게 간하
여 백성의 위급을 구제하고, 늙은이를 기르며 고아를 구휼하여 힘써 모든 백성들
의 화합를 닦지 않고, 도리어 시황의 뜻에 영합하여 공사를 일으켰으니, 이로써 그
들의 형제가 주륙을 당함이 또한 마땅하지 않은가? 무슨 지맥 끊은 것에 죄를 돌
리려고 하는가?"

때도 먼저 고북구를 함락시켰다. 여진이 요나라를 멸망시킬 때에 희윤이 요나라 군사를 무찌른 곳도 바로 이곳이요, 연경을 빼앗을 때에 호현이 송나라 군사를 무찌른 곳도 바로 이곳이다. 원나라 문종이 즉위했을 때에 강기세가 이곳에서 병사를 주둔시켰고, 살돈이 이곳에서 상도의 군사를 쫓았었다. 수견첩목아가 쳐들어 왔을 때에 원나라 태자가 이 관을 통해서 도망을 쳐서 흥송까지 달아났었다. 명나라 가정년간에 엄답이 수도를 유린했을 때에 들어오고 빠져나간 것이 모두 이 관을 통해서였다.52)

이 서술은, 변방민족에 대한 방비로서의 만리장성 축조는 근본적인 해결책이 되지 못했기에, 역설적으로 이 장성은 변방민족과 한족이 끝없이 대결하는 격전지가 되었다는 것을 가르쳐 준다. 전쟁을 막기 위해 쌓은 만리장성이 전쟁터가 되었다는 내용은 일종의 역설적인 함축이다.

결結 부분에서 연암은 갑자기 '지금은 사해에 전쟁이 없다'고 말한다. 앞에서 말한 싸움은 과거의 일일 뿐이었다는 말이다. 그래서 글의 이 부분에서는 애써 평화적인 이미지를 가장한다.

　이 장성 아래가 바로 날뛰며 싸우고 죽이던 곳이었는데 지금은 사해 전체로서도 전쟁이 없다. 다만 그 사면의 산만이 (이곳을) 완전히 두르고 있고, 모든 골짜기가 어두운 수풀로 우거진 것만 보인다. 이 때에 문득 달을 보니 상현달이 되었다. 달이 고개 마루를 향하여 떨어지려고 하는데 그 빛이 싸늘해서 마치 칼을 숫돌에 간 듯하다. 잠시 시간이 흘러, 달은 더욱 고개 마루로 떨어졌으니 이직 날가로운 양쪽 끝은 드리나 있더니, 갑자기 불처럼 붉게 변해서 마치 두 개의 횃불이 산에서 솟아오르는 듯하다.

　북두칠성이 관 중턱에 반쯤 걸리자 벌레 소리가 사방에서 일어나고, 긴 바람이 쏴 불어오자 나무와 골짜기가 한꺼번에 울어댄다. 저 짐승 같은 산봉우

---

52) 〈夜出古北口記〉."噫! 此古百戰之地也. 後唐莊宗之取劉守光也, 別將劉光濬, 克古北口. 契丹太宗之取山南也, 先下古北口. 女眞滅遼, 希尹大破遼兵, 卽此地也. 其取燕京也, 蒲莧敗宋兵, 卽此地也. 元文宗之立也, 唐其勢屯兵於此, 撒敦追上都兵於此. 禿堅帖木兒之入也, 元太子出奔此關, 趨興松. 明嘉靖時, 俺答犯京師, 其出入, 皆由此關."

리·귀신같은 산봉우리가 창을 들고 방패를 모아서 서 있는 듯하고, 강물은 양쪽 산 사이에서 쏟아지는데 으르릉 콸콸 날랜 기병이 말을 달리며 징을 치고 북을 두드리는 듯할 때, 하늘 저 멀리서 대여섯 차례 학이 우는 소리가 울려오는데, 맑게 치는 소리가 피리소리가 길게 늘어지는 듯하다. 누군가 "이건 천아성天鵝聲이요" 한다.53)

그러나 평화에 대한 이미지는 표면적인 것일 뿐이요, 실제로 문장의 묘사가 함축하고 있는 것은 아직도 계속되고 있고, 앞으로도 계속될 것으로 생각되는 전쟁터의 이미지라는 것을 파악해야 한다. 고북구의 바람소리·물소리의 묘사, 때 마침 떠오른 달이 사방을 비추는 모습의 묘사는 목가적인 분위기를 표현하는 듯하다. 그러나 다시 살펴보면 이 상황의 묘사에 사용된 언어들은 결코 평화적인 이미지를 가진 것들이 아니기 때문이다.

그는 달의 모습을 '그 빛이 싸늘한 것이 마치 칼을 숫돌에 간 듯하다.'고 묘사했고, 초승달이 산에 가린 모습을 '마치 두 개의 횃불이 산에서 솟아오르는 것 같다.'고 묘사한다. 그뿐만 아니라 사방에 둘러선 산봉우리는 저 '짐승 같고 귀신같은' 장수가 '창을 들고 방패를 모아서 서있는 듯'하며, 산에서 쏟아지는 '으르릉 콸콸' 하는 소리는 '날랜 기병이 말을 달리며 징을 치고 북을 두드리는 듯이' 보인다는 것이다. 이러한 정경은 전쟁터의 광경이지, 그가 말한 것처럼 평화의 이미지는 아니다.

또 연암은 전쟁의 이미지를 이렇게 극도로 고양시킨 다음에, 문득 하늘에서 '천아성天鵝聲'이 들려온다는 말로 글을 맺는다. 천아성은 고니의 울음소리를 가리키기도 하지만 태평소 소리를 의미하기도 한다. 태평소

---

53) 〈夜出古北口記〉. "其城下, 乃飛騰戰伐之場, 而今四海不用兵矣. 惟見其四山圍合, 萬壑陰森. 時月上弦矣, 垂嶺欲墜. 其光淬削, 如刀發硎. 少焉, 月益下嶺, 猶露雙尖, 忽變火赤, 如兩炬出. 北斗半揷關中, 而蟲聲四起. 長風肅然, 林谷俱鳴. 其獸嘷鬼嚇, 如列戟總干而立. 河瀉兩山間, 鬪狼如鐵駟金鼓也. 天外有鶴鳴五六聲, 淸憂如笛聲長口弱, 或曰此天鵝也."

소리는 평화로운 정적의 소리·한가로운 평화의 이미지가 아니라 위급을 알리는 소리다. 태평소 소리는 우리나라에서 국가의 급한 변란이 있어서 이를 알리고 군사를 모으려고 할 때 부는 소리다.[54] 즉 천아성은 이곳의 이미지가 전쟁적 상황이라는 것을 극단적으로 함축하는 표현이다.

겉으로는 '평화'라고 적고 있으면서 실제로는 '전쟁터'의 살벌한 정경을 형상화한 것은 일종의 아니러니다. 이 아이러니에서 전편에 흐르는 이 글의 함축적 의미가 결집되어 있다. 이러한 묘사는 지금의 상황이 결코 평화가 될 수 없다고 믿는 것을 암시한다. 고북구의 운명 속에서 미래를 내다볼 때, 새외민족인 청에 의한 통치는 진정한 평화가 아니기 때문이다.

그것은 유보된 평화에 불과하다. 지금까지 그러했듯이 이제 또 새로운 한족에 의한 중국통치의 날은 필연적으로 돌아올 것이고, 그 날이 오면 운명적인 전투가 다시 반복될 것이기 때문이다. 그래서 지금의 사해 평화는 평화가 아니다. 그것은 휴식이다. 전쟁과 전쟁 사이의 잠깐 동안의 휴식인 셈이다.

그러므로 이 글은 고북구라는 관을 통해 본 한족의 변방민족에 대한 정책의 잘잘못에 대한 평가를 함축하고 있다고 생각할 수 있다. 진시황제의 축성은 변방민족을 힘으로 제압한다는 생각이 전세된 것이었으나 결국 그러한 노력은 아무런 성과기 없었고 변방민족과 끊임없는 선생을 되풀이하게 되었다는 것이다.[55]

---

54) 이동환 교수도 앞의 논문에서 이러한 해석을 가하고 있다. 주 48)참조. 그러나 金明昊 교수는 이를 시적이고 낭만적인 분위기를 회복하면서 여운을 남긴 채 끝날 수 있게 되는 장치로 파악했다. 그러면서 한 마리의 백조는 일개 서생으로서 역사의 현장에서 세계사의 격동을 초연하게 회고하고 있는 燕巖 자신의 상징으로 파악하고 있다. 金明昊, ≪熱河日記 硏究≫, 創作과批評社, 1991, 173쪽.
55) 이런 문제를 언급할 때 또 기억해야 할 것은 李華의 〈弔古戰場文〉이다. 이 글은

변망민족에 대한 문제는 궁극적으로 당대의 국제정세에 대한 판단이다. 이 말을 연암이 서 있는 현실에 적용시킨다면, 한편으로는 청나라에 대한 명나라의 대외정책의 실패를 비난하는 것이고, 다른 한편 몽고에 대한 청나라의 대외정책을 지적하는 것이기도 하다. 위의 논리대로라면 명나라가 청나라의 침략을 받아 망하게 된 것은 결국은 이러한 원칙을 잊었기 때문인데, 이 원리가 오히려 청나라의 대몽고정책에서 확인되는 것이 놀랍다는 의미가 여기에는 깔려 있다.

그가 이러한 생각을 했으리라는 추측은 다른 글에서 확인된다. 그는 다른 글에서 과거에는 한족과 변방민족의 갈등이 현재에는 청과 몽고와의 갈등으로 변했다는 생각을 적고 있다. 그는 청나라 황제가 해마다 열하에 가는 이유가 피서 때문이 아니라 실상은 천자가 몸소 변방을 수비하기 위한 것이라고 간파했다. 열하가 천하의 뇌수이기 때문에 몽고를 누르기 위한 일이라는 것이다.

〈황교문답黃敎問答〉의 끝에서 연암은 자신의 열하 기행의 의의를 다음과 같이 적고 있다.

> 이번에 내가 열하의 지세를 살펴 보건대, 열하는 천하의 뇌수腦髓였다. 황제가 북쪽으로 거동하는 것은 다름아니라, 뇌수를 억압하고 앉아서 몽고의 목을 움켜잡자는 것이다. 그렇지 않았더라면 몽고는 날마다 나와서 요동을 뒤흔들었을 것이다. 요동이 한 번 흔들리면 천하의 왼쪽 팔이 끊어질 것이고, 천하

___

변방민족과 전쟁하면서 희생당한 사람들에 대한 애도의 감정이 간절하게 형상화된 글이다. 이 글의 요점은 전쟁은 변방민족에 대한 궁극적인 대비책이 되지 못한다는 것이다. 그는 옛날부터 지금까지 모든 漢族의 왕조는 군대로 변방을 지키는 방식을 써왔으나 병사들의 희생만 반복되었을 뿐 궁극적인 해결책은 되지 못했다고 말한다. 그가 생각한 해결책은 전쟁이 아니라 仁義의 정치였다. 변방민족을 교화시켜서 四夷가 천자를 위하여 국토를 지키게 만들어야 한다는 것이었다. 이를 李華는 守在四夷라는 한 마디 말로 요약한다. 그러나 연암이 李華처럼 仁義를 변방민족 문제의 해결을 위한 대안으로 생각했을까에 대한 문제는 검토를 요하는 문제다.

의 왼쪽 팔이 끊어지면, 하황河湟은 천하의 오른쪽 팔이라, 오른쪽 팔만으로
는 어찌할 수 없을 것이니, 내가 보기에는 서번의 여러 오랑캐들이 나오기 시
작하여 농서·섬서 등지를 엿보게 될 것이다.

　우리나라는 다행히 바다 한 쪽 구석에 외지게 있어서 천하의 대세에 아무
런 관계가 없겠지마는 30년이 지나지 않아서 능히 천하의 근심을 걱정하는
사람이 있다면 응당 나의 오늘 말을 다시 생각하게 될 것이다. 그러므로 내가
본 변방민족의 여러 종족에 관한 것을 위와 같이 적어 두는 것이다.[56]

　그러므로 〈야출고북구기〉는 표면적인 내용으로만 이해해서는 안 된
다. 이 글 속에서 역사적인 현장에 와서 느끼는 감회나 여행자의 왜소한
자의식 문제를 찾을 수도 있다.[57] 그러나 그 이면에는 변방민족에 대한
대응 방식의 잘못에 대한 비판 의식과, 명의 대외정책의 실패에 대한 비
판과 청에 의한 평화는 종국적인 평화가 아니라는 역사적인 진단 등의
내용이 함축된 것을 놓쳐서는 안 될 것이다.

### (2) 여운餘韻

　함축과 비슷하게 보이는 것에 여음餘音 혹은 여운餘韻이란 수사적 기
교가 있다. 이는 글의 마지막에서 나타나는 예술적인 감흥으로, 글의 내
용이 말로는 끝났지만 그 뜻이 글 밖에서 이어지는 것을 가리킨다. 즉 표
면적인 내용은 마무리되었지만 그 내용의 흐름이 글의 문맥을 넘어서 지
속되는 것이다. 함축이 두 개의 의미가 표면과 이면의 층으로 결합된 것
이라면 여운은 문장의 전후관계로 나타나는 것이다.

---

56) 〈黃敎問答序〉, ≪燕巖集≫ 권14. "今吾察熱河之地勢, 蓋天下之腦也. 皇帝之迤北也,
　　是無他, 壓腦而坐扼蒙古之咽喉而已矣. 否者, 蒙古已日出而搖遼東矣, 遼東一搖則天
　　下之左臂斷矣. 天下之左臂斷, 而河湟天下之右臂也, 不可以獨運, 則吾所見, 西番諸
　　戎待出, 而闞隴陝矣. 吾東, 幸而僻在海隅, 無關天下之事, 而吾今白頭矣, 固未可及見
　　之. 然不出三十年, 宥能憂天下之憂者, 當復思吾今日之言也."
57) 주 48) 참조.

〈야출고북구기〉의 마지막 부분에서 천아성이 들린다는 한 마디는, 몇백 마디의 말로 전쟁의 급박함을 묘사하는 것보다 더 효과적이다. 전장의 급박한 상황 묘사는 없지만, 직접적인 설명 이상의 전쟁터의 급박한 상황을 상상하도록 강한 인상을 남겨 준다. 이것이 여운이다. 그러므로 여운은 명료하게 이야기할 수 있는 깨달음이 아니요 일종의 충격이다. 그런 의미에서 여운은 감상의 문제로 볼 수도 있지만, 이러한 효과 역시 작가의 치밀한 의도 하에 만들어진 것이라는 점을 간과해서는 안 된다.

다른 예로는 〈함양군학사루기咸陽郡學士樓記〉의 마지막 부분을 들 수 있다. 이 글은 함양에 있는 최치원崔致遠의 학사루에 대한 기문이다. 안의 현감 시절에 쓴 이 글에서 그는 그 누각의 이름을 학사루로 붙인 것이 두 가지 점에서 독특하다고 말한다. 하나는 최치원을 고운孤雲이나 문창후文昌侯란 이름으로 부르지 않고 학사學士라고 부른다는 것인데, 이것에 대해 연암은 함양사람들이 최치원을 가깝게 여기기 때문이라고 푼다.

다른 하나는 그의 덕을 송덕비에 새기지 않고 누각에다 이름을 붙이는 방식으로 나타냈다는 것인데 연암은 이것에 대해 그가 죽어서 신선으로 되었다고 생각하지 않고 그를 이 누에서 다시 만나려는 의식이 있기 때문이라고 풀이한다.[58] 그러면서 마지막 부분에서 그들이 최치원을 살

---

58) 〈咸陽郡學士樓記〉, ≪燕巖集≫ 권1. "아아! 孤雲(최치원)이 천자의 조정에서 벼슬을 하였을 때 唐나라가 바야흐로 어지러워졌고, 부모의 나라에 돌아왔을 때는 신라가 장차 망하려고 했다. 천하를 돌아보되 몸을 붙일 곳이 없으니 마치 하늘가의 외로운 구름이 쉬다가는 홀로 가고 말았다가 폈다가 하는 것과 같으니 고운이 그것으로 자신의 字로 명했던 것이다. 당시에는 벼슬의 영광도 이미 썩은 쥐나 떨어진 신발에 속하는 것으로 여겼는데 그러나 뒷사람들이 오히려 학사라는 이름을 연모하니 고운이란 이름을 병주는 것이요, 이 누각의 이름에 누를 끼치는 것은 아닌가? 그러나 함양군 사람 중에 고운을 연모하는 사람은 文昌侯라고 하지 않고 반드시 學士라고 부르며 孤雲이라고 하지 않고 반드시 그를 원님이라고 부른다. 돌에다가 송덕비를 새기지 않고 이 누각에다가 이름을 붙였으니 숲 속에 옷과 신발을 벗어 놓고 신선이 되었다는 것을 믿지 않고 이 누각에서 서로 만날 듯이 생각하는 것이다. 嗟乎! 孤雲立身天子之朝, 而唐室方亂, 斂跡父母之邦, 而羅朝將訖. 環顧天下, 身無係著, 如天末閒雲, 倦住孤往, 卷舒無心, 則孤雲所以自命其字. 而當時軒

아 있는 사람처럼 생각한다는 것을 다음과 같이 묘사한다.

> 저 달이 높은 오동나무에 가릴 때 사면의 창이 영롱하여지면 예전처럼 학
> 사가 굽은 난간에서 거니는 것이요, 바람이 긴 대나무를 흔들 때 학 울음이
> 맑게 들리면 문득 학사가 맑은 가을을 노래하는 것이다.59)

이는 실제가 아니다. 자신들이 고운을 만날 수 있으리라고 믿는다는
것은 현실이 아니라 환상이다. 이러한 환상은 최치원이 맑은 기상을 가
진 신선이라는 이미지를 전해준다. 신선으로서의 이미지는 언어상으로
는 부정되고 있지만, 사실은 이 부분은 그런 이미지를 만들기 위해서 존
재한다고 해도 좋다. 달빛과 학 울음소리로 표상되는 맑은 기상이 신선
의 그것이요, 함양 사람들과 최치원이 다시 만나는 학사루는 신선의 공
간이기 때문이다.

현실의 공간을 신선의 공간으로 만들고, 신라 시대를 조선조와 연결시
키고, 죽은 사람을 살아있는 사람으로 만들어내는 표현이, 읽는 이에게
환상을 주고 또 여기에서 여운이 생긴다. 천아성의 환청이 여운을 남겼
듯이 〈학사루기〉의 환상은 여운을 남기는 것이다.


## 5. 부분의 수사

주제적인 측면이나 구성적인 측면에서 부분이란 전체의 한 조각을 말

---

冕之榮, 已屬腐鼠弊屣矣. 乃後之人, 猶戀其學士之啣, 不幾乎病孤雲, 而累斯樓哉. 然
而郡人之慕孤雲者, 不曰崔侯, 而必號學士, 不曰孤雲, 而必稱其官. 不頌于石, 而惟樓
是名焉, 不信其遺蛻林澤之間, 而彷彿相遻于是樓之中."
59) 〈咸陽郡學士樓記〉. "若夫月隱高桐, 八窓玲瓏, 則依然學士之步曲欄也. 風動脩竹,
鶴唳寥廓, 則怳然學士之咏高秋也."

한다. 부분의 수사 영역에서 본 연암 문장의 수사적 특징은 비유나 우화의 풍부성, 성률聲律를 이용한 미감 획득 등을 꼽을 수 있다.

## 1) 비유와 우화

문학은 말하려는 내용이 추상적이더라도 구체적인 사물에 빗대서 말하는 방식을 지향한다. 이것이 이른바 형상성이라는 것이다. 비유나 우화는 이러한 형상성과 관계된다. 연암은 자신의 뜻을 직접 '설명하기'보다는 구체적인 형상을 통해서 '빗대어 보여주기'를 원했다. 그래서 그는 자신의 글 속에서 수많은 비유와 우화들을 만들어 냈다.

빗대어 말하는 방식에는 크게 비유比喩와 우언寓言이 있는데 이미 밝혔듯이, 비유는 문장의 일 부분에서 논의되는 것이라면 우의란 문장 전체를 단위로 언급되는 것이다. 또 이 비유의 개념에는 좁은 의미의 비유比喩와 우화寓話의 두 가지가 있다.

전통적인 개념의 비유는 현대적인 개념과 다르다. 현대적인 비유 개념은 주로 하나의 센텐스의 단위 안에서 논의되는 것이 보통이다. 예를 들자면, '온 몸이 꿈틀대는 듯한데 움직이는 것이 비바람처럼 빨랐다(一身蠕動, 行如風雨)'라든가 '귀는 드리운 구름 같고 눈은 초승달 같다(耳若垂雲, 眼如初月)'[60]는 표현이 그것이다.

그러나 전통적인 비유 개념에서는 이것뿐 아니라 그 이상의 크기에서도 비유를 따진다. 〈순패서旬稗序〉에서 연암은 글에는 진기하고 아름답지만 실질적인 내용이 없는 글도 있고, 소재는 보잘 것 없어도 실질적인 내용을 갖는 글이 있다고 했다. 연암은 그것을 각각 강정, 개암·밤·벼 등의 음식으로 비유했다.

---

60) 〈象記〉, ≪燕巖集≫ 14卷.

하루는 소매에서 꺼내 내게 보이면서, 말하기를 "이것은 내가 어릴 적에 손장난삼아 쓴 것이다. 당신은 강정이라는 음식을 알지 못하는가? 쌀을 빻아서 술에 담그었다가 누에만큼씩 끊어서 뜨거운 구들에 말린 다음 끓는 기름에 튀긴다. 그 형태는 고치 같아 깨끗하고 보기 싫지 않으나, 속은 비어서 씹어도 배부르지 않고, 몸은 쉽게 부서져서 불면 눈처럼 날린다. 그러므로 대개 사물이 겉보긴 좋지만 속이 빈 것을 '속 빈 강정'이라고 한다. 지금 저 개암·밤·벼·메벼는 바로 사람들이 하찮게 여기는 것이다. 그러나 속이 좋고 실제로 배가 부르니 하늘에 제사지낼 때 쓸 수도 있고 또한 좋은 손님께 예물로 드릴 수도 있다.

저 문장의 도도 또한 이와 같은 것인데 사람들이 이 글이 개암·밤·벼·메벼 같은 것이라고 생각해서 천하고 하찮게 여기니 당신은 어찌 나를 위해 이를 변호하지 않습니까."라고 했다.[61]

강정은 겉보기는 아름답지만 실질적인 내용이 없는 문장을, 음식(개암·밤·벼 등)은 실질적인 내용이 있는 문장을 가리키는 것이다. 이것을 보면 비유의 조작은 이렇게 문단 사이에서도 일어난다는 것을 알 수 있다.

이에 반해, 우화는 사건이 있는 이야기다. 단순히 사건이 있는 이야기를 가리킬 때는 일화라고 하지만 그것이 비유적인 기능을 할 때 우화라고 부를 수 있다. 우화에는 만들어낸 이야기도 있고 이미 존재하던 이야기가 있다. 우화는 그것 자체가 목적이 아니라 다른 말을 하기 위해 끌어들인 것이라면, 어느 것이든지 비유와 같은 기능을 한다.

〈형언도필첩서炯言桃筆帖序〉를 보면, 글씨를 잘쓰는 최흥효崔興孝와 그림을 잘 그리는 이징李澄과 노래를 잘 부르는 학산수鶴山守의 일화가 소개되어 있다. 최흥효는 과거를 보러 가서 글자 하나가 왕희지 필체와 같게 되자, 과거를 보고 있다는 사실도 잊고 하루종일 그 글자만 바라보다

---

61) 〈旬稗序〉, 《燕巖集》 권7. 一日袖以示余, 曰此吾童子時手戱也. 子獨不見食之有粔粧乎? 粉米漬酒, 截以蚕大, 煖堗焙之, 煮油漲之, 其形如繭, 非不潔且美也. 其中空空, 啖而難飽, 其質易碎, 吹則雪飛. 故凡物之外美而中空者, 謂之粔粧.

가 시험지를 가지고 돌아와 버렸고, 이징은 아버지에게 매를 맞고 울면서도 그림을 그렸으며, 학산수는 도적을 만나 죽게 되었을 때도 노래를 불렀다는 것이다.

비록 조그만 기예라도 모든 것을 잊고 몰두해야 성공할 수 있다. 더구나 큰 도에 있어서랴? 최흥효는 전국적 명필이다. 일찍이 과거를 보러 가서 글을 쓰다가 그 중의 한 자가 꼭 왕희지(의 글씨)와 같게 되자, 하루 종일 들여다보고 앉았다가 차마 그 글을 바치지 못하여 품에 품고 돌아왔다. 이쯤 되면 딴 일이 잘되고 못되는 것은 전연 마음 속에 두지 않는다고 할만하다.

이징이 어려서 다락 속에 들어가서 그림을 익히고 있는데 집에서는 그를 찾아 사흘 동안이나 돌아다니다가 겨우 발견하였다. 그의 아버지가 화가 나서 볼기를 쳤더니 울어서 떨어지는 눈물을 가지고 새를 그리고 있었다. 이쯤 되면 그림에 영예와 모욕을 잊었다고 할 만하다.

학산수는 전국의 명창이다. 산 속에 들어가서 노래 공부를 할 적에 한 곡조를 부르고는 나막신 속에 모래 한 알씩을 집어넣어서 나막신이 가득 찬 후에야 돌아 왔다. 한번은 도적을 만났는데 죽이려 하자 바람결을 따라 노래를 불렀더니 도적들도 모두 감동을 받아 울지 않은 자가 없었다.

내가 처음 듣고, 탄식하기를, "큰 도야 흩어져 버린 지 오래였다. 나는 미인을 좋아하듯이 어진이를 좋아하는 사람은 보지를 못하였다. 그런데 저 사람들은 기예를 생명과 바꾸어도 좋다고 여기는구나. 아하! 아침나절에 도만 들으면 저녁때 죽어도 좋다는 격이다."라고 하였다.

도은桃隱이 글씨로 형암炯菴의 말 열 세 항목을 써서 한 권의 책으로 만든 다음, 나더러 서문을 쓰라고 한다. 저 두 사람은 안으로 마음을 쓰는 사람이냐? 저 두 사람은 기예에 몰입한 사람이냐? 두 사람이 죽거나 사는 일, 영예롭거나 욕되는 일의 구별을 다 잊어버리고 이렇게까지 이르렀으니, 그 정교한 것이 어찌 과한 일이 아닐 수 있겠는가? 만약에 두 사람이 능히 몰두할 수 있다면, 원컨대 도덕에 몰두하기를.62)

---

62) 〈炯言挑筆帖序〉, ≪燕巖集≫ 권7. "雖小技, 有所忘, 然後能成. 而況大道乎? 崔興孝, 通國之善書者也. 嘗赴擧, 書卷得一字類王羲之. 坐視終日, 忍不能捨, 懷卷而歸. 是可謂得失不存於心耳. 李澄, 幼登樓而習畵, 家失其所在, 三日乃得. 父怒而苔之, 泣引淚

세 사람의 명인 이야기는 그것 자체를 정보로써 알려주기 위해서 끌어들인 것이 아니다. 세 사람의 일화는 이들이 자기 분야에서 명인이 되었던 이유가 자신들의 일에 완전히 몰두했었기 때문이요, 그렇기에 무엇이든지 몰두하여야만 그 일을 수준 높게 성취할 수 있다는 말을 하기 위해 모아 놓은 이야기다. 이것이 우화다. 이렇게 보면 비유와 우화는 크기로나 기능으로나 별반 차이가 없다. 그러므로 본고에서는 편의상 이 둘을 아울러서 비유라는 말을 사용하기로 한다.

비유를 이해하는데는 두 가지 방식이 있을 수 있다. 하나는 비흥比興의 개념으로 이해하는 것이고, 하나는 빈주賓主의 개념으로 이해하는 것이다. 위의 예문에서 알 수 있듯이, 연암의 비유에는 대개 그 비유의 의미를 설명하는 부분이 수반된다. 비유 부분과 설명 부분과의 조합 유형에 따라서 시의 유형을 구분한 사람은 주자다. 주자는 이를 부비흥賦比興의 3가지 틀로써 설명한다.[63]

부란 그 일을 펼치어 말하되 바로 말하는 것이다.(賦者, 敷陳其事而直言之者也)

비란 저것으로 이것을 비긴 것이다.(比者, 以彼物比此物)

흥이란 먼저 다른 사물을 말하고 그것으로 읊고 싶은 말을 이끌어 내는 것이다.(興者, 先言他物, 以引起所詠之詞)

위의 말을 분석해 보면, 부란 표현하려는 내용을 직접 설명하는 방식

---

而成鳥, 此可謂忘榮辱於畵者也. 鶴山守, 通國之善歌者也. 入山肆, 每一関, 拾沙投屐, 滿屐乃歸, 嘗遇盜, 將殺之, 倚風而歌, 群盜莫不感激泣下者, 此所謂死生不入於心. 吾始聞之, 歎曰夫大道散久矣. 吾未見好賢如好色者也. 彼以爲技足以易其生. 噫! 朝聞道, 夕死可也. 桃隱, 書炯菴叢言凡十三則, 爲一卷, 屬余敍之. 夫二子, 專用心於內者歟. 夫二子, 游於藝者歟. 將二子忘死生榮辱之分, 而至此, 其工也豈非過歟. 若二子之能有忘, 願相忘於道德也."

63) 拙稿, 〈朱熹의 賦·比·興論 研究〉(1), 《泰東古典研究》 第4集, 泰東古典研究所, 1988. 11쪽 -23쪽.

이요, 비는 비유로만 표현한 것이고, 흥은 먼저 비유로 표현하고 나중에
는 직접 설명한 것이라고 한 것이다. 다시 정리하자면, 부란 비유는 등장
하지 않고 다만 설명 부분만 나타나는 표현법이요, 비란 비유만 등장한
표현법이요, 흥이란 비유 부분과 설명 부분이 같이 나타나는 표현 양상
이라는 것이다.

시에 대한 이러한 구조 분석은 그대로 산문에 응용되기도 한다. 연암
집 편자는 〈담연정기澹然亭記〉를 두고, "비가 있고 흥이 있으니 (그 원리
로) 가까이로는 부모를 섬길 수 있고 멀리는 임금을 섬길 수 있으며
새·짐승·풀·나무의 이름을 많이 알게 된다"라고 평했는데, 이런 언급
은 예전부터 비흥의 개념을 산문의 분석에 사용했었다는 것을 말해준다.

또한 이런 내용은 연암의 문장을 분석하는데 이미 부비흥의 개념이
사용되었다는 것을 일깨워준다. 따라서 이 논문에서 부비흥의 개념으로
연암 문장을 설명한다고 해도 생소한 일이라고 할 수는 없을 것이다. 앞
의 두 글의 경우를 보자. 〈형언도필첩서〉에서는 설명 부분의 위치가 앞
에 놓여 있고 〈순패서〉에서는 뒤에 놓여 있었다. 하지만 설명 부분이 존
재한다는 점에서 두 글은 모두 흥적인 구조를 지녔다고 할 수 있다.

이에 비해 설명 부분이 아예 생략되는 형태도 있다. 이것은 주자가 말
한 비의 양식이다. 이 경우 본 뜻은 표현 저편으로 숨게 된다. 〈순패서〉
의 마지막 부분을 보면 재래도인이 그림을 평하는 부분이 나오는데 이
내용이 모두 비유다.

이 문집을 읽는 사람은 소천암이 어떤 사람인지 물을 필요가 없으나, 풍요
가 어느 지방 것인지 바야흐로 알 수 있을 것이다. 여기에서 자꾸 읽고 시를
쓴다면 성정을 논할 수 있고, 보譜를 살펴 그림을 그린다면 수염과 눈썹까지
도 그릴 수 있을 것이다.

재래도인은 전에 '석양의 외딴 배가 잠깐 갈대 속으로 숨을 때 뱃사공과 어
부의 모습이, 비록 수염은 말리고 살적은 삐쭉하지만 물가를 따라가면서 쳐다

보니, 배를 탄 고사高士는 육구몽陸龜蒙 선생이 틀림없으리라.'고 평한 적이
있다. 아하! 도인이 먼저 깨달았으니 당신은 도인에게 배우라. 가면 확인할 수
있으리라.64)

재래도인이 어떤 그림을 평하면서, 그림 속의 배에 탄 인물이 수염은
말려 올라가고 살쩍도 삐쭉하지만 아마도 육구몽일 것이라고 한 말은,
하찮게 보이는 뱃사공이나 어부가 실은 숨은 고사라는 말이다. 이것은
소천암小川菴에 대한 평가다. 소천암이 하찮은 사람처럼 보이지만 실은
육구몽과 같은 고사라는 뜻이다.

그러나 연암은 그것을 직접 표현하지 않고 단지 재래노인의 일화만
거론했다. 비흥의 관점에서 본다면 설명 부분이 생략된 형태인 셈이다.
또 표현적인 측면에서 보면 그는 소천암에 대한 자신의 평을 육구몽에
대한 재래노인의 평 속에 함축시켰다. 그것도 글의 마지막에서 구사함으
로써 독자들의 마음을 예술적인 감흥 상태로 들어가게 했다. 그러므로
비는 함축이나 여운과도 관계되는 표현 양식이라는 것을 알 수 있다.

전통적으로 산문에서는 일화를 말할 때 비흥의 개념보다는 허실과 빈
주의 개념으로 설명했다. 빈주는 비유나 일화가 주제와 어떤 비중으로
관련되었는가에 따라 구분되는 개념이고, 허실은 사실인가 허구인가에
따라 구분되는 개념이다.

여기서는 빈주의 개념만 따져보자. 문장 속에서 여러 개의 일화가 나
올 경우가 있다. 형태상으로만 본다면 난순히 서로 나른 예들이 열거되
어 있는 형태지만 그 중에는 반드시 글쓰는 이가 말하고 싶은 중심적인
것이 있다. 이 글쓴이가 말하려는 중심적인 사례를 주主라고 하고 나머

---

64) 〈旬稗序〉. "覽斯卷者, 不必問小川菴之爲何人, 風謠之何方, 方可以得之於是焉. 聯讀
成韻, 則性情可論, 按譜爲畵, 則鬚眉可徵. 睟睞道人, 嘗論夕陽片帆, 乍隱蘆葦, 舟人
漁子, 雖皆拳鬖突鬐, 遵渚而望, 甚疑其高士陸魯望先生. 嗟乎! 道人先獲矣. 子於道
人, 師之也. 往徵也."

지 사례들을 빈賓이라고 한다.

이를테면, 앞에 나온 〈형언도필첩서〉에서 연암은 형암과 도은이 자기 수양에 전념하는 사람이요, 예술에 노니는 사람이라는 것을 말하기 위해 최흥효와 이징과 학산수라는 사람의 우화를 끌어들였다. 이들은 자신을 잊어버릴 정도로 몰두했기 때문에 자신의 분야에서 달인의 경지에 오를 수 있었다는 점에서 비슷하지만 연암이 말하려는 중심적 인물은 최흥효·이징·학산수가 아니고 도은과 형암이다. 이때 최흥효·이징·학산수 등이 빈이요 도은과 형암이 주인 것이다.

〈이몽직애사李夢直哀辭〉의 경우도 이와 비슷하다. 다음 글을 읽어보자.

옛날에 관상을 보는 사람이 있었는데 어떤 여자의 상을 보고 소에 받치는 것을 조심하라고 했다. 얼마 후에 문가에서 귀후비개로 귀를 후비다가 문이 귀후비개를 치는 바람에 죽었었는데, 귀후비개가 소 뼈였다. 또 사주 보는 사람이 어떤 남자를 보고 금을 삼켜서 죽을 팔자라고 말했다. (그는) 얼마 후에 이른 아침에 식사를 하다가 숟가락을 들어 마셔서 죽었다. (중략)

몽직은 대대 무장가 출신으로서 비록 무업에 종사하였으나 글 짓는 선비를 좋아하여 항상 초정(박제가)을 따라 나에게서 놀았다. 사람됨이 어려서는 곱상했고 장성해서는 명랑해서 좋았다. 어느 날 남산에서 활쏘기를 연습하다가 잘못 날아든 화살에 맞아 죽고 말았는데, 죽은 뒤에 또 자식이 없었다. 아아! 우리나라가 태평세월이 오래되고 사방 변경에 전투할 일이라고는 없는데 장사가 홀로 활촉 아래에서 죽다니 어찌 공교롭지 아니한가. 대저 사람이 하루 하루 살아간다는 것이 가위 요행이라 하겠다.65)

---

65) 〈李夢直哀辭〉, ≪燕巖集≫ 권3. "昔有望氣者, 相一女子, 戒牛觸, 嘗臨戶耳舀挑, 戶
激觸耳而死, 耳舀則牛也. 又算命者, 論一丈夫, 當食金而死, 嘗早食肺吸其匙而死.
(…중략…) 夢直, 世世將家, 雖從武業乎, 然喜文士, 常從楚亭遊於余. 爲人幼娟好,
及旣壯, 疎朗可喜. 一日, 習射南山中, 中荒矢死, 死又無子. 嗚呼! 國家昇平日久, 四
境無金革可戰鬪之事, 而士之獨死五鋒鏑之下者, 豈非巧歟. 夫人一日之生, 可謂倖
矣."

이 글은 이몽직의 죽음을 애도한 글인데 여기에는 이몽직 외에도 여러 사람의 죽음이 나열되고 있다. 다른 사람의 죽음과 이몽직의 죽음은 공교로운 죽음이라는 점에서 공통된다. 그런데 연암이 말하려는 초점은 이몽직의 죽음이고 나머지는 보조자료다. 그러니까 이몽직의 죽음이 주요, 나머지 예들이 빈이 되는 것이다.

문학성의 평가의 하나는 풍부한 비유와 우화에 의한 형상성에 있다. 그러나 비유와 우화가 많다고 해서 좋은 문장이 되는 것은 아니다 그것이 적절하고 명확하며 아름답고 새로우며 효과적이어야 한다. 그런데 연암은 이 부분에서 타의 추종을 불허할 만큼 우뚝하다. 그의 문집 어느 글에서나 만날 수 있는 뛰어난 형상성은 연암 문장의 가장 큰 특징이라고 할 수 있을 것이다.

## 2) 성률聲律

부분의 미적 성취를 위해서 소리가 이용되기도 한다. 문장에서 말하는 소리에는 문자적 소리와 음악적 소리가 있는데 이런 물리적인 소리를 성률聲律이라고 한다. 글자의 물리적인 소리가 만들어 내는 미감은 일정하게 반복되는 소리의 결과 한 구를 이루는 글자수의 장단이 만들어 내는 호흡의 결의 두 가지를 주로 거론한다.

반복되는 소리의 결이란 평측과 운을 말하는 것으로 이것의 적절한 배열은 리듬감을 형성시켜 미적 쾌감을 느끼게 하고, 작품의 내용을 감각적으로 수용하게 만듦으로써 전달 효과의 상승작용을 일으킨다. 변려문에서는 대개 사성의 평측을 이용해서 소리의 결을 만들어내는데 산문에서는 일부만 평측과 운을 사용한다.

사부辭賦・송찬頌贊・잠명箴銘・애제哀祭 계통의 글은 대개 운문이고, 비지류碑誌類의 경우 서 부분은 산운, 명 부분은 운문으로 이루어신다. 그러나 대부분의 산문은 운이 필수적인 조건은 아니다. 연암의 경우에는 비지류의 명 부분을 제외하고는 물리적인 소리를 문장에 이용하는 것은 별로 발견되지 않는다.

연암 문장의 성률은 호흡의 결에서도 느껴진다. 글의 호흡은 대개 글자수의 장단에 의해 만들어지는데 구체적으로 말하자면 동일한 글자수의 구절들이 일정하게 반복되면서 호흡을 고양시키기도 하고 떨어뜨리기도 하는 것이다. 연암 문장에는 변려문은 아니면서도 동일한 글자수의 구절이 반복되는 여사儷辭를 반복 사용하여 성률을 만들어내는 부분이 많다.

앞에 인용했던 〈백수공인이씨묘지명伯嫂恭人李氏墓誌銘〉을 보면, 연암이 형수가 죽기 얼마 전에 그녀에게 함께 연암 골짜기에서 은거하면서 전원적인 삶을 살아가도록 권유하는 장면이 나오는데 그 말을 보면 마치 한 편의 시와 같은 리듬을 느낄 수가 있다.

> 언젠가 형수에게 "형님은 나이가 드셨습니다.
> 앞으로 저희와 함께 같이 은둔하시지요.
> 담장 둘레에 뽕나무 천 그루를 심고,
> 집 뒤에는 밤나무 천 그루를 심고,
> 문 앞에는 배나무를 천 그루 기르고, 골
> 짜기를 흐르는 시내의 위 아래에 복사나무와 은행나무를 천 그루 심고,
> 3무 넓이의 연못에 한 말쯤의 어린 물고기를 넣고,
> 바위 낭떠러지에는 벌통을 백 통 정도 설치하고,
> 울타리에는 소를 세 마리쯤 묶어 두고,
> 제 처는 삼 실로 길쌈을 하고, 형수님께서는 단지 여종들에게 기름을 짜도록 독촉하여
> 이 시동생이 한 밤에 고인의 책을 읽을 수 있도록 해주시지요."
> 嘗對恭人言,
> "我伯氏老矣,

行當與弟偕隱,
繞墻千樹種桑,
屋後千樹栽栗,
門前千樹接梨,
溪上下千樹桃杏.
三畝陂塘一斗魚,
苗巖崖百筒蜂,
籬落之間, 繫牛六角,
妻積磨, 嫂氏但課婢趣榨油,
夜佐叔讀古人書."[66]


　또, 〈열녀함양박씨전병서列女咸陽朴氏傳 幷序〉의 서문에는 한 과부가 자신의 수절의 어려움을 고백하는 부분이 있다. 연암은 과부의 상황을 지극히 외로운 처지와 슬픔의 결정체로 규정하고, 견디기 힘든 순간들을 조목조목 열거하여 외로움과 슬픔의 내용을 구체적으로 느낄 수 있도록 형상화한다.

　가물거리는 등불 아래 홀로 앉아서 등불을 벗하면서 밤을 밝히는 것이 지극히 어려운 일인데, 거기다가 비가 오거나 달이 환히 밝거나 하면 온갖 정회가 일어나서 견디기 힘들고, 가을이 되어 낙엽이 한 잎 마당에 날리거나 짝 잃은 기러기가 허공을 날아가면 자신의 신세가 생각나서 더욱 외로웠다는 것이다.

　또 사위가 조용하여 닭 우는 소리 하나 없고 과부의 외로움을 알 길 없는 어린 종년이 깊은 잠에 코고는 소리만 들릴 때, 잠은 오지 않는데 그 슬픔과 그 외로움을 누구에게도 호소할 길이 없는 절망감을 느꼈다고 말한다. 그런데 이런 구절이 모두 4자 어구의 반복이다. 따라서 이를 읽을 때에 음악적인 리듬이 만들어지는 것이다.

---

66) 〈伯嫂恭人李氏墓誌銘〉, 《燕巖集》 2卷.

가물거리는 등불 아래 내 신세를 위로하노라니,
홀로 새는 밤은 새벽이 더디구나.
만약 다시 처마에 비 떨어지는 소리가 처량하거나,
창가에 비친 달이 흰 빛을 흘릴 때,
나뭇잎 하나가 정원이 날리고
기러기 한 마리가 하늘에 울고 갈 때,
먼 곳의 닭소리도 들리지 않고
어린 종년의 코고는 소리만 들릴 때,
말똥말똥 잠은 오지 않으나
이 고충을 누구에게 하소연할 데가 있으리오?


殘燈弔影,
獨夜難曉
若復簷雨淋鈴,
窓月流素,
一葉飄庭,
隻雁叫天,
遠鷄無響,
稚婢牢鼾,
耿耿不寐,
訴誰苦衷?[67]


　　이렇게 동일한 글자수의 반복을 이용하여 글의 호흡을 만들고 그것으로 미적 정감을 유발시키는 수법은 연암의 문장의 곳곳에서 발견되는 특징적인 수사법의 하나다. 그러나 연암의 문장에서는 형식적으로 굳어진 몇몇 제문[68]을 제외하고는 처음부터 끝까지 글자수를 동일하게 진행시키지는 않는다. 좋은 글은 또한 변화가 있어야 하는 것이기 때문이다.

---

67) 〈烈女咸陽朴氏傳〉, ≪燕巖集≫ 1卷.
68) 〈祭榮木堂李公文〉, 〈祭梧川處士李公文〉 등이 이에 해당한다.

## 6. 맺음말

본고는 연암 문장에 나타난 수사적 양상의 일 부분을 정리했다. 특히 왜 그가 조선 최고의 문장가로 일컬어지는가에 대한 궁금증을 해소하기 위해서 이 문제를 접근했다. 이를 위해 먼저 그의 수사 의식을 살펴보고 그것을 바탕으로 그의 문장에 나타난 수사적 성취의 여러 양상을 규명했다.

그의 수사론이 집약된 것으로 보이는 〈소단적치인〉의 분석을 통해서 먼저 연암의 수사 의식을 정리했다. 그 결과 연암은 수사의 영역을 주제적인 측면, 구성적인 측면, 부분의 표현의 세 범주로 나누고, 다시 여기에다 변화의 개념을 덧붙여서, 수사의 요체들에 대해 이치·혜경·요령·시변 등의 4가지로 정리하고 있었다.

이를 범주로 해서 살펴본 수사양상은 다음과 같다. 주제적인 측면에서 주제를 잘 드러내기 위해 백화체나 조선의 속담 등을 거리낌없이 사용했고, 또한 우언이라는 표현 방식을 사용하고, 소재나 언어 표현이나 구성들의 형식적인 요소들을 주제 형상화에 이용했다. 구성적인 측면에서는 문장의 힘을 얻기 위해 한 가지 내용을 반복적으로 묘사한다든지, 올리기 위해서 먼저 누르는 방식을 쓴다든지, 갑자기 글의 흐름을 떨어뜨리는 수법도 보였다.

또한, 그는 글의 중간에 복선을 만들어서 문장의 함축을 만들고, 글의 마지막에 환상이나 환청을 만들어서 여운을 느끼도록 하기도 했다. 부분적인 측면에서는 비유와 우화가 풍부하고 글자수의 조작으로 글의 호흡이 고양되게 하는 성률을 만들어 내는 특징을 보였다.

그러나 이것으로 연암 문장의 수사적인 특징이 모두 드러난 것은 아니다. 그의 작품에서 미감을 자아내는 수사적 특징들은 이 외에도 얼마든지 많을 것이다. 그 수사적인 양상의 전체적인 모습을 밝히는 것은 이

제부터의 과제다.

또한 수사 양상의 구체적인 내용을 열거하는 것이 연암 수사론 연구의 궁극적인 목표가 될 수가 없다. 수사론의 연구를 위해서는 작품의 상층에 자리잡고 있을 미의식의 내용이 무엇인가를 구명하고, 그러한 미의식이 연암 개인의 어떠한 정신 세계와 관계되는 것인가의 문제도 아울러 살펴보아야 할 것이다.

또한 그것이 또 다른 문장가들과는 어떻게 다르고, 특히 중국의 문장가들과는 어떤 변별력을 가질 수 있는가의 문제도 같이 고려하여야 한다. 특정한 시기에 특정한 삶 속에서 잉태된 어떤 개인의 문학적인 성취는 보편성과 특수성이 아울러 밝혀져야 하기 때문이다. 이런 문제에 대해 아무런 언급도 못한 것은 본고의 한계다.

# 논리와 미학

## 〈상기象記〉

### 중층성과 상동성의 미학

## 1. 머리말

연암燕巖 박지원朴趾源(영조 13년~순조 5년, 1737~1805) 연구의 대부분은 전傳 문학이나 의론을 전개한 글에 집중되어 있다. 왜냐하면 이런 글 속에는 사건이나 경험을 단순히 기록한 글로는 포착하기 어려운, 어떤 경험에 대한 연암의 정리된 생각이 들어 있을 뿐 아니라, 이것들은 연암의 가치관이나 사유방식 등을 짐작할 수 있는 중요한 단서가 되기 때문이다.

기문에 있어서도 이러한 경향은 비슷하다. 비교적 여러 차례 연구 대상으로 오른 것은 〈싱기〉, 〈아출고북구기夜出古北口記〉, 〈일야구도하기一夜九渡河記〉 등이었다. 기문은 원래 기사문記事文으로서 출발한 문체였다. 그래서 사건의 서술이라는 서사적 성격을 기본으로 하지만, 문장의 발달에 따라 소재나 내용도 다양해지고 의론적인 성격이 가미되었다.[1) 위의

---

1) 소재로 보면, 연암의 글은 〈以存堂記〉, 〈梅花砲記〉처럼 건축물이나 사물을 두고 지은 것, 〈醉踏雲從橋記〉처럼 행위나 경험 자체를 기록한 것, 〈髮僧菴記〉처럼 사람을 소재로 한 것 등 다양하다. 문체의 성격도 서사적인 것뿐 아니라 서정적인 것, 묘사적인 것, 의론적 것 등이 부가되었다. 매화포기는 묘사가 주를 이루고 있지만 〈一夜九渡河記〉는 서사를 바탕으로 한 의론이 주가 된 글이다.

세 기문이 관심의 대상이 된 것은 서사적 내용보다 의론적 내용 때문이었다.

〈상기〉는 《열하일기熱河日記》 내 〈산장잡기山莊雜記〉 편에 수록되어 있다. 이 글은 코끼리를 소재로 했으나 의론이 중심을 이루고 있어서 일찍부터 관심의 대상이 되었다. 특히 이 글의 주제는 주자학적 사고방식을 신랄히 풍자하는 것,2) 진리에 대한 상대론적 사유 양식을 보여주는 것,3) 인식의 수준을 객관적인 인식으로 높여야 한다고 주장하는 것4) 등으로 해석되어 연암 사상의 위대함을 보여주는 증거로 자주 인용되었다.

연구자들이 〈상기〉의 내용과 주제에 관심을 갖는 것은 적절하다. 분명 이 글은 코끼리를 빌렸지만 코끼리에 대한 단순한 견문이 아니요, 당대의 사회적 가치관에 대해 문제를 제기하고 그 모순을 혁파하기 위해서 어떻게 생각을 바꾸어야 할 것인가에 대해 역설하고 있다. 이런 내용은 분명 연암 사상의 뛰어남을 알려주는 증거임이 틀림없기 때문이다.

기존의 〈상기〉 연구는 대략 세 가지 특징이 있다. 하나는 〈상기〉가 특정 주제의 연구 자료로써 인용되는 점이다. 〈상기〉가 전적인 분석 대상이 되지 못한 채, 연암 사상 분석에 보조적인 자료로 인용된 것이다.

다른 하나는 〈상기〉에 대한 관심이 주로 주제에 한정되어 있는 점이다. 그래서 〈상기〉 전체가 분석 대상이 아니라 주제 설명에 적절한 부분만이 분석 대상이 되어 왔다. 또 다른 하나는 연구자들이 도출한 〈상기〉의 주제가 전체적인 맥락을 놓치고 있는 점이다. 〈상기〉의 주제는 이전의 연구자들이 지적한 것뿐 아니라 그 이상의 의미를 담고 있기 때문이다.

---

2) 金明昊, 《열하일기연구》, 창작과비평사, 1990, 137쪽.
　　金血祚, 〈연암 박지원의 사유양식과 산문문학〉, 성균관대학교 박사학위 청구논문, 1992, 198면.
3) 李東歡, 〈燕巖의 思惟樣式〉, 한국한문학연구 제11집, 한국한문학연구회, 1988, 12쪽.
4) 졸고, 〈연암 박지원 문장의 연구〉, 연세대학교 박사학위논문, 1993, 25~33쪽.

따라서 기존의 <상기> 연구는 전체적인 전망을 놓친 채 특정한 부분과 그 의미만 강조한 셈이 되었다. <상기>의 문학성은 사상의 깊이나 새로움에서만 확인되는 것은 아니다. 거기에는 그것을 펼쳐가는 요소들이 어울어져 빚어내는 아름다움도 포함이 된다.

그러므로 지금까지의 연구의 한계를 넘으려면 작품의 전체적인 전망을 확보하는 방향으로 연구가 진행되어야 한다. <상기>의 연구를 한 단계 성숙시키기 위해서는 문장 전체의 분석에 따른 내용 정리나 주제 확인이 필요하고, 동시에 <상기>의 각 부분들이 드러내는 문학적인 면모에 대한 연구가 필요하다는 말이다.

본고는 <상기>의 문학적 면모를 총체적으로 살펴봄으로써 <상기> 연구의 새로운 논의를 열어 보려고 한다. 이를 위해서 한편으로 기존의 연구를 중심으로 사상의 내용과 그 의의를 더 들여다보고, 다른 한편으로는 그 형상화의 모습을 짚어낼 것이다. 이 두 가지 내용을 함께 살피기 위해 본고는 주제적 측면, 구성적 측면, 부분의 표현 등 세 영역을 중심으로 논의를 전개하려고 한다. 주텍스트는 박영철본이다.5)

## 2. 인식과 오류

### 1) <상기>의 주제론

<상기>는 코끼리에 대한 기문이지만, 형상과 실상에 관한 문제를 다룬 글이다. 그래서 그 의미는 대상과 인식에 관한 인식론적 문제에까지 이

---

5) 朴趾源, ≪燕巖集≫ 권14, 啓明文化社, 1986. 이하 ≪연암집≫에서 인용하는 작품은 따로 출전을 밝히지 않는다.

르게 되었다.

이 글은 당대부터 사람들의 관심을 끌었다. 당대의 기록에는 긍정적인 평가와 부정적인 평가가 함께 전한다. 연암 지지자 중의 한 사람인 유득공(1748~1807)은 이 글을 일종의 우언이라고 보고 그 글이 지극히 기이하다고 평하고 있다.[6)

> (전략) 족형 금성도위 박명원을 따라 연경으로 사행을 가서 열하를 다녀서 돌아왔다. ≪熱河日記≫ 20권을 지었는데, 형식이나 제재에 구애받지 않고 마음대로 쓰면서 우언을 섞었다. 특히 〈상기〉, 〈호질〉, 〈아출고북구기〉, 〈일야구도하기〉 등은 지극히 기괴하다. (후략)[7)

반면 김노겸(1781~1853)의 평가는 부정적이다. 그는 ≪열하일기≫가 회자되기는 하지만 〈상기〉 같은 글은 모두 장난삼아 쓴 글에 지나지 않는다고 말했다. 이는 유득공과는 달리, 형식 제재에 구애받지 않고 마음대로 우언을 섞는 식의 글쓰기를 부정적으로 평가했기 때문으로 생각된다.

> 대저 박지원이 지은 것 중에서 ≪열하일기≫가 가장 성행하여 사람들 사이에 회자되었다. 그러나 그 중에서 〈허생전〉, 〈호질〉, 〈상방기〉 등은 사람들이 모두 칭찬하나 장난삼아 지은 것을 면하지 못했다. 〈황금대기〉, 〈야출고북구기〉 등은 글 쓰는 사람으로서의 체격을 지녔지만 그러나 글로서 장난을 쳤으니 근엄한 뜻이 적다.[8)

---

6) 柳得恭, ≪古芸堂筆記≫ 권4. 연암 박지원의 열하일기 중 〈상기〉 일편은 내가 전에 천하의 지극히 기이한 글이라고 평했던 적이 있다. 지금 전편을 수록하여 술 안주 삼아서 한 번 읽으려고 한다.(후략) 朴燕巖熱河日記中 象記一篇, 余曾評以天下至奇之文. 今錄全篇, 以爲下酒一讀 연암관계자료(≪한국한문학연구≫ 제11집, 한국한문학연구회, 1988, 126쪽)에서 재인용.

7) 柳得恭, 위의 책. "隨族兄錦城都尉使燕, 遊熱河而歸, 著日記二十卷, 嬉笑怒罵, 雜以寓言, 其象記, 虎叱, 夜出古北口, 一日九河等篇, 極恢奇." 연암관계자료(위의 책, 126쪽)에서 재인용.

8) 金魯謙, ≪性菴集≫ 권7, 부록 囈述. "大抵燕巖所著中, 熱河記, 最爲盛行, 膾炙人

이러한 논평들은 동시대 사람들이 <상기>를 어떻게 평했는가를 알려
준다. 그러나 이들의 말 속에는 그 의미나 문학적 장치에 대한 구체적인
논급이 생략되어 있어서 <상기> 연구의 본격적인 도움을 주지 못한다.
다만, 우언성을 지적한 기록을 통해서 <상기>가 코끼리의 견문록 이상의
의미를 담고 있다는 것을 암시받을 수 있을 뿐이다.

연암이 코끼리에 대하여 쓴 글은 두 편이다. 그가 처음 코끼리를 본
것은 북경이었다. 이때의 경험을 <상방象房)9)이라는 글로 남긴다. 또 그
는 열하에서 코끼리를 구경한 이후에 <상기>를 남긴다. <상방>은 견문록
이다. 코끼리에 대한 견문록으로 말하자면 이 한편으로 족할 텐데, 그는
왜 또 <상기>를 썼을까?

연암에게는 이처럼 견문록을 쓰고서도 별도로 기문을 쓰는 일이 있었
다. 이를테면, 《열하일기》에 <황금대黃金臺>와 <황금대기黃金臺記>가 따
로 기록되었고,10) <문승상사당文丞相祠堂>과 <문승상사당기文丞相祠堂記>
가 각각 존재한다.11)

그 내용을 보면, <황금대>는 그 누대에 대한 소문, 그 누대에 얽힌 사
연, 찾아가게 된 경과 등의 내용으로 이루어져 있고, 반면에, <황금대기>
는 황금을 주고 원수를 갚고자 했던 연나라 왕의 이야기를 실마리로 해
서 수많은 역사적인 사연을 인용하여 재물에 대한 탐욕이 재앙을 불렀다
는 주장을 설득력 있게 진개하고 있다.

<문승상사당>은 사당의 위치와 문천상의 죽음과 관련된 이야기들, 사

---

口, 而其中許生傳虎叱象房記, 人皆稱之, 未免弄作, 黃金臺記·出古北口記, 有作者
家體格, 然以文詼諧, 少謹嚴之意." 《역주 과정록》(朴宗采 저, 金允朝 역주, 태학
사, 1997, 404쪽)에서 재인용.

9) 朴趾源, <黃圖紀略>, 《燕巖集》 권15, 214~215쪽. 이 외에도 <答某)(《燕巖集》,
381쪽)처럼 코끼리가 잠깐 언급된 글이 있지만 코끼리에 대하여 본격적으로 다룬
것은 위의 두 글뿐이다.

10) <黃圖紀略>, 216~219쪽.

11) 朴趾源, <謁聖退述>, 《燕巖集》 권15, 237~241쪽.

당에 대한 제사 등의 내용으로 이루어져 있고, 〈문승상사당기〉는 문천상과 원세조를 기자와 무왕에 대비시킴으로써, 전도와 용하변이의 개념을 제시하여 절의 콤플렉스와 존하양이식 화이론에 대한 반대 논리를 제공했고, 이를 통하여 북벌론을 부정하려는 내용으로 되어 있다.

말하자면, 〈황금대〉와 〈문승상사당〉이 단순한 견문록에 가깝다면, 〈황금대기〉와 〈문승상사당기〉는 일정한 주제를 가진 논문에 가깝다고 할 수 있다. 따라서 견문록과 별도로 기문을 남긴 것은 견문에서 촉발된 자신의 의론을 제시하고 싶은 욕구 때문이었다는 것을 알 수 있다.12)

〈상방〉과 〈상기〉도 마찬가지다. 〈상방〉은 북경에서 본 코끼리만를 대상으로 했고, 〈상기〉는 열하 행궁의 코끼리까지 담고 있지만, 두 글은 각각 견문록과 의론문의 성격으로 구별된다. 그렇다면 〈상기〉는 무슨 말을 하기 위해서 쓴 것인가? 최근의 연구자들은 이 글에 대한 평가를 비교적 분명하게 지적하고 있다. 그것들은 대략 주자학적 사고를 비판한 것으로 정리된다.

이동환은 이 글을 주자학의 부정을 통해 세계를 상대론적으로 인식해야 한다는 주장을 보인 것으로 해석한다.

> 즉, 진리 또는 진실은 그 자체 절대적으로 고정되어 있는 것이 아니라 사물과 사물의 관계, 주체와 세계와의 관계에 따라 상대적으로 성립된다는 생각의 틀이다. 바꾸어 말하면 진리(진실)의 절대성의 부정이다. 〈상기〉는 바로 이러한 태도를 본격적인 형태로 표명한 글이다. (중략) 중국 여행 중에 처음 본 코끼리의 기괴한 형상에 가탁하여 만물의 이理는 찬天의 명命에 의하여 결정된, 따라서 불분의 절대성을 갖는다는 송유宋儒-주자학적 세계인식 또는 세계

---

12) 金血阼는 〈상방〉과 〈상기〉가 별도로 존재한 것에 일찍이 주목했다. 그러나 그 이유에 대하여 깊이 있게 논의하지 않았고, 다만 〈상방〉과 〈상기〉를 이중적으로 남겨 놓은 것은 코끼리라는 소재를 이용하여 天 또는 天理를 부정하기 위한 목적의식이 있었기 때문이었다고 생각했다. 金血阼, 〈燕巖 朴趾源의 思惟樣式과 散文文學〉, 성균관대학교 대학원 한문학과 박사학위논문, 1992, 198쪽.

구조를 정면으로 부정하고 있다.13)

이러한 해석은 김명호에게도 대략적으로 이어진다.

> 그는(박지원-필자) 현실 세계란 광대무변하고 변화무쌍하므로, 이러한 세계의 경이로움 앞에 개방적인 자세로 임해야만 진실을 인식할 수 있을 것으로 보고 있다. 유득공이 '천하지기지문天下至奇之文'이라 격찬한 <상기>에서 연암은 매사를 '천天'과 '이理'로 합리화하는 고루한 사고방식을 신랄히 풍자하고 있다. (…중략…) 따라서 연암은 국한된 경험 세계에 기인한 일체의 선입견을 버리고, 개방적인 자세로 만물의 무궁한 변화를 탐구해야 한다고 결론 짓고 있다.14)

김명호는 매사를 '이'로 설명하는 방식을 풍자하는 것으로 이 글의 의미를 풀고 있다. 그리고 이러한 사고 방식을 경직된 주자학적 사고로 해석했다. 따라서 연암의 주장을 주자학적 사고의 폐단을 경고하는 의미로 보아도 무방하다고 분석한다.15)

김혈조도 이러한 해석의 범주에서 벗어나지 않는다.

> 코끼리라는 소재를 이용하여 천天 또는 천리天理를 부정하기 위한 목적의식에 있음을 알 수 있다. 송대 이후 천 또는 천리를 지나치게 사변적으로 해석하여 만물의 이치를 거기에 연역해 내고, 이것이 절대화·권위화하여 인간의 행농양식까지 규제하는 원리로 된 이학理學을 여읜은 코끼리라는 사물을 통해 절묘하게 부정한 것이다. 요컨대 학문이 변화하는 현실을 옳게 인식하고 설명할 기능을 상실한 채 관념적이고 사변적인 이론으로서의 허학이 절대불

---

13) 李東歡, 〈燕巖의 思惟樣式〉, 한국한문학연구 제11집, 한국한문학연구회, 1988, 12쪽.
14) 金明昊, 《熱河日記 硏究》, 창작과 비평사, 1990, 137쪽.
15) 金明昊, 위의 글, 151쪽. 그러나 저자는 연암이 주자학의 모든 것을 부정한 것이 아니라고 말한다. 이 부분에서 연암의 지구지전설이나 萬物塵成說 같은 것을 들어 연암의 사유규조에서 주자학을 발전적으로 계승한 측면도 있음을 지적하고 있다.

변의 고정적인 것이 되어 그 권위를 행사하는 것을 비판 부정하고, 학문은 모름지기 실제 사물에 즉해서 거기서 참다운 이치를 찾아내는 것이 되어야 한다고 주장했다.[16]

요약하면, 각자의 시각과 용어의 차이에 따라 주자학적 세계 인식의 부정이라고 하든 권위화된 이학의 부정이라고 하든, 이들은 조선조의 사고 방식으로 절대적인 권위를 지속해온 이데올로기의 부정을 〈상기〉의 가장 핵심적인 내용이라고 본 셈이다.

그러나 〈상기〉의 내용은 이것보다는 크다. 〈상기〉에는 주자학적 이념에 의한 판단의 오류뿐 아니라 감각에 의존한 판단의 오류에 대한 논의를 전개하는 동시에, 세계의 참모습에 대한 올바른 인식에 도달하기 위한 방향 제시 등의 내용이 담겨 있다. 이른바 인식론적인 내용이 실질적인 내용인 것이다.[17]

## 2) 인식의 오류와 객관적 인식

이 글은 내용상 4개의 대단락으로 나누어진다.[18] 제1대단락은 코끼리가 이상하게 생겼다는 것과 그것의 움직임이 보기보다는 빠르다는 내용이고, 제2대단락은 코끼리의 코를 입이나 다리로 보거나, 코끼리의 눈을 간교하게 생각하는 것은 잘못이라는 내용이고, 제3대단락은 코끼리의 코를 어금니 때문에 하늘이 그렇게 만들었다고 설명하는 것은 잘못이라는

---

16) 金血祚, 앞의 글, 198~199쪽.

17) 졸고, 앞의 글, 25~33쪽. 이 글에서 필자는 이미 〈상기〉의 내용에 대하여 감각의 오류와 이념의 오류를 뛰어 넘는 객관적 인식에 도달하여야 한다는 문제의식을 표현한 것이라는 판단을 내세운 적이 있다.

18) 각 단락의 구체적 내용은 아래 부분의 인용문에 표시되어 있다. 金血祚는 3개의 단락으로 나누고 있으며, 그 단락을 세분화한 내용과 성격 규정이 필자와 다르다. 金血祚, 앞의 글, 194~199쪽.

내용이고, 제4대단락은 실상과 이치를 잘 알려면, 형상을 잘 살피고 이치를 바로 생각해야 한다는 내용이다.

이 글은 제1대단락이 말문을 열고 제2대단락과 제3대단락에서 논의를 전개하고 그 내용을 제4대단락에서 취합하는 구성을 보인다. 따라서 제2, 3대단락과 제4대단락의 내용을 잘 연결시켜서 이해해야만 전체 내용을 적절하게 파악할 수 있다.

제2대단락의 내용은 코끼리의 코를 입이나 다리로 생각한 것, 눈을 간교하다고 생각한 것 등은 잘못이라는 것이다. 사람들은 코끼리의 코가 자신이 생각할 수 없을 만큼 크기 때문에 다리로 생각하거나 코가 자유롭게 움직이고 음식을 집어서 넣기 때문에 입으로 생각한다. 이에 대해 연암은 사람들이 코끼리 코를 직접 보면서도 코가 그렇게 생길 줄 생각하지 못했으므로 잘못 생각하게 되었다고 지적한다.

또 사람들은 코끼리의 눈이 이빨과 코의 크기에 비하여 작기 때문에 코끼리가 간교하다고 말한다. 그러나 연암은, 그것은 코와 이빨의 크기에 정신이 쏠려서 잘못 판단한 것이요, 코끼리의 어진 성품은 오히려 눈빛에서 찾을 수 있다고 말한다.

이러한 내용은 코끼리 코와 눈 이야기 이상의 의미를 지닌다. 사람들의 오해는 왜 일어났는가? 형상을 직접 보고서도 왜 잘못 안 것인가? 그것은 경험 부속과 착오로 인해 발생한 오류이다. 그것은 형상에 미혹되어 실상을 잘못 보았기 때문이나. 이러한 인식상의 오류를 감각적 오류라고 한다. 이 대단락은 감각적 오류의 예를 보이면서 그것을 극복해야 한다는 뜻을 말한 것이다.

제3대단락은 코끼리의 코가 긴 이치에 대한 논의로 구성되었는데 코끼리 코가 어금니 때문에 길어졌다고 설명하는 것은 잘못되었다는 내용이다. 사람들은 짐승이 입으로 음식물을 먹는 것을 이치(理)라고 생각한다. 그래서 다리가 긴 짐승은 목도 길고 부리도 길게 만들었다고 설명한다.

이러한 생각은 당대의 상식이었으므로 사람들은 이에 대하여 아무런 의심이 없다. 그래서 사람들은 코끼리의 이빨이 길기 때문에 음식을 씹을 수도 입으로 바로 집을 수도 없으므로 조물주가 코를 길게 해서 음식을 집도록 한 것이라고 설명한다.

연암은 이를 반박한다. 입으로 음식을 씹는 것은 일부 짐승들에게만 해당되는 것인데, 모든 짐승을 설명하는 원리로 생각하는 것은 잘못이며, 또한 이빨을 짧게 했다면 코를 길게 하지 않아도 될 것이기 때문에, 일부러 이빨을 길게 하고는 코를 길게 할 필요가 없으므로 오히려 이치에 맞지 않는다는 것이다.

이러한 내용은 코 이야기 이상의 의미를 갖는다. 사람들의 오해는 왜 일어났는가? 자신이 알고 있는 상식에 근거해서 이치를 설명했건만 왜 잘못되었는가? 상식은 사회적으로 인정되고 있다는 점에서 옳은 것처럼 보이지만 그것은 특정 시기·특정 지역에서만 통용되는 진리다.

사물의 이치를 설명하는 방식은 그 당대의 이념에 따라 달라진다. 따라서 사회적인 상식에 따라 사물의 이치를 설명하는 것은 오류에 빠질 수 있다. 이미 암시되었지만 일부 짐승에게만 통용되는 이치를 모든 것에 통용시키려고 하는 것이 바로 이러한 이념적 성격을 반영하는 것이다. 이러한 인식상의 오류를 이념적 오류라고 한다. 이 대단락은 이러한 이념적 오류를 극복해야 한다는 뜻을 담고 있는 것이다.

제4대단락은 코끼리는 눈으로 보면서도 그 이치를 잘 알지 못하는데 사물의 이치는 이것보다 더 복잡하므로 알기 어려우며, 또한 성인이 형상을 취하여 역易을 만들었으니 그것으로 만물의 변화를 다 캐내려는 것이었으리라는 것이 그 내용이다.

이는 곧 연암이 형상을 통해서 사물의 실상을 알아야 한다고 보고 있었다는 것을 말해 준다. 결국 사물을 바로 인식하는 것은 그 형상을 바로 보고 그 이치를 바로 깨닫는 것이라는 뜻이다. 사물의 객관적 모습을 바로 알아야 제대로 된 인식에 도달할 수 있다는 생각은 바로 객관적 인식에 대한 전망이라고 할 수 있다.

내용상으로 보면, 제2대단락이 형상을 보고 실제를 판단하는 것을 문제삼았다면, 제3대단락은 형상을 보고 그 이치를 설명하는 것을 문제삼은 것이요, 제4대단락의 내용은 두 부분을 합친 것이다. 인식 양식을 중심으로 정리하자면 제2대단락은 감각적 오류 극복의 문제를, 제3대단락은 이념적 오류 극복의 문제를 논한 것이다. 그래서 제4대단락에서 인식의 마지막 단계인 객관적 인식으로 나아갈 것을 말한 것이다. 이렇게 정리하면 〈상기〉가 논하려는 것이 인식의 오류 극복과 진정한 인식의 전망에 대한 문제라는 것을 알 수 있다.

따라서 이 글의 궁극적 내용을 단순히 주자학적 사유방식을 비판하는 것으로만 제한해서는 안 된다. 제3대단락 분석에서 말한 이념은 당대의 이데올로기를 뜻한다. 당대의 이데올로기가 주자학적 사유방식이라는 점에서 연구자들의 지적은 당연한 귀결이다. 하지만 그것은 이 글의 일부분일 뿐이다. 이 글의 주제는 부족한 경험과 착오를 넘어서고 사회적 통념과 상식의 틀을 벗어나서 객관적 인식에 도달해야 한다는 것에 있는 것이다.[19] 〈상기〉에 담겨 있는 진정한 의미는 바로 이것이다.

이러한 주제 의식의 의의는 매우 크다. 부정되는 감각적 오류와 이념적 오류, 긍정되는 객관적 인식은 인식의 단계와 유형의 총체성을 보여준다. 흔히 인식의 단계와 유형을 논할 때 이 세 가지를 기론히는데 〈상기〉의 내용이 이렇다는 것은 사고의 단계와 그것에 따른 유형에 대하여

---

19) 필자는 이러한 인식을 객관적인 인식이라고 보고, 이는 사물의 자연성에 사물 인식의 초점을 맞추는 것을 뜻한다고 해석했었다. 사물의 자연성이란 당위성이 아니라 현존성이요, 일반성이 아니라 개별성이라는 표현을 썼다. 여기서 말하는 개별성이란 보편성과 특수성이 결합된 개념이다. 그 기본적인 내용은 이곳의 의미와 마찬가지이지만, 지연성이나 현존성이나 개별성이란 용어의 의미가 일반적으로 다른 의미를 가질 수 있다는 점에서 용어를 더 가다듬어 쓴다. 졸고, 앞의 글, 33쪽.

연암이 깊이 있게 성찰하고 있었다는 것을 뜻한다. 그뿐 아니라 낮은 단계의 인식 단계를 넘어서 가장 높은 인식 단계로 나아가야 한다는 자각과 욕구는 사상사적인 측면에서 의미 있는 성취라고 할 수 있다.

## 3) 상象 의미의 중층성과 문학적 형상화

이 글의 구성을 이미 4개의 대단락으로 구분했고, 논리적인 내용만을 추려서 감각적 오류의 극복, 이념적 오류의 극복을 통해서 객관성을 확보한 인식에 도달하자는 것이 이 글의 의미라는 점을 밝혔다.

논리적인 틀로 정리하면, 〈상기〉는 잘못된 명제의 부정을 통해서 자신의 명제에 도달하는 구성 방식을 보여준다. 자신의 주장을 내세우기 위하여 잘못된 명제를 내세우고 그것을 부정함으로써 자기 논리의 타당성을 증명하는 방식을 쓴 것이다. 이러한 구성은 의론을 전개하는 글에서 가장 흔한 것 중의 하나다. 전반적으로 보면 제2, 3의 두 대단락은 부정이 되는 잘못된 인식수준이고 제4대단락의 결론은 연암이 주장하려는 궁극적 주장인 셈이다.

의론을 전개하는 글은 흔히 논리성을 중심에 둔다. 그렇게 되면 그 글은 딱딱해지고 문학적인 향기가 사라지게 된다. 어떤 글에 문학성을 불어넣기 위해서 함축성을 부여하는 경우가 있는데, 〈상기〉의 소재와 주제에서 이렇게 계산된 함축성이 확인된다. 그것은 상象이라는 글자의 다의성이 빚어내는 함축성이다.

이 글의 주제를 이루는 개념은 대략 3개의 층위를 이루고 있다. 제1층위는 코끼리(象)를 소재로 해서 이루어진 층위다. 코와 눈에 대한 논란과 이와 관계된 논란이 만들어 낸 층위다. 이 층위의 개념은 코끼리를 떠나지 않는다. 처음부터 제3대단락까지 표면적인 줄거리가 그것이다.

제2층위는 이보다 상위에 속하는 개념이다. 형상(象)과 관계된 층위다.

형상과 실상(제2대단락), 형상과 이치(제3대단락) 등으로 정리되는 개념의 층위다. 사물의 형상을 감각적으로 이해하거나 그 이치를 상식적으로 해석하지 말고 형상을 잘 살피고 정확한 이치를 알아야 한다는 내용의 층위다. 이러한 개념들은 제4대단락의 의미를 깨달은 다음에야 비로소 확인된 의미다.

제3층위는 그것보다 상위에 존재하는 개념의 층위다. 형상과 실상, 형상과 이치의 논의가 실은 인식론이라는 것을 깨달으면서 드러난 층위다. 이것은 인식의 낮은 단계를 넘어서 가장 높은 단계에 올라야 대상을 제대로 볼 수 있다는 내용을 담고 있는 층위다. 즉 대상(象)과 인식의 문제에 관한 층위인 것이다. 이것이 바로 이 글의 궁극적인 주제를 구성하는 층위이다.

제1층위가 가장 구체적인 것이라면, 제3층위는 지극히 추상적이고 상위적인 개념이다. 이 세 가지 층위의 중심어는 코끼리, 형상, 대상이다. 그런데 이 세 가지 개념은 모두 한자 상象이라는 말로 통합된다. 곧 이 글의 소재·내용·주제에서 상象이라는 글자가 갖고 있는 의미를 동심원으로 쌓아 올린 구조물인 것이다.

연암이 <상방> 외에 따로 <상기>를 남긴 것은 코끼리를 소재를 취하되 그 글자의 다의성과 함축성을 염두에 두고, 형상과 실상·형상과 이치·대상과 인식과 관련된 자신의 사유 내용을 중층적으로 쌓아가면서 새로운 문학적 구조물을 만들기 위한 것이었던 셈이다. 유득공이 지적한 <상기>의 우의성이 바로 이것이요, <상기> 문학성의 한 면이 여기에 있는 것이다.

## 3. 조응과 흥興 구조

### 1) 조응의 미학

한 편의 글은 부분들이 모여서 만들어지는데 이것들은 내적으로 긴밀하게 연결되어 있어야 한다. 특히 두 부분이 다른 내용을 사이에 두고 앞뒤로 떨어져 있으면서도 의미상 긴밀한 관계를 이루고 있을 때 이 전후에 놓인 부분들이 서로 호응 또는 조응을 한다고 말한다.[20] 앞부분의 암시가 뒷부분에서 구체적으로 드러난다든지, 앞부분에서 잠깐 언급된 개념이 뒷부분에서 본격적으로 거론되는 경우 등이 그것이다. 연암 문장의 특징 중의 하나는 이런 부분들이 잘 조화를 이루는 점이다.

다음을 보자. 제2대단락은 감각적 오류에 대한 논의이다.

2-2)[21] 코끼리의 생김새는 소 몸집에 나귀 꼬리를 가졌고, 낙타무릎에 호랑이의 발톱을 가졌고, 생김새는 어질지만(仁形) 우는 소리는 슬프고, 귀는 드리워진 구름 같은데 눈은 초승달 같다. 두 이빨의 크기는 두 손의 손가락을 둥글게 맞댄 것만 하고 그 길이는 한 길이 넘는다. 코는 이빨보다 길어서, 굽혔다 폈다 하는 모습은 자벌레 같고, 돌돌 마는 모습은 굼벵이 같다. 그 끝은 누에 꽁무니같이 생겨서 물건을 집게처럼 집어서 말아 입에 넣을 수 있다.

어떤 사람은 코를 주둥이라고 하여 다시 코끼리 코가 있는 곳을 찾는다. 아마도 그 코가 이 정도가 되리라고 생각하지 못했기 때문일 것이다. 어떤 사람은 코끼리 다리가 다섯이라고 생각했다. 어떤 사람은 코끼리의 눈이 쥐처럼 생겼다고 생각하는 사람도 있다. 아마도 사람의 정신이 코와 이빨에만 쏠려서 그 몸 전체 중 가장 작은 것을 발견하고는 이처럼 어울리지 않는 비교를 하게

---

20) 졸고, 앞의 글, 190쪽.
21) 인용문 앞에 붙은 숫자는 문단을 표시한 것이다. 1)은 첫번째 대단락을 뜻하고, 2-1)은 제2대단락의 첫번째 소단락을 뜻한다. 따라서 이곳의 2-2)는 제2대단락의 두번째 소단락을 표시한다.

된 것이다. 아마도 코끼리의 눈이 몹시 가늘어서 간교한 사람이 교태를 부릴 때 그 눈이 먼저 웃는 모습과 비슷하게 보일 것이다. 그러나 그 어진 성품(仁性)은 눈에서 알 수 있다.[22]

인용 부분 끝에는 코끼리의 눈이 작으니 코끼리가 간교하다고 판단하는 것이 잘못이며, 코끼리가 어질다는 것은(仁性) 눈에서 알 수 있다고 말한 부분이 있다. 사실 코끼리의 성품이 정말로 어진지는 이 글에서 확인할 수 없다. 그런데 코끼리를 간교하다고 생각하는 것이 잘못이라고 말하면서 스스로는 객관적인 근거 없이 코끼리가 어질다고 말하는 것은 또 다른 의구심을 유발시킬 수 있는 행위다.[23]

이때 연암은 사람들이 자신의 판단을 자연스럽게 받아들이도록 하기 위해서는 코끼리가 어질다는 개념을 미리 만들어 놓을 필요가 있었다. 이 글의 앞부분에 '코끼리의 생김새는 어질다(仁形)'이란 말이 있는데, 이

---

22) 〈象記〉. "其爲物也, 牛身驢尾, 駝膝虎蹄. 淺毛灰色, 仁形悲聲. 耳若垂雲, 眼如初月. 兩牙之大二圍, 其長丈餘. 鼻長於牙, 屈伸如蠖, 卷曲如蠐. 其端如蠶尾, 挾物如鑷, 卷而納之口. 或有認鼻爲喙者, 復覓象鼻所在, 蓋不意其鼻之至斯也. 或有謂象五脚者. 或謂象目如鼠, 蓋情窮於鼻牙之間, 就其通體之最小者, 有此比擬之不倫. 蓋象眼甚細, 如姦人獻媚, 其眼先笑. 然其仁性在眼."

23) 이 글에 대하여 코끼리가 정말 어진 성품을 가졌는가, 생김새가 어질다고 할 수 있는 객관석인 근거가 무엇인가에 대한 문제를 제기할 수 있다. 또 뒷부분 코끼리가 날냄새를 싫어해서 호랑이를 코를 쳐서 죽였다는 내용의 신빙성에 의문을 제기할 수도 있다.

　그런데 〈상방〉에는 코끼리가 어떤 성품을 지녔는가를 짐작할 수 있는 내용이 있다. 나라가 망한 것을 보고 눈물을 흘렸다는 이야기며, 코끼리가 자신이 잘못하면 사람처럼 매를 맞고 사죄한다는 이야기가 실려 있다. 또한 코끼리가 재주를 부리는 모습, 생김새는 벌레처럼 꿈틀대지만 성품은 지혜롭고 눈은 속일 듯하지만 얼굴은 덕스럽다고 연암이 평가한 내용도 실려 있다.

　이로서 보면, 연암이 코끼리에 대해 어질다고 한 것은 연암 자신으로서는 일정한 근거를 갖고 한 말인 것을 알 수 있다. 따라서 〈상기〉에 서술된 코끼리에 대한 지식이 전혀 근거 없는 것은 아닌 셈이다. 이 경우에도 연암이 〈상방〉에서 서술한 내용이 과연 과학적으로 입증될 수 있는 것인가가 문제될 수 있다. 그러니 어느 경우에도 이 글의 논지가 손상되는 것은 아니다.

말은 뒤에서 '어진 성품(仁性)'이라는 말을 자연스럽게 받아들이도록 하기 위해서 만들어 놓은 장치다. 이와 같은 것이 조응인데, 이러한 조응은 글의 응집력을 강하게 만들어 준다.

조응은 소단락뿐 아니라 대단락 안에서도 나타난다. 제3대단락은 앞서 말했듯이 당대의 상식, 곧 이데올로기에 의한 판단으로 사물의 이치를 잘못 알게 된 경우를 다루고 있다. 이념적 오류 부분이다. 그 첫 부분은 다음과 같은 내용으로 이루어져 있다.

> 3-1) 강희년간에 남해자(동산 이름-필자주)에 사나운 호랑이 두 마리가 있었는데 오래도록 길들일 수가 없었다. 황제가 화가 나서 호랑이를 몰아다가 코끼리 방에 넣게 하였다. 코끼리가 무서워서 그 코를 한 번 휘두르자 두 호랑이가 그 자리에서 죽었다. 코끼리는 호랑이를 죽이려고 의도적으로 생각한 것은 아니요, 날냄새가 싫어서 코를 휘두른 것인데 잘못 맞은 것이다.[24]

보다시피 제3대단락은 코끼리가 호랑이를 죽인 내용으로 시작되었다. 그러나 그후에 논의의 내용은 이와는 전혀 관계없이 보이는 말들이 나온다. 하늘의 명칭이 다양하다든가, 하늘이 혼돈 가운데서 만물을 만들었다든가, 코끼리의 코가 길어진 이유를 두고 갑론을박하는 대화 등이 꽤 길게 이어진다. 그리고는 후반부에 이르러서 다시 다음과 같은 내용이 나온다.

> 3-4) 코끼리가 호랑이를 만났을 때에 코로 때려서 죽였으니 그 코는 천하무적이지만 쥐를 만났을 때 코를 둘 것이 없어서 하늘을 보고 서 있다고 해서 장차 쥐가 호랑이보다 무섭다고 하는 것은 앞서 말한 이치는 아니다.[25]

---

24) 〈象記〉. "康熙時, 南海子有二惡虎, 久而不能馴. 帝怒命, 驅虎納之象房, 象大恐一揮其鼻, 而兩虎立斃. 象非有意殺虎也. 惡生臭而揮鼻, 誤觸也."
25) 〈象記〉. "象遇虎, 則鼻擊而斃之, 其鼻也, 天下無敵也. 遇鼠則置鼻無地, 仰天而立, 將謂鼠嚴於虎, 則非向所謂理也."

이 말은 사람들이 말하는 이치의 허구성을 논박하기 위해서 언급된 부분이다. 그러나 주목할 것은 코끼리가 호랑이를 죽인 내용이 다시 언급되고 있는 점이다. 이 부분에 다시 호랑이를 죽인 코끼리 이야기를 꺼낸 것은 다분히 앞에서 꺼내었던 남해자에서 있었던 이야기를 매듭짓기 위한 것이다. 이처럼 <상기>는 앞에서 꺼내었던 화두를 뒤에서 다시 끌어들여서 한 대단락의 의미를 마무리하는 방식을 보여준다.

조응은 복선과 마무리의 관계로 이루어진다. 그래서 조응은 문장 전체를 단위로 이루어지기도 한다. 기존 연구자들이 주자학 비판 부분에 주목하는 바람에 이 글의 서두나 결론 부분이 관심권에서 벗어나 있었지만 이 부분들은 글의 전반적인 흐름에 복선과 마무리 기능을 한다.

서두 부분은 전체적인 내용을 암시하는 복선 구실을 한다.

> 1) 괴상하고 이상하고, 커다랗고 거대한 것(怪特譎詭恢奇鉅偉)을 보려면 먼저 선무문 안으로 들어가 코끼리 방에 가서 보는 것이 좋겠다. 내가 북경에서 코끼리를 열여섯 마리나 되었으나 모두 쇠사슬로 다리를 묶어서 움직이는 것을 본 적이 없었다. 지금 열하의 행궁 서쪽에서 코끼리 두 마리를 보았는데 온 몸이 꿈틀거리는 듯 하는데도 움직임은 비바람처럼 빨랐다.[26]

이 부분은 코끼리의 생김새가 이상하고 크다는 것과 큰 몸통이 꿈틀대는 듯한데도 움직임은 빠르다는 것으로 요약된다. 이상하다거나 지나치게 크다는 것은 기존의 생각과는 맞지 않는 것이 있다는 뜻을 내포하고 있다. 곧 지금까지 해왔던 대로는 설명할 수 없는 형상을 경험했다는 뜻이다. 또한 움직임이 꿈틀대는 듯한데 빠르다는 것은 겉모습과 실상이 다르다는 뜻을 내포한다. 즉 형상으로 짐작한 것이 실상과는 맞지 않았다는 뜻을 함축한다.

---

26) 〈象記〉. "將爲怪特譎詭恢奇鉅偉之觀, 先之宣武門內, 觀于象房, 可也. 余於皇城, 見象十六, 而皆鐵鎖繫足, 未見其行動. 今見兩象於熱河行宮西, 一身蠕動, 行如風雨."

그런데 이후에 〈상기〉의 내용이 감각적 오류의 극복, 이념적 오류의 극복으로 이어졌으니, 서두의 앞 부분은 이념적 오류의 내용이 나올 것을 암시하고, 뒷부분은 감각적 오류의 내용이 나올 것을 암시한 것이었음을 알 수 있다. 서두가 단순한 시작이 아니라 전체 내용에 대한 복선이었던 것이다.

결말 부분은 다음과 같다.

4) 대저 코끼리(象)는 오히려 눈으로 보이는 것인데도 그 이치는 알 수 없는 것이 이와 같으니, 하물며 천하의 사물이 코끼리보다 만 배가 되는 것에 있어서랴? 그래서 성인이 역易을 만들 때에 형상(象)을 취하여 지은 것은 아마도 그것으로 만물의 변화를 다 캐내려는 것이었으리라.[27]

이 부분은 코끼리의 코와 눈, 이빨에 관한 논의를 통해서 인식의 오류를 정리한 후에 이어진 것이다. 내용은 두 가지로 요약된다. 눈으로 보면서도 바로 알지 못하는 상황을 한탄하는 것은 사물의 이치에 도달하는 것이 얼마나 어려운 것인가를 말해주는 것이다. 그러나 성인이 역을 만들 때 사물의 형상을 취하여 만들었다는 것은 사물의 실상을 만나고 이치를 아는 것은 결국 형상을 통해서 들어갈 수밖에 없다는 뜻을 함축하고 있다.

이미 정리했듯이 이 부분은 논리적인 귀결점으로서의 의미를 지니지만, 코끼리 이야기가 실은 형상과 실상, 형상과 이치에 대한 논의였다는 것을 알려주기도 한다. 서두 부분에서 이상한 구경을 하려면 코끼리 우리로 가보라고 말해 놓고 논의의 중심을 코끼리의 형상에 대한 논의로 결말을 맺었다. 결국 코끼리의 상象이란 말은 형상의 상象이란 개념으로

---

27) 〈象記〉. "夫象猶目見, 而其理之不可知者如此, 則又況天下之物, 萬倍於象者乎. 故聖人作易, 取象而著之者, 所以窮萬物之變也歟."

끌어오기 위한 것이다. 곧 이 부분은 제2, 3대단락의 내용와 긴밀하게 조
응하고 있을 뿐 아니라 서두와 호응 관계를 이룬 것이다.

## 2) 흥興 구조와 상동성

〈상기〉의 제3대단락은 코끼리가 호랑이를 죽인 이야기로 시작한다.
원래 일화는 그것 자체로는 하나의 의미로 고정되지 않는다. 얼마든지
다양하게 해석될 수 있다. 그러나 어떤 일화든지 전체의 한 부분이 된 이
상 일정한 의미를 지닐 수밖에 없다. 그렇다면 그 의미는 어떻게 결정되
는 것일까. 의미 결정의 메카니즘의 하나는 흥 구조와 상동성의 원리라
는 개념이다.

흥 구조란 일화에 반드시 그 의미를 설명해 주는 부분이 수반하는 짜
임새를 말한다. 따라서 흥 구조를 가진 문장에서는 일화의 의미가 설명
부분에 의하여 제한된다. 〈상기〉의 일화들도 이러한 구조 속에 놓여 있
다. 따라서 두 부분은 동일한 의미와 구조를 지니게 되는데 이것을 또한
상동성이라고 한다.

제3대단락의 첫 소단락과 두 번째 소단락을 인용한다.

3-1) 강희년간에 남해자에 사나운 호랑이 두 마리가 있었는데 오래도록 길
들일 수가 없었나. 황제가 회가 나서 호랑이를 몰아디가 코끼리 방에 넣게 하
였다. 코끼리가 무서워서 그 코를 한 번 휘두르자 두 호랑이가 그 자리에서
죽었다. 코끼리는 호랑이를 죽이려고 의도적으로 생각한 것(有意)은 아니요,
날냄새가 싫어서 코를 휘두른 것인데 잘못 맞은 것이다.[28]

3-2) 아, 세상 사물 중 터럭 끝처럼 하찮은 것도 하늘을 들먹거리지 않는
것이 없으니, 하늘이 어찌 하나하나 그렇게 되라고 했겠는가. 하늘은 형체로

---

28) 주석 24) 참조.

서 말하면 하늘(天)이라고 하고, 속성으로 말하면 생명의 근원(乾)이라고 하고, 인격적으로 말하면 하느님(帝)이라고 하고, 묘한 움직임으로 말하면 신묘하다(神)이라고 한다. 이름이 여러 방면이요 그 명칭도 너무 함부로 부르지만, 이기理氣를 풀무로 생각하고 이기가 부여되는 것을 창조(造物)라고 하면, 이는 하늘을 솜씨 좋은 장인으로 보는 것이니 망치질하고 끌질하고 도끼질하느라고 조금도 쉴 틈이 없을 것이다.

그러므로 ≪역≫에서 말하기를 '하늘이 혼돈 상태(草昧)에서 만들었다.'고 했으니, 혼돈 상태란 그 빛은 검고 모습은 흙비가 내리듯 뿌연 것이다. 비유하자면 막 새벽이 되기 전의 어둠 같은 때에 사람과 사물이 구별이 안 되는 상태다. 나는 하늘이 혼돈 상태에서 만든 것이 과연 무엇인지 알지 못하겠다. 국수 집에서 보리를 갈 때에는 가는 것과 큰 것, 고운 것과 거친 것이 마구 섞여서 바닥에 뿌려지게 된다. (보리를) 가는 일이란 맷돌이 돌아가는 것뿐이니, 처음부터 어찌 고운 것은 곱게 갈고 거친 것은 거칠게 갈려고 의도적으로 생각했겠는가(有意).29)


3-1) 부분은 코끼리가 호랑이를 죽인 사건을 기록한 부분이다. 남해자에서 코끼리가 호랑이를 죽인 사건이 일어났는데, 연암은 이에 대하여 코끼리가 호랑이를 죽이기 위해서 죽인 것이 아니라 호랑이의 냄새가 싫어서 코를 휘두른 것이 잘못 맞아서 죽은 것이라고 풀고 있다. 호랑이의 죽음은 의도적인 결과가 아니었다는 것이다.

3-2) 부분은 만물이 이기理氣의 부여로 만들어진 것이 아니고, 혼돈 상태에서 만들어졌다는 내용이다. 이기의 부여로 만물이 만들어졌다는 것은 하늘이 어떤 의도를 가지고 사물을 만들었다는 뜻이고, 혼돈 상태에서 만들어졌다는 것은 의도하지 않았으나 그렇게 되었다는 뜻이다. 즉

---

29) 〈象記〉. "噫! 世間事物之微, 僅若毫末, 莫非稱天, 天何嘗——命之哉? 以形體謂之天, 以性情謂之乾, 以主宰謂之帝, 以妙用謂之神, 號名多方, 稱謂太褻. 而乃以理氣爲爐韛, 播賦爲造物. 是視天爲巧工, 而椎鑿斧斤, 不所間歇也. 故易曰天造草昧, 草昧者, 其色皂而其形也霾. 譬如將曉未曉之時, 人物莫辨. 吾未知天於皂霾之中, 所造者, 果何物也. 麵家磨麥, 細大精粗, 雜然撒地. 夫磨之功轉而已, 初何嘗有意於精粗哉?"

만물의 형태는 의도적 결과가 아니라는 뜻이다.

3-1) 부분과 3-2) 부분은 서로 이어졌음에도 언뜻 보면 내용상 큰 관련이 없어 보인다. 하지만 자세히 보면 두 부분은 그 내용의 의미나 구조가 동일한 것을 알 수 있다. 코끼리가 호랑이를 죽인 것이 의도적인 것이 아니었듯이 하늘이 만물을 만들 때 의도적인 아니었다는 말이다. 두 단락의 끝에는 똑같이 '의도적으로 생각하다(有意)'라는 표현을 쓰고 있는데, 이것은 이 두 단락의 의미를 묶어주는 기표가 된다.

여기서 실제로 말하고 싶은 것은 3-1)이 아니라 3-2) 부분이다. 따라서 남해자의 사건은 일종의 비유적 기능을 한 셈이다. 이처럼 비유 부분과 설명 부분이 하나의 묶음으로 존재하는 구조가 흥 구조인데, 그 일화의 의미는 수반되는 설명 부분의 의미와 관련시켜서 해석을 해야만 제대로 드러나게 된다.

이어지는 세 번째 소단락과 네 번째 소단락도 마찬가지다. 세 번째 단락을 인용한다.

3-3) 그러나 어떤 사람(說者)은 "뿔이 있는 것은 (날카로운) 이빨을 주지 않는다."고 주장하니, 마치 사물을 창조할 때 빠뜨린 것이 있는 듯한데 이는 말도 안 되는 소리다. 감히 묻나니, "이빨을 주는 것이 누군가?" 하면, 그 사람은 "하늘이 준다."고 할 것이다. 다시 "하늘이 이빨을 주는 이유가 그것으로 무엇을 하게 하려는 것인가?" 하면, 그 사람은 "하늘이 그것으로 물건을 씹어먹도록 하려는 것이다."고 할 것이다. 다시 "물건을 씹게 하는 것은 무엇 때문인가?" 하면, 그 사람은 "이는 저 이치다. 금수가 손이 없는 것은 반드시 주둥이와 부리를 숙여서 땅에 닿게 하여 먹이를 구하도록 하기 위한 것이다. 그러므로 학의 다리가 길므로 목이 길게 되지 않을 수 없는데, 그러나 오히려 부리가 땅에 닿지 않을까 하여 또 그 부리를 길게 만들었다. 만약 닭의 다리로 학을 흉내내게 했다면 뜰안에서 굶어 죽을 것이다."고 할 것이다. 내가 크게 웃으면서, "네가 말하는 이치란 것은 바로 소·말·닭·개에게 해당되는 이치다. 하늘이 이빨을 준 것은 반드시 (주둥이를) 구부려서 물선을 씹도록 하기

위한 것이다. 지금 저 코끼리는 쓸모 없는 어금니를 심어 가지고 (주둥이를)
땅에 구부리려고 하면 어금니가 먼저 걸린다. 이른바 물건을 씹는 것이 스스
로 방해가 되지 않겠는가?"라고 말하면, 그 사람은 "다행히도 코가 있다."라
고 답할 것이다. 내가 "어금니가 길고 코에 의지하기보다는 차라리 어금니를
없애고 코를 짧게 하는 것이 낫다."라고 말할 것이다. 이에 논쟁을 벌인 사람
은 처음의 섣부른 주장을 굳게 지킬 수 없어 자신이 배운 것을 조금씩 굽히리
니, 이는 생각이 단지 말·소·닭·개에만 있을 뿐이요, 용·봉·거북·기린
등에는 미치지 못했기 때문이다.[30]

이 내용은 코끼리의 코가 길게 된 것을 긴 어금니 때문으로 주장하는
것을 반박하는 것이다. 먼저 연암은 자신과 견해가 다른 사람을 내세운
다. 그는, 짐승은 입으로 음식을 먹는데, 학처럼 다리가 긴 짐승은 목도
길고 부리도 길게 만들어서 먹이를 먹을 수 있도록 했듯이, 코끼리는 주
둥이로 먹이를 먹는 것을 방해하는 긴 이빨 때문에 코가 길어졌으며, 그
렇게 된 것은 하늘의 이치라고 설명한다.

이러한 설명에 대하여 연암은 반박한다. 이빨을 길게 만들고는 코를
길게 만들기보다 이빨 없이 코를 짧게 하는 것이 더 나을 것이요, 또한
입으로 음식을 먹는다는 명제는 말·소·닭·개에만 해당될 뿐 용·
봉·거북·기린에는 해당되지 않는다고 말한다.

여기서 말과 소는 보편적인 경우를, 용·봉 등은 특수한 경우를 뜻하
는 것이 아니다. 오히려 말과 소는 일상적이고 제한적인 것을, 용봉귀린

---

30) 〈象記〉. "然而說者曰, 角者不與之齒, 有若爲造物缺然者. 此妄也. 敢問齒與之者誰
也? 人將曰, 天與之. 復問曰, 天之所以與齒者, 將以何爲? 人將曰, 天使之齧物也. 復
問曰使之齧物何也? 人將曰此天理也. 禽獸之無手也, 必令嘴喙, 俛而至地, 以求食也.
故鶴脛旣高, 則不得不頸長. 然猶慮其或不至地, 則又長其嘴矣. 苟令鷄脚效鶴, 則餓
死庭間. 余大笑曰, 子之所言理, 乃馬牛鷄犬耳. 天與之齒者, 必令俛而齧物也. 今夫象
也, 樹無用之牙, 將欲俛地, 牙已先距, 所謂齧物者, 不其自妨乎? 或曰賴有鼻耳. 余曰,
與其牙長而賴鼻, 無寧去牙而短鼻. 於是乎, 說者不能堅守初說. 稍屈所學, 是情量所
及, 惟在乎馬牛鷄犬, 而不及於龍鳳龜麟也."

까지 통하는 것은 보편적이고 전체적인 것을 뜻한다. 다시 말하자면 일부분에만 통하는 이치로 모든 것을 설명하려는 것은 바른 이치가 아니라는 뜻이다.

이어지는 네 번째 소단락은 다음과 같다.

> 3-4) 코끼리가 호랑이를 만났을 때에 코로 때려서 죽였으니 그 코는 천하무적이지만 쥐를 만났을 때 코를 둘 것이 없어서 하늘을 보고 서 있다고 해서 장차 쥐가 호랑이보다 무섭다고 하는 것은 앞서 말한 이치는 아니다.[31]

이 내용은 코끼리가 코로 호랑이를 죽이고서도, 쥐에게는 어찌할 줄 모르는 것을 두고, 쥐가 호랑이보다 무섭다고 말하는 것은 이치라고 할 수 없다는 것이다. 쥐를 호랑이보다 무섭다고 하는 말은 지극히 제한된 상황에서 도출된 것일 뿐 아니라 피상적이고 모순된 결론이다. 즉 이른바 이치라고 하는 것은 이러한 성격이 되어서는 안 된다는 뜻이다.

3-3) 부분과 3-4) 부분은 이어진 문장이지만 표면적으로는 별반 관련이 없어 보인다. 하지만 그 의미를 비교해 보면 그것이 닮았다는 것을 알 수 있다. 코끼리의 코를 이빨 때문이라고 설명하는 것이 바른 이치가 아닌 것은, 쥐가 호랑이보다 무섭다고 하는 것이 이치에 맞지 않는 것과 같다는 뜻이다.

이 경우 3-3)이 진정 말하고 싶은 것이라면 3-4) 부분은 일종의 비유적인 기능을 한 셈이다. 설명 부분이 먼저 나오고 비유 부분이 뒤에 나왔다. 그런데 3-4) 부분은 엄밀하게 일화가 아니다. 서사적 이야기로 구성되지 않았다. 따라서 흥 구조에서 비유 부분이 반드시 일화로 이루어지는 것이 아니라는 것을 알 수 있다.

흥 구조의 관점에서 제3대단락의 내용을 정리하면, 각각 두 개씩 겹쳐

---

31) 주석 25) 참조.

지는 것을 알 수 있다. 첫 번째와 두 번째 소단락은 코끼리가 호랑이를 죽인 것은 비의도적인 것이었고, 하늘이 만물의 형상을 그렇게 만든 것도 비의도적이라는 점에서 논리 구조와 의미가 같다.

세 번째와 네 번째 소단락은 말·소·닭·개를 보고 추론한 이치로 코끼리 코가 이빨 때문이라고 설명해서는 안되고, 호랑이·쥐·코끼리의 관계 속에서 추론된 이치로 쥐가 호랑이보다 무섭다고 해서는 안 된다고 한 점에서 같다.

그래서 전반적인 논리는 만물 창조에 이미 정해진 이치는 선행되지 않고(제1, 2단락), 선험적인 이치는 오류다(제3, 4단락)는 내용이 된다.

홍 구조라고 반드시 문법적으로 동일한 구조를 보이는 것은 아니다. 제2대단락의 경우가 그것이다. 제2대단락은 동해상에서 있었던 일화로 시작된다.

2-1) 내가 전에 새벽에 동해 바닷가를 지나다가 물결 위에 말처럼 서 있는 것이 무수히 많은 것을 보았는데, 모두 둥그스름해서 집 같았으므로 물고기인지 들짐승인지 알 수 없어서 해가 뜨는 것을 기다려서 분명히 보려고 했다. 해가 막 바닷물 속에서 솟아오르려고 할 때에 물결 위에 말처럼 서 있는 것은 벌써 바다 속으로 숨어 버렸다. 지금 열 걸음 밖에서 코끼리를 보게 되니 오히려 동해의 일이 생각났다.[32]

2-2) 코끼리의 생김새는 소 몸집에 나귀 꼬리를 가졌고, 낙타무릎에 호랑이의 발톱을 가졌고, 생김새는 어질지만 우는 소리는 슬프고, 귀는 드리워진 구름 같은데 눈은 초승달 같다. 두 이빨의 크기는 두 손의 손가락을 둥글게 맞댄 것만 하고 그 길이는 한 길이 넘는다. 코는 이빨보다 길어서, 굽혔다 폈다 하는 모습은 자벌레 같고, 돌돌 마는 모습은 굼벵이 같다. 그 끝은 누에 꽁무니같이 생겨서 물건을 집게처럼 집어서 말아 입에 넣을 수 있다.

---

32) 〈象記〉. "余嘗曉行東海上, 見波上馬立者無數, 皆穹然如屋, 弗知是魚是獸. 欲俟日出暢見之日, 方浴海, 而波上馬立者,已匿海中矣. 今見象於十步之外, 而猶作東海想."

어떤 사람은 코를 주둥이라고 하여 다시 코끼리 코가 있는 곳을 찾는다. 아마도 그 코가 이 정도가 되리라고 생각하지 못했기 때문일 것이다. 어떤 사람은 코끼리 다리가 다섯이라고 생각했다. 어떤 사람은 코끼리의 눈이 쥐처럼 생겼다고 생각하는 사람도 있다. 아마도 사람의 정신이 코와 이빨에만 쏠려서 그 몸 전체 중 가장 작은 것을 발견하고는 이처럼 어울리지 않는 비교를 하게 된 것이다. 아마도 코끼리의 눈이 몹시 가늘어서 간교한 사람이 교태를 부릴 때 그 눈이 먼저 웃는 모습과 비슷하게 보일 것이다. 그러나 그 어진 성품은 눈에서 알 수 있다.33)

2-2) 부분을 요약하면 코끼리의 생김새가 이상하게 생겨서 사람들이 잘못된 판단을 내린다는 것이다. 사람들은 코끼리 코에 대하여 그와 같은 것을 본 적이 없었기 때문에 그것을 입과 다리라고 생각했고, 눈에 대해서는 정신이 다른 것에 팔려서 간교하게 보인다고 생각했다고 말한다. 경험 부족과 착오로 코끼리의 모습을 보면서도 실상을 실상대로 깨닫지 못한 것이다.

2-1)의 내용은 이와는 달라 보인다. 연암은 바닷가에서 물결 위에 말처럼 서 있는 것을 보았다. 그러나 물속에 말이 있을 리 없었다. 물고기라고 상상하는 편이 더 타당했을 것이다. 그는 자신이 본 것은 전체적인 인상뿐이었으므로 단정을 내리지 않고 그것의 정확한 모습을 자세히 살펴보려고 했다. 그러니 그 형체가 사라지는 바람에 무엇이었다고 끝내 결론을 내리지 못했다.

두 내용은 표면적으로 아무런 관련이 없어 보인다. 하지만 2-1) 부분에서 코끼리를 10보 떨어진 곳에서 보니 동해의 일이 생각났다고 한 것은 두 일 사이에 관련성이 있다는 뜻이 된다. 코끼리를 10보 떨어진 곳에서 본 것은 가까운 거리에서 보았다는 것을 뜻한다. 이는 곧 코끼리의 실상을 제대로 보게 되었다는 뜻이며, 이로써 코끼리에 대한 다른 사람들

---

33) 주석 22) 참조.

의 판단이 옳고 그른지를 알 수 있게 되었다는 뜻도 내포한다. 그 판단의 메카니즘은 감각적 오류다.

그렇다면 2-1)은 감각적 오류를 범하지 않은 경우를, 2-2)는 감각적 오류를 범한 경우를 말한 셈이다. 두 내용을 연결하면 연암은 감각적인 정보에 의존하여 판단하지 않았지만, 사람들은 감각적인 정보에 의해 판단을 내렸으므로 오류를 범했다는 뜻이 된다. 내용은 반대되지만, 형상을 보고 실상을 판단하는 인식의 메카니즘을 이야기해 준다는 점에서 동일한 범주에 속하는 것을 알 수 있다. 여기에서 중심은 물론 2-2)이고 2-1)은 보조적인 부분이다. 즉 연암의 일화가 비유 부분이고 사람들의 일화가 설명 부분인 것이다. 이것 역시 흥 구조의 상동성이다.

흥 구조와 상동성의 원리는 산문의 의미 파악에는 대단히 중요하다. 특히 연암의 글은 상동성의 원리를 전제하지 않고는 정확한 독해가 불가능한 경우가 많다. 비록 상동성의 원리를 대단락 안에서 논하고 있지만 이는 전체 구성에서도 생각할 수 있고, 단락 내에서도 논의할 수 있다. 앞에서 서두의 두 가지 내용이 제2대단락의 내용과 제3대단락의 내용을 암시하는 것으로 보았는데, 이렇게 해석할 수 있었던 것도 결국의 이러한 상동성의 원리에 입각하여 글을 이해했기 때문이다.

소단락내의 흥적 구조는 비유가 된다. 여기에서 비유는 센텐스가 아니라 단락 단위에서 나타나는 흥적 구조를 가리킨다. 〈상기〉의 3-3) 단락의 한 부분을 살펴보자.

그러므로 ≪역≫에서 말하기를 '하늘이 혼돈 상태(草昧)에서 만들었다.'고 했으니, 혼돈 상태란 그 빛은 검고 모습은 흙비가 내리듯 뿌연 것이다. 비유하자면 막 새벽이 되기 전의 어둠같은 때에 사람과 사물이 구별이 안되는 상태다. 나는 하늘이 혼돈 상태에서 만든 것이 과연 무엇인지 알지 못하겠다. 국수집에서 보리를 갈 때에는 가는 것과 큰 것, 고운 것과 거친 것이 마구 섞여서 바닥에 뿌려지게 된다. (보리를) 가는 일이란 맷돌이 돌아가는 것뿐이니, 처

음부터 어찌 고운 것은 곱게 갈고 거친 것은 거칠게 갈려고 의도적으로 생각
했겠는가.(有意)34)

위의 인용문에는 ≪역≫에서 하늘이 혼돈 상태에서 만물을 만들었다
고 말한 후에, 밀가루를 만들기 위해 맷돌을 돌리는데 밀가루가 어떤 것
은 곱고 어떤 것은 거칠게 된다는 이야기가 나온다. 즉 밀가루가 곱게 갈
린 것이 곱게 만들려고 해서 그렇게 된 것이 아니듯, 하늘이 만물을 만들
때 어떤 것의 형상을 의도적으로 만든 것이 아니라는 뜻이다. 중심 부분
이 하늘의 만물 창조이고 밀가루 이야기는 비유적인 부분이다. 따라서
밀가루 부분은 만물 창조의 비의도성과 흥적 관계에 있는 셈이다.


## 4. 묘사와 대화

글을 구성하는 부분들은 일정한 의미를 갖고 전체에 참여한다. 그 의
미는 궁극적으로는 논리적인 의미이고, 그 논리는 최대한 짧게 정리되려
는 속성을 지닌다. 이렇게 정리되는 내용은 추상적인 개념이다. 그러나
문학은 추상적인 개념보다는 구체적인 형상을 통해서 의미를 전하고 싶
어한다. 좋은 글일수록 형상성이 뛰어난 것은 이 때문이다.

그러나 이런 부분은 때때로 논리적인 흐름에서 벗어나는 것처럼 보인
다. 그런데 실은 이러한 형상성은 오히려 글의 의미를 강화시킨다. 구체
적 형상으로 이루어진 부분은 글의 논리적인 의미는 파괴시키는 듯하지
만 궁극적으로 그 논리를 강화시킨다는 말이다.

〈상기〉에서 문학적 형상화를 위해 여러 가지 수법이 사용되었다. 크게

---

34) 주석 29) 참조.

말하면, 인식의 문제를 코끼리로 이야기하고 있는 우의성 자체도 이러한 형상화의 작업의 하나요, 앞에서 논의한 홍 구조도 이러한 형상화 수법의 하나다. 여기에서는 이들을 제외한 묘사와 대화의 기능을 정리하도록 한다.

## 1) 주관의 객관화와 묘사

〈상기〉의 제2 대단락은 코끼리의 이상하고 낯선 모습 때문에 사람들이 잘못 생각한다는 내용이다. 이 단락에서 내용의 중심을 이루는 것은 코끼리의 코와 눈이다. 그래서 코와 눈을 잘못 이해한 부분만 말해도 글의 내용에는 아무런 지장이 없지만 이 글은 코끼리의 모습을 세밀하게 묘사한다.

> 2-2) 코끼리의 생김새는 소 몸집에 나귀 꼬리를 가졌고, 낙타무릎에 호랑이의 발톱을 가졌고, 생김새는 인자하지만 우는 소리는 슬프고, 귀는 드리워진 구름 같은데 눈은 초승달 같다. 두 이빨의 크기는 두 손의 손가락을 둥글게 맞댄 것만 하고 그 길이는 한 길이 넘는다. 코는 이빨보다 길어서, 굽혔다 폈다 하는 모습은 자벌레 같고, 돌돌 마는 모습은 굼벵이 같다. 그 끝은 누에 꽁무니같이 생겨서 물건을 집게처럼 집어서 말아 입에 넣을 수 있다.[35]

코끼리의 여러 부분을 이렇게 묘사한 것은 코끼리의 모습이 이상하다는 말을 하고 싶었기 때문이다. 인용 부분 뒤에는 앞에서 보았듯이 코끼리의 코와 눈에 대해 사람들이 잘못 생각하고 있는 것에 대한 논의가 나오는데, 실은 이 뒷부분이 글의 핵심이다. 글의 줄거리만 염두에 둔다면 코끼리 묘사 부분은 없어도 좋다. 그래서 묘사 부분은 마치 글의 전개에 방해를 주는 것처럼 느껴지기도 한다.

---

35) 주석 22) 참조.

그러나 이 부분은 불필요한 부분이 아니요, 이야기의 흐름에서 벗어나는 것도 아니다. 이런 묘사는 논리적인 말보다 더 크게 설득력을 확보한다. 이런 묘사는 전하려는 개념을 추상적인 말로 '설명하'지 않고 구체적인 형상을 통해서 '보여주'기 때문이다. 생김새가 이상하다는 짧은 말보다는, 그 몸집과 꼬리가 어떻고 무릎과 발톱이 어떻다는 것이 코끼리의 이상한 모습을 잘 알려줄 수 있는 것이다.

그뿐만이 아니다. 이런 묘사는 객관적인 내용으로 이루어진 듯하지만 그 사이사이에 주관적 판단을 침투시킴으로써 내적 질량을 확대시킨다. 필자는 위의 문장을 '소 몸집에 나귀 꼬리를 가졌고, 낙타무릎에 호랑이의 발톱을 가졌고, 생김새는 인자하지만 우는 소리는 슬프다'는 표현으로 번역했다.

하지만 이 글은 '몸집은 소만큼 큰데 꼬리는 나귀만해서 이상하고, 무릎은 낙타 같은데 발톱은 호랑이 같아서 이상하고, 생김새는 인자하지만 우는 소리는 슬프니 이상하다.'는 표현으로 이해해야 더 정확하다. 마치 객관적인 형상을 보여주는 것처럼 보이지만 동시에 주관적인 생각을 담고 있는 것이다.

이처럼 이 글의 묘사는 형상화를 통해서 문학성을 높여주고 문장의 논리적 줄거리에서 빠져 나오는 듯하지만 논리적 줄거리를 강화시킨다. 추상성을 구상성으로 바꾸어 더욱 분명한 개념을 전했고, 객관적 표현 속에 주관적 생각을 담음으로써 문장의 내적 질량을 확대시키고 있는 것이 이 글의 묘사에 나타난 특징이다.

## 2) 설득과 논쟁적 대화

이 글에서 대화체 형식을 빌린 논쟁 부분이 나온다. 제3대단락의 3번째 소단락이 그것이다. 대화 부분을 편의상 나누어 보았다.

3-3) 그러나 어떤 사람(說者)은 "뿔이 있는 것은 (날카로운) 이빨을 주지 않는다."고 주장하니, 마치 사물을 창조할 때 빠뜨린 것이 있는 듯한데 이는 말도 안 되는 소리다.

감히 묻나니, "이빨을 주는 것이 누군가?" 하면, 그 사람은 "하늘이 준다."고 할 것이다.

다시 "하늘이 이빨을 주는 이유가 그것으로 무엇을 하게 하려는 것인가?" 하면, 그 사람은 "하늘이 그것으로 물건을 씹어 먹도록 하려는 것이다."고 할 것이다.

다시 "물건을 씹게 하는 것은 무엇 때문인가?" 하면, 그 사람은 "이는 저 이치다. 금수가 손이 없는 것은 반드시 주둥이와 부리를 숙여서 땅에 닿게 하여 먹이를 구하도록 하기 위한 것이다. 그러므로 학의 다리가 길므로 목이 길지 않을 수 없는데, 그러나 오히려 부리가 땅에 닿지 않을까 하여 또 그 부리를 길게 만들었다. 만약 닭의 다리로 학을 흉내내게 했다면 뜰안에서 굶어 죽을 것이다."고 할 것이다.

내가 크게 웃으면서, "네가 말하는 이치란 것은 바로 소·말·닭·개에게 해당되는 이치다. 하늘이 이빨을 준 것은 반드시 (주둥이를) 구부려서 물건을 씹도록 하기 위한 것이다. 지금 저 코끼리는 쓸모 없는 어금니를 심어 가지고 (주둥이를) 땅에 구부리려고 하면 어금니가 먼저 걸린다. 이른바 물건을 씹는 것이 스스로 방해가 되지 않겠는가?"라고 말하면, 그 사람은 "다행히도 코가 있다."라고 답할 것이다. 내가 "어금니가 길고 코에 의지하기보다는 차라리 어금니를 없애고 코를 짧게 하는 것이 낫다."라고 말할 것이다.

이에 논쟁을 벌인 사람은 처음의 섣부른 주장을 굳게 지킬 수 없어 자신이 배운 것을 조금씩 굽히리니, 이는 생각이 단지 말·소·닭·개에만 있을 뿐이요, 용·봉·거북·기린 등에는 미치지 못했기 때문이다.[36]

이 부분은 어떤 사람의 주장과 반박, 그에 대한 반론과 재반론이 이어지는 내용으로 구성되어 있다. 그 내용을 간략하게 요약하자면, 코끼리의 코가 길게 된 것은 긴 어금니 때문이요, 이는 하늘의 이치라는 주장을

---

36) 주석 30) 참조.

반박하는 것이다. 그런데 그 반박과 반론의 형태가 긴 대화로 구성되었다. 만약 연암이 말하려는 요점을 전한다는 측면에서 보면 대화의 길이는 너무 긴 것처럼 느껴진다.

주제를 드러내기 위해서는 곧 바로 코끼리 코에 대한 논의로 들어가는 것이 절약적이다. 그런데 이 부분의 길이는 대단히 장황하다. 대화의 내용을 보면 논점이 큰 개념에서부터 시작해서 초점으로 좁혀가고 있는 것을 알 수 있다.

뿔이 있는 것은 이빨을 주지 않는다는 논의는 그것 자체의 의미보다 이빨에 관한 논의를 시작하기 위해서 끌어들인 명제이고, 이빨은 음식을 먹기 위한 것이라는 말은 짐승들은 입으로 음식을 먹는 것이라는 명제를 끌어들이기 위한 것이다.

또한 짐승들이 입으로 음식을 먹는다는 것은 코끼리 코가 길어진 이유를 설명하기 위한 전제다. 또한 이것은 코끼리의 이빨은 먹는 것에 방해가 되어 음식을 먹을 수가 없어서 코끼리 코가 길어졌다는 명제를 주장하기 위한 것이다.

자신의 주장을 설득력 있게 전하기 위해서는 반대편 명제의 논거를 충분히 드러내고 그것의 논리적 모순을 부정해야만 한다. 이 부분의 대화는 이러한 기본 룰을 전형적으로 보여준다. 이 글에는 위에서 말한 여러 개의 명제들이 큰 개념에서 핵심적인 명제를 향해 진행되면서 동시에 그것을 부정하는 논거가 제시된다.

뿔이 있는 것은 이빨을 주지 않는다는 주장에 대하여, 이는 사물을 창조할 때 하늘이 뭔가 빠뜨린 것이 있다는 뜻인데, 이는 말도 안 되는 소리라고 되받아 치는 것이 그것이다. 또한 이빨로 음식을 먹도록 한 것이 이치라고 하는 말에 대하여 코끼리의 어금니는 음식 먹는 데 오히려 방해가 되는 것이라고 반박하는 것이나, 어금니가 길어서 코가 길어졌다고 한 것에 대하여 이빨을 없애고 코를 짧게 하는 것이 낫다고 한 것이 그것이다.

즉 이 부분의 대화는 상대방 논거를 하나하나 드러내면서 그것을 차례차례 부정하여 자신의 주장을 내세우기 위한 내용으로 이루어진 것이다. 뒤집어 말하자면 그렇게 하기 위하여 대화 형식을 이용한 것이다.

또한 대화 속에는 자기의 주장을 위하여 구체적인 사례를 끌어들인 부분이 있다. 이러한 표현법은 추상적인 논의를 구체적 형상으로 보여주어 개념을 분명하게 전해주는 기능을 한다. 어떤 사람이 자신의 주장이 옳다는 것을 주장하기 위해 학과 닭의 모습을 예로 들자, 연암이 말·소·닭·개, 용·봉·거북·기린 등을 예시하여 자신의 주장을 전개하는 것이 그것이다. 연암은 상대방의 논거가 보편성을 획득하지 못했다는 점을 말하기 위해서 닭과 소, 용과 봉을 거론한 것이다. 추상적인 개념을 구체적인 사물로 분명히 한 것이다.

이 부분은 실제로 있었던 대화가 아니다. 이것은 허구적 창조물이다. 실제로 있었던 것을 기록한 것을 실實이라고 하고 꾸며낸 부분을 허虛라고 말한다. 이처럼 허구적인 내용을 꾸며서 만들어 낸 것은 논쟁적 대화의 형상화 효과를 기대했기 때문이다.

허구적인 논쟁적인 대화 수법을 통해 논점을 분명히 하고 자신의 논거를 설득력 있게 제시하고 추상적인 개념을 구체적으로 이해할 수 있도록 하기 위한 것이다. 이로써 보면 논쟁적 대화 자체가 문학적 형상화의 한 수법이요, 문학성을 고양시키는 장치라는 것을 알 수 있다.


## 5. 맺음말

〈상기〉는 연암의 글 중에서 비교적 일찍부터 주목된 작품이다. 〈상기〉의 해석은 주로 주제적인 측면에 한정되었으며, 전반적인 문학성은 검토

되지 않았다. 본고는 〈상기〉의 문학성을 총체적으로 점검하기 위해 주제적 측면·구성적 측면·각 부분의 표현적 측면을 중심으로 살펴보았다. 위에서 논의된 내용을 정리하면 다음과 같다.

먼저 이 글의 주제는 감각적 오류와 이념적 오류를 극복하고 객관적 인식의 단계에 올라야, 사물의 형상을 보고 실상을 알 수 있으며, 이치를 깨달을 수 있다는 것이다. 이러한 주장을 위하여 연암은 논리적으로 우선 감각의 오류와 이념의 오류를 유발시키는 명제를 내세운 후 이것을 각각 부정하여 자기 주장에 도달하는 순서로 내용을 전개했다. 또한 이 글의 내용은 각각 코끼리·형상·대상이란 개념으로 층위를 구성하는데, 이는 한자 상象의 뜻으로 모두 환원됨으로써 한자의 다의성이 주제를 형상화하는 한 축이 되고 있음을 알 수 있다.

또 이 글은 네 개의 대단락으로 나누어지는데, 각 부분이 서로 긴밀히 관련을 맺고 있어서 내적 구성이 긴밀한 것을 알 수 있다. 제1대단락은 제2대단락과 제3대단락의 내용을 암시하고, 제4대단락은 전체 논의를 수렴하였다. 또한 대단락 내에서도 소단락간에 서로의 내용을 함축하고 암시하며, 복선과 확인의 관계를 보임으로써 내적 밀도를 높였다.

또한 각 단락들이 홍적인 구조와 상동성의 원리로 결합된 경우가 많았다. 제2대단락의 첫번째·두번째 단락은 감각적 오류와 관계된 옳은 경우와 잘못된 경우로 결합되었지만 결국 이는 비유와 설명 관계의 변형이었다.

또한 제3대단원은 서로 '만물 창조에 이미 정해진 이치는 선행되지 않고(제1, 2소단락), 선험적인 이치는 오류다(제3, 4소단락)'는 내용을 구성하는데, 제1소단락과 제2소단락은 각각 비유 부분과 설명 부분으로, 제3소단락과 제4소단락은 각각 설명 부분과 비유 부분으로 결합된 홍 구조다.

또한 홍 구조는 작은 단락 안에서도 나타나는데, 제3대단락 제2소단락의 내용이 그것이다. 하늘이 만물을 창조할 때 그 형상을 하나하나 의도

하지 않았다는 것을 밀을 갈아 밀가루를 만드는 것에 비유한 부분이 그 것이다.

또한 각 단락 안에서 운용되는 문학성의 내용으로는 묘사와 논쟁적 대화가 있었다. 제2대단락에서는 코끼리의 모습이 이상하다는 말 대신 코끼리의 모습을 길게 묘사하여 구체적인 형상으로 그러한 개념을 전했고, 제3대단락에서는 논쟁적 대화를 통해서 반대 명제들을 차례대로 반박하여 자신의 주장을 관철시켰다.

본고는 이러한 분석을 통해 〈상기〉의 주제를 깊이 있게 살피고 문학적 형상화의 여러 기법을 확인할 수 있었다. 그러나 이러한 원리들이 소재가 같은 글이나 주제가 같은 글에서 어떻게 차이가 있는지는 살펴보지 못했다.

이런 내용은 물론 짧은 논문에서는 기약하기 어려운 부분이기도 하지만 이를 분명하게 다룰 수 있을 만큼 연구가 진행되지 않았기 때문에 여기에서 언급하지 못했다. 이 부분은 아직까지 필자에게 숙제로 남아 있는 부분이다. 후고를 기약한다.

## 〈선귤당기蟬橘堂記〉

부정의 미학

# 1. 서론

연암燕巖 박지원朴趾源(영조13년~순조 5년, 1737~1805)은 조선조 최대 문
장가의 한 사람으로 평가되고 있다. 연암 문학에 대한 연구는 연구사가
진행되면서 양적으로 질적으로 팽창해 왔다. 그럼에도 불구하고 연암에
대한 관심에 비하면 개별 작품의 연구 성과는 많은 편이 아니다. 개별 작
품론이 적은 것은 여러 가지 이유가 있을 것이나, 상대적으로 사상적 의
의가 큰 것에 관심을 보인 것이 중요한 이유일 것이다.

본고의 관심은 〈선귤당기蟬橘堂記〉다.1) 〈선귤당기〉는 이덕무李德懋(1741
~1793)의 당호 선귤(매미와 귤)을 두고 지은 기문이다. 이 글에는 연구자
들이 선호하는 시대적 모순에 대한 비판도 없고 문학 사상에 대한 언급
도 없다. 그렇지만 주제의 설정이나 구성과 언어 기교 등 주제를 풀어나
가는 형상화 수법이 다른 작품에 못지 않게 교묘해서 연암 문학의 우수
한 특징들을 잘 보여 준다.

〈선귤당기〉는 독특한 내용과 형식으로 된 글이다. 당호에 대한 기문은

---

1) 필자는 졸고(〈燕巖 朴趾源 文章의 硏究〉, 연세대 박사학위 논문, 1993. 6.)에서 잠
   깐 언급한 적이 있다. 152~153쪽.

보통 당을 지은 경위를 기록하고, 당호를 선택한 이유나 당호의 의미 등을 들어 집 주인의 덕을 칭송하는 내용으로 이루어진다. 그런데 이 글에는 선귤에 대한 해설도 없을 뿐 아니라 당호의 의미를 찾으려는 시도조차 말리는 내용으로 되어 있다.

내용이 이렇게 된 이유는 여러 가지가 있을 것이다. 대개 기문의 틀이 고식적이어서 이에 대해 변형을 가한 것일 수도 있다. 너무나 빤하고 쉬운 경우는 그것을 모호하고 어렵게 만들어 다시 풀어내는 것이 좋은 글을 쓰는 방식이기 때문이다.

하지만 진짜 이유는 이 글의 형상화 방식 때문이다. 연암은 대개 주제를 전달하면서 단지 내용으로 설명할 뿐 아니라 글의 형식적인 요소들도 주제 형상화를 돕도록 만든다. 이 글의 독특한 형태 역시 이러한 형상화 수법의 결과로 나타난 것으로 생각된다. 주제와 형상화 수법의 절묘한 결합이 이 글만의 독특한 미학을 만들어 낸 것이다.

그뿐 아니라 〈선귤당기〉에는 불교의 영향이 짙게 드리워져 있다. 연암 문학의 불교적 측면은 그렇게 주목되지 못했다. 최근에 몇 편의 논문들이 등장하고 있으나2) 불교와 연암의 관계는 그 실상에 대한 지식이 충분하지 않아서 논의가 활발한 편은 아니다. 특히 문장론적 관점에서 연암의 글과 불경과의 관계를 논의하는 것은 더욱 어렵다. 그런데 이 글은 불경이 어떻게 연암 문학의 주제 형상화 수법과 관계되는지에 대해 논의의 실마리를 제공하는 것으로 생각된다.

---

2) 연암의 글에는 불교와 관계된 내용이 적지 않지만 불교와 관련시켜서 연구한 논문은 주로 〈塵公塔銘〉을 중심으로 전개되었다. 이에 대한 내용은 다음 논문을 참조할 것. 安大會, 〈燕巖 朴趾源 散文의 表現技法과 主題 試攷-塵公塔銘을 중심으로〉, 《한국어문》 3, 한국정신 문화연구원, 1994. 153~166쪽. 金允朝, 〈《幷世集》 所載 연암 작품의 검토〉, 《安東漢文學論集》 第6輯, 安東漢文學會, 1997. 345~365쪽. 鄭珉, 〈燕巖 朴趾源의 〈塵公塔銘〉 管窺〉, 《한국 고문의 이론과 전개》, 태학사, 1998. 487~513쪽.

  본고의 주된 관심은 〈선귤당기〉의 주제, 그리고 그 형상화 수법이 빚어내는 독특한 미학, 그리고 문장론적 관점에서 본 불경과의 관련성이다. 텍스트로는 김택영본을 사용한다.[3)

## 2. 선귤의 의미와 주제

### 1) 이덕무와 선귤

  이덕무는 많은 호를 사용했다. 일찍이 그는 자신이 사용한 호에 대하여 기문을 지었는데, 이 글에서 자신의 첫 번째 호가 삼호거사三湖居士였음을 밝혔다. 이 외에도 이 기문에는 경재敬齋, 팔분당八分堂, 선귤헌蟬橘軒, 정암亭巖, 형암炯菴, 영처嬰處, 감감자憨憨子, 범재거사汎齋居士 등의 이름이 차례대로 거명되고 있다.[4) 이 이후에도 그는 청장관靑莊館, 단좌헌端坐軒, 주충어재注蟲魚齋, 학초목당學草木堂, 향초원香草園, 매탕檪宕, 아정雅亭 등의 호를 더 사용했으니 그의 호가 꽤 많았던 것을 알 수 있다.[5)

  호를 이처럼 많이 사용한 이유는 확실히 알 수는 없다. 다만 호의 의미가 주로 정신적인 자세와 관련되어 있고, 스스로 그러한 내용을 실천하며 살려고 노력했다는 점에서 그에게 호는 일종의 좌우명과 같은 의미를 갖고 있었던 것으로 보인다. 호를 짓는 것이 이덕무에게는 결국 자신

<hr>

3) 朴趾源著, 金澤榮編, ≪重篇燕巖集≫, 南通縣翰墨林書局, 1917. 153~157쪽. 이 판본의 내용이 비교적 온전하다고 생각되었기 때문이다. 대표적인 판본인 박영철본(≪燕巖集≫, 啓明文化社, 1986. 5. 433~435쪽) 사이에는 모두 세 글자가 다르다. 이에 대한 언급은 인용 부분의 주석에서 처리하도록 한다. 작품은 모두 이 책에서 인용한 것이므로 따로 밝히지 않는다.
4) 〈記號〉, ≪靑莊館全書≫ 卷1, 민족문화추진회, 1983. 268~269쪽. 이하 ≪靑莊館全書≫의 인용은 따로 표기하지 않은 한 이 판본을 뜻한다.
5) 〈年譜〉, ≪靑莊館全書≫ 卷12, 110쪽.

과 대화하는 방식이었던 셈이다. 삶의 중요한 가치들을 자신에게 다짐하고 암시하는 행동이 작명의 형태로 나타났다는 말이다.

이덕무가 언제부터 선귤당이란 호를 사용했는지는 자세하지 않다. 〈선귤당기〉에서는 호를 영처에서 선귤당으로 바꾸었다고 했고[6], 〈영처고자서嬰處稿自序〉에는 선귤당이란 당호가 《영처고嬰處稿》의 완성보다 먼저 사용되었다고 했다.

두 말을 종합하면 영처라는 호를 쓴 때보다는 나중이지만 《영처고》를 엮은 때보다는 조금 앞선 시기부터 이 호가 사용된 것으로 추정할 수 있다. 〈영처고자서〉의 저술 시기가 20세였으므로[7], 대략 20세 이전에 선귤이란 호가 사용되었던 것으로 짐작할 수 있다.

> 예전에 남쪽 시냇가에 살던 때에 내 집을 선귤당이라고 이름했는데, 집이 작은 것이 매미의 허물과 귤의 껍질 같아서 비유한 것이었다. 지난해에는 내 저서에 '어린 아이들이 오락삼아 희롱하는 것과 무엇이 다르리. 마땅히 처녀처럼 부끄러워 감춰야 하리라'라고 하고는 이에 《영처고》라 이름을 붙였다.[8]

또 위의 글에는 선귤당이 남쪽 시냇가에 있다고 했는데, 그의 연보에는 이덕무가 20세 3월경쯤 장흥동으로 이사했다고 되어 있다[9]. 따라서 남간가가 남산 남쪽의 장흥동을 가리키는 것으로 생각한다면, 이 경우에

---

6) 〈蟬橘堂記〉, 영처자가 집을 짓고 선귤이라는 이름을 붙였다. 嬰處子爲堂而名之, 曰蟬橘.

7) 〈嬰處稿自序〉, 《靑莊館全書》, 卷1. 228쪽. 글 말미에는 이 글을 지은 시기를 尙章執徐의 곡우 때로 표기하였다. 그런데, 尙章은 庚, 執徐은 辰을 뜻하므로 합치면 庚辰이 된다. 이 때는 1760년으로 그의 나이 20세이다.

8) 〈歲題 竝序〉, 《靑莊館全書》 卷1, 156쪽. 昔在南澗之濱, 字吾軒曰蟬橘, 取譬室之小, 蟬殼橘皮如也. 往年, 題吾著書, 曰何異嬰兒娛而弄, 宜如處子羞自藏, 仍命曰嬰處橐

9) 〈年譜〉, 《靑莊館全書》 卷12, 111~112쪽.

도 그 시기를 대략 20세 직후의 일이라고 추정할 수 있다.

그러면 이덕무는 왜 당호를 선귤이라고 지었을까. 이를 짐작할 수 있는 자료로는 몇 가지가 있는데, 앞의 인용문처럼 집이 작은 것이 매미의 허물과 귤의 껍질 같아서 선귤당이라고 했다는 것이 그것이다.

> 빈한하여 집은 말(斗)처럼 작았지만 또한 즐거워했다. 이에 매미의 껍질(玄蟬之殼)과 이수의 귤(二叟之橘)처럼 구부려 있다 하여 호를 또 선귤헌蟬橘軒이라 하였다.10)

곧 선귤은 누추한 자신의 집을 형용한 것으로 누추하지만 즐겁게 살아간다는 의미를 함축했다는 것이다. 이러한 기록들은 선귤이란 당호가 자신의 집에 대한 겸사의 의미를 담고 있다는 것을 알려준다.

그런데 다음의 자료는 이보다는 깊은 의미가 있음을 말해준다. 〈선귤헌명병서蟬橘軒銘竝序〉에는 자신이 일찍이 구양수歐陽修와 굴원屈原를 사랑했고, 구양수의 〈명선부鳴蟬賦〉와 굴원의 〈귤송橘頌〉을 읽고 느낀 바가 있었다고 적고 있다. 이것은 선귤이 곧 〈명선부〉의 매미와 〈귤송〉의 귤의 이미지를 취한 것이라는 것을 의미한다.

> 구양수는 말하기를 "(매미는) 바람을 타고 높이 날아가되 (어찌) 그칠 곳을 아는 것이 아니며"라고 하였고, 굴원은 말하기를 "(귤은) 가지 잎이 무성하여 다듬기 좋으니, 아름답고 훌륭하네."라고 하였다.11)

---

10) 〈記號〉, 앞의 글. 家貧, 屋如斗小, 而亦樂焉, 乃弓諸玄蟬之殼二叟之橘, 又號蟬橘軒. 玄蟬은 가을 매미를 뜻한다. 또 二叟는 귤 속에서 바둑두던 노인을 뜻하는데, 이는 옛날에 어떤 사람이 귤을 쪼개니 그 속에서 두 노인이 바둑을 두고 있었다는 고사에 바탕을 둔 표현이다. 이러한 표현으로 자신의 집을 비유한 것은 생활은 궁핍하지만 즐거움을 잃지 않는다는 의미가 함축되어 있다. 여기서는 그냥 매미와 귤이라는 말로만 번역했다.

11) 〈蟬橘軒銘 竝序〉, 《靑莊館全書》 卷1, 302~303쪽.

실제로 〈귤송〉에서 굴원은 "그 색깔이 선명하고 그 속이 희니 마치 도를 행하는 사람과 비슷하다. 가지 잎이 무성하여 다듬기 좋으니, 아름답고 훌륭하네.12)"라고 말한 대목이 나온다. 또한 〈명선부〉에서 구양수는 "사물에 의지하여 형체를 만드니 어찌 변화할 수 있는 것이 아니며, 거름 흙에서 나왔으니 어찌 욕심 없는 것을 사모하는 것이 아니며, 바람을 타고 높이 날아가되 어찌 그칠 곳을 아는 것이 아니며"13)라고 읊은 대목이 나온다.

그 이미지를 다시 정리해 보자. 매미가 높이 날아 머무를 것을 안다는 것은 높은 곳을 지향하되 분수를 지킬 줄을 안다는 것을 뜻한다. 귤이 가지 잎이 무성하여 그것을 닦으면 훌륭하게 된다는 것은 좋은 성품을 지니고 있으니 갈고 닦으면 훌륭한 사람이 될 것이라는 뜻이다. 이를 요약하면, 선귤의 이미지는 대략 지향성은 높으면서도 분수를 지키고, 바탕이 좋으면서도 수양을 게을리 하지 않는 덕목이 된다. 선귤의 의미는 두 선인이 매미와 귤에 부여한 이러한 덕목을 뜻한 것임을 알 수 있다.

## 2) 〈선귤당기〉와 선귤

선귤당의 선귤 이미지와 의미가 이렇다면, 〈선귤당기〉의 선귤 의미는 무엇일까. 이 글은 영처자(이덕무)와 친구가 서로 힐난하는 대화로 되어 있다. 영처자가 자신의 호를 선귤당으로 바꾸자, 친구가 선귤당보다 영처자란 호가 더 좋다며 영처자를 타박했고, 이에 대하여 영처자가 영처든지 선귤이든지 이름의 의미를 따지는 것은 불필요한 일이라고 반박한 것이 이 글의 대강이다.

---

12) 河正玉 編著, ≪屈原≫, 太宗出版社, 1984, 319쪽~326쪽에서 재인용. 精色內白, 類任道兮, 紛縕宜修, 姱而不醜兮.

13) 〈鳴蟬賦〉, ≪歐陽修全集≫. 豈非因物造形 能變化者邪, 出自糞壤 慕淸虛者邪, 凌風高飛 知所止者邪.

이 과정에서 친구는 영처자의 개명을 힐난하는 근거로 대사의 말을 인용하고, 영처자 역시 그 일화를 인용하여 친구의 말을 반박한다. 물론 논쟁의 최종적인 승자는 영처자다.

이 과정에서 세 사람은 선귤을 매미와 귤의 허물·껍질, 혹은 그것의 소리·향기 등의 이미지로 표현한다. 다만 세 사람 중 누구도 이런 이미지들이 구체적으로 어떤 의미가 있는 것인지 설명하지 않는다. 영처자는 오히려 이러한 이미지의 의미를 따질 필요가 없다고 말한다. 그래서 당호의 의미가 매미와 귤의 허물·껍질, 혹은 그것의 소리·향기의 이미지에 있다는 생각은 부정된다. 하지만 이러한 부정은 역설적으로 새로운 의미를 함축하면서 제3의 이미지를 창출한다.

## 대사의 선귤

제일 먼저 선귤의 의미를 허물·껍질, 소리·향기의 이미지로 표현한 사람은 대사다. 이 말은 비유로 등장한 것이다. 김시습이 불교의 참뜻을 깨달았다며 속명을 버리고 법명을 쓰려고 하자, 대사는 김시습의 개명을 힐난하면서 이름이 지닌 두 속성을 일러준다. 그 내용은 이름은 빈 것이므로 실체가 없을 뿐 아니라 오히려 실체를 구속한다는 것이다.

3-1) 네가 장차 이름을 버리려 하나 이름은 구슬·비단이 아니고, 이름은 밭·집이 아니다. 금은보물·돈이 아니고, 먹는 것·곡식이 아니다. 세발 솥·세발 달린 가마솥도 아니고, 용가마·가마솥도 아니다. 광주리·소쿠리·나무 술잔·보시기·병·항아리 및 제기 등의 물건도 아니다. 곧 허리에 차는 주머니·주머니 칼·향주머니처럼 풀어 버릴 수 있는 것도 아니다. 둥근 비단 옷깃·학을 수놓은 흉배·관대·병부 인장처럼 벗어버릴 수 있는 것도 아니다. 두 마리 원앙을 수놓은 베개나 각색 헝겊을 띠로 늘어뜨린 비단 장막처럼 남에게 팔아 넘길 수도 없다. 때도 아니고 먼지도 아니어서 물로 씻어 버릴 수도 없다. 생선뼈처럼 목에 걸린 것도 아니어서 꾀꼬리 깃털로 끌어내어 토해

버리게 할 수도 없다. 부스럼·헌데의 딱지가 아니므로 손톱으로 긁어 없앨
수 없다.

　　3-2) 곧 이 너의 이름은 네 몸에 달려 있는 것이 아니고 남의 입에 달려 있
으니, 그 입이 부르는 대로 곧 선하게도 되고 악하게도 되며, 영예롭게도 되고
모욕도 당하며, 곧 귀하게도 되고 천하게도 되는 것인데 (이것에서) 망녕되이
기뻐하고 싫어하는 마음이 생긴다. 기뻐하고 싫어하는 마음 때문에 (이름은)
이끌기도 하고 기뻐하게도 하며 두렵게도 하고 또 놀라서 떨게도 한다. 네 몸
에 붙은 이와 입술이로되 먹고 뱉는 것은 남에게 달려 있으니, 네 몸이 언제
나 네게 돌아올지 모르겠다.14)

　제1소단락은 이름이란 귀금속이나 먹을 것도 아니요, 그것은 벗어버
리거나 씻어버릴 수 있는 것도 아니라는 말이다. 버리는 행위는 대상이
있어야 일어나는 동작이다. 따라서 속명을 버리는 것은 이름이 실체가
있다는 것을 전제한다. 그런데 이름은 버릴 수 있는 무엇이 아니라고 했
으니 이는 곧 이름이 실체가 없다는 뜻이다.

　제2소단락은 이름은 남이 부르는 것으로 선하게도 악하게도 되는 것
이어서 자신은 이름에 대하여 주인이 되지 못하고 오히려 이름에 매인다
는 말이다. 무엇인가를 따르는 행위는 그것이 자신에게 도움이 되기 때
문에 행하는 것이다. 따라서 법명을 쓰려는 것은 김시습이 법명이 자신

---

14) 〈蟬橘堂記〉. 汝將棄名, 名匪玉帛, 名匪田宅. 匪金珠錢, 匪食穀物. 匪鼎匪錡, 匪鬵匪
　　鼐, 匪筐筥桮杅瓶盎及俎豆物, 卽匪佩囊劍刀茝香, 可以解去. 匪錦圓領繡鶴補子帶
　　犀魚果, 可以脫去. 卽匪繡枕兩頭鴛鴦流蘇寶帳, 可賣與人. 匪垢匪塵. 非水可洗. 匪鯁
　　梗喉, 非水鴉羽, 可引嘔歔. 匪瘤乾痂, 可爪剔除. 卽此汝名, 匪在汝身, 在他人口, 隨
　　口呼謂, 卽有善惡, 卽有榮辱, 卽有貴賤. 妄生悅惡. 以悅惡故, 從而誘之, 從而悅之,
　　從而懼之, 又從恐動. 寄身齒吻, 茹吐在人, 不知汝身何時可還. 卽匪繡의 繡가 박영철
　　본에는 鼓으로 되어 있고, 匪鯁梗의 鯁도 박영철본에는 繡로 되어 있다. 박본으로
　　는 의미가 통하지 않는다. 아마도 착간이 있는 듯하다. 인용문 앞에 나오는 숫자는
　　필자가 자의적으로 나눈 〈선귤당기〉의 문단 번호다. 3-1에서 3은 대단락을, 1은 대
　　단락 내의 소단락을 뜻한다. 이하 동일하다.

에게 도움이 된다고 믿었다는 것을 시사한다. 그렇지만 이름은 오히려 자기 몸을 구속하는 것이니 법명을 쓰려는 것이 잘못이라는 것이다.

　요컨대, 이름이란 실체가 없을 뿐 아니라 몸을 구속하는 속성이 있으니, 개명의 행위는 참으로 의미 없는 일이라는 뜻이다. 대사는 이를 두고 다시 비유로 설명하는데 그 가운데 매미와 귤의 허물·껍질, 소리·향기 등이 언급된다.

　　5) (이는) 매미가 허물이 있고 귤이 껍질이 있는 것과 같은데, (너는) 껍질과 허물 밖에서 매미 소리를 찾고 귤 향기를 찾으면서, 껍질과 허물이 저것처럼 텅 빈 것임을 알지 못하는구나.15)

　매미와 귤에 있어서 그 허물·껍질보다 소리·향기에 마음이 끌리는 것은 자연스러운 일이다. 그러나 대사는 그런 행위가 허물과 껍질이 비었다는 것을 느꼈기 때문에 나온 행위라는 것임을 기억하라고 말했다. 그러한 행위를 하면서 허물과 껍질이 저것처럼 비었다는 것을 자각하지 못하는 것은 모순이라고 말했다. 여기서 저것은 이름을 뜻한다.

　허물·껍질에서 소리·향기로 관심을 바꾸는 행위는 개명의 행위를 비유한 것이다. 속명을 버린 것은 이름이 무의미하다고 판단했기 때문일 텐데, 이름이 무의미하다고 판단했으면서도 다시 법명을 가지려는 것은 모순이라는 것이다. 법명을 가지려는 것은 이름을 실체가 있는 것으로 생각하는 행동이기 때문이다.

　두 인용문을 통해 속명에는 이름의 비실체성이 함축되고, 법명에는 이름의 구속성이 함축되어 있음을 알 수 있다. 또한 허물·껍질, 소리·향기의 이미지는 이것들을 대신하는 이미지인 것이 확인된다. 곧 허물과 껍질이란 말은 속명을 비유한 이미지로 이름의 비실체성을 함축한 것이

---

15) 〈蟬橘堂記〉. 如蟬有殼, 如橘存皮. 尋聲逐香皮殼之外, 不知皮殼空空如彼.

고, 또한 소리와 향기란 말은 법명을 비유한 이미지로 이름의 구속성을
함축한 셈이다. 이것이 대사의 허물·껍질, 소리·향기다. 친구와 영처자
는 이를 이용하여 자신의 주장을 펼친다.

### 친구의 선귤

두 번째로 친구가 사용한 문맥을 살펴보자. 그는 소리와 향기만 거론
했다.

> 7) 대저 어린 아이는 이름이 없다. 고로 '어린 아이(嬰)'라고만 부르고, 여
> 자는 자를 쓰지 않으므로 '처자(處子)'라고만 부른다. '어린 아이와 처자(嬰
> 處)'라고 이름을 붙인 것은 대개 은사로서 이름을 가지려고 하지 않았기 때문
> 인데, 지금 갑자기 '매미와 귤(蟬橘)'로 스스로 호를 삼았으니, 이래서 자네는
> 앞으로 그 이름을 다 감당하지 못할 것이네. 왜냐하면, 저 어린 아이는 몹시
> 약하고 처녀는 몹시 여려서, 사람들은 그것이 여리고 약한 것을 알지만 오히
> 려 이 이름을 불렀다. 하물며 매미는 소리를 내고 귤은 향기가 나는 것이니,
> 그대의 집은 아마도 장차 이것 때문에 시장처럼 될 것이네."16)

친구는 영처자의 개명을 반대했다. 그 근거는 선귤이란 이름의 구속성
이었다. 선귤이란 이름을 영처라는 이름과 대립시켜서, 영처란 이름은
은자 의식을 반영하는 반면, 선귤이란 이름은 사람을 불러모으는 것, 곧
이름을 내세우는 의식의 반영하는 것이라고 주장했다. 따라서 선귤이란
이름은 쓰면 구속된다는 논리다.

이 주장의 논리적 근거는 이름의 몸 구속성인데, 그것을 친구는 대사

---

16) 〈蟬橘堂記〉. 夫孺子無名, 故稱嬰, 女子未字, 曰處子. 嬰處者, 盖隱士之不欲有名者
也. 今忽以蟬橘自號, 則子將從此, 而不勝其名矣. 何則? 夫嬰兒至弱, 處女至柔, 人見
其柔弱也, 猶以此呼之. 況蟬聲而橘香, 則子之堂, 其將從此而如市矣. 況蟬聲而橘香
의 況은 박영철본은 夫로 되어 있다.

의 말에서 찾는다. 그가 대사의 말을 최종적으로 어떻게 정리하고 있는
지 살펴보자.

> 6-2) (이는) 너의 이름과 같다. 어렸을 때는 아명이 있고 자라서는 성인 이
> 름이 있으며, 덕을 표현하는 말로 자를 삼고 사는 곳을 따서 별호를 삼는다.
> 어진 덕이 있으면 선생이란 호칭을 붙이며, 살아서는 높은 벼슬 이름을 부르
> 고 죽어서는 아름다운 시호를 부를 것이다. 이미 이름이 많아졌고 이처럼 중
> 첩되었으니, 네 몸은 이름을 장차 다 이겨내지 못할지 모르겠다.' 이는 ≪대각
> 무경大覺無經≫에 나오는 말이다. 열경은 은자이건만 이름이 가장 많았으니
> 다섯 살 때부터 호를 가졌다. 그래서 대사가 이런 말로 경계를 한 것이다.17)

즉 대사가 김시습의 개명을 나무란 것은 이름이 많은 것이 구속이 된
다고 생각했기 때문이라는 것이다. 그런데 친구도 선귤을 이름 내세우기
의 의미로 해석하여 선귤이란 이름 때문이 영처자가 구속될 것이라고 생
각했다. 그래서 그는 대사의 말을 근거로 하여 선귤 개명을 힐난한 것이
다. 이것으로 보면 친구가 거론한 선귤은 매미와 귤의 소리·향기 이미
지이고 그 함축적 의미는 구속성임을 알 수 있다.

### 영처자의 선귤

세 번째로 영처자가 사용한 의미를 살펴보자. 그는 허물·껍질, 소
리·향기 두 이미지를 다 부정했다.

> 8) 영처자가 말했다. "대저 대사의 말처럼 매미는 허물을 벗어 허물이 말라
> 버리고, 귤은 오래 되어 껍질이 텅 비었으니 무슨 소리·빛깔·냄새·맛이 있

---

17) 〈蟬橘堂記〉. 亦如汝名. 幼有乳名, 長有冠名, 表德爲字, 所居有號. 若有賢德, 可以先
生, 生呼尊爵, 死稱美諡. 名之旣多, 如是以重, 不知汝身將不勝名. 此出大覺無經. 盖
悅卿隱者也, 最多名, 自五歲有號. 故大師以是戒之.

으리오. 이미 즐길 만한 소리·빛깔·냄새·맛이 없으니 사람들이 장차 껍질
과 허물 이외에서 나를 찾을 것이다."18)

영처자는 허물·껍질이 빈 것이니, 더 이상 매미와 귤에게서 소리·향
기가 없다고 말했다. 이 말은 두 개 부분으로 나누어진다. 하나는 선귤을
소리·향기 이미지로 해석하는 것을 반대한 것이다. 이것은 친구의 비난
에 대한 답변이다.

또 하나는 매미와 귤의 허물·껍질이 비었다는 것이다. 이는 답변에
대한 논리적 근거다. 이름이 허물·껍질 이미지처럼 빈 것이니, 선귤을
소리와 향기 이미지로 보고 구속성을 논하는 것이 무슨 의미가 있느냐는
것이다.

이름 자체가 실체가 없는 것이니(이 경우는 대사의 개념 사용), 새 이름인
선귤의 의미를 이름 내세우기로 해석하여(이 경우는 친구의 개념 사용) 따지
는 것은 소용없는 일이라는 뜻이다. 친구가 이름의 구속성을 들어 개명
을 비난하자, 영처자는 이름의 비실체성을 들어 선귤이라는 당호의 의미
를 따지는 것 자체를 하지 말자는 것이다.

영처자는 대사의 말로 친구의 비난을 반박했지만 두 사람이 사용한
이미지의 의미는 실질적으로는 같다. 허물과 껍질은 옛 이름을 비유한
것으로 이름의 비실체성의 의미를 함축했다. 대사에게 있어서 이것은 김
시습의 속명을 가리키고, 영처자에게 있어서는 자신의 옛 이름인 영처자
를 가리킨다. 또 소리와 껍질은 새 이름을 비유한 것으로 구속성(이름내세
우기)의 의미를 함축했다. 대사에게 있어서 이것은 김시습의 법명을 가리
키고, 영처자에게 있어서는 자신의 새 이름인 선귤을 가리킨다.

이름의 비실체성을 들어 영처자는 자신을 찾는 사람은 허물과 껍질

---

18) 〈蟬橘堂記〉. 嬰處子, 曰夫若如大師之言, 蟬蛻而殼枯, 橘老而皮空, 夫何聲色臭味之
有? 旣無聲色臭味之可悅, 則人將求我於皮殼之外耶.

밖에서 자신을 찾을 것이라고 말했다. 이는 허물·껍질, 소리·향기 등의 이미지에서 자신을 찾지 않고 다른 것에서 찾는다는 뜻이다. 허물과 껍질은 이름의 비실체성을 의미하고, 소리와 향기는 이름의 구속성을 의미하는 것이니, 허물과 껍질의 밖이라고 했으므로 결국 소리와 향기로 해석하려는 생각까지 뛰어넘은 셈이다.

### 〈선귤당기〉의 선귤과 이덕무의 선귤

마지막 부분을 주목해 보자. 영처자는 허물·껍질, 소리·향기 이미지를 모두 부정했다. 그 결과 선귤의 의미를 말해 줄 두 개의 이미지인 허물·껍질, 소리·향기가 아무런 의미 작용도 못하고 모두 부정되었다. 따라서 선귤의 의미도 없어져 버렸다. 그렇다면 〈선귤당기〉의 선귤은 아무런 의미도 없는 것일까. 앞에서 말했듯이 이 부정은 끝이 아니라 시작이다. 그 부정 속에는 제3의 이미지가 함축되어 있다.

허물·껍질, 소리·향기는 두 개의 이미지처럼 보이지만 실상은 하나다. 각각 이름의 비실체성과 구속성을 뜻한 것이었으니 이들은 이름 이미지로 합칠 수 있다. 두 이미지의 부정은 이름 이미지의 부정이 되는 셈이다. 다시 말하자면 두 이미지의 부정은 이름으로서의 이미지를 부정한 것으로 선귤이란 당호를 이름으로 이해하지 말라는 뜻이다.

이름 이미지를 부정하는 것은 무슨 의미일까. 이름 이미지 부정의 근거를 상기해 보자. 그것은 이름의 비실체성과 구속성이었다. 그런데 이것은 몸이 이름에 대하여 실체라는 대립 의식에서 나온 것이다. 하지만 이런 대립 하에서 이름의 부정은 곧 몸의 긍정을 뜻하게 된다. 따라서 선귤의 이름 이미지 부정은 몸 이미지의 긍정을 함축하게 된다.

이름 이미지는 선귤의 의미를 이름으로 받아들이게 하는 것을 말한다. 몸 이미지는 선귤을 몸으로 받아들이게 하는 것을 말한다. 선귤이 이덕무의 이름이라는 점에서 몸은 곧 이덕무 자신을 뜻한다. 이름 이미지가 부정되었다는 것은 선귤이 단순히 이름이 아니라는 뜻한다. 그것은 선귤이 이덕무의 삶을 뜻하는 것이라는 말이다. 따라서 〈선귤당기〉가 이름 이미지의 부정으로 끝났다는 것은 선귤이란 말을 이덕무의 당호로 이해하지 말고 그의 삶의 모습으로 이해하라는 뜻이 된다.

선귤이 이덕무의 삶이라는 것은 무슨 뜻일까. 매미와 귤을 이덕무의 삶으로 보는 것은 상징적이므로 직접 그 의미를 추정하기 어렵다. 허물·껍질, 소리·향기가 이름 이미지를 나타냈듯이 그의 삶을 표상하는 이미지는 무엇으로 나타낼 수 있을까? 이러한 질문에 대한 답은 〈선귤당기〉 안에서는 확인되지 않는다.

앞에서 이덕무에게 선귤의 의미가 매미와 귤의 덕목이었던 것을 확인했다. 그것은 지향성이 높으면서도 분수를 지키고 바탕이 좋으면서도 수양에 정진하는 덕목이었다. 그런데 당호가 이덕무에게 단순한 이름이 아니라 일종의 자기 다짐이요, 정신적인 지향이었다는 것을 생각하면 매미와 귤의 덕목은 단순한 이름이 아니라 곧 이덕무의 삶의 모습이기도 했으리라고 추정할 수 있다.

그렇다면 몸 이미지는 바로 이러한 매미와 귤의 덕목이 되는 셈이다. 숨겨진 제3의 이미지는 바로 매미와 귤의 덕목인 것이다. 그러니까 몸 이미지는 이덕무의 삶을 가리키고, 이덕무의 삶은 매매와 귤의 덕목과 연결된 것이므로, 당호 선귤의 의미가 바로 매미와 귤의 덕목이었음을 확인할 수 있다는 것이다.

## 3) 〈선귤당기〉와 이덕무

이러한 추정은 이덕무가 실제로 이렇게 살았다는 것으로 확인되지 않으면 안 된다. 이래야 비로소 매미와 귤의 덕목을 몸 이미지로 확정지을 수 있기 때문이다. 하지만 이덕무의 삶을 선귤의 덕목과 관련시켜 단정적으로 말하기는 어렵다. 다만 그와 가까왔던 사람들의 기록을 참조하여 그의 삶을 살펴보고, 그에 대한 연암의 평가 등을 통하여 이에 대한 내용을 정리해 보자.

이덕무의 삶에 대하여 유재일은 다음과 같이 지적하고 있다.

> 이덕무의 생애는 이서구가 그의 사람됨을 품행과 식견과 박문강기와 문예의 순서로 평가했던 일과 같이, 윤리적인 측면과 지적인 측면이 심미적인 요소와 서로 연관을 맺으며 하나의 세계로 통일된다고 할 수 있다. 형암은 전형적인 선비로서 인간의 특징이 도덕적인 성품을 내재한다는 사실을 자각했다. 이를 바탕으로, 그는 유학에서 제시한 덕목을 삶의 참된 가치로 인식하고, 자기 수양을 동반하며 도덕적인 덕목을 끊임없이 실천함으로써 삶의 진정한 의미를 찾고자 했다.[19]

이 연구자는 이덕무의 삶에 대하여 윤리적인 측면·지적인 측면·심미적인 측면이 유기적인 연관을 맺었다고 했다. 이것은 그가 자신의 세계관을 전인격적으로 실천하려고 했었다는 것을 뜻한다. 그리고 그러한 실천의 바탕이 유가적 수양과 도덕적 덕목이었다는 말이다. 이덕무는 유교적 세계관에 따라 일상 생활에서의 자기 수양과 도덕적 덕목의 실천을 일생동안 지속하려고 했다는 것이나.

이덕무를 실천서 유교 선비로 평가한 것은 당대인에 의해서도 확인된다. 이덕무의 삶을 잘 요약한 것은 이서구였다. 그는 가까이서 이덕무를 보았던 인물의 하나였다. 그는 이덕무의 <묘지명>에서 그의 사람됨을 훌륭한 품행·높은 식견·폭넓은 지식과 뛰어난 암기력·훌륭한 문예의 네 가지로 꼽았다. 그리고 그 중에서 그의 품행이 제일이라고 평했다.[20]

---

19) 류재일. ≪이덕무의 시문학 연구≫, 태학사, 1998, 28쪽.
20) 〈墓地銘〉, ≪靑莊館全書≫ 卷4, 251쪽. 余嘗論懋官, 品行第一 識見第二 博聞强記

이러한 평가는 이덕무가 진실로 실천적 선비였다는 것을 짐작케 한다.
연암의 〈형암행장炯菴行狀〉에도 이러한 평가는 그대로 이어졌다.21) 그
뿐 아니라 연암은 이덕무의 품행을 아주 자세히 기록했는데, 다음 기록
은 대단히 시사적이다.

> 그가 학문을 하는 것은 안으로 인격을 독실히 닦고 밖으로 유혹을 끊는 것
> 이었다. 그의 본성은 맑고 투명했으며 실제 생활의 미세한 부분에서도 그것이
> 드러났으니, 안회에게 가르친 사물四勿의 교훈과 증자가 실천한 삼성三省의
> 교훈을 열심히 힘썼던 사람이다.(중략)
> 그런즉 나라와 백성을 걱정하는 뜻을 잠시도 잊은 적이 없으니, 진실로 마
> 땅히 과거를 보아 재능을 펼쳐보는 것이 당연했다. 그러면 장차 못할 것이 없
> 건만 오직 세속의 더러움을 싫어하고 자신의 본래 생활이 여유로운 것을 즐
> 거워하여, 뜻을 지키고 명을 좇아 담연히 욕심이 없었으니 가난한 집이 쓸쓸
> 해도 가난함을 즐거워하여…(후략)22)

연암은 이덕무가 본성이 맑고 투명했으며 그것이 실제 생활의 미세한
일에서도 다 드러났다(本體澄澈 其用纖悉)고 했다. 그래서 예가 아니면 보
지도 듣지도 말하지도 움직이지도 말라는 안회의 교훈을 힘써 실천했고,

---

第三 文藝第四. 君子以爲篤論.

21) 〈行狀〉, ≪靑莊館全書≫ 卷4, 242쪽. 세상에서 무관을 평하는 자가 그의 품행을 제
1로 치고, 지식을 제2로치고, 넓은 견문에 특이한 기억력을 제3으로 치고 문예는
다만 제4로 쳤는데, 이제 그 문예를 미치지 못함이 이와 같으니 무관의 품행은 이
로서 알 만하다. 世之論懋官者, 稱其品行爲第一 識解第二 博聞强記第三 文藝特第
四耳. 今其文藝之不可及者如此, 則懋官之品之行, 從可知矣. ≪靑莊館全書≫의 ≪雅
亭遺稿≫ 부록으로 붙어 있는 〈行狀〉에는 이 부분이 있으나 ≪燕巖集≫의 〈炯菴行
狀〉에는 이 대목이 없다.

22) 〈炯菴行狀〉, ≪燕巖集≫ 卷3. 其爲學 篤於內修, 屛絶外誘. 本體澄澈, 其用纖悉, 顔
氏之四勿, 曾子之三省, 皆勉焉用力者也. (중략) 然則其憂國憂民之意, 未嘗須臾忘
也, 固宜擧而試之, 將無所不可, 而唯基厭流俗之滔滔, 樂本地之恢恢, 守志信命, 澹然
無欲, 蓬蓽蕭條, 貧賤是甘.(후략) 이 부분은 연암의 〈炯菴行狀〉에는 있으나 ≪靑莊
館全書≫의 〈行狀〉에는 없다.

사람들에게 충실하고 친구에게 신의를 지키고, 옛것을 익히려 했던 증자의 덕목을 실천한 사람이라고 했다. 곧 내면 수양을 하면서 유혹을 이기며(篤於內修 屛絶外誘) 배운 것을 실천했다는 것이다.

또 연암은 그가 나라와 백성을 위하여 걱정을 했고, 과거를 보아 경세적 역량을 발휘할 능력도 있었다고 했다. 그러나 그는 세속의 더러움을 싫어하고 자기 본래의 여유로움을 즐거워했기에 자신의 뜻을 지키고 명을 좇는 쪽을 택했다(守志信命)고 말했다. 욕심없이 주어진 삶에 만족한 사람이었다는 것이다.

연암의 말은 대략 그가 본성이 훌륭할 뿐 아니라 수양을 통해서 유교적 덕목을 생활에서 실천했고, 뛰어난 경륜과 능력이 있으면서도 오히려 분수를 지키며 살았다는 뜻이 된다. 그런데 연암이 거론한 덕목들은 매미와 귤의 덕목과 유사해서 주목된다. 훌륭한 본성과 수양, 뛰어난 경륜과 분수는 바로 이덕무가 매미와 귤에게서 취했던 덕목의 내용 그 자체인 것이다.

이덕무가 실천적 선비였다는 것은 위의 인용문 외의 여러 문헌에서도 확인된다.[23] 물론 이러한 평가는 의례적인 것일 수도 있다. 하지만 동시대인이나 후대의 연구자들이 이구동성으로 그의 삶을 이렇게 평가했다면 그것이 전혀 근거가 없다고는 하지 못할 것이다. 특히 주목되는 것은 연암의 평가가 〈선귤당기〉의 그것과 일치한다는 점이다. 이것은 적어도 연암이 이덕무의 생활과 낭호의 의미가 일치한다고 보았다는 증거가 된다.

---

23) 〈士小節〉(≪靑莊館全書≫卷6), 50쪽. 어떤 사람이 묻기를 '선비의 본분에는 몇 가지가 있습니까?'라고 물었다. 나는 "집에 들어와서는 부모에게 효도하는 것, 밖에 나가서는 윗사람을 공경하는 것, 낮에는 일하는(밭가는) 것, 밤에는 책을 읽는 것 네 가지뿐이다."라고 말했다. 或問, '士之本分, 凡幾何矣?' 余曰, "其大略曰'入孝出恭, 晝耕夜讀, 只四事而已'". 이 말은 무관을 평하는 사람들에게 반드시 인용되는 내용이다. 〈靑莊館全書〉의 ≪雅亭遺鎬≫ 뒤에 부록으로 붙은 박지원의 〈炯菴行狀〉(243쪽) 尹行恁의 〈墓碣銘〉(46~247쪽), 李書九의 〈墓地銘〉(249쪽) 등에 모두 이 내용이 인용되어 있다.

실제로 이덕무가 선귤이란 당호에 애착을 가졌던 흔적이 적지 않게 발견되는 것을 보면 이덕무에게 선귤당이란 당호는 중요한 의미가 있었던 것으로 보인다. 그는 선귤당을 두고 스스로 명과 서를 지었을 뿐 아니라24) 독서와 사색을 하면서 느꼈던 생각들은 〈선귤당농소蟬橘堂濃笑〉라는 이름으로 묶기도 했다.25)

또한 그는 선귤당에 대한 기문을 여러 사람에게 부탁했다. 연암뿐 아니라 김홍운金洪運도 선귤당에 대한 기문을 지었고, 유금柳琴을 통하여 중국의 이조원李調元에게까지 기문을 부탁한 적도 있었다.26) 이것들은 이덕무가 이 당호에 갖고 있던 애착의 증거들이다. 이는 이 당호가 자기 정체성을 상징하는 매개물로 생각했기 때문이 아니었던가 추정된다.

〈형암행장〉에서 보듯이 연암은 분명 그의 삶을 매미와 귤의 덕목과 비슷한 것으로 파악했다. 그래서 선귤이란 말이 이덕무의 당호이면서 동시에 이덕무의 실제 모습이라고 생각했을 것이다. 선귤을 이름 이미지(당호)와 몸 이미지(삶)로 나눈 것은 이러한 인식 때문이었던 것으로 생각된다.

결국 연암은 선귤의 의미는 허물·껍질, 소리·향기 등을 가리키는 것이 아니라 매미와 귤의 덕목을 뜻하는 것인데, 매미와 귤의 덕목은 이덕무의 삶의 모습이기도 하므로, 선귤을 당호로만 이해하지 말고 이덕무의 삶의 모습으로 받아들여야 한다고 말하려고 했던 것이다. 이것이 바로

---

24) 〈蟬橘軒銘 竝序〉, 《靑莊館全書》 卷1, 302~303쪽.

25) 〈蟬橘堂濃笑〉, 《靑莊館全書》 卷11, 39쪽~50쪽.

26) 〈李雨邨調元書〉, 《靑莊館全書》 卷3, 224쪽. 선귤이란 저의 호를 선생께서 이미 수묵으로 권점을 치셨으니, 이는 허락하신 것입니다. 혹 선생께서 선귤당이란 세 글자를 손수 써 주시고, 또 《靑莊館集序》와 〈蟬橘堂記〉를 지어 주신다면 모옥이 빛날 것이며, 따라서 대대로 길이 지극한 보배로 삼을 것이니, 선생께서는 먼 지방에 있는 사람이라고 비루하게 여기지 마시고 써 주시기 바랍니다. 彈素(柳琴)는 저의 절친한 벗이며, 탄소가 선생을 우러러 사모하는 분이므로 당돌하게 서신을 올리니, 용서해 주시겠습니까?

<선귤당기>에 나타난 선귤의 의미요 이 글의 주제다.


## 3. 부정의 미학

이 글을 구성하는 방식에는 몇 가지 특이한 요소들이 있다. 이 글은 전체적으로 이름 이미지를 부정할 뿐 몸 이미지는 한 마디로 안 하고 끝났다. 그러면서도 선귤이 몸 이미지를 뜻하도록 되어 있다. 그 이유는 무엇일까. 또 이 글은 부정될 내용이지만 진곡하게 설명한다. 굳이 부정할 내용이라면 이렇게 장황하게 늘어놓는 이유는 무엇일까. 또 영처자와 친구는 각각 대사의 말을 논리적 근거로 삼으면서 다투었다. 같은 근거로 서로 대립시킨 이유는 무엇일까. 이제 이러한 문제들에 대하여 알아보자.


### 1) 부정과 함축

선귤을 이름과 몸 이미지로 나누고 이름 이미지를 부정한 것은 어떻게 보면 불필요하고 번거로운 일일 수 있다. 내용을 전하기로 하면, 선귤이란 말은 곧 매미와 귤의 덕목이고 이는 바로 이덕무 삶의 모습이기도 하다고 바로 설명하는 것이 더 낫지 않을까. 구태여 선귤의 이미지를 허물·껍질, 소리·향기로 이끌고 가다가 이를 부정히고, 정작 해야 할 말을 생략한 것은 무슨 이유일까?

그것은 주제의 내용과 그 표현 방식을 하나로 통합시키기 위한 의도 때문으로 생각된다. 이름과 사람(몸)의 관계를 생각해 보자. 이름은 아무리 좋은 설명을 붙여도 그것은 이름으로만 이해될 뿐이고, 이름이 곧 그 사람의 삶의 내용을 의미하는 것은 아니다. 이름과 그 사람 자체는 동일시되지 않는다는 말이다.

선균이란 이름 역시 마찬가지다 연암은 선균이란 말이 이름일 뿐 아니라 삶의 모습을 표현해 주는 말이라는 것을 알았다. 하지만 이것은 직접 설명한다면 연암의 의도와는 달리 그것은 단순히 이름의 뜻풀이로 취급되고 말 것이다. 그러므로 선균의 의미를 직접적으로 설명하는 것은 존재론적 모순에 빠지는 것이었다. 그것은 이럴 수도 없고 저럴 수도 없는 딜레마였던 것이었다.

연암이 글을 쓰면서 부딪친 부분은 이 부분이었을 것이다. 그는 이름이면서 삶의 내용인 이 말의 이중적인 성격을 온전히 살리기 위해 색다른 방법을 모색해야 했을 것이다. 이름 이미지의 해석을 부정한 것은 이러한 모색의 결과였던 것으로 생각된다. 그래야만 적어도 이름 이미지로 해석되는 것을 막을 수 있을 것이다. 이 글의 끝이 부정으로 끝난 것은 바로 이러한 이유 때문이다.

또한 몸 이미지를 바로 설명할 수 없었으므로 이것은 함축적으로 전달시켜야만 했을 것이다. 하지만 이름 이미지가 부정되고 직접 설명이 생략되었다고 이 부정이 바로 몸 이미지를 함축하는 것은 아니다. 이름 이미지의 부정이 몸 이미지로 해석되려면 이를 위한 어떤 장치가 필요하다. 몸이 이름과 대립적인 위치에 있어서 몸의 부정이 바로 몸의 긍정으로 전환되고 함축되도록 해야 한다는 말이다.

함축의 단서는 김시습의 일화에서 발견된다. 〈선균당기〉는 기본적으로 친구와 영처자의 대화로 되었지만, 그 안에 김시습과 대사의 대화를 안고 있다. 대사는 이름이 몸에 대해 실체를 지닌 것도 아니요, 몸을 구속하는 것이라고 말했다. 대사의 이 말은 이름과 몸을 대립적으로 인식하도록 만든다. 이를 통해서 이름 이미지 부정이 몸 이미지에 대한 긍정으로 전환된 것이다.

그런데 김시습 일화는 허구다. 이 일화의 출전은 《대각무경》으로, 이는 실존하는 경전이 아니다. 따라서 김시습 일화는 허구로써 영처자와 친구 논쟁의 의미 산출에 대한 복선이라고 할 수 있다. 허구적 내용이 주제 해석에 대한 단서를 제공한 것이다.

더욱이 김시습 일화만 허구는 아니다. 영처자 논쟁 역시 허구다. 그런데 영처자의 논쟁은 이 글의 주제를 형상화한다. 허구적 내용이 실제의 주제를 만든 것이다. 즉 이 글은 구조상 하위 차원의 허구적 일화가 상위 차원의 의미를 만들어내도록 구성되었음을 알 수 있다.

부정과 허구적 일화의 함축적 결합은 이 글의 주제 형상화의 가장 큰 특징이다. 이것이 선귤의 의미를 이름이면서 몸을 지시하는 말로 만들었고, 당호이면서 이덕무 삶의 모습을 뜻하는 이중적 의미를 만들어 낸 것이다.

## 2) 부정과 반복

### 장황함과 부정적 태도

이 글의 또 다른 특징은 장황함이다. 제3대단락은 이것을 극명하게 보여 준다.

3-1) 네가 장차 이름을 버리려 하나 이름은 구슬·비단이 아니且 이름은 밭·집이 아니다. 금은보물·돈이 아니고, 먹는 것·곡식이 아니다. 세 발 솥·세 발 달린 가마솥도 아니고, 용가마·가마솥도 아니다. 광주리·소쿠리·나무 술잔·보시기·병·항아리 및 제기 등의 물건도 아니다. 곧 허리에 차는 주머니·주머니 칼·향주머니처럼 풀어 버릴 수 있는 것도 아니다. 둥근 비단 옷깃·학을 수놓은 흉배·관대·병부 인장처럼 벗어버릴 수 있는 것도 아니다. 두 마리 원앙을 수놓은 베개나 각색 헝겊을 띠로 늘어뜨린 비단 장막처럼 남에게 팔아 넘길 수도 없다. 때도 아니고 먼지도 아니어서 물로 씻어 버릴 수도 없다. 생선뼈처럼 목에 걸린 것도 아니어서 꾀꼬리 깃털로 끌어내어 토해 버리게 할 수도 없다. 부스럼·헌데의 딱지가 아니라 손톱으로 긁어

없앨 수 없다.27)

　　이 부분의 초점은 이름이란 것은 실체가 없기 때문에 물건처럼 버린다는 표현을 쓸 수 없다는 말이다. 곧 이름의 실체성을 부정하는 내용이다. 여기서 주목되는 것은 이 짧은 내용을 지나치게 반복적으로 묘사한 점이다. 반복이 지나쳐서 오히려 장황함이 느껴진다. 대개 장황한 태도는 말의 내용과 관계없이 내용 자체에 부정적 영향을 미치게 해 준다. 아무리 중요한 말도 장황하게 하면 부정적으로 느껴지게 되는 법이다.

　　장황하게 이야기한 부분이 이름의 실체성을 부정한 내용과 결합된 것은 시사하는 점이 있다. 장황한 서술은 부정적 태도를 보인 것이므로 이러한 결합은 그 대상에 대한 부정적 태도를 보여주기 위한 의도로 해석된다. 내용과 표현 방식이 서로 상승 작용을 일으키도록 구성되었다는 말이다. 곧 장황함은 부정의 내용을 표현하기 위해서 의도적으로 선택된 표현 방식인 셈이다.

　　장황한 수사는 일종의 유희다. 장황함이 형식적인 모습이라면, 유희성은 정신적인 상태다. 특히 부정할 내용을 장황하게 논하는 행위에서는 더욱 그렇다. 이처럼 이 부분은 내용상 부정되고 있을 뿐 아니라 표현 방식으로 부정되고 그에 대한 심미적인 태도로도 부정된 것이다. 즉 장황함과 유희성이 부정의 방식으로 사용되었다는 말이다.

## 층차적 반복

　　반복에는 유희성뿐 아니라 설득에 대한 의지도 있다. 깨달음의 수준과 내용이 다른 사람에게 자신의 깨달음을 알려 주려면 반복적 설명은 필연적인 것일지도 모른다. 이름이 무의미하다는 것은 익숙한 상식을 부정하

---

27) 주 14) 참조.

는 것이다. 이 때 이름의 비실체성이나 이름의 구속성을 모르는 사람에게 알 때까지 설명해주는 것은 어리석은 행동이 아니다. 이 경우 반복 설명은 단순히 유희성이 아니라 진지한 의지의 표출로 볼 수 있다. 상식의 부정을 위해서 반복적으로 설명한 것이다.

그러나 이 경우에도 이 글에서 부각되는 것은 부정적 내용뿐이다. 따라서 설득 의지 역시 부정을 위한 노력인 것이다. 반복 표현이 비록 유희성과 설득 의지의 이중성이 있다고 하더라도, 이 부분에서 그것들은 서로 구별되지 않는다.

<선균당기>는 전체적으로 동일한 내용의 층차적 반복으로 이루어졌다. 반복 내용의 시작은 김시습의 개명에 대한 대사의 지적이다. 개명을 대사는 옛 이름을 버리는 것과 새 이름을 쓰는 것으로 나누고, 다시 이를 바탕으로 비실체성과 구속성이라는 이름의 속성을 추출하여 개명의 부당성을 지적하는 방식을 취했다. 그 말은 때로는 설명으로 때로는 비유로, 혹은 설명·비유의 결합 형태로 반복되었다. 또한 대사의 입뿐 아니라 친구의 입과 영처자의 입으로도 반복되었다.

대사의 말은 제2대단락에서 제6대단락까지 그 양은 전체 70퍼센트를 넘는다. 제2대단락은 개명의 문제점을 지적한 내용이다.

1) 영처자가 집을 만들고 선균당이라는 이름을 붙었다.

2-1) 그 친구 중 한 사람이 웃으며 말했다. "자네는 어찌 분연히 호가 많은가? 예전에 열경은 부처님 앞에서 참회하고 크게 깨달았다는 맹세롤 하여 속명을 버리고 법명을 따르기를 원했다. 대사가 손벽을 치고, 웃으며 열경에게 말하기를, '심하도다, 너의 미혹함이여. 네가 오히려 이름을 좋아하는구나.

2-2) (이는 스스로를) 형상이 마른 나무 같으니 나무 비구니라고 부르고, 마음이 죽은 재 같으니 재 두타라고 부르는 것이로다. (이곳은) 산이 높고 물이 깊은 곳이거늘 어찌 이름을 쓸 일이 있으리오.

2-3) 너는 네 몸을 돌아 보라. 이름이 어디에 붙어 있는가. 네가 몸이 있기
에 이런 그림자가 있으나, 이름은 본래 그림자가 없으니 장차 무엇을 버리고
싶어하는가? 너는 네 머리를 만져 보라. 곧 머리카락이 있었으므로 빗을 사용
했으나, 머리카락이 이미 짤린 다음이니 어디에 빗을 빗으리오.(후략)28)

개명은 문제라는 단순한 말이 어떻게 장황해지는지 보자. 대사는 산이
높고 물이 깊은 곳에 무슨 이름이 필요하냐고 반문했다. 그리고 이름이
란 어떤 실체가 아니므로 버린다는 표현을 쓸 수 없다고 말했다. 이름이
필요없다는 것은 새 이름을 사용하려는 것, 곧 법명을 쓰려는 행위에 대
한 지적이다. 반면에 버린다는 표현을 쓸 수 없다는 것은 옛 이름을 버
리려는 것, 속명을 버린다는 것을 염두에 두고 한 말이다. 개명의 문제점이
두 가지 면으로 분리된 것을 알 수 있다.

제3대단락은 이름의 속성을 말한 것이다. 이는 문제점의 논리적 근거
를 말한 부분이다.

3-1) 네가 장차 이름을 버리려 하나 이름은 구슬·비단이 아니고, (중략)
부스럼·헌데의 딱지가 아니라 손톱으로 긁어 없앨 수 없다.

3-2) 곧 이 너의 이름은 네 몸에 달려 있는 것이 아니고 (중략) 네 몸에 붙
은 이와 입술이로되 먹고 뱉는 것은 남에게 달려 있으니, 네 몸이 언제나 네
게 돌아올지 모르겠다.29)

이미 정리했다시피 각 소단락은 이름의 비실체성과 구속성을 말한 것

---

28) 〈蟬橘堂記〉, 嬰處子爲堂而名之, 曰'蟬橘.' 其友有笑之者, 曰"子之何紛然多號也? 昔
悅卿, 懺悔佛前, 發大證誓, 願棄俗名而從法號. 大師撫掌, 笑謂悅卿, 甚矣汝惑, 爾猶
好名. 形如枯木, 呼木比邱, 心如死灰, 呼灰頭陀. 山高水深, 安用名爲? 汝顧爾形, 名
在何處? 緣汝有形, 卽有是影. 名本無影, 將欲何棄? 汝摩爾頂, 卽唯髮故, 而用櫛梳.
髮之旣剃, 安施櫛梳?(후략)"
29) 주 14) 참조.

이다. 두 속성은 각각 '이름을 버린다'는 개념과 '이름을 쓴다'는 개념과 연결되어 있다. 속명을 버릴 수 없는 것은 이름 자체가 물건처럼 실체가 없기 때문이며, 새 이름을 쓸 필요가 없는 것은 이름은 몸을 구속하는 것이기 때문이라는 것이다.

제4대단락은 제3대단락의 내용을 반복한 것이다.

　4-1) 비유하자면 저 바람 소리와 같으니, 소리는 본래 실체가 없어 나무에 붙어서 소리가 나면서 오히려 나무를 흔들어댄다. 너는 일어나서 나무를 보아라, 나무가 조용할 때 바람이 어디에 있는가. (마찬가지로) 네 몸에 본래 이것이 없었으나 곧 이러한 일이 있게 된 뒤 바로 이러한 이름이 생겨나서 오히려 몸을 꽁꽁 묶어 꼼짝 못하게 하는 것임을 알지 못한다.

　4-2) 비유하자면 저 종을 치는 것과 같으니 종 방망이는 멈추어도 메아리는 퍼져 나간다. (마찬가지로) 몸은 비록 수없이 바뀌어도(사라져도) 이름은 스스로 변함 없다. 이름은 빈(실체가 없는) 것이라 변하거나 없어지지 않는 것이다.30)

첫 번째 비유는 바람소리 비유다. 바람은 나무에 붙어 소리를 내면서도 오히려 나무를 흔드는데 이것은 이름이 몸에 의지하면서도 오히려 몸을 흔드는 것과 같다고 말했다. 이름이 몸을 구속한다는 뜻이다. 두 번째 비유는 종소리 비유다. 방망이로 종을 쳐서 소리를 낸 후에 방망이를 멈추어도 메아리는 계속 피지는데 이것은 몸은 변해도 이름은 언제나 변함이 없는 것과 같다고 말했다. 이름은 실체가 없어 몸과 무관하다는 말이다. 두 비유는 이름의 몸 구속성과 비실체성(몸 무관성)으로 정리할 수 있다.

---

30) <蟬橘堂記>, 譬彼風聲, 聲本是虛, 着樹爲聲, 反搖動樹. 汝起視樹. 樹之靜時, 風在何處? 不知汝身, 本無有是, 卽有是事, 酒有是名, 而纏縛身, 却守把留. 譬彼鼓鍾, 桴止響騰. 身雖百化, 名則自在. 以其虛故, 不受變滅.

제5대단락은 두 속성을 근거로 하여 김시습 개명의 문제점을 일차 정리한 부분이다.

5) (이는) 매미가 허물이 있고 굴이 껍질이 있는 것과 같은데, (너는) 껍질과 허물 밖에서 매미 소리를 찾고 굴 향기를 찾으면서, 껍질과 허물이 저것처럼 텅 빈 것임을 알지 못하는구나.[31]

앞에서 설명했다시피 이 부분은 비유다. 개명을 하는 것은 이름이 실체가 없다고 생각했기 때문인데 개명을 하면서 이름의 비실체성을 자각하지 못하는 것은 모순이라는 내용이다. 여기서 이름의 두 속성이 하나로 합쳐졌고 이름의 속성과 개명의 문제점이 하나로 합쳐졌다. 비실체성에 근거하여 구속성을 부정했으니 두 속성이 하나로 합쳐진 것이다. 또한 개명의 모순을 두 속성에 비유했으니 이름의 속성과 개명의 문제점이 하나로 합쳐진 것이다.

제6대단락에서 대사는 초점을 살짝 바꾼다. 개명의 결과로 많은 호를 갖게 되었으니 다호의 구속성이 문제라는 것이다.

6-1) (이는) 네가 처음 태어난 상황과 같다. 응아응아 울면서 포대기에 싸여 있을 때는 이런 이름이 없었으나, 부모가 사랑하고 기뻐하여 좋은 뜻의 자를 고르고, 다시 더럽고 모욕적인 뜻의 이름을 부르나니, 너를 축복하지 않은 것이 없는 것이다. 네가 바야흐로 이때에는 부모의 몸을 따르는 형편이었으므로 스스로 몸을 가질 수 없었다. 네가 장대해진 후에 비로소 네 몸을 갖게 되었다. 이미 독립하게 된 다음에는 짝이 없을 수 없으니, 짝이 와서 너를 만나 마침내 문득 한 쌍이 되었다. 한 쌍의 몸은 합쳐지기를 좋아하여 남녀 몸이 둘씩 짝을 지어 저 팔패(八卦)와 같게 되니, 식구가 이미 늘어나매 옹이가 많아 보잘것없고 둔하고 어리석게 되니 중첩되어 다닐 수 없게 된다.

---

31) 주 15) 참조.

비록 이름난 산이 있고 좋은 물에 가서 놀이를 하고 싶어도, (이는) 간괘(☶)·태괘(☱)와 같아(간괘와 태괘가 합쳐져서 손괘(☶上 ☱下)의 뜻이 되는 것 같아), 슬픔·연민·걱정이 생긴다. 좋은 친구가 있어 술을 마련하여 서로 맞으며, 저 좋은 시절을 즐거워하여 부채 들고 문을 나섰다가도 오히려 다시 방으로 들어가니, (이는) 이 손괘의 몸을 생각하여 떠날 수가 없기 때문이다. 무릇 네 몸이 이끌리고 걸리고 얽매이고 잡히는 것은 몸이 많은 까닭이다.

6-2) (이는) 너의 이름과 같다. 어렸을 때는 아명이 있고 자라서는 성인 이름이 있으며, 덕을 표현하는 말로 자를 삼고 사는 곳을 따서 별호를 삼는다. 어진 덕이 있으면 선생이란 호칭을 붙이며, 살아서는 높은 벼슬 이름을 부르고 죽어서는 아름다운 시호를 부를 것이다. 이미 이름이 많아졌고 이처럼 중첩되었으니 네 몸은 이름을 장차 다 이겨내지 못할지 모르겠다.' 이는 ≪대각무경≫에 나오는 말이다. 열경은 은자이건만 이름이 가장 많았으니 다섯 살 때부터 호를 가졌다. 그래서 대사가 이런 말로 경계를 한 것이다.[32]

제6대단원에서 궁극적으로 하고 싶은 말은 이름이 많으면 이름에 매인다는 것이다. 위의 글은 이름이 많아지는 것을 부모가 혼인하여 자식을 낳는 것으로 비유하였는데 이것은 다시 음양의 효가 모여서 8괘가 되고 다시 16괘가 되는 것으로 비유하였다. 또 이름이 많아 매이는 것은 부모가 자식에 매이는 것으로 비유하였는데 이는 다시 간괘와 태괘가 모여서 손괘가 되는 것으로 비유하였다.

여기서 음양과 괘는 이중적인 의미를 지닌다. 우선 음양은 음양의 효를 지칭하면서 동시에 남녀를 지칭한다. 또 간괘(☶), 태괘(☱), 손괘(☶上

---

32) 〈蟬橘堂記〉, 及汝壯大, 迺有汝身. 既得立我, 不得無彼, 彼來偶我, 遂忽爲雙. 雙身好會, 有男女身. 兩兩相配, 如彼八卦, 身之既多, 朣腫闒茸, 重不可行. 雖有名山, 欲遊佳水, 爲此艮兌, 生悲憐憂. 有好友朋, 選酒相邀, 樂彼名辰, 持扇出門, 還復入室, 念此卦身, 不能去赴. 凡爲汝身, 牽掛拘攣, 以多身故. 亦如汝名. 幼有乳名, 長有冠名, 表德爲字, 所居有號. 若有賢德, 可以先生, 生呼尊爵, 死秤美諡. 名之既多, 如是以重, 不知汝身, 將不勝名. 此出大覺無經. 盖悅卿隱者也, 最多名, 自五歲有號. 故大師以是戒之.

≡下)의 경우도 각각 산, 연못, 산 아래 연못이 있는 형상을 뜻한다. 그래서 이 말은 이름난 산과 좋은 물로도 표현되었다. 그러나 이것은 손괘는 위의 것을 덜어서 아래 것에 더해주지 않으면 피해를 입는다는 의미를 지님으로써 곧 부모가 자식에게 매인 상황을 비유한다. 중의적인 의미를 지닌 것이다.[33]

다시 말하자면 자식이 많으면 부모가 매이듯 김시습은 이름이 많아서 이름을 이기지 못할 것이라는 말이다. 이것은 위에서 언급했던 이름 구속성의 변형이고 반복이다. 친구는 대사의 말을 구속성으로 수렴한 뒤 그것을 근거로 해서 영처자의 개명을 비난한 것이다.

대사는 다양한 방식으로 이야기를 전개했지만 그 내용으로만 보자면 이름의 구속성과 비실체성을 반복적으로 설명하여 개명의 어리석음을 지적한 셈이다. 제7대단락과 제8대단락 역시 동일한 내용의 반복이다. 제7대단락은 친구가 대사의 마지막 이야기에 근거하여 다호의 구속성, 이름의 구속성을 근거로 하여 영처자의 개명을 비난한 내용이었다. 또 제8대단락은 이름의 비실체성을 들어 친구의 비난을 반박한 것이었다. 친구와 영처자의 주장 역시 몸 구속성과 비실체성을 내세웠으니 대사의 두 개념이 여기까지 이어진 셈이다.

요컨대 이 글 전체는 내용상 개명의 문제점을 몸의 비실체성과 구속성으로 나누어 말하다 비실체성의 논리로 구속성의 논리를 반박한 것으로 구성되었다. 제2대단락은 김시습 개명의 문제성을 제기한 것이요, 제3대단락은 이름의 속성에 관한 내용이요, 제4대단락은 이름의 속성에 대한 비유요, 제5대단락은 이름의 속성과 개명 행위의 문제점을 종합한 것이다.

---

33) 이처럼 이 부분은 중의적인 표현을 취하고 있어서 비유 부분과 설명 부분이 앞의 경우처럼 명확하게 나누어지지 않는다. 이러한 중의적 표현은 비유의 긴장감을 고조시켜서 문학적 성취를 높이고 있다.

제6대단락은 다호의 구속성이요, 제7대단락은 선귤의 다호적 구속성
이요, 제8대단락은 선귤의 이름 이미지 부정이다. 이렇듯 개명의 문제점
과 이름의 속성이 서로 얽혀서 층차적으로 반복된 것이 이 글의 뼈대
다.34) 층차적 반복으로 가능한 모든 각도에서 문제점을 제기하여 그럼
으로써 부정의 효과를 극대화시킨 것이다.

## 3) 논쟁과 억양

부정의 미학을 위해 사용된 표현 양식으로 논쟁과 억양을 꼽을 수 있
다. 대화 특히 논쟁은 친구와 영처자의 주장을 대립시키는데 사용되었고
억양抑揚은 친구의 주장을 누르고 영처자의 생각을 표현한 수법으로 사
용되었다.

〈선귤당기〉는 전체적으로 영처자(이덕무)와 그 친구의 대화 형식을 취
하고 있다. 친구는 개명의 문제점을 지적하고, 이덕무는 이에 대하여 반
박한 것이다. 이 과정에서 두 사람의 대화는 논쟁적 성격을 띠면서 자연
스럽게 대립된다. 따라서 대화와 논쟁은 두 사람의 주장을 대립시키기
위한 수법인 것을 알 수 있다.

어떤 한 주장을 누르고 다른 주장을 인정하는 것이 억양이다. 이 글에
서 친구의 주장은 먼저 제기되었지만 눌렸고, 영처자의 주장은 들이올려
졌다. 다만 그 구분이 대화로 되어 있어서 대화와 억양이 맞물려 있는 형
태다. 억양은 먼저 예상 가능한 반론이나 문제점을 개진된 상태에서 그
것을 공략하여 자신 주장에 설득력을 확보하는 형태를 취한다.

이 글은 억양의 효과를 극대화시키는 쪽으로 구성되어 있다. 우선 비
판 논리의 거대화가 그것이다. 친구의 말은 길고 많다. 분량으로 보면 글

---

34) 이처럼 두 개념을 계속해서 이끌고 내려오는 수법을 雙關法이라고 한다.

의 8, 90퍼센트 정도는 친구의 말이고, 그 중의 또 8, 90퍼센트 이상이 김시습과 대사의 일화로 되어 있다. 그래서 비판의 타당성이 진곡하게 드러나고 독자들로 그것에 동의하게 만든다.

그런데 이것은 역설적으로 반박의 효과를 극대화시키기 위한 배려이기도 하다. 비판의 논리가 강할수록 반박의 효과도 클 수 있기 때문이다. 영처자의 말이 친구의 주장을 순식간에 뒤집어 버린 것도 이러한 반발 효과 때문이다.

또 다른 수법은 이이제이以夷制夷의 수법이다. 이것은 상대방의 논리로 상대방의 주장을 반박하는 것이다. 이럴 경우 상대방에 대한 반박의 효과가 더 커진다. 대사는 김시습의 개명을 비판하면서 그 근거로 이름의 몸 구속성만이 아니라 이름의 비실체성도 함께 말했다. 그런데 제6대단락에서 친구는 그 중 몸 구속성 부분만을 강조했다. 이 결과 대사의 말은 몸 구속성의 의미로 수렴되어 버렸다.

이에 대해 영처자는 이름의 비실체성을 근거로 하여 이를 반박했다. 이름은 실체가 없으니 이름의 구속성도 따질 것 없다는 것이다. 구속성의 논리를 바탕으로 한 친구의 주장을 영처자는 비실체성의 논리로 반박했다. 그런데 비실체성은 바로 대사의 말 속에서 추출된 것이었으므로 친구 논리로 친구의 비판을 반박한 결과가 되었다. 이것이 이이제이의 상황이다.

이이제이의 수법을 이용하려면 상대방의 논리에서 모순이 있어야 한다. 모순이 있어야 그 논리로 친구의 논리를 격파할 수 있기 때문이다. 여기에서 모순은 비실체성과 구속성 사이에 존재한다. 두 이야기는 이름의 속성에 대해서는 정곡을 찌른 듯하지만 합리적인 관점에서 원래 비실체성과 구속성은 양립하기 어려운 논리다. 실체가 없다면 구속할 수 없는 것이고, 구속한다면 실체가 있는 것이기 때문이다. 이름에 대한 두 속성은 모순을 지닌 것이다. 그렇기 때문에 영처자는 이름의 비실체성으로 이름의 구속성을 반박할 수 있었던 것이다.

이이제이의 결과는 단순히 이름 구속성의 부정으로만 끝나지 않았다. 그것을 통해 이름의 비실체성이 증명됨으로써 선귤을 이름 이미지로 이해하는 것 자체가 완전히 부정되는 결과가 되었다. 이런 의미에서 이이제이의 억양 수법은 주제 형상화를 위해 의도적으로 마련된 것임을 추정케 한다.

## 4. 〈선귤당기〉와 ≪능엄경楞嚴經≫

〈선귤당기〉의 주제와 형상화 방식의 연원은 무엇일까? 각 부분을 따로 떼어 내어 그 연원을 찾는 문제는 대단히 복잡하고 끝이 없는 작업이다. 그런데 이에 대해 주목할 만한 기록이 있다. 김택영은 〈선귤당기〉를 '완전히 ≪능엄경≫(純是楞嚴經)이다.'[35]라고 한 것이 그것이다.

이것은 ≪능엄경≫과 〈선귤당기〉가 특정 부분 이를테면 구성 방식이라든지, 주제나 소재, 표현 방식 등 어느 하나가 비슷한 것이 아니라 이들 모두가 총체적으로 비슷하다는 뜻으로 해석된다. 본고에서는 특히 이 부분을 주목하여 검토해 보려고 한다.[36]

### 신식 논리

〈선귤당기〉는 당호 선귤을 이름으로 보지 말고 몸(이덕무 삶의 모습)으로 보아야 한다는 것이다. 이 말 속에는 기본적으로 두 개의 명제가 들어

---

35) 金澤榮 編, 앞의 책, 12쪽.
36) 유사한 논리 구조가 다른 불경에도 얼마든지 존재하는 것이지만 김택영의 언급을 참고 삼아 우선 ≪능엄경≫과 비교해 보는 것도 유익할 것이다.

있다. 하나는 이름과 몸(삶의 모습)이 별개로서 몸이 실체요 이름은 비실체라는 것이고 하나는 선귤이란 말은 이름이면서 동시에 몸(삶의 모습)이라는 것이라는 것이다. 전자가 분별과 대립의 관점에서 본 것이라면 후자는 이것을 합일, 혹은 통합의 관점에서 본 것이다.

분별의 관점에서 보면 이름과 몸은 자연스럽게 대립된다. 이름의 몸 구속성과 비실체성은 이러한 관점에서 몸과 이름을 분리, 대립시킨 것이다. 그래서 몸은 영원히 이름이 될 수 없고, 이름은 영원히 몸이 될 수 없다. 대사뿐 아니라 친구 영처자의 주장은 이러한 전제를 가지고 있다. 선귤을 이름으로 해석하지 말고 몸(이덕무 삶의 모습)으로 해석하라는 생각은 이러한 분별 철학의 소산이다.

이 관점에서는 몸은 이름보다 우월하다고 생각한다. 이름은 가변으로 실체가 없으나 몸은 불변으로 실체가 있다고 믿는 것이다. 이름 이미지의 부정이 몸 이미지를 함축한 것은 이런 명제가 전제된 것이다.

통합의 관점에서는 몸과 이름이 분리되지 않는다. 몸이 없는 이름이 없고, 이름이 없는 몸이 없다고 생각하기 때문이다. 이름과 몸은 단순히 대립적으로 분별하여 생각해 본 것일 뿐 한쪽 상대가 없이는 다른 상대가 있을 수 없다면 이 둘은 진정 둘이 아니라는 것이다. 이런 관점에서 이것들은 하나다.

그것은 두 가지가 변증법적으로 통일되는 것과 다르다. 그것은 애초부터 나누어지지 않은 것이다. 따라서 그것은 그것 자체로 완결된 것이지 새로운 단계로 나아가기 위한 새로운 테제가 아니다. 선귤이 이름이기도 하지만 몸(이덕무 삶의 모습)이라는 이중성에는 이처럼 분별 의식을 뛰어넘는 논리가 있다.

≪능엄경≫은 참된 깨달음의 문제를 다루고 있다.[37] 사람들은 현상계

---

37) ≪능엄경≫(김두재 역, 민족사, 1994), 389~396쪽.

의 사물들을 보고 그것을 참된 실재라고 생각하지만 부처는 현상계가 생
멸변화하지만 현상을 보는 마음은 불생불멸한다고 말한다. 이런 말에는
현상계와 마음이 자연스럽게 대립되어 있다. 변화하는 것과 변화하지 않
는 것은 하나가 될 수 없기 때문이다. 또 이 말에는 현상계보다 마음이
더 우월한 것으로 보는 의식이 들어있다. 그래서 ≪능엄경≫은 참된 진
리는 변하지 않는 마음에 있다고 생각한다.

그런데 부처는 현상계가 마음의 작용에 지나지 않는다고 가르친다. 현
상계는 외부에 실존하는 것이 아니라 그것은 마음에 있는 것이라는 말이
다. 현상계는 객관이고 마음은 주관이다. 객관이 마음의 작용에 지나지
않는다는 말 속에는 주관과 객관이 별개가 아니라는 뜻이 된다.

그래서 부처는 진정한 깨달음의 경지에서는 원래 주관과 객관의 구분
이 없다고 한다. 원래 각성覺性은 주관과 객관이 끊어진 것인데 주관과
객관이 구별된 것은 망념에 의한 것일 뿐이라는 것이다. 이러한 분별 때
문에 주관과 객관이 비로소 존재하게 되고,[38] 여기서 감각과 지각, 인식
이 생겨나서 사람들이 스스로 미망에 빠지게 된다는 것이다. 그러므로
각성에서 보면 주관과 객관은 분별될 것도 없는 하나인 상태인 것이다.

통합의 관점에서 보면 이 둘은 하나다. 그러나 이것 역시 변증법적으
로 통합되는 것과는 다르다. 주관과 객관은 애당초부터 분리된 적이 없
기 때문이다. 이것은 객관을 부정히고 주관을 긍정하는 것이 아니다. 부
처는 그러한 구분 자체가 어리석은 것이리고 보았다. 주관 자체가 객관
이고 객관 자체가 주관이라는 것이다.

여기서 ≪능엄경≫의 인식논리가 <선굴당기>의 그것과 비슷한 구조를
지녔다는 것을 알 수 있다. 이름과 몸의 대립은 주관과 객관의 대립에 비
의된다. 이름의 부정은 객관의 부정에 비의된다. 분별의 관점에서 이름

---

38) ≪능엄경≫, 위의 책, 392쪽.

은 변하고 몸은 불변하므로 이름은 부정하고 몸을 긍정한 것은, 현상은 가변이고 마음은 불변이므로 현상은 부정하고 마음을 참된 것이라고 본 것과 비슷하다.

또한 통합의 관점에서는 〈선귤당기〉가 이름의 부정이 그것으로 그치지 않고 이름과 몸의 합일로 가는 결론을 이끌어 냈듯이 ≪능엄경≫도 객관의 부정이 그것으로 그치지 않고 곧 주관과 객관의 구별 이전으로 돌아간 결론도 너무 흡사하다. 선귤이 이름이면서 몸이듯이 현상은 객관이면서 주관이라는 말이다.

### 주제 형상화의 틀

주제 혹은 깨달음의 경지를 설명하는 과정에서도 유사성이 발견된다. ≪능엄경≫은 처음에 아난이 계율을 잊고 마등가녀의 유혹에 빠져든 것을 발단으로 하여 참마음이 무엇인가에 대한 이야기로 시작된다.[39] 아난은 눈(眼)과 마음(心)의 감각, 인식 내용이 참된 실체라고 믿는다. 왜냐하면 자신이 불도에 들어온 것은 부처를 눈으로 보고 마음으로 좋아하는 생각이 들었기 때문이다. 특히 아난은 눈이 마음보다 불완전하므로 자신이 유혹에 빠진 것은 마음을 잘못 다스렸기 때문이라고 믿는다.

이에 대하여 부처는 먼저 눈의 비실재성을 논파하고 다시 마음의 비실재성을 논파한다. 그리고 눈과 마음이 현상에 매이는 이치를 설명했다. 아난이 생각한 마음은 사물에 대응하는 인식기관으로서의 마음을 말하는데 눈과 마음은 곧 감각 기관과 인식 기관을 가리키는 것이다.

이것은 객관 사물을 인식하는 주관의 기관인데 이들은 사물에 의지해서 생겨나는 것으로 부처는 이것들이 대상 세계의 그림자에 불과하고, 번뇌의 근원이 된다고 말한다. 눈으로 받아들인 것이나 사물에 의지해서

---

39) ≪능엄경≫, 위의 책, 11쪽~41쪽.

생기는 마음의 작용은 참된 실체가 아니라는 것이다.

그러므로 윤회의 고통을 벗어나려면 이 마음을 다스릴 것이 아니라 참마음(眞性)을 깨닫고 회복해야 한다고 말한다. 참마음은 사물에 따라 생기거나 그것에 따라 움직이는 것이 아닌 원래부터의 밝은 성품을 말한다. 곧 부처는 대상에 현혹되는 마음은 부정하고 참마음을 제시한 것이다.40)

요컨대 참 마음에 이르는 과정이 눈과 마음을 부정하는 것으로 설명되었는데, 이 부분은 〈선귤당기〉에서 허물과 껍질을 부정한 후 향기와 소리를 부정하고 매미와 귤의 덕목으로 이어가는 구조와 비슷하다. 눈과 마음은 각각 허물·껍질, 소리·향기 등의 이름 이미지에 비의되고 참 마음은 매미와 귤의 덕목인 몸 이미지에 비의할 수 있는 것이다.

### 함축과 허구

김시습 일화에 의한 복선과 함축 역시 마등가녀와 아난의 일화와 비슷한 기능을 한다. 이미 김시습과 대사의 일화는 이 글의 핵심이 되어 영처자와 친구의 논쟁에 있어서 함축적 의미를 제시하고, 영처자의 논쟁은 이 글의 주제를 만든다는 분석을 했다.

곧 김시습 일화는 허구이지만 그것으로 이름의 비실체성과 구속성을 말했고, 선귤의 의미가 이름 이미지가 아닌 몸 이미지라는 단서를 제공했다. 또한 친구·영처자의 논쟁은 이름의 비실체성과 구속성을 수용했고, 그것을 바탕으로 이름 이미지를 부정하고 몸 이미지를 함축하도록 했다.

---

40) 마음과 참마음의 개념은 서로 다르다. 마음은 사물을 받아들이는 것을 가리키는데 이는 사물과 한 짝이 되어 존재하는 것으로 사물에 매어있는 것으로 분류된다. 참마음은 깨달음의 주체를 말하는데 이는 사물과 마음의 대립을 뛰어넘어 사물과 무관하게 존재하는 것이다.

이것은 《능엄경》에서 여인 마등가의 환술, 아난의 파계가 갖는 기능과 비슷하게 생각된다. 아난은 음란한 환술에 걸려 계행을 깨트렸다. 이를 통해 부처는 눈과 마음으로 겪은 것이 허상이라는 사실을 깨닫게 한다. 곧 마등가의 환술도 허상이었지만 아난이 눈과 마음으로 경험한 것도 허상이었던 것이다.

따라서 마등가의 환술은 모든 현상의 비실체성과 구속성을 암시하고, 아난의 파계는 눈과 마음의 비실체성과 구속성을 실증하는 기능을 했다. 동시에, 이것들은 주객 대립의 분별의 의식을 넘어 참마음의 진리를 볼 수 있는 실마리를 제공하고 있다.

이것으로 보면 〈선귤당기〉와 《능엄경》의 주제 형상화의 구조적인 틀이 비교적 유사한 모습을 지닌 것을 알 수 있다.

두 글의 유사성은 논쟁과 이이제이의 전개 방식에서도 발견된다. 위에서 보았듯이 아난은 자신의 모순을 깨닫지 못하고 부처와 대화한다. 그러면서 때로는 교훈을 구하기도 하고 때로는 자신의 견해를 주장하기도 한다. 부처는 그의 이야기 속에서 모순을 지적하고 새롭게 보도록 함으로써 기존의 모순에서 벗어나도록 한다. 이 글에 등장하는 많은 등장 인물들과의 대화도 역시 이와 같은 형태로 이루어졌다.

이와 같은 논리는 기본적으로 〈선귤당기〉 전개 방식과 비슷하다. 친구가 영처자를 힐난하자 영처자는 그의 논리 속에서 모순을 찾아내어 친구로 깨닫게 한 것이 그것이다. 또한 김시습이 자신의 모순을 알지 못한 것을 대사가 그의 논리로 그의 모순을 드러낸 것도 마찬가지라고 할 수 있다.

〈선귤당기〉의 반복 표현의 수법 역시 《능엄경》의 그것과 유사한 모습을 보인다. 부처는 감각 기관과 인식 기관, 감각의 작용과 인식작용에 대하여 하나하나 그 특성과 모순에 대하여 설명한다. 설명의 틀은 대략 비슷하다. 그러나 결코 뭉뚱그려 이야기하는 법이 없다.

　그뿐만 아니라 감각 기관 내에서도 눈, 귀, 코, 혀, 몸, 뜻 등을 하나하나 충차적으로 그 특성과 모순을 설명한다. 사물의 기본 원소라는 땅, 물, 불, 바람에 대하여 논할 때도 마찬가지다. 그는 중생들과 질문자들이 깨달을 때까지 하나 하나 동일한 논리로 반복한 것이다.

　이렇게 구성된 부분은 양적으로 대단히 많다. 하지만 이것들은 궁극적으로 망념의 원인이고 결과이다. 따라서 그 양의 많음에도 불구하고 모두 부정된다. 부정될 내용이지만 부처는 그것의 모순이 무엇인지 대단히 진곡하게 반복적으로 말한 것이다. 이러한 형식은 앞서 밝혔던 〈선귤당기〉의 충차적 반복의 양상과 흡사하다. 대사가 김시습에게 개명의 모순을 알아들을 때까지 반복적으로 설명한 것이 그것이다.


## 5. 맺음말


　본고는 〈선귤당기〉의 주제가 선귤당이란 당호는 단순히 이덕무의 또 하나의 이름이 아니라 그의 삶의 모습을 반영하는 것이라고 말하는 것이라고 풀었다. 또한 주제의 형상화의 중심에는 부정의 미학이 있었다고 보았다. 그래서 구체적인 내용으로 함축, 반복, 논쟁 등의 기법을 설명했다. 또한 〈선귤당기〉의 인식 논리와 주제 형상화의 형태를 ≪능엄경≫과 비교하여 그 유사성을 살펴보았다.

　그러나 이 글에서 다루지 못한 부분이 적지 않다. 이 글의 표현 기교로 따져 볼 일이 위에서 지적한 것 외에도 적지 않을 것이지만 이를 따지지 못했다. 또한 위에서 열거한 기법들의 연원 역시 충분히 살피지 못했다. 논쟁과 모순에 의한 이이제이 수사는 맹자 논법의 기본틀이고, 우언 형식이나 대화 형식 역시 그 연원이 적지 않다.

〈선귤당기〉와 ≪능엄경≫ 사이의 유사점이 이것만이 아닐 것이다. 그러나 이 역시 다 살피지 못했다. 또 〈선귤당기〉를 ≪능엄경≫과 비교하면서도 정작 전형적인 선비인 이덕무에게 불경의 형태를 빌어 글을 지은 이유도 구체적으로 다루지 못했다. 이덕무가 ≪능엄경≫을 읽었다는 기록이 있긴 하지만 이에 대하여 깊게 논의하지 못했다. 이 모든 것에 대한 미비점은 다음 논문으로 미룬다.

## 〈염재기 念齋記〉

대조와 역설의 미학

## 1. 머리말

연암 문학의 성취는 참으로 다양하다. 연암은 때로는 함축으로, 때로는 부정의 논리로, 때로는 돈좌의 수법으로 작품을 형상화하여 다채로운 문예미를 창조했다. 이러한 다양성은 연암 문학의 특질을 한마디로 표현하기 어렵게 만든다. 게다가 주제의 의미가 깊어지면 연암 문학의 미학적 특질을 짧게 요약하기는 더욱 어려워진다.

역설의 논리는 연암 미학의 두드러진 특징 중의 하나다. 역설의 논리를 이용한 작품의 숫자가 적지 않지만 특색 있는 구성을 보여주는 것의 하나가 〈염재기念齋記〉다. 이 작품은 역설의 논리가 주제의 형상화뿐 아니라 제목의 설정, 구성과 표현의 영역 등에 광범위하게 적용된 글이다. 그런 의미에서 〈염재기〉는 연암 문학의 특징을 이해하는 중요한 지표가 된다고 할 수 있다.

그럼에도 불구하고 이 작품은 선행 연구자들로부터 주목받지 못했다. 본고는 이제 〈염재기〉의 분석을 통해서 연암 문학의 한 면모를 살펴보려고 한다. 우선 역설의 논리가 어떤 방식으로 주제의 형상화에 작용하고 있으며 각 부분의 표현에 어떻게 활용되고 있는가를 분석할 것이다. 또한 작품의 주제를 구성하는 논리의 연원이 무엇인가도 함께 찾아봄으로써 〈염재기〉 역설 미학의 전모를 살펴볼 것이다. 텍스트는 박영철본으로 한다.[1]

## 2. 선비의 자기정체성

### 1) 계우와 광성狂性

〈염재기〉는 계우季雨의 당호에 대한 기문이다. 계우가 누구인지는 자세하지 않다. 다만 〈증계우서贈季雨序〉라는 글이 ≪연암집≫에 따로 실린 것으로 보아, 그가 연암과 그리 멀지 않은 관계에 있었던 것으로 생각된다. 이 글은 어떤 선생에게 공부하러 떠나는 계우를 추천한 내용이다.

이 글을 지은 시기나 계우의 이때 나이를 알 수 있는 단서는 없지만 이런 소개 편지를 쓸 정도라면 계우와 연암이 어느 정도 나이 차이가 있었으리라 짐작된다. 그런데 그 안에는 계우의 사람됨에 대한 연암의 생각을 보여 주는 대목이 있어 그가 어떤 사람인지 잠시 짐작해 볼 수 있다.

연암은 이 글에서 ≪맹자≫의 글을 인용하면서, 계우가 찾아갈 선생이 영재를 얻어서 가르치고 싶어할 것이니 자신의 글을 그 선생에게 먼저 전하면 계우를 받아 줄 것이라고 적고 있다. 특히 중요한 것은 연암이 ≪맹자≫의 글을 인용하여 어느 선생에게 그를 소개했다는 점인데, 이것은 연암이 그의 자질을 높게 평가했다는 것을 의미한다.

---

1) 朴趾源, ≪燕巖集≫ 卷1, 啓明文化社, 1986, 431~432쪽. 이후 〈念齋記〉는 따로 출전을 밝히지 않는다.

　　지금 계우는 나이가 겨우 약관으로 길이 험한 것을 멀다 하지 않고 선물을
안고 책과 책 상자를 지고서 자기 스승(其師)에게 가서 배우려고 한다. 나는
선생께서 반드시 영재를 얻어 가르치려고 생각하고 있으며, 또 사람들에게 스
승으로서 가벼이 여김을 받고 싶어하지 않은 것을 알고 있으니, 반드시 내 말
로 먼저 선생께 뵙기를 청하면 선생은 마땅히 답이 있을 것이다. 마침내 써서
준다.2)

　　그런데 이보다 훨씬 뒤에 쓰인 것으로 추정되는 〈염재기〉에 묘사된
계우의 모습은 이와 사뭇 거리가 있다. 여기에서 계우는 세상과 거리를
두고 술에 취해 살아가는 인물로 묘사되어 있다.

　　계우는 성품이 소탕하여 술 마시고 크게 노래 부르기를 좋아했는데, 스스
로 주성酒聖이라고 일컬었다. 겉으로는 씩씩한 듯하지만 속으로 연약한 세상
사람들을 보면 마치 (자신이) 더럽혀진 듯 여기기도 하고 토할 듯 하기도 했
다. 내가 희롱하여 말하기를 "취한 것을 성聖이라고 한 것은 미쳤다(狂)는 말
을 피한 것뿐이다. 만약 취하지도 않고 생각하지도 않는다면(不醉而罔念) 거
의 크게 미친 것(大狂)에 가깝지 않으리오."라고 했다. 계우가 쓸쓸히 가만히
있다가, "어른의 말씀이 옳습니다."라고 했다.3)

　　연암은 계우의 성품을 소탕하다고 했다. 그리고 그가 술 마시고 큰 소
리로 노래부르기를 즐겼다고 부연 설명하면서 겉으로는 씩씩한 듯하지
만 속으로 연약한 사람을 보면 자신이 더럽혀진 듯 여기기도 하고 토할
듯 하기도 했다고 했다. 이것으로 보면 계우는 세상을 멀리하며, 세속적

---

2) 〈贈季雨序〉, ≪燕巖集≫. 今季雨年纔弱冠, 不遠道路之險, 抱棗脯負書笈, 往從乎其
　師. 吾知先生必思得英才而敎育之也, 又不欲輕師於人人也. 其必以吾說, 先贄於先生,
　則先生, 宜有以答也. 遂書而贈之.
3) 〈念齋記〉. 季雨, 性疎宕, 嗜飮豪歌, 自號酒聖, 視世之色莊而內荏者, 若浼而哇之. 余
　戲之, 曰"醉而稱聖, 諱狂也. 若乃不醉而罔念, 則不幾近於大狂乎!" 季雨愀然爲間,
　曰"子之言是也."

인 사람들과 가까이 하지 않으려고 했던 것으로 보인다. 또한 자신을 주
성酒聖으로 표현한 것은 그는 자신이 가지고 있는 세속에 대한 거부 의
식에 대하여 대단한 자부심을 지니고 있었음을 보여 준다.

## 자기정체성의 상실과 광성

그러나 연암의 평가는 그와는 반대였다. 연암은 그를 주광酒狂이라고
평했다. 술 미치광이라는 뜻이다. 미치광이란 자신이 누구인지 그래서
자신의 할 일이 무엇인지를 모르는 사람이다. 이는 계우가 술에 빠져서
자신의 자기정체성을 상실했다는 평가로 생각된다.

연암은 계우의 결벽성을 왜 그렇게 평가한 것일까? 해답의 단서는 계
우를 묘사한 말에 함축되어 있다. 계우가 겉으로는 씩씩한 듯하지만 속
으로 연약한 사람을 본 것만으로 자신이 '더럽혀진 듯이 여겼다(洗)'고
했다. 여기에 나오는 '더럽혀진 듯이 여겼다(洗)'는 말은 ≪맹자≫에서 따
온 표현이다.

≪맹자≫에는, 백이伯夷가 악한 세상 사람과 함께 하는 것을 마치 조복
朝服을 입고 더러운 진흙과 숯이 있는 곳에 앉는 것과 같이 생각했다는
일화가 나온다. 특히 백이는 마을 사람과 이야기하려고 생각했다가 그가
관을 바르게 쓰지 않은 것을 보고 떠나면서 마치 자신이 더럽혀진 듯이
여겼다(洗)는 것이다.4)

백이는 상나라의 신하로 주나라의 임금을 섬기지 않으려고 수양산에
들어가 고사리만 먹다가 죽은 선비로 알려져 있다. 그래서 그는 옳지 않
은 것에 대하여 타협하지 않는 절의의 대명사로 일컬어졌다. 그런데 맹

---

4) 〈公孫丑上〉, ≪孟子≫. 맹자는 세상의 악을 용납하지 않는 백이伯夷의 태도를 말
   하면서, 그가 '마을 사람과 이야기 할 때도 관을 바로 쓰고 같이 이야기하면 마치
   몸이 더럽혀질 것처럼 뒤도 안 돌아보고 갔다(思與鄕人立 其冠不正 望望然去之 若
   將洗焉)'고 말했다.

자의 평가는 이런 일반적인 평가와는 다르다. 그는 백이의 행동이 너무 꽉 막힌 것이어서 군자는 행할 일이 아니라고 평했다.5) 군자의 삶이란 세상과 거리를 두어 자기만의 깨끗함을 지키는 삶이어서는 안 된다는 뜻이다.

'토할 듯했다(哇)'는 표현도 ≪맹자≫에 나오는 말이다. ≪맹자≫에는 진중자(陳仲子)가 자기 형이 뇌물로 받은 거위를 보고 비난하다가 그의 어머니가 그것을 삶아 주자 그것을 먹었는데, 그의 형이 들어와서 진중자가 먹은 거위가 바로 뇌물로 받은 거위라고 하자 밖으로 나가 토했다(出而哇之)는 일화가 나온다. 이때 진중자의 행동을 표현한 말이 '토했다(哇)'는 말이다.6)

진중자는 원래 제나라의 대대로 내려오는 신하였지만, 자기 형이 받은 녹을 더럽다고 하고 어머니가 주는 음식을 불의하다고 하여 거처도 다른 곳으로 옮기고 아내가 해주는 음식만 먹었다고 한다. 그래서 어느 날엔 먹을 것이 없어 굼벵이가 반이 넘게 먹은 오얏을 먹은 적도 있었다고 전해진다. 진중자에 대해서 당시 사람들은 청렴한 선비로 칭했던 것으로 보이는데 맹자는 이런 평가에 반대했다.

그가 비록 자기 형으로부터 벗어났지만, 결국 그가 사는 곳이나 먹는 음식도 모두 자신이 더럽게 여긴 사람들에 의해 만들어진 것이므로, 벌레가 되어서 오얏만 먹고 살지 않는 한, 사람으로써 그런 방식으로 지조를 지키는 것은 사실상 불가능한 일이라고 했다. 이런 평가는 진중자가 제나라의 대대로 내려오는 신하로서 자신만의 깨끗함을 지키기 위해 세상과 떨어져 지내는 것은 선비의 도리가 아니라는 의미를 담은 것이다.

곧 맹자는 위의 일화를 통해 백이나 진중자와 같은 결벽성은 군자와 선비가 취할 행동이 아니라고 한 셈이다. 곧 군자나 선비는 자신의 깨끗

---

5) 〈公孫丑上〉, ≪孟子≫. 孟子曰 "伯夷隘, 柳下惠不恭, 隘與不恭, 君子不由也."
6) 〈滕文公下〉, ≪孟子≫. 其兄自外至, 曰"是鶃鶃之肉也", 出而哇之.

함만 지키는 것으로 선비의 도리를 다하는 것이 아니라는 뜻이다. 연암
이 이런 표현을 따다 쓴 것을 계우에게 일정한 메시지를 전하려고 했던
것으로 생각된다. 곧 계우처럼 술에 취하여 세상을 멀리하고 세상을 비
난하며 자신만 깨끗하게 살려는 것은 선비로서 바른 태도가 아니라는 것
이다. 계우를 술 미치광이라고 평가한 것의 의미가 여기에 있는 것이다.
결벽성과 은둔, 술에 취함과 세상과의 단절 등은 성인의 태도가 아닌 것
은 말할 것도 없고 선비의 참된 모습도 아니기 때문이다.

## 2) 송욱과 선비성

그렇다면 연암은 선비로서 그가 무엇을 어떻게 하기를 원한 것일까?
이 글에서 선비의 삶이란 무엇인가에 대하여 직접적으로 언급한 부분은
없다. 그런데 〈염재기〉 첫 부분에 소개된 송욱[7]의 일화는 그것을 간접
적으로 암시한다.

### 자기 찾기와 자기정체성 회복

송욱의 일화는 두 개의 에피소드로 이루어져 있다. 첫 번째 에피소드
는 송욱이 발가벗고 돌아다닌 내용이고, 두 번째는 과거장에서 일어난
일이다. 발가벗고 돌아다닌 일화의 내용부터 살펴보자.

> 송욱은 취하여 잠이 들었다가, 아침에 해가 떠서야 깨었다. 누워서 소리를
> 듣자니, 솔개가 울고 까치가 지저귀고, 수레와 말의 소리가 시끄러웠다. 울 아
> 래에서는 절구질 소리가 났고, 부엌에서는 그릇 씻는 소리가 들렸다. 노인과

---

7) 〈馬馹傳〉, 《燕巖集》. 이 곳에 송욱의 이야기가 또 보인다. 여기서 송욱은 광통교
   다리 위에서 趙闥拖와 張德弘 등과 친구 교제의 도에 대하여 논한 인물로 묘사되
   어 있다.

어린아이가 떠들고 웃으며, 계집종·사내종이 소리치고 기침하는 소리가 들렸다. 무릇 방 밖의 소리는 구분하지 못하는 것이 없었는데, 유독 자기 소리만 들리지 않았다. 이에 "집안 식구들은 모두 있는데 나만 어찌 없는가?"라고 몽롱하게 중얼거렸다.

눈을 돌려 주위를 살펴보니, 웃옷은 횃대에 있고, 아래옷은 옷걸이에 있었다. 삿갓은 벽에 걸려 있고, 허리띠도 옷걸이 머리에 걸려 있었다. 책은 서안에 놓여 있고, 거문고는 가로로, 비파는 세로로 서 있었다. 거미줄은 들보에 매달려 있고, 파리는 창에 붙어 있었다. 무릇 방안의 물건 모두 없는 것이 없었지만 유독 자기만은 보이지 않았다. 급히 일어나 서서 자기가 자던 곳을 바라보니, 베개는 남쪽으로 놓인 채 이부자리가 깔렸는데, 이불은 그 속이 다 들여다보였다.

이에 (송욱은) 송욱이 발광하여 맨몸으로 나갔다고 생각하여, 몹시 불쌍히 여겨 야단도 치고 웃기도 했다. 마침내 자기의 옷과 관을 안고 그를 찾아 입혀 주려고 여러 방법으로 두루 찾아 다녔지만 송욱을 찾지 못했다.[8]

이 내용에는 사실과 허구가 섞여 있는 것으로 생각된다. 맨몸으로 옷을 들고 다니는 행동은 실제로 목격된 것이었을 것이다. 그러나 연암은 그것을, 자신을 찾아서 자신에게 옷을 입히기 위한 것이라고 해석했다.

송욱의 행동에는 옷을 벗은 자신과 옷을 입히려는 자신이 두 개의 개체로 분리되어 있다. 인식 주체로서의 자기와 인식 대상으로서의 자기를 관념적으로 구분하는 것은 있을 수 있으나 이처럼 물리적인 대상으로 구별하는 것은 정상적인 인식은 아니다. 그래서 연암은 그의 행동을 발광했다고 표현한 것이다.

---

8) 〈念齋記〉. 宋旭醉宿, 朝日乃醒, 臥而聽之, 鳶嘶鵲吠, 車馬喧囂, 杵鳴籬下, 滌器廚中, 老幼叫笑, 婢僕叱咳, 凡戶外之事, 莫不辨之, 獨無其聲, 乃語朦朧, 曰家人俱在, 我何獨無. 周目而視, 上衣在楎, 下衣在椸, 笠掛其壁, 帶懸椸頭, 書帙在案, 琴橫瑟立, 蛛絲縈樑, 蒼蠅附牖, 凡寶中之物, 莫不俱在, 獨不自見, 急起而立, 視其寢處南枕, 而席衾見其裡, 於是, 謂旭發狂, 裸體而去, 甚悲憐之, 且罵且笑. 遂抱其衣冠, 欲往衣之, 遍求諸道, 不見宋旭.

그러나 연암의 해석은 함축적이다. 자기를 찾는다는 것을 정신적인 의미로 보면 그것은 자기정체성을 찾는 행위가 된다. 보통의 발광이 자기정체성의 상실을 의미하는 것인데 반하여 송욱의 발광은 자기정체성을 찾는 행위라는 것이다. 이런 해석이 함축되면 송욱의 행동은 철학적이고 근본적인 행위가 된다. 그래서 그를 미쳤다고 평가하는 것은 무의미하게 된다. 오히려 그는 자기정체성을 찾는 인물이 되는 것이다.

## 국가 봉사와 선비성

그렇다면 송욱이 찾는 자기정체성은 무엇인가? 그것은 두 번째 일화에 함축되어 있다. 그는 잃어버린 자신을 찾기 위해 점쟁이를 찾아갔다. 점쟁이에게서 그는 잃어버린 자신을 찾을 수 있을 것이라는 말과 과거 합격의 점괘를 듣고서, 과거에 응시하게 된다. 하지만 그는 자기 답안지에 스스로 비점을 치고 높은 성적을 매기는 바람에 과거에는 떨어졌다. 하지만 그는 그런 행위 때문에 어떤 군자로부터 선비 같다는 평을 듣게 되었다. 그 구체적 내용을 살펴보자.

> 송욱이 크게 기뻐하여 매번 과거가 열려 선비를 선발하면, 송욱은 반드시 유건을 쓰고 과장에 나아가서 문득 스스로 자기 답안지에 비점을 치고 '고등'이라고 크게 썼다. 그러므로 서울 속담에 일이 반드시 이루어지지 못할 것을 '송욱의 과거보기'라고 했다. 군자가 듣고 말하기를, "미치긴 미쳤으나, 선비같구나. 이는 과거 시험장에는 갔지만 합격에는 뜻을 두지 않은 사람이다."라고 말했다.[9]

---

9) 〈念齋記〉. 旭大喜, 每設科試士. 旭必儒巾而赴之, 輒自批其券, 大書高等. 故漢陽諺事之必無成者, 稱宋旭應試. 君子聞之, 曰狂則狂矣, 士乎哉! 是赴擧而不志乎擧者也. 점괘에 대한 풀이 부분은 확실하지 않다. 다만 점괘의 내용을 주인이 집을 나가 나그네로서 머무를 곳이 없는 것을 송욱이 미쳐서 돌아 다니는 것을 지칭하고 아홉을 잃고 하나는 얻었다는 것은 송욱이 미침으로써 모든 것을 잃었지만 선비 같다는 평가를 얻었다는 것으로 파악했음을 밝혀 둔다.

여기에도 사실 부분과 허구 부분이 섞여 있는 것으로 보인다. 그가 과거에 응시한 일이나 스스로 평가하고는 과거장을 나온 일은 사실일 것이다. 선비가 벼슬을 하기 위해서 과거에 응시하는 것은 권리이기도 하고 의무이기도 하다.

그런데, 과거 응시란 국가의 평가에 의한 선발되는 것이다. 따라서 자기가 자신을 스스로 평가한 것은 합격을 기대하는 행동이라고 할 수 없다. 이런 행동은 합격 자체를 거부하는 행동으로 이해된다. 과거에는 응시하되 합격은 거부한 것이다.

문제는 그의 행동을 선비 같다고 평한 부분이다. 사람들은 그 모순만 보고 이루어지지 못할 것을 '송욱의 과거 보기'라고 평했는데, 연암은 군자의 입을 빌어 그를 선비 같다고 평가했다. 합격을 거부한 과거 응시는 일상적인 의미에서 선비 같은 행동이라고 할 수 없다. 그런 의미에서 송욱을 선비 같다고 한 것은 역설적이다. 연암에게 선비란 과연 무엇이기에 이런 평가를 내린 것일까?

연암은 〈원사原士〉에서 선비의 본질을 두 가지로 꼽고 있다. 하나는 효제충신孝悌忠信이라는 도덕 수양의 덕목이고 하나는 예악형정禮樂刑政이라는 정치적 경륜이다.10) 도덕 수양이 개인적인 심성 차원의 덕목이라

---

10) 〈原士〉, ≪燕巖集≫. 선비는 아래로 농부나 공인과 같이 하고 위로는 왕이나 정승과 벗하니, 지위로 말하자면 정해진 등급은 없지만 덕으로 말하자면 전아한 선비인 것이다. 한 선비가 독서를 하면 은택이 사해에 미치고 공업이 만세에 드리우니 역에서 '나타난 용이 밭에 있으니 천하가 문명으로 변하리로다'라고 했으니 아마도 독서하는 선비를 말하는 것일 것이다. 夫士下列農工, 上友王公, 以位則無等也, 以德則雅士也. 一士讀書, 澤及四海, 功垂萬世, 易曰見龍在田, 天下文明, 其謂讀書之士乎.
대저 책을 읽는다는 것은 장차 무엇을 하기 위한 것인가? 글쓰는 재주를 풍부하게 하기 위한 것인가, 글을 잘 쓴다는 영예를 널리 퍼뜨리게 하기 위한 것인가. 배운 것을 따지고 도를 논하는(講學論道) 것이 바로 책을 읽는 일이니 효제충신(孝悌忠信)은 배운 것을 강하는 것의 실질(實)이요, 예악형정(禮樂刑政)은 배운 것을 강하는 것의 활용(用)이다. 책을 읽으면서 실질(實)과 활용(用)을 알지 못하는 것은 배운 것을 강하는 것이 아니다. 배운 것을 강하는 것을 귀히 여기는 까닭은 그

면 예악형정의 경륜은 국가 경영에 대한 능력이고 봉사의 능력이다. 그렇다면 송욱 일화와 관계된 선비성의 내용은 무엇인가. 그 내용이 과거 응시와 관계된다는 점에서 이는 곧 예악형정, 곧 국가 봉사의 측면이라고 생각된다.

그럼에도 불구하고 송욱을 선비 같다고 하기에는 무리가 있다. 과거 응시에서 국가 봉사의 의지를 찾았다는 것은 이해되지만, 합격을 거부한 행위까지 그렇다고 하기는 어렵기 때문이다. 합격 거부가 선비성과 연결되는 것은 의미의 분화 때문으로 판단된다.

실상 과거 합격은 국가 봉사의 의미만이 아니라 개인의 세속적 욕망 성취라는 이중적인 의미를 지니고 있다. 따라서, 과거 합격 자체가 선비의 선비다움을 확인시켜 주는 것이 아니라 그것이 국가 봉사의 수단이 될 때 진정한 선비가 되는 것이라고 할 수 있다. 만약 그것을 욕망 실현의 수단으로 삼는다면 그가 비록 신분적으로 사대부의 자손이라고 하더라도 그를 진정한 선비라고 할 수는 없을 것이다.

이렇게 과거합격과 국가봉사를 분리시키면, 역으로 비록 과거는 포기했지만 국가 봉사의 자의식을 간직한 사람이 있다면 그 사람을 진정한 선비로 평가할 수 있게 된다. 조선조 후기에는 능력은 있으나 시대적 모순으로 벼슬길에서 소외된 사람들이 적지 않았다. 특히 실학자로 불린 많은 선비들은 여러 가지 이유로 과거 응시를 포기한 경우가 많았다.

하지만 그들은 국가 봉사의 책무는 잊지 않았다. 비록 과거 응시는 하지 않았지만 그들은 학문을 통해서 국가에 기여함으로써 국가 봉사의 의무를 하려고 했다. 이런 인물들을 선비라고 부른 것은 과거 합격과 국가 봉사의 개념이 벌써 분화되었다는 것을 의미한다.

송욱의 행위를 이런 문맥에서 읽으면, 그의 과거 응시는 국가 봉사의

---

실질(實)과 활용(用) 때문이다. 講學論道, 讀書之事也. 孝悌忠信, 講學之實也, 禮樂刑政, 講學之用也. 讀書以不知實用者, 非講學也. 所貴乎講學者, 爲其實用也.

의무를 자각하고 있다는 것을 의미하고, 합격 포기는 세속적 성공의 욕
망을 초탈했다는 것을 의미하게 된다. 따라서 그는 세속적 욕망을 초탈
했으되 선비 정신을 구현하려고 노력한 인물이 되는 것이다. 연암이 그
를 선비 같다고 한 것은 바로 이런 의미일 것이다. 이로써 보면 그가 찾
은 자기 자신이란 바로 국가 봉사의 책무를 잊지 않은 선비로서의 자기
정체성인 것을 알 수 있다.

## 3) <염재기>와 주제

하지만 합리적인 의미에서 본다면 송욱을 진정한 선비라고 말할 수는
없다. 그가 과거 합격을 원하지 않았다고 하더라도 선비에게서 기대되는
학문적 성취나 예악형정의 경륜을 그로부터 찾을 수 없기 때문이다. 따
라서 그를 두고 선비성을 말하는 것은 역설적인 표현이라고 할 수 있다.
송욱에 대한 연암의 마지막 평가는 그것을 보여준다.

　　대저 송욱은 미친 자이나 또한 그것으로 스스로를 면려하게 한 것이다.[11]

연암은 송욱이 미친 사람이라고 했다. 그러니 그를 두고 선비라고 했
던 것은 정상적인 의미에서 선비라고 한 것이 아니라 역설적으로 해석하
여 선비 같다는 뜻이 된다. 이것은 분명 계우에게 보내는 메시지다. 이는
미치광이로 소문난 송욱의 행동에게서 선비성을 찾을 수 있는데, 선비인
계우에게서는 광성狂性밖에 찾을 수 없다는 꾸짖음이 되는 것이다.

따라서 송욱의 일화는 계우에게 더 이상 술에 취해 세상을 잊으려고
하지 말고, 자신을 세상과 분리시키지 말며, 선비로서의 자기정체성을
찾아야 한다는 권면이 되는 것이다.

---

11) <念齋記>. 夫旭狂者, 亦以自勉焉.

　그래서 연암은 그에게 술 취하지도 말고 생각하지도 말라(不醉而罔念)고 권면했다. 술 취하지 말라는 것은 현실 속에서 선비로서의 자기정체성을 자각하라는 뜻이다. 생각하지 말라는 것은 벼슬을 한다고 해서 세속적인 욕망에 빠지지도 말라는 뜻이다. 곧 송욱을 통해서 이야기한 국가 봉사의 의무를 잊지 말되 세속적 욕망을 벗어버리라는 뜻이다.

　연암은 그것을 '크게 미친(大狂)' 삶이라고 했다. 흔히 크게 미쳤다는 말은 보통의 눈으로 보면 미친 것처럼 보이지만 실제로는 보통 사람들이 깨닫지 못한 삶의 진실을 획득한 경지를 뜻한다. 역설적인 표현인 셈이다.

　선비로서 과거 응시나 벼슬 취득을 피한다면 미친 사람처럼 보이겠지만 국가 봉사의 의무를 망각하지 않았다면, 그것을 오히려 진정한 선비의 삶을 사는 것이라고 할 수 있을 것이다. 그러므로 이는 크게 미친 삶이 되는 것이다.

　정리하면, 〈염재기〉는 연암이 계우에게 선비로서의 자기정체성을 잊지 말고 국가 봉사의 길을 찾되 세속적 욕망은 생각하지 말라고 권면한 글이다. 이것이 〈염재기〉의 주제다. 계우는 연암의 지적을 듣고 반성한 후, 그것을 기억하기 위해 자신의 당호를 염재念齋라고 하고, 아울러 연암에게 자신의 당호에 대한 기문을 부탁했다. 이렇게 해서 만들어진 것이 〈염재기〉인 것이다.


## 3. 대조와 역설

　〈염재기〉의 수사 기법 중 특징적인 것으로 대조와 역설의 논법을 꼽을 수 있다. 위에서 살펴보았듯이 가장 기본적인 대조는 계우와 송욱의 성격이다. 우선 표면적으로 송욱은 미치광이로 세상 사람들의 비난을 받는 인물인데 비하여 계우는 선비로서 세상을 비난하는 것으로 설정된 것이 그것이고, 두 번째로 송욱은 실질적으로 선비성을 지녔고, 계우는 광성을 보인 사람으로 평가한 것이 그것이다.

대조 기법과 맞물려 있는 것이 모순과 역설의 논리다. 대상에 대한 상식적인 관념과 인식이 거짓된 것으로 드러날 때 모순이 생기고, 전혀 대립적인 개념이 동일한 개념으로 파악될 때 역설이 성립된다. 모순이 상식의 부조리를 드러내는 것이라면 역설의 본질은 그것의 전도를 통해서 덮인 진실을 드러내는 것이다.

두 인물의 성격 설정은 모순과 역설의 전형성을 보여준다. 송욱은 미치광이이지만 선비 같은 인물로 평가되었고 계우는 선비지만 미치광이로 평가되었다. 스스로 주성이라고 했지만 연암은 주광이라고 평가했다. 선비가 선비답지 못하고, 미치광이가 미치광이 같지 않다는 점에서 모순이다. 또한 선비가 미치광이가 되고, 미치광이가 선비가 되었으니 논리적으로 역설의 방식을 채택하고 있는 것이다.

역설 논리는 이 외에도 곳곳에서 발견된다. 가장 핵심적인 개념인 대광大狂과 망념罔念을 보자. 대광 개념은 기본적으로 역설적이다. 미쳤지만 미친 것이 아니라는 논리이기 때문이다. 망념과 제목인 염의 경우도 마찬가지다. 연암 권면의 핵심이 망념에 있고 계우가 망념의 의미를 제대로 이해했다면, 당호는 염재念齋보다 망념재罔念齋가 더 자연스러울 것이다. 그런데 계우는 자신의 당호를 염재라고 했다.

여기에 역설의 논리가 놓여 있다. 연암이 생각하지 말라고 했을 때, 연암의 초점은 선비로서의 할 일을 잊지 말라는 뜻이었다. 망념의 의미를 이렇게 놓고 보면 망념은 실제로는 선비로서 자신의 일을 할 것을 '생각하는(念)' 것이 된다. 따라서 이런 개념은 실은 염念이라고 표현해야 할 내용이다. 곧 망념의 실질적 의미는 역설적 의미인 것이다.

이 외에도 대조와 역설의 의도는 각 부분의 묘사에서도 확인된다. 이제 대표적인 몇 가지를 살펴보자.

## 1) 송욱 일화의 모순과 역설

송욱이 자신의 부재를 깨닫고 자신을 찾아 나선 대목을 보자. 그는 밖
에서 나는 여러 가지 소리를 들으면서 정작 자신의 소리가 들리지 않는
다고 생각했다. 또한 그는 방안의 사물을 보면서 정작 자신의 모습이 보
이지 않는다며 자신의 부재를 확인한다.

어떤 사물을 보고 듣는 것은 그 인식 행위의 주체를 전제로 한다. 비
록 대상의 부재를 확인할 때도 그것을 확인하는 인식 주체의 존재가 전
제된다. 그러므로 송욱이 스스로가 존재하지 않는다고 생각한 순간에도
자기의 부재를 인식하는 인식 주체로서의 자신은 엄연히 존재하는 것이
다. 따라서 부재의 논리는 실제로 존재하는 것을 인식상으로 없애 버리
는 것이 되어 논리적 모순을 내포한다.

송욱의 자기 찾기 행위도 마찬가지다. 그는 옷을 입히기 위해 자신을
찾아 밖으로 나간다. 자기 찾기와 옷 입히기는 자기정체성의 모색과 회
복의 의미다. 이 경우 자신을 찾는다는 것은 내면적인 행위를 뜻한다. 그
런데 비유이기는 하지만 내면적인 자기 모습을 외부에서 찾는 것은 안과
밖의 의미를 뒤바꾸어 놓은 행위가 된다. 역설인 셈이다.

자기를 찾기 위해서 봉사에게로 간 것도 마찬가지다.

> 마침내 동쪽 성곽의 장님에게 점을 치니 장님이 점을 쳐서 말하기를, "서산
> 대사가 주머니 끈을 끊어 엽전을 흩은 후에 올빼미 같은 중을 불러 풀이하게
> 했구나."라고 했다. 둥근 것이 잘 굴러 가다가 문턱에 막혀서 멈추니 점치던 엽
> 전을 주머니에 넣고서는 축하하여 말하기를 "'주인이 밖으로 나가니 손님으로
> 서 머무를 곳이 없어 아홉을 잃었어도 하나는 얻었으니 7일에는 곧 돌아오리
> 라.' 이 점괘는 크게 길한 것이니 마땅히 장원 급제를 할 것이다."라고 했다.12)

---

12) 〈念齋記〉. 遂占之東郭之瞽者, 瞽者占之, 曰西山大師, 斷纓散珠, 招彼訓狐, 爰計算
　　之, 圓者善走, 遇閾則止. 囊錢而賀, 曰主人出遊, 客無旅依, 遺九存一, 七日乃歸. 此

봉사는 앞을 보지 못하는 사람이다. 그런 사람에게 송욱은 자신이 어디에 있는지를 묻는다. 앞을 보지 못하는 사람에게 대상의 소재를 묻는다는 것은 논리적으로 모순이다. 하지만 이는 현실에서 종종 존재하는 상황이기도 하다. 하지만 그것을 사실로 받아들이면 그 안에는 앞을 보지 못하기 때문에 오히려 찾을 수 있다는 역설이 존재하게 된다.

봉사의 대답을 보자. 봉사는 '주인이 밖으로 나가니 손님으로서 머무를 곳이 없는' 것과 같다고 설명했다. 여기서 주인과 손님은 비유적인 표현이다. 주인은 삶의 주체를 뜻하는 것으로 주인의 출타는 곧 자기정체성 상실을 의미한다. 그러니 자신은 자기 삶의 손님이 되어 버렸다. 손님이 되어서 돌아온 자신은 더 이상 주인이 될 수 없으므로 돌아와도 돌아온 것이 아니다. 자기정체성을 상실한 선비는 선비지만 선비가 아니라는 말이다.

봉사는 또 그에게 '아홉을 잃었어도 하나는 얻었으니 7일에는 곧 돌아오리라'고 말했다. 이 말은 곧 장원 급제를 예언한 점괘로 해석되었지만 그는 합격을 거부함으로써 낙방했다. 하지만 그는 선비 같다는 평가를 받았다. 벼슬 못한 선비는 완전한 선비가 될 수 없는 것이 상식인데 송욱은 오히려 벼슬을 거부함으로써 진정한 선비라고 평가받았다. 이 말 속에는 선비성이 과거 합격에 있는 것이 아니라 국가 봉사에 있다는 명제가 전제되어 있지만 낙방하고 선비가 되었으니 모순이고 역설이다.

또 결과를 놓고 보면 봉사의 말은 거짓이었지만 동시에 진실이었다. 그는 잃어버린 자신이 돌아올 것이라고 했는데, 잃어버린 자신이 곧 선비로서의 자기정체성이었으므로 칠일만에 돌아올 것이라는 예언은 성취되었다. 앞을 보지 못한 봉사는 분명히 앞을 본 셈이니, 송욱이 봉사에게 자신의 소재를 묻도록 한 것은 모순과 역설의 미학을 만들기 위한 장치

---

辭大古, 當占上科.

였던 셈이다.

## 2) 술, 대조와 역설의 기호

〈염재기〉에서 대조와 역설의 이미지를 지닌 가장 중요한 기호는 술이다. 계우의 술 취한 행동 때문에 〈염재기〉가 만들어졌으니 계우를 술과 관련시켜 묘사한 것은 당연한 일일 것이다.

> 계우는 성품이 소탕하여 술을 좋아하고 크게 노래 부르며, 스스로 주성酒聖이라고 일컬었다. 세상에서 겉으로는 씩씩한 듯하지만 속으로는 연약한 사람들을 보면 마치 (자신이) 더럽혀진 듯 여기기도 하고 토할 듯 하기도 했다. 내가 희롱하여 말하기를 "취한 것(醉)을 성聖이라고 한 것은 미쳤다는 말을 피한 것뿐이다. 만약 취하지도 않고 생각하지도 않는다면 거의 크게 미친 것에 가깝지 않으리오."라고 했다.[13]

그는 술에 취하여 세상을 잊었으므로 자신을 주성이라고 했다. 세상을 초월했다고 생각한 것이다. 그러나 연암은 그를 주광이라고 했다. 술에 취했으므로 세상을 초월한 것이 아니라 미친 상태라는 것이다. 초탈적 성의 경지가 아니라 몽매의 광의 경지라고 본 것이다. 술의 이미지에 성의 경지와 광의 경지가 동시에 함축되었다.

송욱은 상대적으로 술과 그다지 깊이 연관된 것처럼 보이지 않는다. 그러나 그의 행동도 술과 연관시켜 서술되고 있다.

> 송욱은 취하여(醉) 잠이 들었다가, 아침에 해가 떠서야 깨었다(醒).[14]

---

13) 〈念齋記〉. 季雨性疎宕, 嗜飮豪歌. 自號酒聖, 視世之色莊而內荏者, 若浼而哇之. 余戲之, 曰 "醉而稱聖, 諱狂也, 若乃不醉而罔念, 則不幾近於大狂乎!"
14) 〈念齋記〉. 宋旭醉宿, 朝日乃醒

이 부분은 송욱이 미치게 된 날 아침의 상황을 설명한 부분이다. 여기에는 역설적 이미지가 함축되어 있다. 우선 아침에 깨어난 상황이 미친 상황과 겹쳐 있다. 아침에 깨어났다면 이야기의 내용이 송욱이 정신을 차린 것으로 전개되는 것이 자연스러울 것인데, 이 순간 송욱은 맨몸으로 거리로 나선다. 미쳐버린 것이다.

그런 의미에서 아침의 이미지도 마찬가지다. 아침은 흔히 생명의 이미지로 이해되지만 여기서는 송욱이 미쳐나간 시간이라는 점에서는 광기의 이미지가 되어 버렸다. 생명의 이미지와 광기의 이미지는 모순된다. 곧 아침이란 시간 설정에는 이처럼 모순되는 두 개의 이미지가 중첩되어 있는 것이다.

그러나 깨어남의 이미지는 '미침'의 이미지에 머물지 않는다. 송욱의 광성이 뒤에서 선비성으로 해석됨으로써 '미침' 이미지는 진정한 '깨어남'의 이미지로 바뀌게 된다. 그래서 아침의 깨어남 이미지는 미침의 이미지이면서 동시에 술로부터의 진정한 '깨어남'의 이미지가 된다. 비록 뒷 부분에서 확인되는 것이지만 모순이요, 또한 역설인 것이다.

'깨어남'의 이미지를 성醒이라고 표현한 것은 또 다른 함축성을 지니고 있다. 이 글자는 잠에서 깨었다는 의미도 지니지만 술에서 깨었다는 의미를 지니고 있다. 아침이 되어 일어난 것이니 잠에서 깨었다고 번역하고 나면 그만이겠지만 앞에서 술에 취해 삼이 들었나는 말 때문에 오히려 술로부터의 깨어났다는 의미도 읽힌다.

이 때 술 깸의 한자 성醒과 주성의 성聖이 같은 소리라는 것이 발견된다. 그래서 술 깸의 성은 주성酒聖과 연결된다. 술 깸의 이미지가 선비성의 회복을 의미한다는 것을 상기하면, 아침에 깨어난 것을 굳이 술에서 깨었다는 성醒이라고 한 것은, 한자의 다의성을 이용하여 계우가 결국 선비로서의 자기정체성을 찾을 것이라는 뜻을 함축한 것임을 알게 된다.

전체적으로 보자면 술의 이미지는 취함과 깨어남의 두 개의 이미지가 사용되고 있는데, 술 깸을 매개로 해서 광성과 선비성이 교체되고 술 취함을 매개로 해서 주성과 주광이 교체되고 있다. 그러므로 술 이미지는 미치광이가 실은 선비 같고 선비연하는 사람이 미치광이라는 것을 드러내 복선의 기능뿐 아니라 〈염재기〉 역설의 논리와 주제를 드러내기 위한 상징적인 기호로 사용되고 있는 셈이다.

## 4. 〈염재기〉와 유교 경전

이제까지 〈염재기〉의 주제와 논리, 표현 등의 특징에 대하여 정리했다. 이제 그것들의 연원에 대하여 살펴보자.

### 1) 광성과 성성

〈염재기〉의 주제는 선비인 계우에게 광인 송욱의 선비성을 보고 배우라는 것이다. 이러한 명제에는 두 가지 전제가 있다. 하나는 광성이 단순한 정신이상이 아니라 선비성이라는 것이고, 하나는 광인과 선비는 선천적으로 결정된 것도 아니고, 또한 고정불변의 것이 될 수 없다는 생각이 그것이다.

이러한 개념과 논리는 어디에서 온 것일까. 역설 어법의 근원은 많다. 《논어》와 《맹자》에도 역설 어법이 있고, 《장자》와 《노자》 등 제자서에도 역설 어법이 있다. 또한 불교 경전에도 역설의 어법이 존재한다. 따라서 단순히 역설의 방식만으로 따지만 이 모든 것이 〈염재기〉의 논리의 근원이 된다. 그런데 구체적으로 〈염재기〉의 내용과 관련시키면 그 연원은 유교 경전이라고 생각된다.

## 광성과 진취성

광성에 대한 해석은 <염재기> 역설의 기본적인 전제가 된다. 이미 살펴보았듯이 송욱의 행동과 계우의 행위가 모두 광성과 관계되기 때문이다. 이 글의 마지막에는 이런 내용이 붙어 있다.

마침내 송욱의 일을 적어 그를 권면하니, 대저 송욱은 미친 자이나 또한 써 스스로를 면려하게 한 것이다.[15]

사람들이 송욱을 미쳤다고 하지만 이는 다른 사람을 권면하게 할 수 있는 자료가 된다고 보았다. 이런 인식은 광성에 소극적인 사람을 자극하는 요소가 들어 있다는 뜻이 된다. 이는 공자의 그것과 흡사하다. ≪논어≫에서 다음과 같은 말이 있다.

공자께서 말씀하시기를, "중도의 선비를 만나 함께 할 수 없다면(가르칠 수 없다면) 반드시 광자나 견자와 함께 할 것이다. 광자는 진취적인 사람이고 견자는 지금처럼 그대로 있으려는 사람이다.[16]

공자는 중도를 행하는 선비를 얻어 가르치고 싶지만 그를 만날 수 없다면 그 다음 순서로 택할 수 있는 유형으로 둘을 꼽았다. 하나는 광인狂人인데 뜻이 높아서 행동을 가리지 않는 사람이다. 그 다음은 견인狷人인데 지식이 부족하여 진취적인 행동보다는 지금까지 지켜온 행동을 그대로 유지하려는 사람이다.

이로써 보면 ≪논어≫에 있어서 광자의 개념은 일반적인 의미의 미치

---

15) <念齋記>. 遂書宋旭之事, 以勉之. 夫旭狂者, 亦以自勉焉.
16) <子路>, ≪論語≫. 子曰, "不得中行而與之, 必也狂狷乎! 狂者進取, 狷者有所不爲也." 번역은 ≪論語集註≫의 주석을 따랐다.

광이가 아니라 진취적인 사람, 뜻이 높아서 행동을 가리지 않는 사람이라는 것을 알 수 있다. 광성을 진취성進就性으로 본 공자의 관점은 송욱의 광성을 계우의 자극제로 삼으려는 연암의 관점과 비슷한 관점을 보여준다.

### 광성과 성성

그러나 〈염재기〉의 광성이 지닌 가장 큰 특징은 선비성과 성성聖性을 동일시한 것이다. 이 말에는 두 가지 개념이 들어 있다. 하나는 사람의 평가는 선천적으로 결정된 것은 없다는 것이고, 하나는 사람의 평가는 삶의 실천에 따라서 가변적이라는 것이다.
이런 논리는 ≪서경書經≫의 그것과 유사하다. 다음 대목을 보자.

> 성인이라도 (선을 행할) 생각이 없으면(罔念) 광인이 되고, 광인이라도 (선을 행할) 생각을 할 수 있으면 성인이 된다.17)

이 글은 성인과 광인이 선을 행할 생각이 있는가 없는가에 따라서 구별되는 것이라고 말하고 있다. 광인과 성인이 본래 다른 것도 아니고 한번 광인은 영원히 광인이고, 한번 성인은 영원히 성인으로 남는 것이 아니라 자신의 생활 태도와 실천에 의해 광인도 되고 성인도 될 수 있다는 것이다.
이것은 〈염재기〉의 기본적인 틀과 같다. 이는 신분적으로 양반이라고 선비가 되는 것이 아니고, 삶의 내용에 따라 미친 사람이 될 수 있으며, 반대로 미친 사람도 그 하는 일에 따라 선비로 평가받을 수 있다는 것을 함축한다.

---

17) 〈多方〉, ≪周書≫. 惟聖人罔念作狂, 惟狂人克念作聖. 번역은 ≪書經集傳≫의 주석을 따랐다.

연암은 송욱을 평가하면서 '미치긴 미쳤으되 선비 같다'고 했다. 그를 고정적인 광인으로 보지 않고, 구체적인 삶의 내용을 보고 선비 같다고 한 셈이다. 반면 계우는 선비지만 선비답지 못했다. 그래서 연암은 그를 광인이라고 했다. 선비와 미치광이의 구분이 선천적인 것도 고정적인 것도 아니라는 전제가 ≪서경≫의 그것과 같다.

≪서경≫의 영향은 그뿐이 아니다. ≪서경≫과 〈염재기〉가 지향하는 덕목이 같은 것도 그 영향이다. ≪서경≫은 선을 행하는 성인이 되는 것을, 〈염재기〉는 자기 구실을 다하는 선비가 되는 것을 권면했다. 성인과 선비는 실은 유가의 이상적인 인간형이다. 두 인간형은 유가적 가치의 성취도의 차이가 있을 수 있을 뿐 그 지향점이 다른 것은 아니다.

물론 〈서경〉과 〈염재기〉의 개념이 꼭 같은 것은 아니다. 우선 ≪서경≫의 망념과 극념克念이라는 표현을 주목하자. 여기서 망념은 선을 행할 생각을 하지 않는 것으로 광인의 조건이다. 극념克念은 선을 행하려고 생각하는 것으로 성인의 조건이다. 따라서 망념과 극념은 선에 대한 대립적인 두 가지 태도이다.

그러나 〈염재기〉의 경우는 이와 다르다. 앞서 말했지만 망념罔念은 선비로서의 할 일을 잊지 말라는 것이었다. 그런데 염이 세상의 욕망에서 벗어나되 선비로서의 구실을 다 할 것을 생각한다는 의미이기 때문에, 망념이 실세로는 염의 의미와 같다고 했다. 이는 〈염재기〉의 어법은 역설이기 때문이다. 따라시 〈염재기〉의 망념/염은 실제적으로는 ≪서경≫ 성인의 조건인 극념과만 연결된다.

이처럼 ≪서경≫의 극념 개념을 〈염재기〉에서 망념으로 바꾸어 쓴 것은 변용이다. 옛 것을 배우고 활용하는 경우 말과 뜻을 그대로 쓰는 것은 금기였다. 뜻을 그대로 쓸 때, 말을 바꾸는 것은 문장가의 일반적인 원칙이었다. 연암의 변용은 이런 점에서 창의적인 변용이라고 할 수 있을 것이다. 따라서 〈염재기〉는 기본적으로 ≪서경≫의 내용을 창의적으로 변용한 것이라고 할 수 있다. 물론 변용의 원칙에는 역설의 논리가 놓여 있는 것은 말할 나위가 없다.

## 2) 계우의 묘사

경전의 활용은 그것뿐만이 아니다. 계우를 묘사한 내용에는 ≪논어≫와 ≪맹자≫의 표현이 그대로 사용되고 있다.

> 세상에서 겉으로는 씩씩한 듯하지만 속으로는 연약한 사람들을 보면 마치 더럽혀진 듯하고 토할 듯했다.[18]

'세상에서 겉으로는 씩씩한 듯하지만 속으로는 연약한 사람(色莊而內荏)'이라는 말은 실질도 없이 이름만 내어 남들이 그것을 알까봐 두려워하는 소인이라는 뜻이다. 이 말은 ≪논어≫의 '겉으로는 근엄한 척 하지만 속으로는 나약한 사람은, 소인에 비유하면 담을 뚫거나 담을 넘는 도적과 같다.'[19]는 대목을 원용한 것이다.

이미 앞에서 살펴보았듯이 '마치 더럽혀진 듯 하고 토할 듯했다(若洗而哇之)'는 대목은 ≪맹자≫에서 따온 표현이다. 세상의 소인(혹은 모순에 찬 세상, 불의한 세상)을 용납하지 않는 백이의 태도를 맹자가 묘사할 때 썼던 표현이다. 또 '토할 듯했다'는 부분 역시 ≪맹자≫에서 진중자가 불의한 세상과 타협하지 않은 태도를 보일 때 사용했던 표현이다.

이러한 계고와 인경은 계우에 대한 묘사가 실제 행위의 묘사라기보다 그의 행동이 바람직하지 못하다는 뜻을 나타내기 위한 관념적이고 정형화된 표현이었다는 것을 의미한다. 이는 이 표현이 군자나 선비로서는

---

18) 주석 3) 참조.
19) 〈陽貨〉, ≪論語≫. 色厲而內荏, 譬諸小人, 其猶穿窬之盜也與! 번역은 ≪論語集註≫의 주석을 따랐다.

할 일이 아니라고 했던 맹자의 평가를 함축적인 의미로 활용하기 위해 그대로 따다 쓴 것임을 보여준다. 자신의 비판적인 평가를 직접 토로하는 대신 ≪논어≫와 ≪맹자≫의 표현을 빌어 와서 암시적으로 표현하기 위한 것이다.

〈염재기〉가 계고와 인경의 대상을 유교 경전으로 정한 것은 여러 가지 의미가 있다고 생각된다. 그것은 일차적으로 당호의 주인인 계우의 신분이나 글의 주제와 관계된 것으로 보인다. 계우는 선비였고, 〈염재기〉의 주제는 계우에게 술 미치광이 생활을 청산하고 선비로 거듭 태어나라는 말이었으므로, 그 내용을 유교적 이념으로 구성한 것은 지극히 자연스러운 일이라고 할 수 있다.

또한 전달 방식과도 관계가 있을 것으로 생각된다. 역설의 논리는 상식의 전복을 수반하는 법이므로 상식적인 수준에서는 이에 대한 반발이 일어날 것을 예상할 수 있다. 따라서 그런 반발을 막기 위해서는 폭넓게 인정되고 있는 권위나 논리를 이용할 필요가 있었을 것이다. 계우가 선비였다는 점에서 유교 경전의 권위나 논리를 이용하는 것은 이런 점에서 효과적이었을 것이다.

또한 계우의 묘사에는 계우에 대한 세심한 배려도 엿보인다. 계우의 행동을 묘사한 내용이 백이나 진중자의 일화와 관계된 것은 그것을 잘 보여준다. 우선 이들은 선비들에게는 대단한 지조의 인물로 평가되던 사람들이다. 계우를 그런 인물과 같이 묘사함으로써 계우를 그들과 동열에 놓고 있다는 것을 암시한다. 이것은 한편으론 계우를 책하면서도 한편으로 그를 높여주는 효과가 있는 것이다. 단순히 견책하는 것이 아니라 그가 분발할 수 있도록 배려를 한 셈이다.

## 5. 맺음말

〈염재기〉는 재미는 있지만 황당하고 싱겁다는 느낌 때문인지 그 동안 연구자들이 관심을 갖지 않았다. 그러나 역설의 논리라는 관점에서 내용을 들여다보면, 작품의 주제나 구성뿐 아니라 작품의 구석구석이 잘 짜여진 것을 확인할 수 있다. 하나의 중심 원리로 작품 전체를 구성하는 방식이 연암 문학의 뛰어난 성취의 한 모습이라는 점에서, 연암 작품의 특징을 논하는 자리에 이 작품을 함께 논해도 좋을 것이다.

〈염재기〉의 문학성은 이외에도 더 논할 수 있지만 여기에는 일일이 다루지 못했다. 술과 아침, 송욱 일화가 가진 다양한 함축적 의미, 계고와 인경이 지닌 함축적인 의미를 더 깊이 있게 다루어야 하겠지만 여기서는 생략했다.

또한 유가적 가치관과 연암의 세계관의 관계에 대해서도 더 언급하지 못했다. 이 글의 기저에 자리잡은 것은 유가적 가치관이지만 이렇다고 해서 연암이 유교적 가치관만 가진 사람이라고 단순화시킬 수는 없을 것이다. 이것이 그의 다기한 사상에서 어떤 위치를 차지하는지는 더 살펴보아야 할 것이다.

이를 위해 사상적인 측면에서 이 글을 불교적 논리를 지닌 글이나 도가적 논리에 바탕을 둔 글과 비교해야 할 것이나 이 문제도 다루지 못했다. 여기에서 다루지 못한 이러한 문제들은 후고를 기약한다.

## 〈관재기觀齋記〉

### 공의 논리와 미학

## 1. 머리말

≪종북소선鐘北小選≫에는 연암燕巖 박지원朴趾源(영조 13년~순조 5년, 1737~1805)의 중요한 산문들이 많이 수록되어 있다. 이중 서문들은 그 안에 실린 문학 이론 때문에 일찍부터 연구자들의 관심을 받았으나, 기문들은 별반 주목을 받지 못했다. 그런데 기문 중에는 연암의 젊은 시절 교우 관계, 그의 사상과 수사 기법 등을 살펴볼 수 있는 귀한 작품들이 많아서 면밀하게 검토할 필요가 있다.[1]

이곳에 실린 글 중 〈관재기觀齋記〉도 내용이나 표현 면에서 주목할 만한 작품이다. 이 글은 불교의 존재론·인식론을 활용하여 주제를 표현하고 있다. 그런데 이곳의 불교 이론들은 내용이 정확하기도 하지만 불교사적 전망을 갖춘 것이어서, 연암이 불교에 대하여 깊이 이해하고 있었음을 시사해준다. 또한 이런 사실은 그의 사유가 불교와 관련되어 있을 가능성도 보여주는 것이어서 관심을 끈다.

---

1) 졸고, 〈朴趾源의 〈蟬橘堂記〉 연구〉(淵民學志 제7집, 淵民學會, 1999)와 〈念齋記, 대조와 역설의 미학〉(洌上古典研究 제12집, 洌上古典研究會, 1999)는 이에 대한 연구 성과다.

이 글은 대화체로 구성되어 있고 주요 개념이 비유와 함축의 표현 방식으로 형상화되었다. 이런 구성과 표현 방식은 이 글이 불교의 논리를 다루고 있는 것과 관련이 된다. 작품의 내용적 요소와 표현적 요소를 일치시키는 것은 연암 문학의 중요한 특징의 하나다. 〈관재기〉도 이런 특징을 뚜렷하게 보여준 작품이라고 할 수 있다.

그럼에도 불구하고 기존의 연암 연구는 여기까지 관심을 보이지 않았다. 본고는 이런 점을 중심으로 〈관재기〉의 주제와 불교 사상과의 관계, 구성과 표현의 특징과 의의 등을 정리하려고 한다. 본고의 텍스트는 박영철본 연암집이다.[2]


## 2. 〈관재기〉의 논리와 주제

〈관재기〉는 서상수徐常修의 당호인 관재觀齋에 대한 기문이다. 서상수는 영조 11년(1735) 서울에서 나서 정조 17년(1793)에 죽었다. 그는 서출로서 자는 여오汝五 또는 백오伯五, 호는 기공旂公 또는 관헌觀軒(觀齋)이라고 했다. 벼슬로는 영조 50년(1774) 40세의 나이로 생원시에 합격하고, 광흥창 봉사를 역임한 것이 기록에 남아 있다.[3]

관재는 원각사 백탑의 북쪽에 있었던 것으로 추정된다. 박제가朴齊家는 연암이 32·33세 때 원각사 백탑의 북쪽에 살았는데, 서상수의 서루가 그 근처에 있어서 서로 왕래하며 교제를 나누었다고 했다.[4] 이런 정

---

2) 朴趾源, ≪燕巖集≫ 卷1, 啓明文化社, 1986, 432~433쪽. 이하 〈觀齋記〉는 따로 출전을 밝히지 않는다.
3) 吳壽京, 〈18세기 서울 문인지식층의 성향〉, 성균관대 박사학위 논문, 1990, 162쪽. 그의 조부는 평택 현감을 지낸 宗朝이고 부친은 命鳳인데 숙부 命昌(1713~1790)에게 입계되었다.
4) 朴齊家, 〈白塔淸緣集序〉, ≪貞蕤集≫ 卷五, 국사편찬위원회편, 탐구당, 1974, 234

황으로 보아 이 서루가 관재인 듯한데, 그렇다면 이 글은 대략 이즈음에 지어진 것으로 추정할 수 있을 것이다.

## 1) 관觀의 세 가지 유형

<관재기>는 당호인 '관觀'의 의미를 푼 글이다. '관'은 본다는 뜻이다. 이 말은 단순히 보는 행동만을 뜻하기도 하지만, 때로는 존재의 존재성과 인식에 대한 철학적 의미, 진리의 깨달음에 대한 종교적인 의미를 지니기도 한다. 여기에서 관은 철학적, 종교적인 의미를 지닌 것으로 생각된다.

### 형상의 논리

<관재기>는 거의 전체가 대사와 동자승의 대화로 이루어졌다. 첫 부분을 보자.

을유년(29세, 영조 41년, 1765년-필자 주) 가을 나는 팔담을 거슬러 올라가

---

쪽. 빙 둘러서 성을 쌓은 중에 탑이 그 가운데 있으니, 우뚝 솟은 모습을 멀리 바라보면, 마치 땅을 뚫고 힘차게 솟아오른 눈 속의 대나무 죽순 같은 곳이 원각사의 옛터다. 지난 戊子년·己丑년(1768·1769, 연암 32·33세-필자주) 사이에 내 나이 18, 9세로 박지원 선생이 문장이 뛰어나 당대의 명성이 있다는 소문을 듣고서 마침내 탑의 북쪽으로 선생을 찾아 나섰다. (중략) 그 때에 이덕무의 사립문은 선생의 집 북쪽을 마주 보고 있고, 이서구의 집은 그 서쪽에 서 있고, 수십 걸음 떨어져 서상수의 서루가 있으며, 또 꺾어져 북동쪽으로는 두 유씨의 집이 있다. 그래서 나는 한번 가면 돌아오는 것도 잊은 채 열흘이 넘도록 머물러 지내곤 했다. 시문과 편지가 걸핏하면 책을 이루었고 술과 음식을 장만하여 부르고 찾아가는 것을 밤낮을 가리지 않았다. 環城而塔爲中焉, 遠望嶙峋, 若雪竹之迸筍者, 圓覺寺之遺址也. 往歲, 戊子·己丑之間, 余年十八九, 聞朴美仲先生, 文章超詣, 有當世之聲. 遂往尋之于塔之北. (중략) 當是時也, 炯菴之扉, 對其北, 洛書之廊, 峙其西, 數十武, 而爲徐氏書樓, 又折而北東, 爲二柳之居也. 余乃一往忘返, 留連旬月, 詩文尺牘, 動輒成帙, 酒食徵逐, 夜以繼日.

마하연으로 들어가서 치준대사를 방문했었다. 대사는 손가락으로 감괘처럼 결인을 하고 눈으로는 코 끝을 보고 있었다. 어린 동자가 화로를 들쑤셔 향을 피우니, 연기가 묶은 머리처럼 뭉게뭉게 솟아나 지초를 찌는 듯 자욱했다. 붙잡아 주지 않았건만 곧게 올라가더니, 바람도 없는데 저절로 흔들리며 하늘거리는 고운 자태가 몸을 가누지 못하는 듯했다. 동자가 갑자기 깨닫고 웃으며 말했다. "공덕이 이미 가득하여도 걸핏하면 바람으로 변해 버리네요. 부처의 덕이 이루어진 후에야 무지개가 생기겠지요."5)

연암이 보자니, 대사는 깊이 명상에 잠겨 있고, 동자는 옆에서 향불을 피우고 있었다. 동자는 가득한 연기가 바람으로 변해 사라지는 것을 보았다. 그리고는 문득 공덕이 연기와 같은 것이라고 생각했다. 공덕을 많이 쌓아도 완전히 성불하지 못하면 모든 노력이 저 연기처럼 사라질 수 있다는 사실을 깨달은 것이다. 그래서 그는 성불을 해서 무지개가 생길 때까지 더욱더 노력해야 하겠다고 중얼거린 것이다.

사물을 보고 무엇인가 깨달았을 때, 무엇을 보았는가 하는 것은 중요한 문제이다. 보통 사물에는 두 요소가 있다. 형상과 본체가 그것이다. 형상은 감각적으로 확인할 수 있는 내용이고 본체는 변하지 않는 실재다. 이 둘에 관하여 사람마다 관심을 갖는 부분이 다르다. 형상을 실재로 보는 사람은 형상에 의미를 부여하고 본체를 실재로 보는 사람은 본체에 의미를 부여할 것이다.

이 글에서 연기는 두 가지 모습을 가지고 있다. 피어남과 사라짐이 그것이다. 그런데 피어난 연기는 사라질 것인 반면에 사라진 연기는 더 이상 변할 것이 없다. 형상과 본체를 변하는 것과 변하지 않는 것이라고 하면, 연기의 피어남이란 연기의 형상이고 사라짐이란 본체가 된다. 그렇

---

5) 〈觀齋記〉. 歲乙酉秋, 余溯自八潭, 入摩訶衍, 訪緇俊大師. 師指連坎中, 目視鼻端. 有小童子, 撥爐點香, 團如縮髮, 鬱如蒸芝, 不扶而直, 無風自波, 蹲蹲婀娜, 如將不勝. 童子忽妙悟, 發笑曰, 功德旣滿, 動轉歸風, 成我浮圖, 一粒起虹.

다면 동자는 무엇을 의미 있다고 생각한 것일까?

동자가 본 것은 연기의 피어난 모습이다. 동자는 연기의 사라짐에서 공덕의 불완전성을 깨달았다. 이것은 동자가 연기의 형상과 공덕을 동일시하고 있다는 것을 의미한다. 또한 연기의 사라짐을 불완전한 것으로 본 것은, 연기의 피어남을 의미 있는 것으로 보았다는 것을 뜻한다.

그렇다면 동자는 연기에 있어서 형상적 측면을 인정하고 본체를 부정한 셈이다. 존재론·인식론의 관점에서 분류하자면, 이는 사물에 있어서 형상 자체를 실재로 받아들이는 유형이라고 할 수 있다. 이런 관점을 편의상 형상의 논리라고 하자.

### 무형 공無形 空의 논리

향불이 불교 의식의 도구라는 점에서 동자승이 향불을 보고 공덕의 궁극성을 깨달은 것은 의미 있는 일이다. 그런데 대사의 반응은 뜻밖이다. 오히려 그는 동자를 꾸짖는다.

> 대사가 눈을 번쩍 뜨면서 말했다. "소자야, 너는 냄새를 맡느냐? 나는 그 재를 보느니라. 너는 그 연기를 좋아하느냐? 나는 그 사라진 것(空)을 보느니라. 움직임이 이미 적막하게 되었거늘 공덕은 어디에 베풀었느냐?" 동자가 말했다. "감히 묻건대, 무슨 말씀이신지요?" 대사가 말했다. "너는 그 재를 맡아 보아라. 다시 무슨 냄새가 나느냐? 너는 그 사라진 것(空)을 보아라 다시 무엇이 있느냐?"
>
> 동자가 눈물을 주르륵 흘리면서 말했다. "예전에 사부님께서 내 머리를 만지고 내게 다섯 가지 계율을 내리고 내게 법명을 내리시더니 지금은 사부님께서 '이름은 곧 내가 아니요, 나는 곧 없는 것'이라고 말씀하십니다. 없다는 것은 형상이 없다는 것(無形)이니 이름을 어디에 붙이겠습니까? 청컨대 이름을 돌려 드리겠습니다."6)

---

6) 〈觀齋記〉. 師展眼, 曰小子, 汝聞其香, 我觀其灰. 汝喜其烟, 我觀其空. 動靜旣寂, 功

대사는 냄새와 연기에만 관심을 갖지 말고 남은 재와 사라진 것, 곧 공空을 보라고 말했다. 모든 것이 사라지고 말았으니 연기의 흔적이 어디에 있느냐는 것이다. 대사의 말은 연기의 형상이 비록 실재인 것처럼 보이지만 그렇지 않다는 것이다. 형상은 사라지고 마는 것이니 사물의 실재성은 '공'이라는 뜻이다.

그러자 동자는 눈물을 흘렸다. 이 눈물은 자기 부정의 허망함에 대한 반응이다. 동자는 자신에게 내려졌던 계율과 법명을 돌려주겠다고 했다. 엉뚱하게 보일지도 모르지만 이 반응은 합리적인 결단이다. 동자로서는 모든 것이 사라진다는 말로부터 그렇다면 존재로서의 자신이 없어질 것이고, 그렇게 되면 이름 자체도 무의미할 것이라는 것을 추론했기 때문이다.

동자의 시각에서 보면 대사는 자신의 깨달음을 모조리 부정하고 있는 셈이다. 그렇다면 동자가 깨달은 '공'의 의미는 무엇인가? 그는 '공'이란 형상이 없어지는 것이라고 생각했다. 모든 형상의 사라진 결과가 '공'이라는 것이다. 이런 시각은 '공' 자체를 하나의 실재로 보는 것이다. 이처럼 '공'을 본체로 또 궁극적인 실재로 보는 관점을 편의상 무형 공無形 空의 논리라고 하자.

### 무류 공無留 空의 논리

동자의 눈물만 보면, 동자가 이제는 제대로 깨달은 듯이 보인다. 그런데 대사는 다시 말한다.

대사가 말했다. "너는 순순히 받아들이고 보내거라. 내가 세상을 본 것이

德何施. 童子曰, 敢問何謂也? 師曰汝試嗅其灰, 誰復聞者? 汝觀其空, 誰復有者? 童子涕泣漣如, 曰昔者, 夫子摩我頂, 律我五戒, 施我法名. 今夫子言之, 名則非我, 我則是空, 空則無形, 名將焉施. 請還其名.

> 60년이지만 사물은 머무르지 않고(無留) 도도히 모두 흘러갔다. 시간은 지나
> 가서 그 바퀴를 멈추지 않으니 내일의 해는 오늘의 해가 아니다.[7]

대사는 사물이란 머무르지 않고 흘러가니, 해가 날마다 똑같은 것처럼 보여도 내일의 해는 오늘의 해가 아니라고 말했다. 해가 변하는 것은 연기가 사라지는 것과 다르다. 해가 변한다는 것은 오늘의 해와 내일의 해 어느 것이나 해의 참모습이라고 할 수 없다는 것을 뜻한다. 이처럼 동일한 해를 상정하지 못하면 그것에 대한 본체를 상정할 수 없게 된다. 형상도 본체도 인정하지 못하게 되는 것이다. 따라서 모든 실재는 존재하지 않게 된다.

'공' 개념에 있어서, 없어지는 것과 변화하는 것을 구분하는 것은 무슨 의미가 있을까? 존재론·인식론의 관점에서 보면 무형 공의 논리는 형상의 실재성만 부정할 뿐 사물의 본체까지 부정하지는 못한다. 비록 그것이 '공'을 내세우고 있지만, 궁극적 결과를 '공'으로 보기 때문에 본체로서의 '공'을 인정하기 때문이다.

그런데 본체를 인정하면, 말로 아무리 형상의 실재성을 부정해도 그것이 부정되는 것이 아니다. 왜냐하면 형상이 없는 본체란 생각할 수 없으므로, 본체를 인정한다는 것은 당연히 형상을 인정하는 것이 되기 때문이다. 형상이나 본체는 내립적인 개념이다. 그러므로 이처럼 어느 하나를 인정하면 나머지도 자연스럽게 인정되기 때문에 진정으로 형상을 부정하려면 본체도 함께 부정하여야 하는 것이다.

형상이 실재하면 본체도 실재한다는 말을 뒤집어 보면, 형상이 실재하지 않으면 본체도 실재하지 않는다는 뜻이 된다. 그런데 형상이 변한다는 것은 형상의 실재성을 부정하는 것이므로, 형상의 존재를 근거로 하

---

7) 〈觀齋記〉. 師曰, 汝順受而遣之. 我觀此六十年, 物無留者, 滔滔皆往. 日月其逝, 不停其輪. 明日之日, 非今日也.

고 있는 본체를 상정할 수 없게 한다. 이렇게 해서 본체가 부정되면 역으로 다시 형상이 부정된다. 본체라는 것은 형상을 전제로 한 것이므로 본체가 없다는 것은 형상이 없다는 말이 되기 때문이다.

그러므로 이처럼 모든 것이 변한다는 명제는 단순히 형상만 부정하는 것이 아니라 본체까지도 부정하게 된다. 이런 관점은 궁극적인 본체로서 '공'을 상정하는 무형 공의 논리와 다르다. 본체와 형상을 함께 부정하는 이와 같은 논리를 편의상 무류 공無留 空의 논리라고 하자.

## 2) 무류 공의 논리와 명·리命理

위에 나온 대화의 내용은 존재와 인식에 관한 서로 다른 3가지 관점을 보여준다. 그런데 대사는 다시 이러한 관점을 서로 비교하면서 동자가 어떤 태도를 취해야 할 것인지에 대하여 설명한다.

> 그러므로 받아들이는 것(迎)은 거스르는 것(逆)이고, 이끄는 것(挽)은 힘쓰는 것(勉, 붙드는 것)이고, 보내는 것(遣)은 순순히 따르는 것(順)이다. 너는 마음에 매이지 말고, 너는 기에 막히지 말라. 명命으로 받아들이고 명으로 자신을 보며, 이理로써 보내고 이로써 사물을 보아라.[8]

이 부분이 복잡하게 보이는 것은, 이 부분이 앞에서 진술한 것들을 모두 정리하고 있기 때문이다. 연암은 대화 내용을 다시 받아들이는 것(迎), 이끄는 것(挽), 보내는 것(遣)의 세 개념으로 요약했는데, 이것은 대사와 동자의 대화가 결국 이 세 가지 개념을 드러내기 위한 과정이었음을 간접적으로 말해준다.

그러면, 받아들이는 것(迎)을 거스르는 것이라고 한 말의 의미는 무엇

---

8) 〈觀齋記〉. 故迎者逆也, 挽者勉也, 遣者順也, 汝無心留, 汝無氣滯, 順之以命, 命以觀我, 遣之以理, 理以觀物.

일까? 우선 받아들이다는 말은 형상을 실재로 받아들이는 것을 말한다. 곧 형상의 논리로써 사물을 보는 태도를 말한 것이다. 공의 논리에서 보면 이런 태도는 허상을 실상으로 보는 미망에 사로잡힌 것이므로 모든 것이 공이라는 진리에 어긋난다. 그래서 대사는 이를 (실상을) 거스르는 일(逆)이라고 한 것이다.

이끄는 것(挽)을 힘쓰는 것(勉, 붙드는 것)이라고 한 말의 의미는 무엇일까? 이끈다는 말은 형상 너머의 본체를 따져서 그것을 사물의 실재성으로 상정한다는 뜻이다. 이것은 무형 공의 관점이다. 원래 본체는 현실 세계에서 물리적인 형태로 존재하지 않는다. 본체는 단지 마음 속 관념일 뿐이다. 그러므로 본체를 인정하는 것은 아무 관련도 없는 관념을 형상에 억지로 붙들어 매는 일이다. 그래서 대사는 이를 (마음으로) 붙드는 것이라고 한 것이다.

보내는 것(遣)을 순순히 따르는 것(順)이라고 한 말의 의미는 무엇일까? 보낸다는 말은 있는 그대로 내버려둔다는 말이다. 형상도 본체도 실재성을 부여하지 않는다는 것이다. 이런 관점을 지니면 형상이나 본체 어느 것에도 매이지 않게 된다. 그래서 대사가 이를 순순히 따르는 것이라고 한 것이다. 이것은 무류 공의 관점이다.

대사는 이렇게 말한 후 마음에 매이지(心留) 말고, 기에 막히지(氣滯) 말고, '명'으로 받아들이고 '명'으로 자신을 보며, '이'로써 보내고 '이'로써 사물을 보라고 했다. 이 말에는 큰 의미가 담겨 있다.

왜 기에 막히지 말라고 했을까? 기에 막힌다는 것은 사물에 매이는 것을 뜻한다. 공의 관점에서 보면, 형상을 실재하는 것으로 인정하면 사물 자체에 매어서 사물의 실상이 '공'이라는 것을 깨닫지 못하게 된다. 그러므로 이를 피하라고 한 것이다.

왜 마음에 매이지 말라고 했을까? 인식행위에서 형상을 부정하게 되면 남는 것이 마음밖에 없게 된다. 이 때 사물의 형상은 단지 마음의 표상일 뿐이다. 그럼에도 불구하고 이것을 실재로 이해한다면 이는 마음에 매이는 것이다. 이것 역시 올바른 인식이 아니다. 그래서 대사는 그런 태도를 떠나라고 한 것이다.

주목할 부분은 다음 부분이다. 대사는 최종적으로 '명命'으로 받아들이고 '명'으로 자신을 보며, '이理'로써 보내고 '이'로써 사물을 보라고 했다. 불교에서 '명'이란 생명의 본원, 곧 체온과 정신 작용을 말한다. '이'란 본체가 가진 일정 불변의 것을 말한다.[9] 명이 인식 주체에 관계된 것이라면 이는 사물에 속한 것이다.

'명'과 '이'로 받아들이라는 말은 언뜻 인식 주체나 사물의 실재성을 인정하는 것처럼 보인다. 이미 형상도 본체도, 물질도 마음도 다 부정하더니 이곳에서는 왜 이것들을 인정한 것일까?

공의 논리에서 보면 주체이건 객체이건, 형상이건 본체이건 모든 것은 허상이다. 그렇지만 우리의 현실은 그것을 실상으로 믿고 그것을 기반으로 살아간다. 형상도 허상이고 본체도 허상이라면 나는 무엇이고 내 앞에 보이는 사물은 무엇인가? 모든 것이 '공'이라면 인간은 과연 살 필요가 있을까? 우리는 모두 속세를 떠나서 승려가 되어야 하는 것인가?

이 부분은 불교로서는 아주 난처한 부분이다. 그래서 가정적이고 임시적이라는 전제를 달면서, 불교는 현실을 인정한다. 형상과 본체, 물질과 마음이 비록 거짓이지만 그것들을 임시적으로 가정적으로 인정한다는 말이다. 이러한 의미를 함축한 것이 바로 '명'과 '이'의 개념이다. 이런 개념들은 불교 특유의 개념이요, 공의 논리에서만 나올 수 있는 개념이다.

무류 공의 논리가 부정의 의미를 강하게 함축한다면, '명'과 '이'의 개념은 상대적으로 긍정의 의미가 강하다고 할 수 있다. 그러므로 무류 공의 논리를 다시 '명'과 '이'로 푼 것은 불교의 논리를 현실 부정의 말로만

---

9) ≪韓國佛敎大辭典≫, 韓國佛敎大辭典 編纂委員會, 寶蓮閣, 1982, 354쪽.

이해하지 말고, 한 걸음 더 나아가 높은 차원에서 현실을 긍정하라는 뜻이 된다. 물론 이때의 긍정은 부정 이전의 상태와 다르다. 부정 이전의 현실이 미망에 따른 집착의 세계였다면 부정 이후의 긍정은 깨달음의 세계이기 때문이다.

연암이 마지막에 이런 말을 덧붙인 이유는 무엇일까? 단지 '관'의 불교적 의미만을 밝히려고 했다면 무류 공의 논리를 이야기한 것으로 대화를 마무리해야 했을 것이다. 그러나 그는 그렇게 하지 않았다. 과연 그가 무류 공의 논리를 '명'과 '이'의 개념으로 마무리한 까닭은 무엇일까?

## 3) 〈관재기〉의 주제

이 글의 주제는 연암이 왜 당호 '관'을 이렇게 풀었을까 하는 것과 관련이 있다. 그런데 〈관재기〉에는 이러한 언급이 전혀 없다. 연암은 단지 대사와 동자승 사이의 대화를 서상수에게 전할 필요가 있어서 이를 기록한다고만 적었다.

> 내가 이때에 턱을 고이고 옆에 앉아 있다가 이 말을 듣고 진실로 아득하였다. 백오伯五(서상수-필자주)가 자기 방 이름을 관재라고 하고 내게 서문을 청하였다. 대저 백오가 어찌 치준대사의 말을 들은 적이 있으리오? 마침내 그 말을 적어 그를 위해 기문을 쓴다.[10]

연암의 의도를 직접 확인할 수 없으므로 간접적으로 서상수가 왜 자신의 당호를 '관'으로 삼았는지를 살펴보는 것이 좋겠다. 하지만 이 부분역시 기록으로 확인되지 않는다. 그러므로 이것 역시 당시 정황을 통해서 추정해야 한다. 대개 당호는 당주 취향이나 삶의 지향성을 반영하므

---

10) 〈觀齋記〉. 余時支頤旁坐, 聽之固茫然也. 伯五, 名其軒曰觀齋, 屬余序之. 夫伯五, 豈有聞乎俊師之說者耶? 遂書其言, 以爲之記.

로, '관'을 당호로 삼은 것은 그의 생활과 밀접하게 관련이 있었을 것이다. 이런 관점에서 그의 삶을 살펴보면, 그가 서화골동의 감식에 높은 안목을 지녔던 점이 주목된다.

연암은 다른 글에서 그를 당대 최고의 서화골동 감상가인 김광수金光遂(숙종 22년, 1696~?)와 견주어 평했는데, 재기와 사고 능력 면에서는 서상수가 더 낫다고 말했다.[11] 연암은 자신의 주장을 납득시키기 위해서 예를 하나 들었다. 어떤 사람이 술잔처럼 생긴 골동품을 팔려고 했지만 알아보는 사람이 없어서 수백 냥으로 가격이 떨어졌는데, 서상수는 대번에 그것이 오화석으로 만든 붓 빠는 그릇인 것을 알고 가격도 묻지 않고 팔천 냥에 샀다는 것이다.[12]

---

11) 朴趾源, 같은 책, 〈筆洗說〉, 441쪽. 근세의 감상가로는 상고당 김광수를 일컫는다. 그러나 재기와 사고 능력이 없으니 최고로 뛰어난 것은 아니다. 대개 김씨가 처음으로 감상의 학문을 연 공은 있으나 여오(서상수)는 훌륭한 것을 꿰뚫어 보는 감식안을 가져서 벌려 놓은 많은 물건들은 보기만 해도 진짜와 가짜를 변별할 뿐 아니라 재기와 사고 능력을 겸비하여 감상에 뛰어난 사람이다. 近世鑑賞家, 號稱尚古堂金氏, 然無才思, 則未盡美矣. 蓋金氏有開創之功, 而汝五有透妙之識, 觸目森羅, 下別眞贗, 兼乎才思, 而善鑑賞者也.

12) 〈筆洗說〉. 골동 그릇을 파는데, 삼 년 동안 팔지 못한 것이 있었으니, 바탕이 울퉁불퉁 투박한 돌처럼 보여 술잔으로 생각되었다. 곧 밖으로 휘어지고 안으로는 말린 형상을 한 데다 먼지와 때 때문에 돌의 윤기가 보이지 않았기 때문에 온 나라를 다 다녔으나 거들떠보는 사람이 없어서 부귀한 집들을 거칠수록 가격이 더욱 낮아져서 수백 냥밖에 안 되게 되었다.
　하루는 어떤 사람이 그것을 가지고 여오 서상수에게 보였다. 여오는 말했다. "이것은 붓 씻는 그릇이다. 이 돌은 중국의 복주 수산의 오화석 채광지에서 난 것으로 옥 다음으로 치는 민석 같은 것이다." (그는) 값이 얼마인지 묻지도 않고 바로 팔천 냥을 주었다. 그것의 때를 벗기니, 전에 울퉁불퉁 투박하게 보였던 것은 바로 돌의 무늬로서 쑥 잎처럼 푸른빛이 돌았다. 모양이 휘어지고 말렸던 것은 마치 가을의 연꽃이 말라서 그 잎이 말아 올라간 것과 같은 모양이었다. (그것은) 마침내 나라에서 유명한 그릇이 되었다. 有鬻古器而三年不售者, 質頑然石也. 以爲飮器也, 則外窊而內卷, 垢膩之掩其光也. 遍國中未有顧之者, 更歷貴富家, 價逾益下, 至數百. 一日有持而示徐君汝五者. 汝五曰, 此筆洗也. 石産於福州壽山五花石坑, 次玉而如珉者也. 不問値高下, 立與八千, 刮其垢, 而昔之頑然者, 乃石之暈而艾葉綠也. 形之窊且卷者, 如秋荷之枯 而卷其葉也. 遂爲國中之名器. 승계본 연암집에서는 不問値高下

이 일화는 그가 높은 감식안을 지닌 인물이었음을 말해준다. 그런데 골동품 감식이란 것은 그것에 꽤 심취하지 않고는 얻기 어려운 능력이다. 더구나 다른 사람보다 뛰어난 능력을 가졌다는 것은 그의 능력도 능력이지만 그가 이 방면에 꽤나 몰두해 있었다는 것을 방증한다. 아마도 그는 자신의 이런 취향과 능력에 대하여 자부심을 크게 가졌을 것이다. 이런 사실은 '관'의 의미가 서호골동의 감상을 뜻하는 것이었으리라는 점을 시사한다.

골동 감상으로만 사는 것은 멋진 일일 것이다. 이런 생활은 세속적 욕망에서 한 걸음 벗어난 것이므로 돈, 명예, 권력을 좇는 세속적인 삶과 비교해 볼 때, 일견 긍정적으로 평가할 만한 것이다. 그러나 삶이 단지 골동 감상 취향의[13] 영역에만 머물고 있다면 이야기가 달라진다. 그것은 현실 도피적인 태도이기 때문이다.

서상수의 생활에 현실도피적인 면모가 있었던 것은 간접적인 증거를 통해 확인할 수 있다. 우선 당대에 교유하던 사람들은 대부분 서상수를 풍류적 예인의 기질과[14] 시인으로서의 능력을[15] 가진 인물이요, 활수

---

가 不問價高下로 되어 있다. 〈燕巖集 異本에 대한 考察〉(金血祚, 한국한문학 17집, 한국한문학회, 1994. 180쪽)에서 재인용.

13) 일반적인 시각에서 볼 때 서화골동 취향은 사물에 경도된 것을, 풍류는 주관적인 것에 대한 경도된 것으로 이해될 가능성이 있다. 사물에 경도되어 그것에 매몰되는 것을 전통적으로 완물상지라고 표현했는데, 〈필세선〉에서 서상수는 완물상지의 관점을 비판하고, 자신은 그 속에서 교훈을 찾는다고 했다. 따라서 서상수의 골동 취향은 사물에 경도된 것이리기보다 풍류처럼 주관적인 것에 경도된 것이라고 할 수 있을 것이다.

14) 李德懋, 《靑莊館全書》 권2, 199쪽. 朴齊家, 《北學議》, 60쪽. 이덕무는 그가 통소를 특히 잘 불어서 전국에 이름난 통소 명인 두 사람과 함께 세검정에서 통소를 적이 있었다고 했고, 박제가는 이 외에도 그가 글씨 쓰기, 차 마시기와 바람소리 빗소리를 듣기 등을 즐겨한다고 기록했다.

15) 朴齊家, 위의 책, 134쪽. 李德懋, 위의 책, 권7, 155쪽. 박제가는 서상수의 대상날에 그를 추모하면서, 그가 邊日休와 함께 시명을 날렸다고 평했고, 이덕무는 시인 몇 사람과 함께 〈端陽佳節〉이란 시를 지었을 때 관재의 시가 가장 훌륭했었는데, 그것은 그가 악률을 깨달아 말 밖의 운치를 나타낼 수 있었기 때문이라고 적고 있다.

좋은 사람으로16) 묘사했다는 점이다. 이런 취향도 그가 현실도피적인 성향을 지녔으리라는 것을 짐작케 하는데, 주목되는 것은 그의 존재가 다른 사람들에게는 별반 알려지지 않았던 점이다.

연암 시대의 인물들에 대한 기록으로 ≪병세재언록幷世才彦錄≫이란 책이 있다.17) 이 기록은 이규상李奎象이 각계각층의 당대 인물들의 특징과 업적을 적어 놓은 것이다. 물론 기록의 중심에는 양반 계층이 있었지만 이 책은 신분 고하, 남녀노소를 가리지 않았다. 그런데 이 책에는 김광수에 대한 기록이 여러 번 보이는 반면에 서상수에 대한 기록은 전혀 보이지 않는다.

연암이 그의 감식안을 극찬했음에도 불구하고 그의 이름이 전하지 않는 것은 자연스러운 일이 아니다. 이것은 그가 함께 교우했던 몇몇 사람 외에는 별로 알려지지 않았다는 것을 의미한다. 이것은 그가 은거에 가까운 생활을 하고 있었다는 것을 의미할 것이다. 그렇다면 연암이 '관'의 의미를 왜 무류 공의 논리만으로 풀지 않고 다시 '명'과 '이'의 개념으로 풀었는지 이해가 된다.

앞에서 정리했듯이 무류 공의 논리는 세속적 욕망을 벗어나라는 뜻이고, '명'과 '이'의 개념은 새로운 안목으로 다시 현실을 긍정하라는 의미였다. 따라서 무류 공을 이렇게 풀었다는 것은 연암이 서상수에게 서화 골동의 취향도 좋기는 하지만, 한편으로 현실을 긍정하고 현실로 나와야 한다는 말을 하기 위한 것이라고 볼 수 있다.

요컨대, 연암은 서상수에게 골동 서화만 '보지' 말고 세상도 '보라'는 이야기를 한 셈이다. 그것이 제대로 '보는 것(觀)'이란 말이다. 이것이 이 글의 주제다.

---

16) 柳在日, ≪이덕무의 시문학 연구≫, 태학사, 1998, 33쪽.
17) 李奎象, ≪18세기 조선 인물지≫, 민족문학사연구소 한문분과 옮김, 창작과 비평사, 1997.

이것을 보면, 서상수의 '관'을 불교의 무류 공의 '관'으로 푼 것은 칭송이요, 그것을 다시 '명'과 '이'로 푼 것은 권면인 셈이다. 연암이 서화골동 감상의 '관'을 불교의 '관'과 관련시킨 것은 공의 논리에 현실 초탈과 현실 긍정의 사상이 있었기 때문일 것이다. 그러나 한 편으로는 '관'이란 말이 불교적 논리를 연상시키는 데다가 서상수가 불교적인 취향을 지녔던 이유도 있을 것이다.[18]

## 3. '공空'의 논리와 미학

〈관재기〉는 대부분이 동자승과 대사의 대화인데, 그 표현 방식과 내용 전개가 주제와 밀접하게 관련되어 있다.

### 1) 층차적 구성, 초월과 딜레마의 논리

대화 내용을 세밀하게 나누면 모두 5부분으로 나눌 수 있다. 동자의 1차 깨달음, 동자의 2차 깨달음(대사의 1차 가르침), 동자의 3차 깨달음(대사의 2차 가르침)의 세 부분과 그것을 정리한 두 부분이 그것이다. 앞의 세 부분은 하나의 논리를 내세운 후 그것을 부정하면서 새로운 논리를 제시하고, 다시 그것을 부정한 후 새로운 논리를 내는 식으로 진개되었다.

이런 구성을 층차적 구성이라고 하는데 이 글이 대화와 층차적 구성

---

18) 이덕무가 서상수를 묘사한 시에 '隱几神遊圓悟境 禪經畫傳卷而舒(안석 기대 깨달음의 경지에 노닐며, 선경과 화전을 말었다 폈다 하네.)'라는 구절이 있다. 안석에 기대었다는 것 은 대개 은둔자의 모습을 나타내는 관습적인 표현인 경우가 많다. 하지만 선비들의 초탈성이 보통 신선 모티프로 표현됨에도 불구하고 굳이 불경을 거론한 것은 적어도 서상수에게 불교적인 취향이나 면모가 있었다는 것을 암시한다. 李德懋, 앞의 책 권2, 165쪽.

의 방식을 사용한 것은 이 글이 깨달음의 문제를 다루고 있기 때문으로 생각된다. 낮은 수준에 있는 사람에게 높은 수준의 깨달음을 전하려면 어떻게 하는 것이 이상적일까? 깨달음의 유형을 단순히 나열하는 것을 아마도 별반 바람직하지 않을 것이다. 오히려 상대방의 수준를 확인하면서 한 단계씩 높은 비전을 제시하는 것이 바람직할 것이다. 그러므로 이 부분이 층차적인 대화로 구성된 것은 내용과 관계된 것이다.

다음으로 '관'의 세 가지 유형을 비교한 부분을 살펴보자. 이들은 서로 부정과 초월의 관계를 맺고 있다. 형상의 논리와 무형 공의 논리는 각각 형상의 실재성을 인정하는 논리와 이를 부정하는 논리라는 점에서 대립적 위치에 있다. 원래 형상과 본체는 서로가 서로를 부정하는 객관과 주관, 유물적인 차원과 유심적인 차원의 대립항이기 때문에 그러한 것이다. 반면에 무류 공의 논리는 두 논리의 대립을 초월한 위치에 있다. 따라서 이 글의 핵심 개념은 부정과 초월의 논리라고 할 수 있다.

결론 부분을 살펴보자. 무류 공의 논리가 부정의 논리라고 하면 '명'과 '이'의 개념은 긍정의 논리다. '명'과 '이'의 개념은 무류 공의 논리가 부정하고 초월했던 명제를 다시 긍정한 것이다. 그래서 형식 논리로 보면 동일한 개념 안에 부정과 긍정의 내용이 동시에 존재한 형국이 된다. 이것은 보통의 경우에 가능한 일이 아니다. 그러므로 이런 논리는 이율배반과 딜레마의 성격을 지닌 것이라고 할 수 있을 것이다.[19]

## 2) 비유와 함축

〈관재기〉의 두드러진 수사적 특징은 비유와 함축이다. 특히 비유의 수법이 눈에 띄는데, 이 점에 유의해서 들여다보면, 우선 대사와 동자 사이

---

19) 梶山雄一 외, 《공의 논리》, 민족사, 정호영 역, 1994., 변증법이 정(正)·반(反)· 합(合)의 3단계를 거쳐서 전개된다는 점에서 이와 비슷하지만 무류 공의 논리는 최종 결론이 부정의 합이라는 측면에서 서로 다르다.

의 대화 전체가 비유라는 점에 눈에 띈다. 대사와 동자의 대화는 서상수의 삶을 한편 칭송하고 한편 권면하는 내용이라고 했다. 두 사람의 대화에는 서상수에 대한 언급이 전혀 없는데 그러한 해석이 가능한 것은 대화 자체가 비유였기 때문이다.

## 흐르는 물·흰 구름

비유의 방식으로 표현된 것은 그것뿐이 아니다. 다음 부분을 살펴보자.

> 대사가 말했다. "너는 순순히 받아들이고 보내거라. 내가 세상을 본 것이 60년이지만 사물은 머무르지 않고(無留) 도도히 모두 흘러갔다. 시간은 지나가서 그 바퀴를 멈추지 않으니 내일의 해는 오늘의 해가 아니다. (중략) 너는 마음에 매이지 말고, 너는 기에 막히지 말라. 명命으로 받아들이고 명으로 자신을 보며, 이理로써 보내고 이로써 사물을 보아라. 흐르는 물을 가리키니 흰 구름이 일어나는구나."[20]

해의 비유는 앞에서 이미 그 의미를 분석했다. 여기서는 흐르는 물과 흰 구름의 의미를 따져보자. 이 부분도 무류 공의 논리를 표현한 말이다. 왜 그렇게 해석이 될까? 손가락으로 흐르는 물을 가리키면 흐르는 물을 보라는 뜻이다. 만약 흐르는 물을 보지 않고 단지 손가락만 본다면 손가락의 실제적인 의미를 놓치게 된다.

흐르는 물의 의미는 무엇일까? 물이 흐른다는 것은 머물지 않는다는 뜻이다. 물은 물이지만 같은 물이 아니라는 뜻이다. 이것은 흰 구름의 경우도 마찬가지다. 흰 구름은 생겨났다 없어지고 끊임없이 흘러간다. 이

---

20) 〈觀齋記〉. 師曰, 汝順受而遣之. 我觀世六十年, 物無留者, 滔滔皆往. 日月其逝, 不停其輪. 明日之日, 非今日也. (중략) 汝無心留, 汝無氣滯, 順之以命, 命以觀我. 遣之以理, 理以觀物, 流水在指, 白雲起矣.

것은 해가 오늘의 해와 내일의 해가 다르다는 말과 같다. 이런 의미에서 흐르는 물이나 흰 구름은 무류 공의 논리를 표현한 것이다.

요컨대, 물을 보라는 것은 형상의 논리를 뛰어넘은 공의 세계를 보라는 뜻이요, 흐르는 물과 흰 구름의 비유는 곧 무류 공의 의미를 상징한 것이다. 그런데 의미 전달 측면에서만 보자면 이 부분은 사실 필요 없다. 비유의 의미를 제대로 읽지 못하면 이 부분은 오히려 의미 전달을 더 어렵게 할 수도 있다. 이런 표현은 문학적인 여운을 남겨주기 때문에 이를 위해서 썼다고 할 수 있지만 이에는 다른 의도가 있는 것으로 보인다. 이는 뒤에서 다시 논한다.

### 연기(煙)와 연기緣起

이 글에서 여운을 주는 것은 비유뿐만이 아니다. 이 글의 연기(煙) 역시 그러하다. 이 글의 연기는 향의 연기이지만 실은 불교 존재론의 연기 緣起 개념을 함축하고 있다. 불교에서 연기는 시간의 선후 관계에 따른 인과 관계 또는 논리적인 상대 관계를 포함한 의존성 일반을 의미한다. 인연 또는 인과와 같은 개념이다.

이 개념은 불교의 여러 유파가 모두 인정한다. 각 유파는 자기들의 논리를 입증하기 위해 이 논리를 사용하여, 형상의 실재성을 주장하거나 본체의 실재성을 주장한다. 마찬가지로 연기설은 형상과 본체의 실재성을 부정하는 데 있어서도 요긴하다.

연기라는 것은 사물이 서로 의존 관계에 놓여 있다는 것을 뜻한다. 서로 의존 관계에 있다는 것은 참된 의미에서 그것이 독자적으로 존재하지 않는다는 뜻이 된다. 독자적으로 존재하지 않는 것의 본체를 따지는 일은 실제적으로 불가능한 일이다. 따라서 이 논리에 의하면 본체는 자연적으로 부정된다. 본체의 부정은 바로 형상의 부정으로 이어지므로 연기

설은 형상과 본체를 모두 부정하는 공의 논리를 증명할 수 있는 핵심적인 논리인 것이다.[21]

그렇다면 이 글의 연기煙氣가 어떻게 연기설의 의미를 함축하는가? <관재기>의 연기 이미지와 불교사와 불교적 논리에서 차지하는 연기론의 기능이나 의미 역시 유사하기 때문이다. 불교의 연기론은 불교 모든 존재론·인식론에 관여하면서도 실제로는 공의 진리의 논리적 근거가 되었는데, <관재기>의 연기 역시 그러하다.

<관재기>에서 연기는 실질적으로 세 가지 의미를 함축한다. 피어남과 사라짐의 이미지에서 형상의 논리와 무형 공의 논리를 추출한 것은 이미 정리했다. 그런데 연기의 실제적 의미는 무류 공의 의미였다. 대사가 '공'을 보라고 한 것은 무형 공의 의미가 아니라 무류 공의 의미였던 것이다. 다만 그것은 동자가 그것을 사라짐의 의미로 해석하는 바람에 드러나지 않은 것뿐이다.

이렇게 보면 <관재기>의 연기(煙)가 불교사에서 등장했던 연기설의 의의와 같다는 것을 알 수 있다. 그러나 연기설을 함축한 소재로 연기를 택한 것은 우리말의 연기(煙)와 불교의 연기설이 발음이 같기 때문이다.[22] 곧 공의 논리가 연기설을 근거로 하고 있기 때문에, 무류 공의 논리를 문학적으로 형상화하기 위해서 연기를 소재로 택한 것이다.

이 같은 함축 역시 문학적 여운을 위한 배려일 것이다. 그렇지만 이것 역시 의두적인 것이다. 그 의도의 외미를 비유적 수법을 쓴 의도와 함께 역시 뒤에서 따진다.

---

21) 梶山雄一 외, 앞의 책, 67~72쪽.
22) 언어의 이런 측면을 함축적인 의미로 사용하는 것은 연암 문학의 중요한 특징의 한 가지다. <象記>에서 象은 코끼리, 형상, 인식 대상을 뜻하고,(졸고, <象記의 연구>, ≪韓國 古文의 理論과 展開≫, 太學社. 1998) <念齋記>에서는 聖과 醒의 소리가 같은 것을 이용하여 함축의 미학을 만들어냈다.(졸고, <念齋記, 대조와 역설의 미학>, 앞의 글)

## 3) 〈관재기〉와 반야 사상

〈관재기〉에 나오는 세 가지 유형의 존재론·인식론은 연암의 독창적인 생각이 아니다. 이것들은 모두 불교적인 관점이다. 불교사적인 관점에서 볼 때 불교의 존재론·인식론은 크게 세 가지로 나누어진다. 사물의 실재성을 믿는 설일체유부說一切有部와 경량부經量部, 사물의 실재성을 부정하되 마음의 실재성은 인정하는 유식파唯識派, 사물과 마음을 모두 부정한 반야 사상·중관파中觀派가 그것이다.23)

이것을 보면 〈관재기〉의 세 유형이 바로 불교의 그것과 일치하는 것임을 알 수 있다. 형상의 논리는 형상의 실재성을 인정한다는 점에서 설일체유부·경량부와 대응되고, 무형 공의 논리는 형상을 부정하지만 '공'이라는 본체를 인정한다는 점(이것은 곧 마음만 인정하는 태도과 같다)에서 유식파와 대응되고, 무류 공의 논리는 형상과 본체의 실재성을 다 부정한다는 점에서 반야 사상·중관파의 논리와 대응된다.

### 주제와 논리

그러므로 〈관재기〉 전체의 결론은 대승불교 반야 사상과 중관 사상과 관련된다고 할 수 있다. 우선 무류 공의 부정과 초월의 논리가 그러하다. 앞에서 보았듯이 이것은 연기와 해의 비유로 형상화되었다. 연기의 이미지와 불교에 관해서 이미 설명했으므로 해의 비유만 살펴보자. 이 비유는 불교의 찰나멸론을 연상시킨다.

찰나멸론이란 모든 존재는 마음과 사물도 생긴 순간에 소멸하면서 한 순간전의 존재가 원인이 되어 다음 순간의 존재라는 결과를 낳는데, 그 원인과 결과는 동일하지 않다는 주장이다. 말하자면 일체의 것은 각 순

---

23) 梶山雄一 외, 앞의 책, 152~162쪽. 중관 사상은 반야 사상에서 나왔다.

간에 별개의 것으로 생성되는 과정을 계속하기 때문에 동일성을 갖고 영속하는 것은 없다는 것이다.

원래 찰나멸론은 반야 사상·중관 사상만의 논리가 아니었다. 이는 불교의 모든 유파가 인정하는 것이다. 다만 각 유파는 이를 서로 다른 의미로 해석하면서 자기 논리를 강화했다. 이를테면 설일체유부는 비록 변한다고 해도 존재하지 않는 것은 인식될 수 없으므로 인식된다는 것은 존재한다는 것을 증거하는 것이라고 했고, 경량부는 하나의 형상이 소멸해도 우리의 마음 속에는 형상이 남아있다는 것이라며 형상의 실재성을 주장했다. 또 유식파는 형상의 실재성을 부정하고 마음의 실재성을 주장하기 위해서 이 논리를 사용했다.

그러나 반야사상·중관사상은 물질의 영속성뿐 아니라 마음의 실재성까지 부정하기 위해 이 논리를 사용했다. 사물이 계속해서 생성되고 변화한다는 것은 모든 것에서 본체를 인정할 수 없다는 뜻이 되고, 역으로 본체가 인정되지 않으면 형상도 인정될 수 없다는 논리를 펴는데 이를 이용한 것이다.24) 이것을 보면 무류 공의 부정과 초월의 논리는 곧 반야사상·중관사상의 논리와 같은 것임을 알 수 있다.

이율배반, 딜레마의 논리도 마찬가지다. 대승불교에서 공空, 무상無相, 무원無願(무집착)을 3삼매라고 하는데, 이들은 각각 존재론, 인식론, 실천적 덕목이라는 세 개의 원이 된다. 이것은 동시적인 것이므로 어느 하나만을 취할 수 있는 것은 아니나, 그러나 반야사상기니 중관론자들은 일반 신도들에게 공의 진리를 존재론적으로 혹은 인식론적으로 설명하는 것이 쉽지 않았으므로 세 가지 중에서 무집착을 강조했다.25)

무집착의 존재론적 근거는 당연히 공의 논리다. 공의 논리는 세속적

---

24) 梶山雄一 외, 앞의 책, 46~56쪽, 66~81쪽. 찰나멸론에 관한 논의는 전반적으로 이를 참고했다.
25) 梶山雄一 외, 앞의 책, 35쪽.

욕망의 부정을 가르친다. 그러나 만약 세속적 욕망의 부정이 현실의 부
정을 의미한다면 불교적 진리를 따르는 사람들은 모두 속세를 부정하고
사찰로 들어가야 하는 문제가 생긴다. 그러나 반야 사상가들은 존재론·
인식론에서 형상과 본체의 구분 의식을 뛰어넘음으로써 그러한 구분 자
체가 의미 없다는 것을 깨달았다.

그들은 깨달음의 세계와 미혹의 세계, 종교적 세계와 세속적인 세계를
구분하지 않았다. 있는 것은 하나의 세계일 뿐이므로 깨달음의 실천도
현실 세계에서 이루어져야 한다고 믿었다. 공의 진리로써 현실을 부정했
지만 그것의 초월성으로 인하여 다시 현실로 돌아온 것이다.[26] 그들이
무집착을 강조한 것은 현실을 떠나라는 뜻이 아니라, 집착과 미망 때문
에 참된 지혜에 도달하지 못할 것을 염려한 것뿐이었던 것이다. 그래서
대승불교에서는 현실에서의 삶을 중요하게 생각한 것이다.

반야 사상과 중관 사상의 이러한 논리는 곧 '명'과 '이'에 담긴 이율배
반의 논리, 딜레마의 논리와 같다. 이것을 보면 〈관재기〉의 논리가 곧 반
야 사상·중관 사상에 연원을 둔 것임을 알 수 있다.

### 구성과 표현

〈관재기〉의 구성은 대화에 따른 층차적인 구성이라고 했다. 이런 구성
방식은 특별한 것은 아니다. 그러나 이 글의 내용이 불교적인 진리를 담
고 있다는 점에서 불교적인 함의를 생각하지 않을 수 없다. 부처는 제자
나 대중에게 공의 진리를 깨우치기 위해 대화의 방식을 자주 사용했다.
그는 상대방이 아는 것이 무엇이고 무엇을 잘못 알고 있는지를 확인하
고, 더 높은 수준의 깨달음을 알려주었던 것이다. 따라서 〈관재기〉의 층

---

26) 三枝充悳, 〈초기대승불교의 인식론〉, ≪인식론·존재론≫, 불교시대사, 심봉섭 역,
   1995. 99쪽.

차적 구성과 대화식 전개는 어쩌면 우연한 일치일 수도 있지만 글의 내용을 감안한 의도적인 선택일 수도 있을 것이다.

불교적인 함의가 더 큰 부분은 비유와 함축이다. 앞에서 흐르는 물과 흰 구름의 비유는 의미 전달 측면에서만 보자면 필요 없는 부분이라고 했다. 그렇다면 이 부분은 왜 들어갔을까? 앞에서 이미 다 설명한 내용을 왜 다시 비유적인 이미지로 표현할 것일까? 이런 표현 방식은 대승불교 사상과 무슨 관계가 있을까?

대승불교 반야 사상이나 중관 사상에서는 공의 진리가 기본적으로 사유와 언어로는 파악될 수 없다고 믿는다. 사유와 언어는 분별의 산물인데 공의 진리는 이를 떠나있는 것이기 때문이다. 그것은 오직 선의 명상과 직관으로만 파악할 수 있다고 믿는다. 그래서 그들은 언어를 부정한다. 불립문자라는 언어 부정의 사상은 이러한 의식을 표현한 말이다.

그러나 진리를 전하려면 불행하게도 언어의 힘을 빌리지 않으면 안 된다. 그래서 그들은 언어를 다시 사용한다. 그러나 이때의 언어는 설명이 아니다. 진리는 설명될 수 없는 것이므로 비유로 표현된다. 선시와 게송이 비유로 된 것은 이것 때문이다. 그러므로 <관재기>에서 대화 전체가 비유 형식인 것이나 마지막에 굳이 흐르는 물과 흰 구름의 비유를 사용한 것은 이런 문맥을 지닌 것으로 생각된다.

함축이나 비유 그것 자체는 특별한 표현법이 아니다. 그렇지만 중요한 것은 그것이 이 글의 내용이나 논리와 일치한다는 점이다. 공의 논리가 기본적으로 언어 부정 의식을 가지고 있으므로 이 글의 함축과 비유의 표현이 우연이라고만 보기 어렵다는 말이다. 그러므로 이것은 연암이 내용을 염두에 두고 택한 표현 방식이었을 가능성이 많다. 표현은 내용이나 주제와 일치될 때 완전해진다. 그런 의미에서 <관재기>는 높은 수사적 성취를 이루었다고 할 수 있다.

## 4. 맺음말

〈관재기〉는 연암의 30대 작품 중 하나다. 연암은 여기에서 불교의 존재론과 인식론의 여러 유형에 관한 생각을 보여주었을 뿐 아니라 ≪반야경≫과 ≪중론≫의 공관空觀을 적절한 비유로 표현했다. 그리고 이러한 내용과 논리를 주제와 표현 방식으로도 활용했다. 이러한 것들은 내용과 표현의 일치를 추구하는 연암 문학의 높은 문학적 성취를 보여준다.

이 논문에서는 필자는 〈관재기〉의 내용과 표현을 불교와 관련시켜서 분석했다. 물론 이런 내용과 표현이 이 글에서만 발견되는 것도 아니고 불교의 경전에만 나오는 것도 아니다. 초월의 논리, 혹은 딜레마의 논리는 불교의 사상임에는 틀림없지만 불교의 논리라고만 할 수는 없다. 비유나 함축의 표현 방식도 마찬가지다. 따라서 연암 문학의 이런 것들을 모두 불교의 영향이라고 말하는 것은 성급한 일이다. 필자는 이에 대하여 아직 깊이 있게 연구하지 못했으므로 그 결론은 일단 유보한다.

중요한 것은 이러한 사상과 그의 삶과의 관계다. 이 글의 내용에서 확인되듯이 연암의 불교 이해의 수준이 결코 낮지 않다. 이는 연암이 불교에 대하여 깊은 독서와 사색을 했었으리라는 것을 시사한다. 만약 연암이 젊은 시절에 이런 일들을 했다면 불교적 사유방식은 그의 삶의 여러 부분에 영향을 미쳤을 가능성이 있다. 구체적인 삶 속에서 확인되지 않으면 이러한 가설은 단지 가설로 끝날 가능성이 있으나 전혀 무시할 일은 아니다. 이 부분도 더 확인해야 할 일이다.

불교적인 논리를 문학에 수용한 것은 연암 이전에도 활발하게 이루어진 일이다. 불교의 승려뿐만 아니라 유학자에 의해서도 이런 일들은 많이 일어났다. ≪구운몽≫ 등은 그 대표적인 예라고 할 것인데, 앞선 사상이나 작품 사이의 변별적 특징이나 공통점을 확인하는 작업도 여기에서 진행하지 못했다. 모두 후고를 기약한다.

## 〈백이론상伯夷論上〉
### 변화와 반전의 미학

## 1. 머리말

연암燕巖 박지원朴趾源(영조 13년~순조5년, 1737~1805)의 글은 의론을 담은 것이 많다. 그런 탓인지 논설문이라고 이름을 붙인 글은 오히려 많지 않다. 〈백이론伯夷論〉 상하 두 편은 이렇게 얼마 되지 않은 논설문 중의 일부다. 원래 〈백이론〉 두 편은 일실되었다가 아들 종간宗侃이 남의 집 옛날 종이 속에 섞여 있는 것을 발견하여1) 다시 전하게 된 작품이다.

〈백이론〉 상하 두 편은 제목이 같기 때문에 마치 내용이 비슷한 것처럼 보이지만 그 초점은 다르다. 상편은 백이伯夷·무왕武王의 행적과 둘 사이의 관계에 초점을 두었으므로 오히려 백이·무왕론이라고 해도 좋고, 하편은 미자微子·비간比干·기자箕子·백이·여상呂尙을 함께 논하면서 백이와 여상을 중심에 두었으므로 오인론, 혹은 백이·여상론이라고 해도 좋을 내용으로 이루어졌다.

백이의 행적을 논하는 일이나 그를 칭송하는 일은 공자 시대부터 부

---

1) 朴趾源, 〈禁酒策〉, ≪燕巖集≫ 권1, 계명출판사, 1986, 285쪽. 돌아가신 아버지의 글은 흩이져 잃어버린 것이 많았는데, 〈백이론〉 등의 글은 남의 집 옛날 종이 더미에서 찾았다. 先人文字多散佚, 如伯夷論等編, 從人家古紙中, 得之(후략)

단히 이어져 왔다. 그리고 이런 글들은 대개 시론적 성격을 지닌 경우가 많았다. 비록 이 글의 저술 시기나 동기를 추정할 수 있는 구체적인 단서는 없지만 이 글 역시 이러한 성격을 지니고 있는 것으로 생각된다. 이런 점에서 이 글을 분석하는 것은 당대 현실에 대한 연암의 인식을 살펴볼 수 있는 기회가 될 것이다.

본 연구는 〈백이론상〉을 분석 대상으로 삼았다. 이 글의 형상화 방식은 단순하지 않다. 이 글에는 사실과 허구가 함께 섞여 있고, 곡진한 묘사와 과감한 생략이 공존한다. 또한 백이를 논하는가 하면 무왕을 논하고 무왕을 따지는가 하면 백이를 거론한다. 진곡하게 설득하다가 갑자기 반전을 꾀하기도 한다. 본고는 이러한 것들이 어떻게 주제를 형상화하는 데 기여했는지도 함께 따질 것이다. 주 텍스트는 박영철본이다.[2]

## 2. 백이·무왕의 동도론同道論

### 1) 연구사의 문제점과 대안

연구사를 살펴보면, 〈백이론〉 두 편에 대한 관심은 두 가지로 요약된다. 하나는 〈백이론〉을 한유韓愈의 〈백이송伯夷頌〉이나 박제가朴齊家의 〈백이·태공불상패론伯夷太公不相悖論〉 등과 비교하는 경우다. 연구자들은 한유가 무왕과 백이의 양시론적 관점을 견지하면서도 백이의 행적을 더 높이 평가한 데 비해, 연암과 박제가는 백이와 무왕, 백이와 태공망이 서로 대등하다는 평가를 내렸다고 진단한다.[3]

---

2) 朴趾源, 〈伯夷論上〉, 위의 책, 啓明文化社, 1986, 256~257쪽. 이하 〈伯夷論上〉은 출전을 따로 적지 않는다.
3) 李鍾周, 〈北學派 散文 硏究〉, 서강대학교 대학원 박사학위 논문, 1990, 84쪽.

다른 하나는 〈백이론〉 두 편의 주제에 대한 관심이다. 다음 인용문을
보자.

　가. (전략) 백이 중심의 명분론은, 그 뿌리가 주나라 중심의 존주론尊周論
을 형성하는 대일통론大一統論으로 연결되는 것이고, 곧 중국 중심의 화이론
적 세계관으로 확대되는 것이다. (중략) 그렇다면 화이론에 근거한 북벌론의
바탕은 곧 백이 중심의 의리론, 주나라 중심의 대일통론에 있는 셈인데, 정유
와 연암은 그 북벌론 성립의 기본적 논리를 수정하고 있는 것이다. (하략)4)

　나. (전략) 백이의 절의 문제는 단순히 왕조 교체시에 구왕조에 대한 절의
를 지켰다는 의미가 아니고, 문제는 그 이상으로 확대 연역되어 그것이 카리
스마적인 의미를 지녔던 것에 있다. 곧 그들의 존주론과 명분론은 존화양이尊
華攘夷의 의리론적 세계관으로 발전되고, 또한 존화양이의 춘추의리론은 병
자호란 이후에 있어서는 북벌사상의 논리적 근거가 되어 더욱 심각한 양상을
초래하였다.(후략)
　(전략) 연암의 백이에 대한 인식은 그를 절대적 가치의 기준에 두지 않고,
그의 가치가 일정한 조건 위에서 가능한 것이었음을 밝혔으니, 이는 백이의
존재를 상대적으로 평가 절하한 것과 같은 의의를 지닌다. (중략) 따라서 그
에 대한 의미의 확대 즉 존주론-존화양이의 춘추론은 더 이상 절대적 권위주
의를 갖지 못하는 것으로 되었다. (후략)5)

　다. (전략) 바지원은 백이와 무왕의 상반된 입장을 서로 필요로 하는 관계
로 파악함으로써, 명분은 현실을 부정하지 않고 현실 또한 명분을 부정하지

---

金血祚, 〈燕巖 朴趾源의 思惟樣式과 散文文學〉, 성균관대학교 박사학위 논문,
1992, 180~181쪽.
　졸고, 〈燕巖 朴趾源 文章의 研究〉, 연세대학교 박사학위 논문, 1993, 143쪽.
　姜慧仙, 〈朴趾源 散文의 古文 변용 양상의 研究〉, 서울대 박사학위 논문, 1996, 80
쪽. 이종주는 〈백이태공불상패론〉만, 필자는 〈백이송〉만, 김혈조와 강혜선은 두 글
을 함께 거론했다.
4) 이종주, 위의 글, 88쪽. 이종주가 실질적으로 분석한 것은 〈백이론하〉이다. 필자는
이 글도 춘추론과는 관련이 없다고 생각한다.
5) 김혈조, 앞의 글, 180쪽과 188쪽.

않는다는 관점을 마련한 것이다. 이렇게 보면 조선이 대의 명분으로 내세워
왔던 북벌론과, 박지원 일파가 주장한 현실적인 북학론이 서로 대척되지 않음
을 말한 것이라 확대 해석할 수 있다. (후략)6)

'가'와 '나' 논문은 〈백이론〉이 곧 존주론이나 화이론적 북벌론의 논리
를 수정한 것이요 춘추관을 부정한 것이라고 했다. 백이의 절의와 명분
은 존주론이나 화이론적 세계관의 상징인데, 이 글이 백이의 절대성을
상대성으로 바꾸었으니, 곧 북벌론의 존주론이나 화이론적 세계관을 부
정한 것이라는 말이다. 반면 '다' 논문은 백이와 무왕을 함께 긍정했으므
로 북벌론과 북학론을 병치시킨 것이라고 했다.

비록 논지나 결론이 조금씩 다르지만 세 논문은 백이에 대한 이 글의
인식이 북벌론의 그것과 다르다는 것을 주목하고 논의를 전개했다. 연암
이 다른 글에서 백이의 행적을 이용하여 북벌론을 부정한 적이 있으므
로7), 백이에 대한 논의를 춘추사관이나 북벌론과 연관시켜서 해석한 것
이 그렇게 부자연스러운 일은 아니다. 그러나 이들의 주장을 그대로 수
용하기에는 미심쩍은 부분이 있다.

그 하나는 이 글의 초점이 과연 백이 절의의 상대화에 있는가 하는 점
이다. 상대적 관점에선 어느 특정 행적에만 절대적 가치를 부여하지 않
는다. 그래서 절의나 혁명(혹은 그에 대한 협조)이 모두 가치 있다는 논리를
전개한다. 이는 상대적 관점이 독자적인 가치를 인정하는 것에 초점을
두고 있음을 의미한다.

그런데, 〈백이론상〉은 백이와 무왕의 마음이 같았다는 동도론同道論을

---

6) 강혜선, 위의 글, 같은 곳.
7) 〈文丞相祠堂記〉, 《重編燕巖集》, 翰墨林書局, 1917, 373~376쪽. 이 글은 박영철
   본, 충남대학 도서관본 등에는 《熱河日記·謁聖退述》에 들어 있는데, 판본간 글
   자 출입이 적지 않다. 김택영본이 비교적 정제되어 있고 연암의 원래 의도를 잘 살
   린 것으로 보인다.

주장했고, 〈백이론하〉는 백이와 여상이 심정이 같았으며 서로 상호의존적인 관계를 지녔다고 주장했다. 동도론과 상호의존론은 연암이 백이·무왕, 백이·여상의 행적을 통합적으로 인식했음을 말해주는 것으로 이를 단순히 상대적 관점으로 이해하여 이를 북벌론을 부정하는 의미로 읽는 것은 온당한 것으로 생각되지 않는다.

더 중요한 것은 백이의 상대화를 인정하고 백이를 북벌론의 부정이나 북학론의 고취로 읽을 경우 〈백이론〉의 실제 내용이 위 논문의 주장과 달라지는 것이다. 백이를 북벌론의 상징으로 보면, 무왕은 북학론의 상징이 될 것인데, 이 경우 상편의 동도론은 북벌론과 북학론이 같다는 뜻이 되고, 하편의 상호의존론은 북벌론과 북학론이 서로 의존한다는 뜻이 되어 버린다. 위 연구자들의 기대와는 전혀 다른 결론에 도달하는 것이다.

이는 이 글을 백이의 상대화나 북벌론의 부정이란 관점에서 보는 것이 별반 설득력이 없다는 뜻이 된다. 사실 조선조에서 백이 이미지는 보통 비정상적인 왕권 교체와 관련된 문제에 있어서 논의되었던 것이 더 일반적이었다.8) 비록 백이의 절의가 춘추대의나 북벌론과 관련될 수도 있지만 꼭 북벌론의 문제로 수렴된 것은 아니었다. 본고는 이 글의 함축이 차라리 여기에 있다고 생각한다.

구체적으로 말하자면 그것은 영조의 왕위 계승과 그에 관여했던 징파들의 행적에 관련된 문제라고 생각한다. 영조의 왕위 계승 과정에는 노론과 소론의 대립이 있었다. 영조는 경종의 죽음으로 왕위에 올랐지만 그 과정은 실상 혁명에 가까운 것이었고, 여기에는 영조의 왕위 계승을 성사시키려고 했던 노론과 이를 저지하기 위해 소론의 치열한 대립이 있

---

8) 《朝鮮王朝實錄》에서 백이는 조선 건국시의 고려말 충신들이 보여주었던 절의나 세조의 왕위 찬탈과 관련된 사육신의 질의 등의 행적을 평가할 때 자주 거론된다. 이는 영조와 정조 시대에도 마찬가지였다.

었다.

이는 영조, 노론, 소론 세 주체의 관계가 마치 무왕의 혁명에 여상이 돕고 백이가 반대한 것과 유사한 측면이 있었음을 의미한다. 이는 〈백이론〉이 바로 영조의 왕위 계승과 관련된 세 주체의 문제를 다룬 것일 수 있는 개연성을 시사한다. 더군다나 노론의 행적을 정당한 것으로 생각했던 연암의 관점과 이 글의 논지가 일치한다는 점에서 이런 가능성은 더욱 높다.

본고는 〈백이론〉을 이런 상황과 연결시켜서 풀어보려고 한다. 그 중에서 〈백이론상〉은 영조와 소론간의 문제를 다룬 것으로 생각된다. 이를 구체적으로 확인하기 위해서는 먼저 〈백이론상〉의 내용을 분석하고, 그것의 함축적인 의미가 구체적인 역사 현실과 어떻게 부합되는지, 또한 그것이 연암과 어떤 관련이 있었는가 하는 점들을 점검해야 할 것이다. 먼저 〈백이론상〉의 내용을 분석해 보자.

## 2) 백이·무왕의 동도론同道論

### 논점의 제기

논설문은 문체의 특성상 논의의 대상과 범주를 명확하게 정하는 경우가 종종 있다. 〈백이론상〉이 이러한 전개 방식을 취했다. 연암은 우선 여기에서 다룰 내용으로 두 가지를 꼽았다.

> 1) ≪사기史記≫에 '무왕이 주 임금을 치려할 때 백이가 말을 붙잡고 간했다', '무왕이 상나라의 천명을 바꾸니 백이는 이를 부끄럽게 여겨서 수양산에서 굶주려 죽었다.'고 했다.9)

---

9) 〈伯夷論上〉. 史記, 武王伐紂, 伯夷叩馬而諫. 武王旣改殷命, 伯夷恥之, 餓死首陽山. 인용문의 앞에 숫자가 붙은 것은 필자가 내용에 따라 임의로 구분한 단락을 표시

백이의 행적에 대한 초기 기록은 유교 경전과 ≪사기≫다. 경전에 실린 내용은 주로 백이의 인격을 논한 내용이고, 구체적인 행적으로는 그가 북해 물가에서 은거할 때 문왕이 노인을 잘 대우한다는 소문을 듣고 주나라 문왕에게 갔다는 것과10), 주나라가 상나라를 멸망시키자 수양산 아래에서 굶어죽었다는11) 두 가지뿐이다. 이에 비해 ≪사기≫는 여러 가지 행적을 기록하고 있다.

> (전략) 백이와 숙제는 고죽국 왕의 두 아들이었다. 아버지는 숙제를 다음 왕으로 삼고 싶어했지만 아버지가 죽자 숙제는 왕위를 형 백이에게 양위하였다. 그러자 백이는 "아버지의 명령이었다."라고 말하고, 마침내 피해서 가버렸다. (그러자) 숙제도 또한 왕위에 오르려 하지 않고 피해서 가버리니, 나라 안의 사람들은 둘째 아들을 왕으로 옹립했다.
>
> 이 때에 백이와 숙제는 서백 창(주나라 문왕)이 어른을 잘 봉양한다는 소문을 듣고, '어찌 가서 귀의하지 않으리오?'라고 말했다. 가서 보니 서백은 이

---

한 것이다. 이를테면, 3-1)은 제3대단락의 제1소단락을 의미한다. 기왕의 연구자들도 각기 단락을 구분했는데, 김혈조는 6개의 단락으로 구분했고(같은 책, 181쪽), 강효선은 5개의 단락으로 구분했는데,(같은 책 81쪽) 구체적인 내용은 서로 다르다.

10) 〈離婁上〉, ≪孟子≫. 맹자께서 말씀하셨다. "백이가 주왕을 피하여 북해의 물가에서 지내다가, 문왕이 일어났다는 소문을 듣고 말했다. '어찌 귀의하지 않겠는가? 서백은 어른을 잘 봉양하는 사람이라고 들었으니.' 태공은 주왕을 피하여 동해의 물가에서 지내다가 문왕이 일어났다는 소문을 듣고 말했다. '어찌 귀의하지 않겠는가? 서백은 어른을 잘 봉양하는 사람이라고 들었으니.' 이 두 노인은 천하의 큰 어른이다. 그런데 그에게 돌아갔으니 이는 천하의 부모들이 그에게 귀의한 것이다. (후략)" 孟子曰 "伯夷避紂, 居北海之濱, 聞文王作興, 曰 '盍歸乎來? 吾聞西伯善養老者' 太公避紂, 居東海之濱, 聞文王作興, 曰 '盍歸乎來? 吾聞西伯 善養老者.' 二老者, 天下之大老也, 而歸之, 是天下之父歸之也.(후략)

11) 〈季氏〉, ≪論語≫. 제나라 경공은 말을 4천 필이나 가졌으나, 죽었을 때 백성들은 그의 덕을 칭송하지 않았고 백이와 숙제는 수양산 아래에서 굶어죽었는데도 백성들은 지금에 이르기까지 그들을 칭송하고 있다. 그것은 이를 두고 이른 것이리라. 齊景公, 有馬千駟, 死之日, 民無德而稱焉. 伯夷叔齊, 餓于首陽之下, 民到于今稱之. 其斯之謂與.

미 죽고, 아들 무왕이 아버지의 나무 위패를 수레에 싣고 시호를 문왕이라고 하고 동쪽으로 상나라 주왕을 정벌하려고 했다. 백이와 숙제는 무왕의 말고삐를 잡고 간했다. "부친이 돌아가셨는데 장사를 치르지 않고 바로 전쟁을 일으키니 이를 효라고 말할 수 있습니까? 신하로서 임금을 치려고 하니 이를 인이라고 할 수 있습니까?" (그러자) 무왕 좌우에 있던 부하들이 그들을 죽이려고 하였다. 이때 태공이 "이들은 의인들이다."라고 하여, 보호하여 보내 주었다.

무왕이 상나라의 어지러움을 평정하니, 천하가 주나라 왕실을 종주로 섬겼지만, 백이와 숙제는 주나라의 백성이 되는 것을 부끄럽게 여겨, 의리상 주나라의 양식을 먹지 않고 수양산에 은거하며 고사리만 꺾어 먹었다. 굶주려서 죽으려고 할 때, 노래를 지었다.(후략)12)

≪사기≫에는 백이의 신분, 양위와 혁명, 죽음에 이르기까지 여러 가지 행적이 기록되어 있다. 연암은 이 중 주나라의 혁명 전 백이가 무왕에게 혁명을 그만 둘 것을 간한 일과 혁명 후 수양산에서 굶주려 죽은 일, 두 가지를 거론했다. 이렇게 특정 사건을 거론한 것은 이 글에서의 논의를 여기에 국한시킨다는 뜻이다.

## 백이의 반대와 무왕 혁명의 모순

먼저 언급된 것은 상나라 정벌에 나선 무왕을 간한 일이다.

3-1) 대저 백이라는 사람은 이른바 천하의 큰 어른(大老 賢人)으로 서백은 일찍이 (백이를) 예로써 대우했으나 이 때에는 좌우의 신하들이 칼로 찌르려

---

12) 〈伯夷列傳〉, ≪史記≫. (전략)伯夷·叔齊, 孤竹君之二子也. 父欲立叔齊, 及父卒, 叔齊讓伯夷. 伯夷曰, '父命也.' 遂逃去. 叔齊, 亦不肯立而逃之. 國人立其中子. 於是 伯夷·叔齊, 聞西伯昌善養老, '盍往歸焉?' 及至, 西伯卒, 武王載木主, 號爲文王, 東伐紂. 伯夷·叔齊, 叩馬而諫, 曰 '父死不葬, 爰及干戈, 可謂孝乎? 以臣弑君, 可謂仁乎?' 左右欲兵之. 太公曰 '此義人也.' 扶而去之. 武王已平殷亂, 天下宗周, 而伯夷·叔齊恥之, 義不食周粟, 隱於首陽山, 采薇而食之. 及餓且死, 作歌(후략)

고 했다. 아아! 선왕이 예로 대우한 신하요 천하의 큰 어른이건만 좌우의 신하들이 머뭇거림 없이 앞에서 찌르려고 했으니, 무왕이 오히려 '내가 아니라 칼이 한 것이다.'라고 하더라도, 여상이 없었다면 백이가 면할 수 있었겠는가?

3-2) 옛날에 이윤은 한 사람이라도 제 자리를 얻지 못하면 자기가 밀어서 도랑에 떠밀어 넣는 것같이 생각했고, 한 사람이라도 허물이 없는 사람을 죽이고는 천하에 왕 노릇하는 것은 하지 않는다고 했다. 이것은 또한 무왕의 뜻이었을 것이다. (그러므로 무왕은) 틀림없이 천하에 소리쳤을 것이다. "상 나라의 백성이 제 자리를 얻지 못했다." 그러나 주나라가 장차 일어날 적에 큰 어른이 제 자리를 얻지 못했으니, 무왕이 천하를 얻은 것은 틀림없이 제 자리를 얻지 못한 것에서부터 시작된 것이다.

또 천하에 소리쳤을 것이다. "상나라가 노성한 사람의 말을 버렸다." 그러나 주나라가 장차 일어날 적에 큰 어른이 그것의(주나라 무왕이 무력으로 상을 치는 것) 불의함을 간했으니 무왕이 천하를 얻은 것은 틀림없이 간한 것을 듣지 않은 것에서부터 시작된 것이다.

또 천하에 소리쳤을 것이다. "상나라가 죄 없는 사람을 죽였다." 그러나 주나라가 일어나려고 할 적에 큰 어른이 제 죽음을 죽지 못했으니, 주나라가 천하를 차지한 것은 틀림없이 죄 없는 사람을 죽인 것에서부터 시작된 것이다. 대저 이 세 가지는 무왕이 남을 정벌하게 된 이유이건만 어리석게도 스스로는 돌보지 않았었던 것이다.[13]

이 부분은 두 가지 내용으로 이루어졌다. 3-1)은 백이와 무왕의 행적이다. 백이는 천하의 큰 이른이요 문왕에게 인정받은 인물이었건만, 백

---

[13] 〈伯夷論上〉. 夫伯夷者, 所謂天下之大老賢人, 西伯, 嘗禮養之, 當是時, 左右欲兵之. 嗚呼! 以先王禮養之臣, 而天下之所謂大老賢人也, 左右, 直欲兵之於前, 則武王, 尙謂'非我也, 兵也', 向微太公, 伯夷其免矣乎. 昔伊尹, 一夫不獲其所, 若己推而納之溝中, 殺一不辜, 而王天下, 不爲. 是亦武王之志也, 將號於天下, 曰'商民不獲所', 然而周之將興也, 大老賢人者, 不獲其所. 則武王之得天下, 將自不獲所始. 又號於天下, 曰'商棄老成言', 然而周之將興也, 大老賢人者, 諫其不義. 則武王之得天下, 將自不聽諫始. 又號於天下, 曰'商殺不辜', 然而周之將興也, 大老賢人者, 不得其死, 則武王之得天下, 將自殺不辜始. 夫此三者, 武王所以伐人者, 而懵然而不自顧耶.

이가 무왕의 혁명을 반대하자 무왕의 신하들이 백이를 죽이려고 했었다고 했다. 이때 무왕이 이를 모른 척했으므로 백이가 죽을 뻔했으나 태공이 말리는 바람에 백이가 무사할 수 있었다고 했다.

3-2)는 이 행적의 의미와 이에 대한 논증 부분으로 무왕의 혁명은 백이 때문에 혁명 자체의 명분을 잃었다는 내용이다. 탕왕의 대신 이윤은 천하 구제를 위해 혁명을 일으키되 '한 사람이라도 제 자리를 얻지 못하면 자기가 밀어서 도랑에 떠밀어 넣는 것 같이' 여기고, '한 사람이라도 허물이 없는 사람을 죽이고는 천하에 왕 노릇 하는 것을 하지 않는' 마음으로 혁명을 일으켰다고 했다.14)

연암은 혁명에 관한 한 무왕의 심정과 명분이 탕왕과 마찬가지일 것이라고 했다. 하지만 무왕에게는 백이가 있었다. 그는 혁명을 반대했을 뿐만 아니라 혁명 후에는 무왕의 왕조에 참여하는 대신 굶어 죽는 길을 택했다. 연암은 이것을 무왕의 혁명이 결과적으로 천하의 큰 어른을 대접하지 않고, 그의 말도 듣지 않은 증거라고 했다. 무왕의 혁명은 처음부터 그 명분에 어긋났다는 것이다.

## 백이 · 무왕 동도론

이런 지적은 마치 무왕의 혁명을 비난한 것처럼 보인다. 하지만 네 번째 단락에서 연암은 백이와 무왕은 같은 길을 간 것이라는 뜻밖의 결론

---

14) ≪尙書≫에는 '한 사람이라도 제 자리를 얻지 못하면 '이것은 나의 죄다.(一夫不獲, 則曰, '時予之辜')'라는 말이 있고(〈說命下〉, ≪尙書≫), ≪맹자≫에는 '천하의 백성을 생각하여 한 사내와 한 아낙네가 요순의 은택을 입지 아니하면, 마치 자기가 밀어서 그들을 도랑으로 들어가게 한 듯이 하였다.(思天下之民 匹夫匹婦 有不被堯舜之澤者 若己推而內之溝中.)'는 말(〈萬章上〉, ≪孟子≫)과 '(백이 · 이윤 · 공자는) 한 가지라도 불의를 행하거나 한 사람이라도 무고한 사람을 죽여서 천하를 취득하는 것은 모두 하지 않을 것이다. 이것이 같은 점이다.(行一不義, 殺一不辜而得天下, 皆不爲也, 是則同.)'라는 말(〈說命下〉, ≪孟子≫)이 있다.

을 내렸다. 이 단락도 두 가지 내용으로 이루어져 있다. 4-1)은 혁명 후
의 무왕과 백이의 행적과 그 의미를 설명한 부분이고, 4-2)는 그것을 논
증한 내용이다.

　4-1) 무왕은 기자가 묶인 것을 풀어주고, 비간의 묘를 봉분하고 상용의 마
을에 예를 표하였으나 오직 백이에게만은 아무런 뜻을 표하지 않았다(不致
意). 이것은 무슨 까닭인가. 아아! 그가 살았을 때는 문왕이 그랬듯이 예로써
대우하고, 그가 떠날 때는 기자에게 했듯이 신하로 삼지 않고, 상용에게 했듯
이 의롭게 여기어 그 마을을 표창하고, 죽었을 때는 비간처럼 봉해주어도 좋
았을 것이다. 그러므로 나는 말한다. '탕 임금과 백이와 무왕은 도가 같으니,
이는 그들이 천하와 후세를 걱정했기 때문이다.'[15]

　연암이 근거로 제시한 것은 무왕이 백이를 대한 태도였다. 무왕은 혁
명 이후, 기자를 석방하고 비간의 묘를 봉분하고 상용의 마을에 예를 표
했다. 그러나 그는 백이에 대하여는 어떤 조치도 취하지 않았다. 백이는
혁명의 부당성을 지적한 천하의 큰 어른이었으니 예로 대할 뿐 아니라,
기자·상용·비간에게 했던 모든 것을 해주어도 좋을 것이었지만, 무왕
은 아무런 조처를 취하지 않았다.
　혁명 후의 행적에 대하여 사람들은 주로 백이가 굶어 죽은 것만 거론
했지만, 연암이 관심을 보인 것은 무왕의 태도였다. 그는 무왕이 백이를
그대로 두었다는 것은 무왕이 백이의 행서을 인징했기 때문이라고 생각
했다. 그래서 이것은 두 사람이 오히려 똑같이 천하와 후세를 염려했다
는 것을 말해주는 것이라고 주장했다.
　이런 결론은 마치 논리적인 비약처럼 보인다. 그러나 연암은 4-2)에서

---

15) 〈伯夷論上〉. 武王釋箕子之囚, 封比干之墓, 式商容之閭, 獨不致意於伯夷, 玆曷故焉?
　　嗚呼! 其生也, 禮養之如文王, 其去也, 不臣之如箕子, 義之表章之如商容, 其死也, 封
　　之如比干, 可也. 吾故曰'湯伯夷武王同道, 爲其爲天下後世慮也.'

그 논거를 자세히 밝혔다.

4-2) 탕 임금이 걸왕을 쫓아내자 천하가 즐거워하면서 그것을 괴이하게 여기는 사람이 없었으니, 탕 임금은 진실로 스스로 걱정하여 말했다. "나는 후세에 나를 구실로 삼을까봐 걱정한다." 그렇건만, 무왕이 이에 뒤를 이어 행하자 천하가 또 즐거워하며 괴이하게 여기지 않았으니 그가 후세를 염려한 것이 진실로 컸었다.

그러므로 백이가 무왕을 비난한 것은 거사 자체를 비난한 것이 아니라 그 뜻을 밝힌 것일 뿐이요(明其義), 무왕이 백이의 묘를 봉분하지 않은 것은 잊어버려서 그런 것이 아니고 그 뜻을 드러내기 위한 것(顯其義)일 뿐이니, 그 후세와 천하를 걱정한 것은 같다.

아아! 예로써 대우해도 후세에 그 뜻을 밝히기에 부족하고, 그 마을에 표창을 해도 후세에 그 뜻을 밝히기에 부족하고, 신하로 삼지 않아도 후세에 그 뜻을 밝히기에 부족하고, 무덤을 봉분해도 백이를 후하게 대해주기에 부족한 것이다.16)

연암은 자신의 주장을 논증하기 위해 탕과 무왕, 무왕과 백이의 행적을 비교했다. 탕왕은 혁명에 성공한 후 후대에 누군가가 혁명을 일으키면서 자신을 구실로 삼을까봐 걱정했다. 실제로 무왕이 또 다시 혁명을 일으켰으니 이는 진실로 근거 있는 걱정이었던 셈이다. 연암은 탕왕의 이런 태도는 그가 당대(천하)의 혼란만 걱정한 것이 아니라 후세의 일도 걱정했음을 말해주는 것이라고 생각했다.

백이의 경우는 어떤가. 혁명에 대한 반대가 후세에 대한 걱정의 방증이라면 백이가 후세를 걱정했다는 점은 쉽게 인정된다. 그렇다면 그가

---

16) 〈伯夷論上〉. 湯放桀, 而天下迫然而莫之怪, 則湯固已慮之, 曰'吾恐後世以吾爲口實'. 武王乃踵而行之, 天下又迫然而不怪, 則其爲後世慮, 誠大矣. 故伯夷之非武王, 非非其擧也, 明其義而已矣. 武王之不封伯夷, 非忘之也, 顯其義而已矣, 其慮後世天下, 同也. 嗚呼! 禮養之, 不足以明其義於後世也, 表章之, 不足以明其義於後世也, 不臣之, 不足以明其義於後世也, 封之, 不足以厚伯夷也.

천하를 걱정했다는 증거는 무엇인가? 연암은 그가 굶주려 죽은 것이 그 증거라고 주장했다. 백이가 무왕의 혁명을 진실로 반대했다면 끝까지 저항했겠지만, 혁명이 이루어진 후 은거한 것은 그가 한편으론 무왕의 혁명을 인정했었음을 뜻한다는 것이다.

다시 말하자면, 백이도 속으로는 무왕처럼 천하를 걱정했었다는 말이다. 다만 혁명 자체를 반대하지 않는다면 후대에 또 신하가 임금을 치는 일이 일어나게 될 것이므로 반대 의사를 표시한 것이라는 말이다. 그러므로 그의 반대는 실은 무왕에 대한 반대가 아니라 단지 후세를 위해 혁명 자체의 부당성을 밝히려는(明其義) 것이었다는 것이다. 따라서 그도 천하와 후세를 함께 걱정했다고 할 수 있다는 것이다.

무왕의 경우는 어떤가? 혁명은 도탄에 빠진 백성을 구하는 것이므로 그가 천하를 걱정했다는 점은 인정된다. 그렇다면 무엇으로 그가 후세를 걱정했다고 할 수 있을까? 연암은 그것을 백이에게 어떤 조치도 내리지 않은 것에서 확인된다고 했다. 만약 무왕이 백이의 행동을 진실로 미워했다면 그를 당장 죽였을 것이지만, 그를 그대로 두었으니 이는 백이의 뜻에 동조했다는 의미가 된다는 것이다.

하지만 백이를 받아들일 수도 없었다. 자신이 반대한 임금으로부터 대접을 받게 될 경우 백이는 오히려 자신의 명분을 잃게 되기 때문이다. 이는 무왕이 백이를 인정하려면 그를 그대로 두어야 했던 것을 의미한다. 따라서 무왕이 그를 그대로 놓아 둔 것은 곧 백이가 걱정했던 그 뜻을 인정하고 드러낸(顯其義) 것이었으니, 무왕 역시 후세를 걱정했다고 할 수 있다는 것이다.

요컨대, 연암은 백이와 무왕도 탕왕처럼 천하와 후세를 똑같이 염려했었다는 것이다. 그러나 이런 결론은 매우 당황스러운 것이다. 이는 앞에서 무왕 혁명의 모순을 지적했을 때 예상할 수 있는 결론도 아닐 뿐더러, 실제로 죽음을 무릅쓰고 반대한 백이나 혁명의 명분 약화에 당황하며 분노했을 무왕의 모습을 상상하면 쉽게 내릴 수 있는 결론도 아니다.

이런 해석은 기존의 그것과는 다르다. 사마천司馬遷은 백이의 저항과 굶주림을 원망의 표현이라고 해석했고, 한유는 〈백이송〉에서 죽음을 무릅쓰고 불의에 대항하는 고독한 선비 의식을 그렸다. 또한 기존의 양시론은 대개 무왕은 천하를 구했고, 백이는 후세의 명분을 내세웠으니 둘 다 옳다는 절충론적 성격이 짙었다. 하지만 연암은 두 행적이 똑같이 천하와 후세를 위한 것이었다는 동도론을 전개했다.

## 3. 영조와 소론에 대한 비판

그렇다면 이러한 인식은 영조와 소론의 관계에 있어서 어떤 의미를 지닌 것일까? 백이·무왕의 동도론은 연암 당대의 정치 현실과 관련시켜 볼 때 시사적인 의미가 적지 않다. 이를 이해하기 위해 먼저 영조와 소론의 관계를 정리해 볼 필요가 있다.

### 영조의 왕위 계승과 노론·소론의 행적

숙종은 말년에 장희빈의 아들인 왕세자(뒷날의 경종景宗) 대신 연잉군延礽君이나 연령군延齡君을 세자로 삼고 싶었다. 하지만 그럴 명분이 없었기 때문에 노론의 힘을 빌리려고 했는데, 그 뜻을 이루기 전에 연령군과 숙종이 죽었다. 경종이 즉위하자 노론은 선왕의 유지를 받들어 경종이 병약하고 후계자가 없다는 이유를 들어 연잉군(뒷날의 영조英祖)을 왕세제로 봉하도록 하고, 더 나아가 연잉군의 대리청정을 요구했다.

대리청정은 신하가 주장할 수 있는 일도 아니었거니와 이는 반역으로 해석될 수도 있는 민감한 문제였다. 아니나 다를까 김일경金一鏡 등의 소론은 대리청정을 강행하려던 노론 4대신을 역모로 공격했다. 그리고는 역모사건을 조작하여 노론의 4대신을 모두 사사시켰다. 이 사건을 역사에서는 신임옥사辛壬獄事(경종 1년~경종 2년. 1721~1722)라고 한다.

그런데, 노론의 역모는 그것으로 끝나는 문제가 아니었다. 이를 인정하면 연잉군 역시 반역의 혐의를 안게 되기 때문이다. 영잉군이 비록 경종의 보호를 받고 있었지만 물의가 계속 일어난다면 영조의 목숨 역시 위험한 일이었다. 하지만 이런 와중에 경종이 갑작스럽게 죽고 연잉군이 즉위하게 되었다. 이런 사정은 영조의 즉위 과정에 혁명에 가까운 비정상적인 요소들이 적지 않았음을 말해준다.

그러므로 영조는 즉위 때부터 두 가지 문제를 안고 있었던 셈이다. 하나는 신임옥사의 처리 문제였다. 신임옥사를 역으로 규정하면 영조 자신도 반역의 혐의를 얻게 되므로 영조는 이를 충으로 인정하지 않으면 안되는 측면이 있었다. 이는 자신을 왕위로 추대한 노론에 대한 보상의 성격도 있었으므로 신임옥사에 숨진 노론 4대신을 신원하는 것은 영조와 노론이 이해를 같이 하는 일이었다.

다른 하나는 택군擇君의 혐의였다. 영조는 왕위 계승을 정당화하고 왕권의 권위를 회복하기 위해서는 자신이 노론에 의해 선택된 왕이라는 혐의에서 벗어나야 했다. 그런데 이런 혐의는 노론의 힘으로 해결될 수 있는 것이 아니었다. 그것은 소론이 인정해줄 때에만 가능한 것이었다. 그래서 그는 소론을 내칠 수 없었다. 이것은 딜레마였다. 즉위 후 영조의 행동은 그의 딜레마를 잘 보여준다.

영조는 즉위 후 을사년에 신임옥사를 무옥으로 규정하고 노론 4대신의 신원을 결정했다. 이는 노론쪽으로 기울어진 행동이었다. 하지만 노론 대신 민진원閔鎭遠 등이 한발 더 나아가 무옥을 일으킨 소론을 역률로 다스리라고 요구하자 영조는 오히려 소론의 손을 들어 주었다.(정미처분 丁未處分) 택군의 혐의 때문에 영조는 자신의 왕위 계승을 도와준 노론과 가까이 할 수가 없었던 것이다.

이런 탓에 신유년까지 17년의 세월동안 신임옥사의 성격은 자주 바뀌었다. 이 과정에서 영조 자신은 충역시비에서 벗어나기 위해 시비불분是非不分의 중립을 지키려고 했다. 그래서 그는 양치양해兩治兩解(노소론을 함께 벌주고 함께 풀어줌), 쌍거호대雙擧互對(노소론을 같이 등용함)의 정책을 택했다. 하나 이런 탕평책은 시비와 의리가 분명하지 않다는 것 때문에 노소론의 강경파派들 모두에게 불만스러운 일이었다.17)

### 신임 옥사와 연암

이런 정황은 영조의 즉위에 있어서 노론과 소론의 역학 관계가 무왕의 혁명에 있어서 여상과 백이의 그것과 유사한 측면이 있었음을 알려준다. 그러나 두 경우를 같이 묶는 것은 매우 조심스러운 일이다. 이런 비유는 역학 관계만이 아니라 그 명분과 의의까지 동일시하게 되므로, 결국은 영조나 노론을 옹호하는 셈이 되기 때문이다. 따라서 소론의 시각에서는 이를 받아들이기 어려울지도 모른다.

이 논문은 과연 이 글의 의미가 영조와 소론에 대한 비유인가를 따지는데 관심이 있을 뿐 누구의 행적이 옳은가를 따지고 싶지는 않다. 따라서 본고는 이에 대하여 연암이 어떤 시각을 가지고 있었던가 하는 것이 더 중요하다. 그런데 이 부분에 대해서는 흥미로운 내용들이 많이 발견된다. 흔히 알려진 대로 연암은 당색을 그렇게 가렸던 것으로 보이지는 않지만.18) 신임의리에 관한 한 전혀 그렇지 않았다.

---

17) 李成茂, 《조선시대당쟁사2》, 동방미디어, 2000, 119~198쪽. 영조 시대에 대한 역사적인 사실은 이 부분을 정리한 것이다.

18) 朴宗采著, 金允朝譯, 《譯註 過庭錄》, 태학사, 1997. 그는 사람에 관한 한 당론을 따지기보다는 오히려 재능과 학식 위주로 평가했던 것으로 생각된다. 소론인 이광려와는 당론은 전혀 언급하지 않고 교유했고, 노론의 시파인 홍국영의 탄핵 문제에 있어서는 소론인 박재원과 뜻을 같이 하기도 했던 것이 그 방증이다.(76쪽) 그

신임의리에 대한 그의 생각을 보여주는 자료는 적지 않다. 연암은 비록 신임 의리에 대한 시비분별을 자주 논한 것은 아니었지만 일단 논의가 시작되면 단호하고 집요한 모습을 보였다.[19] 뿐만 아니라 그는 노론 강경파의 견해에 동조하고 있었다.

민진원(1664~1736)은 노론 강경파로 경종 1년에 소론의 공격을 받아 귀양을 갔고 영조 즉위 후에 우의정으로 소론 관련자를 삭훈하다가 다시 귀양갔으며, 탕평책을 반대했던 인물이었다. 그런데 연암은 신임의리에 관한 한 민진원의 주장이 가장 공명정대했다고 믿었다.[20]

연암은 평소 증조부 일곱 형제 집안이 이에 대한 의론이 나뉘었지만 종가와 자기 집안만은 본디의 언론을 지켰던 것을 매우 자랑스러워했었는데,[21] 연암의 이런 태도는 연암에게 큰 영향을 끼친 그의 조부 박필균 朴弼均(1685~1760), 종조부 박필주朴弼周(1665~1748), 장인 이보천李輔天, 처삼촌 이양천李亮天 등의 일가 친척이 모두 신임의리를 굳게 지켰던 것과 관련이 있을 것이다.

특히 조부 박필균의 영향은 절대적이었을 것이다. 그는 신임옥사 때에

---

는 당색뿐만 아니라 신분도 뛰어넘는 자세를 보였다. 비록 여항의 미천한 신분이라도 뛰어난 인재가 있음으로 보면 반드시 아끼고 보호하여 총애하였다. 이덕무, 박제가 등 이른바 검서관 출신의 서얼뿐만이 아니라 위항인인 이기득이 나이가 열두셋이었는데 침착하고 차분하여 깨우치는 것이 많자, 연암은 사서와 산수를 가르쳐 주었고, 나이 스물에 기득이 죽자 연암은 그를 찾아가 영결했던 사실도 있었다.(271쪽)

19) ≪譯註 過庭錄≫, 103쪽, 269쪽, 273쪽.

20) ≪譯註 過庭錄≫, 237~239쪽. 민진원의 손자 민백홍과 연암의 아버지 박사유는 동서간이다.(같은 책, 33쪽 주석 참조) 그런 탓에 그는 의리가 불분명한 영조식의 탕평정책을 좋아하지 않았던 것으로 보인다. 연암은 자식들에게 종조부 박필주와 조부 박필균와 관계된 일화를 이야기한 적이 있는데, 그것은 소론 탕평론자인 조현명과 송인상이 찾아와 탕평정국에 참여하자고 권하자 두 사람이 그것을 거절했다는 내용이었다. 이 일은 연암이 10살 때의 일이었는데, 연암은 그때의 일을 생생하게 기억한다고 했다.

21) ≪譯註 過庭錄≫, 위의 책, 239쪽.

소론의 박해를 피해 김포 통진군에 은거했었다. 그런 탓에 그는 노론의 신임의리에 철저했다. 그는 을사처분으로 노론 4대신의 신원이 이루어진 후에야 비로소 출사했다. 이때 그의 나이가 41세였다. 벼슬에 나간 뒤에도 영조가 신임의리에 대한 판정을 번복하자, 그는 소론을 계속 공격했고 이로 인하여 여러 차례 곤경을 겪기도 했었다.[22]

그는 영조의 외척으로 영조의 사랑을 받았지만 평생을 긴장과 절제 속에서 지냈다. 경기감사까지 지냈으면서도 죽은 후에 장사를 치를 돈이 없을 정도였으니 그가 얼마나 청빈했던가를 쉽게 짐작할 수 있을 것이다. 이런 절제는 외척으로서 분수를 지키려는 노력의 결과였겠지만 한편으로는 신임 의리와 관련된 정치적인 불안정에서 자신을 지키기 위한 노력의 하나였을 것으로 보인다.

조부의 이런 삶은 연암에게 직접적인 영향을 미쳤다. 조부의 가난으로 연암의 아버지 형제는 집이 좁아서 학업을 익히지 못할 지경이었고 그것은 연암도 마찬가지였다. 그가 혼인 후에 장인과 처삼촌에게서 본격적으로 학문을 익히게 된 것도 이것 때문이었을 것이다. 이런 집안 분위기로 보아 연암이 신임의리에 대하여 강경한 시각을 지닌 것은 어쩌면 당연한 것일지 모른다.

이런 정황은 신임의리에 있어서 연암의 인식이 노론 강경론자의 그것과 크게 다르지 않을 것이라는 점을 시사한다. 신임의리에 있어 노론은 왕조를 구하기 위해 어쩔 수 없이 영조를 왕세제로 봉할 수밖에 없었다는 주장을 내세웠다. 따라서 만약 연암이 노론의 이런 주장을 옹호하는 논리를 세우려고 했다면 아마도 무왕과 여상이 천하 구제를 명분으로 내세웠던 상황에 비유했을 개연성은 매우 높다고 할 수 있다.

---

22) 朴趾源, 〈大考資憲大夫知敦寧府使贈諡章簡公府君家狀〉, 같은 책. 37~40쪽.

## 〈백이론상〉의 주제

그렇다면 〈백이론상〉이 담고 있는 영조와 소론에 대한 시론時論의 내용은 구체적으로 어떤 것일까? 우선 연암이 무왕과 백이의 행적은 동도同道라고 한 내용을 살펴보자. 무왕과 백이의 행적은 혁명과 절의로 서로 대립된 것처럼 보인다. 하지만 연암은 두 사람의 동기와 목적이 천하와 후세에 대한 걱정이라는 점에서 같았으므로 두 사람 사이의 관계를 대립이 아닌 동도라고 풀었다.

이는 영조와 소론의 행적도 실은 대립이 아니라 동도이며 동도여야 한다고 주장하는 것이다. 그러므로 이는 영조가 천하를 위해 왕위를 계승했지만 즉위 후엔 소론을 인정했으니 영조도 후세를 걱정한 셈이고, 소론은 영조의 즉위를 반대했지만 즉위 후에는 영조를 인정했으니 소론도 천하를 걱정한 것이라고 평가할 수 있다는 의미를 함축한다.

그런데 동도론은 영조와 소론의 행적에 있어 우열과 시비를 따질 수 없는 것이라는 의미를 지닌다. 마치 영조의 왕위 계승은 문제가 있고 소론의 반대만이 정당한 것처럼 생각할 필요는 없다는 의미다. 이는 영조와 소론의 행적은 동일한 것이었으므로 영조가 실은 반역의 혐의나 택군의 혐의를 의식할 필요가 없었다는 뜻이 된다. 이는 결과적으로 영조의 왕위 계승을 옹호하는 셈이 된다.

그런데 이보다 더 중요한 것은 동도의 논거 내용이다. 연암이 동도론의 근거로 든 것은 혁명 후의 두 사람의 태도였다. 그는 무왕이 백이에게 아무런 조치를 취하지 않았고, 백이도 무왕에게 더 이상 저항하지 않았던 사실을 들어 두 사람이 실제로는 천하와 후세를 함께 걱정했던 것이라고 주장했다. 곧 두 사람을 동도로 평가할 수 있었던 것은 혁명 후 각자의 길을 갔기 때문이라는 것이다.

이런 해석은 영조의 왕위 계승이나 이에 따른 소론의 행적이 각기 정당한 것으로 평가되려면, 영조의 즉위 후에 소론은 정치 현실에서 물러서야 했고, 영조 역시 소론을 정치 일선에서 물러나도록 했어야 했다는 것을 의미한다. 그러나 영조와 소론은 그렇게 하지 않았다. 소론은 영조의 왕위 계승의 정당성 문제로 영조를 압박했고 영조는 반역과 택군의 혐의를 의식하여 소론과 손을 잡았다.

그래서 혁명후의 태도를 동도론의 근거를 든 것은 의미심장한 함축이 된다. 이는 영조와 소론의 결탁은 명분을 잃어버린 야합이었다는 뜻이 된다. 따라서 이 글은 이러한 탕평을 내세워 소론을 끌어쓴 영조와 이에 동조한 소론에 대하여 강한 불만과 질책의 의미를 담고 있는 셈이다. 이것이 바로 〈백이론상〉의 주제다.


## 4. 변화와 반전의 미학


김택영金澤榮은 이 글을 '극히 들쭉날쭉하다'고 평했는데23), 이는 이 작품의 특징을 적확하게 지적한 것으로 생각된다. 이런 지적은 마치 이 글이 불완전한 것이라는 평가처럼 들리지만, 이 글의 내용과 인식논리, 형태 등을 살펴볼 때 오히려 긍정적인 의미로 사용된 것처럼 들인다. 그러면 이런 지적이 무엇을 가리키고, 그 내용들이 어떻게 주제의 형상화에 활용되었는가에 대해 검토해 보자.

---

23) 金澤榮編, 《重編燕巖集》. 南通縣翰墨林書局, 1917. 213쪽. 전편은 극히 들쭉날쭉하더니 이 글은 극히 가지런해서 법도가 있으니, 이 사람의 필력으로는 하지 못할 것이 없는 것을 알 수 있다. 前篇極錯落, 而此篇極整齊, 有規矱, 可見此筆之無所不能 강혜선은 이 평가와 《여한십가문초》에 〈백이론하〉가 수록된 것을 그 증거로 〈백이론하〉가 〈백이론상〉보다 잘 지은 글이라고 평했다.(앞의 글, 80쪽.)

## 변화와 반전

　이 글은 백이가 무왕을 간한 행적(혁명 전)과 백이가 수양산에서 굶주려 죽은 행적(혁명 후)을 차례로 거론했다. 제1대단락은 이런 사실을 미리 전제했고, 제3대단락에서는 백이가 무왕을 간한 행적을 다루었고, 제4대단락은 수양산에서 굶은 죽은 행적을 다루었다. 두 가지 행적을 A와 B라고 하면 제2대단락을 제외한 전체는 A와 B(제1대단락), A′(제3대단락), B′(제4대단락)의 형태가 된다.24)

　구성만 보면 내용이 순차적으로 전개된 것처럼 보이지만 이 글을 읽을 때는 그렇게 매끄럽게 느껴지지 않는다. 그 이유 중 하나는 내용의 반전 때문이다. 전체적으로 보자면 이 글은 무왕과 백이의 대립을 통해 무왕 혁명의 모순을 진곡하게 그리다가(제3대단락), 갑자기 백이와 무왕의 동도론을 주장했다.(제4대단락)

　이런 반전은 읽는 사람들에게 당혹스러운 느낌을 준다. 뿐만 아니라 백이와 무왕의 행적에 대한 인식이 상식과 다른 점도 또한 당혹스럽다. 상식적인 관점에서는 백이와 무왕은 서로 대립된 관계다. 그래서 두 사람의 관계를 자연스럽게 백이는 '(무왕 혁명을) 반대했기 때문에 은거했고', 무왕은 '(혁명에) 성공했지만 (백이를) 내버려둔' 것이라고 인식한다.

　그러나 이 글이 보여주는 백이와 무왕의 관계는 이와 다르다. 그것은 백이와 무왕을 동일한 가치관을 가진 존재로 파악한 것도 그렇지만, 두 사람 사이의 관계를 파악하는 것에서도 드리닌다. 이 글은 일반적인 상식과는 달리, 백이는 '(혁명을) 반대했지만 (무왕 혁명은 인정했으므로) 은거했고' 무왕은 '(혁명에) 성공했으므로 (오히려 백이를) 내버려두었다'고 인

---

24) 그 내용을 더 분석하면, 제1대단락은 두 가지 명제(행적)의 제시, 제2대단락은 그 기록의 신빙성에 관한 언급, 제3대단락은 무왕에게 간한 행적의 내용(3-1), 그 행적의 의미와 논증(3-2), 제4대단락은 수양산에서 굶어 죽은 행적의 의미(4-1), 그에 대한 논증(4-2) 등의 내용으로 나눌 수 있다.

식했기 때문이다.

이로써 보면 글의 내용이나 인식의 논리가 모두 반전의 특징을 지닌 셈이다. 김택영은 이 작품을 두고 '탁 트여서 수 없이 변화하여, 문득 바로 섰다가 문득 거꾸로 서고 문득 삼켰다가 문득 뱉었으니, 사마천 이후에 일찍이 이러한 가락이 있었는가?'[25]라고 평가했다. 여기서 말한 변화의 가락은 바로 이러한 내용과 인식에서 드러난 반전을 지적한 것으로 보인다.

논설문에서는 새로운 시각을 보여 주는 것이 매우 중요하다. 역사적인 사건을 소재로 하여 의론을 전개한 글은 대략 비슷한 내용을 지니고 있다. 그렇기 때문에 소재가 같으면 해석이 달라야 하고, 동일한 결론이라면 그것에 접근하는 논리가 새로워야 하고, 논리가 같다면 그 결론이 새로워야 한다. 이런 점에서 〈백이론상〉의 내용과 인식의 전복에서 보여준 독창성은 매우 의미 있는 것이다.

### 착락錯落과 시점의 전이

변화의 가락은 형식적인 측면에서도 나타난다. 가장 먼저 지적할 수 있는 것은 제3대단락과 제4대단락의 형식상 불일치다. 각 단락의 내용을 세분하면 제3대단락은 무왕에게 간한 행적, 그 행적의 의미와 논증 부분으로 이루어졌고, 제4대단락은 무왕의 행적 내용과 그 의미, 그것에 대한 논증의 두 부분으로 이루어졌다. 내용만 보면 두 단락의 구성은 일견 안정된 것처럼 보인다.

그런데 단락의 구성을 살펴보면 제3, 4대단락의 구성이 서로 다르다. 전체 내용을 행적 내용(가), 그 의미(나), 그것에 대한 논증(다)으로 구

---

25) 金澤榮, 위의 책, 210쪽. 磊磊落落, 千變萬化, 忽正忽倒, 忽呑忽吐, 太史以後, 曾有
   此韻調否?

분하면 제3대단락은 '나' 부분을 '다' 부분과 묶었으나 제4대단락은 '나' 부분을 '가' 부분에 붙였다. 뿐만 아니라 제3대단락은 '가' 부분이 짧고 '나'와 '다' 부분이 매우 긴데 비하여, 제4대단락은 '가'와 '나' 부분이 짧고 '다' 부분이 매우 길다.

이와 같은 구성상의 불일치나 서술 분량의 차이는 아무 것도 아닌 듯하지만 읽는 사람에게는 혼란을 일으킨다. 제4대단락을 보자.

4-1) 무왕은 기자가 묶인 것을 풀어주고, 비간의 묘를 봉분하고 상용의 마을에 예를 표하였으나 오직 백이에게만은 아무런 뜻을 표하지 않았다(不致意). 이것은 무슨 까닭인가. 아아! 그가 살았을 때는 문왕이 그랬듯이 예로써 대우하고, 그가 떠날 때는 기자에게 했듯이 신하로 삼지 않고, 상용에게 했듯이 의롭게 여기어 그 마을을 표창하고, 죽었을 때는 비간처럼 봉해주어도 좋았을 것이다. 그러므로 나는 말한다. '탕 임금과 백이와 무왕은 도가 같으니, 이는 그들이 천하와 후세를 걱정했기 때문이다.'26)

여기에서 연암은 무왕 행적 내용과 그 의미만을 서술했다. 제3대단락에서는 행적의 의미와 그 논증 부분을 함께 묶음으로써 글의 내용을 쉽게 이해하도록 했건만, 여기에서는 행적과 그의 의미를 한 단락으로 묶고 그 논증은 뒤로 돌렸다. 이런 구성은 구성 자체로도 예기치 못한 것이지만 행적의 의미를 해석한 내용이 제3대단락의 주장과 반대된다는 점에서 순간적으로 혼란을 느끼게 한다.

내용상의 반전이나 단락 구성의 불일치뿐 아니라 독자를 더욱 혼란스럽게 하는 것은 시점의 전이다. 제목으로 보면 이 글의 중심은 백이다. 글의 처음도 그렇게 시작되었으므로 이러한 기대는 당연하다. 그런데 실제로 서술의 중심은 무왕에게 있다. 물론 백이 행적에 대한 서술이 양적으로 부족한 것은 아니지만 시점에 관하여 말하자면 백이는 종적인 위치

---

26) 주석 15번 참조.

에 있을 뿐 중심에 있는 것은 무왕이다.

시점의 전이는 중요한 의미를 지닌다. 상식에서 벗어나려면 새로운 눈을 가져야 하는데, 새로운 눈이란 곧 시점의 전이를 뜻할 수 있기 때문이다. 이는 시점의 전이가 곧 이 글이 백이에 대한 새로운 인식을 지니고 있는 것을 표현하기 위해 선택된 형식일 가능성을 의미하는 것이다. 이는 연암이 내용과 인식의 반전을 형식적인 요소인 시점의 전이와 의도적으로 결합시켰다는 뜻이 된다.

이런 분석은 이 글에서 인식 논리와 주제, 형식적 요소가 서로 밀접하게 연결되어 있음을 보여준다. 곧 이것들의 결합은 매우 의도적인 선택이요 수준 높은 고려의 결과라는 것은 의미한다. 아마도 이런 점들 때문에 김택영이 이 작품을 사마천의 작품과 같은 것이라고 평가했던 것인지 모른다. 따라서 그가 이 글을 '극히 들쭉날쭉하다'고 한 것이 결코 부정적인 평가가 아님을 알 수 있는 것이다.


### 허실과 복선

〈백이론상〉을 보면 굳이 언급되지 않아도 될 듯한 단락이 있다. 제2대단락이 그것이다.

> 2) 논하노니, 백이가 무왕을 간했다는 것은 경전에는 나오지 않는다. 이는 제나라 동쪽 시골 사람의 말이건만 사마천이 취하여 역사로 삼았으니, 이는 믿을 만한 것이 못된다. 비록 그렇지만 이 글을 믿는다면 아마도 따질 만한 것이 있을 것이다.[27]

연암은 백이가 무왕에게 간한 행적이 경전에 나오지 않아서 신빙성은 적지만 그것을 신뢰한다는 전제에서 논의를 전개하겠다고 했다. 언뜻 생

---

27) 〈伯夷論上〉. 論曰, 伯夷之諫武王, 不見於經, 此齊東野人之言, 而司馬遷取之, 以爲之史, 此不足信也. 雖然信斯書也, 容有可議.

각하면 굳이 이런 언급을 할 필요가 없을 듯한데 구태여 이런 언급을 한 이유는 무엇일까? 연암의 주장대로 경전이라면 믿을 수 있건만, 백이가 간한 내용이 경전에는 없고 ≪사기≫에만 나오기 때문일까? 아니면 또 다른 의미를 지닌 것일까?

결론부터 말하자면, 이는 일종의 복선으로 생각된다. 이 글은 무왕의 모순을 드러내거나 무왕이 천하와 후세를 염려했다는 것을 증명하기 위해서 탕왕의 고사를 끌어들였다. 다음 두 인용문을 보자.

3-2) 옛날에 이윤은 한 사람이라도 제 자리를 얻지 못하면 자기가 밀어서 도랑에 떠밀어 넣는 것같이 생각했고, 한 사람이라도 허물이 없는 사람을 죽이고는 천하에 왕 노릇하는 것은 하지 않는다고 했다. 이것은 또한 무왕의 뜻이었을 것이다.

4-2) 탕 임금이 걸왕을 쫓아내자 천하가 즐거워하면서 그것을 괴이하게 여기는 사람이 없었으니, 탕 임금은 진실로 스스로 걱정하여 말했다. "나는 후세에 나를 구실로 삼을까봐 걱정한다." 그렇건만, 무왕이 이에 뒤를 이어 행하자 천하가 또 즐거워하며 괴이하게 여기지 않았으니 그가 후세를 염려한 것이 진실로 컸었다.

그러므로 백이가 무왕을 비난한 것은 거사 자체를 비난한 것이 아니라 그 뜻을 밝힌 것일 뿐이요(明其義), 무왕이 백이의 묘를 봉분하지 않은 것은 잊어버려서 그런 것이 아니고 그 뜻을 드러내기 위한 것(顯其義)일 뿐이니, 그 후세와 천하를 걱정한 것은 같다.28)

제3대단락에 나온 이윤의 말은 모두 ≪상서尙書≫와 ≪맹자≫에 기록된 말이다. 제4대단락에 인용된 탕왕의 말 역시 ≪상서≫에서 인용한 것이다.29) 흥미로운 것은 무왕에 대한 부분이다. 연암은 무왕의 뜻이 탕왕

---

28) 주석 13번, 16번 참조.
29) 〈仲虺之誥〉, ≪尙書≫. 나는 후세에 나를 구실로 삼을까봐 두렵다. 曰, '予恐來世以台爲口實.'

과 같았을 것이라고 주장했다. 심지어는 '그러므로'라는 말을 씀으로써 탕왕과 무왕이 같다는 것을 기정사실화하고 있다.

그러나 이 내용은 사실 연암이 추정한 것일 뿐 어느 전적에서도 확인되지 않는다. 가공의 것(虛)을 마치 있는 것(實)처럼 전제한 것일 뿐이다. 그런데 백이와 무왕의 동도론은 바로 이 탕왕과 무왕의 동도론을 근거로 삼고 있다. 이는 연암의 주장이 단지 추정에 기반을 둔 결론이었음을 말해준다. 추정적 명제에 근거한 추론은 신뢰성을 확보하기 어렵다는 점에서 이는 매우 당황스러운 일이다.

더욱이 이 글의 주제는 상식을 뒤집은 내용이다. 상식과 반하는 주장은 근거가 확실해도 신뢰성을 의심받기 마련인데, 그 근거가 추론에 기반한 것이라면 아무리 훌륭한 결론이라도 그것에 대한 신빙성은 낮아질 수밖에 없을 것이다. 이 글의 논리는 이처럼 처음부터 문제를 안고 있었다. 아마 연암은 이 문제가 먼저 해결되어야 한다는 것을 알았을 것이다.

그러나 이는 해결하기 어려운 부분이었을 것이다. 그것은 확인할 수 없는 것이었으므로 거론하면 할수록 논란거리는 될지언정 그 답을 찾을 수는 없는 문제였다. 그렇다고 피할 수 있는 것도 아니었을 것이다. 그래서 연암은 이것을 암묵적으로 인정받는 방식을 택하고 싶었던 것으로 보인다. 앞에서 백이 행적의 신빙성에 관한 문제는 논외로 하자고 말한 것은 곧 이런 속내를 보인 것으로 생각된다.

백이 행적에 대한 신뢰성 문제를 논외로 하자고 한 것은, 백이의 행적이 실은 확인되지 않은 것이었다는 점을 환기시키는 것이다. 이는 백이 행적에 관한 기존의 논의가 확인되지 않은 사실이었음에도 그것이 사실처럼 인정되어 왔듯이, 무왕과 탕왕의 동도론도 비록 확인된 것은 아니지만 또한 인정될 수 있는 것이 아니냐는 메시지를 담으려고 한 것으로 보인다.

곧 백이 행적에 대해 신빙성을 논외로 하자고 한 것은 이에 대한 복선이요, 연암식 해결책이었던 셈이다. 연암은 자신의 주장이 허(없는 것)를 실(있는 것)로 삼은 것에 기반을 두고 있었으므로 이에 대한 신뢰성의 문제을 해결하기 위한 복선으로 백이 행적의 신뢰성을 거론한 것이었던 것이다. 그렇다면 이 부분은 불필요한 부분이 아니라 매우 중요한 부분이라고 해야 될 것이다.


## 5. 맺음말

이 글은 전체적으로 하나의 비유다. 그 비유의 의미는 명시적으로 제시되지 않았다. 그래서 그 의미는 어떤 경우이든지 추론으로만 가능할 것이다. 그것은 선행 연구자의 지적처럼 북벌과 북학에 관한 메시지일 수도 있고 이 글의 분석처럼 영조와 소론에 대한 시론일 수도 있다. 본고가 후자를 선택한 것은 사론史論이 지닌 시사성과 무왕·백이와 영조·소론의 관계가 보여주는 상동성 때문이었다.

필자는 이 글의 주제를 그의 정치적 태도와 관련시켜서 해석했다. 기존 연구사에서 연암의 생애에 대한 구체적인 연구가 정밀한 편이 아니고, 더군다나 그의 글을 신임의리와 연관시켜서 점검한 연구는 더더욱 미미하다. 그렇기 때문에 구체적인 부분에서 뜻하지 않은 비약이 있을 수 있다. 그렇다고 해서 이러한 시각이 잘못되었다는 말은 아니다. 〈백이론하〉의 연구에서도 이런 관점이 유용하다는 점에서 오히려 더 보완, 발전시킬 필요가 있을 것이다.

〈백이론상〉에서 운용된 논리의 연원에 대한 문제도 다루지 못했다. 부동이동不同而同의 논리는 《맹자》의 그것과 친연성이 있고, 뒤집어 보는 방식은 꽤 여러 곳에서도 발견된다. 이런 탓에 이의 연원에 대한 연구는 일반적인 자료 인용으로 끝날 가능성이 높았으므로 언급을 피했다.

　더 분석되어야 하지만 할애한 항목도 있다. 복선과 호응의 문제는 위에 언급된 것보다도 여러 부분에서 발견된다. 이런 양상을 더 자세히 언급했어야 했지만 분량의 제한 때문에 의도적으로 잘라내었다. 반복의 수법이나 쌍관법적인 문장 서술의 원리에 대해서도 언급했어야 했다. 그러나 이 부분도 잘랐다. 이외에도 누락된 것들도 모두 후고를 기약한다.

## 〈문승상사당기文丞相祠堂記〉

### 대비와 가변성의 미학

## 1. 서론

연암燕巖 박지원朴趾源(영조 13년~순조 5년, 1737~1805)의 시대에는 북벌론과 북학론의 대립뿐 아니라 영조나 정조의 왕위 계승과 관련된 당파간의 반목과 대립이 있었다. 연암은 역대 왕조 교체기 인물들의 행적을 언급하면서 이런 문제에 대한 자신의 견해를 피력했다. 〈문승상사당기文丞相祠堂記〉는 그 중 하나로 송나라말의 승상 문천상文天祥(1236~1282)의 행적을 재평가하는 내용을 담고 있다.

지금까지 문학 분야에서 연암의 북벌론과 북학론을 연구할 때 주로 언급된 것은 〈호질虎叱〉과 〈허생전許生傳〉이나. 이 글들은 특히 수사적인 특징 때문에 많은 주목을 받았다. 하지만 두 글이 비록 북벌론에 대한 풍자와 비판의 뜻을 담았다고 하지만 북학론의 논리적 근거와 지향점에 대한 인식을 뚜렷하게 보여준 것은 아니었다.

이에 반해 정통 기문인 〈문승상사당기〉는 이 문제에 대하여 더 총체적이고 구체적인 내용을 담고 있다. 이 글에서 연암은 절의 콤플렉스와 존하양이식 화이론을 부정하고 홍범구주와 용하양이의 도를 내세웠다. 절의가 북벌론의 실천적 덕목이고 존하양이의 논리가 그 인식론적 명분이라는 점에서 연암이 제시한 홍범구주와 용하양이의 개념은 북학론의 덕목과 인식론적 논리를 반영한다고 할 수 있을 것이다.

이 글이 지닌 이런 가치에도 불구하고 이 글을 주목한 사람은 없었다. 아마도 이 글의 내용이 다른 글과 비슷하다고 생각했기 때문일 것이다. 그러나 결론이 비슷하다고 해도 자료간의 비중이나 문학적 가치가 같은 것은 아니다. 더욱이 이 글이 지닌 인식의 폭이나 문학적 형상화의 성취, 양식적인 특성 등은 이 글이 매우 가치 있는 글임을 시사한다.

이 글의 가치를 최초로 재평가한 사람은 김택영이었던 것으로 보인다. 김택영은 ≪중편연암집≫을 편찬하면서 보유 부분에 이 글을 실었다.[1] 그리고 처음 편집에서 이 글을 뺐었었지만, 어느 날 밤 꿈속에서 연암이 나타나 이 글이 빠진 것을 애석해 하므로 다시 넣게 되었다고 선정 이유를 적었다.

> 오른쪽 글(〈문승상사당기〉-필자주)은 처음 두 번째 편집할 때, 글의 내용 중 기자箕子를 끌어들인 부분에 의심스러운 것이 있어서 뺐었다. 어느 날 밤 꿈에 선생(연암-필자주)이 나타나서 이 글을 보여주며 말했다. "아쉽도다! 세간의 판본에는 빠뜨리거나 잘못된 것이 있다." 나는 깨어나서 이상하게 생각했다. 마침내 보여준 대로 이처럼 보충하여 간행한다. 택영.[2]

현몽이 사실인지 아닌지 알 수 없지만 김택영의 서술은 이 글이 연암의 작품 중에서 매우 중요한 것이라는 의미를 담고 있다. 현몽이 사실이

---

1) 다른 판본에는 ≪熱河日記·謁聖退述≫에 실려 있거나 아예 누락되어 있기도 하다. 이에 대한 자세한 사항은 강동엽, ≪熱河日記 硏究≫, 일지사, 1988, 26~27쪽 참조.

2) 金澤榮編, ≪重編燕巖集≫, 翰墨林書局, 1917, 376쪽. 右文(〈文丞相祠堂記〉-필자주), 始重編時, 以篇中箕子引處, 有可疑者, 而刪之. 一夕, 夢先生來示此文, 曰"惜乎! 世間之本脫懊也." 余感而異之. 遂依其所示, 而補刊之如此. 澤榮. 이하 주석에서 인용된 출처를 밝히지 않은 원문은 여기에서 인용한 것이다.

라면 말할 것도 없거니와, 사실이 아니더라도 최소한 그가 그렇게 평가하고 있었다는 의미가 되기 때문이다. 본고는 이런 판단에 근거하여 이 글의 중요성을 인정하고 이 글이 지닌 주제와 논리, 문학적 형상화의 성취 등을 고찰하려고 한다. 텍스트는 김택영金澤榮(1850~1927)의 ≪중편연암집重編燕巖集≫이다.3)

## 2. 문천상, 절의와 화이론적 저항의 표상

위의 인용문에서 관심을 가져야 할 내용이 있다. 김택영은 문천상을 기자에 비유한 내용 때문에 이 글을 뺐다고 했다. 기자 비유가 작품 선정에 논란거리가 되었었다는 의미다. 기자는 공자가 상나라의 세 인인 중 한 명으로 꼽았던 인물이다.4) 일반적으로 말하자면 기자 비유는 영예로운 것이어야 한다. 그런데, 김택영은 왜 이것을 문제거리로 생각했을까?

### 1) 절의의 이미지

이를 이해하기 위해서는 먼저 문천상이 어떤 인물이며 그 동안 다른 사람들은 그를 어떻게 평가하여 왔는지 살펴볼 필요가 있다. 문천상은 송나라 우승상右丞相으로 송나라 멸망 후에 원나라에 저항하다가 두 번

---

3) <文丞相祠堂記>, 위의 책, 373~376쪽. 이 글은 김택영본, 박영철본, 충남대학 도서관본 등에는 ≪熱河日記·謁聖退述≫에 들어 있는데, 판본간 글자 출입이 적지 않다. 이 글에서 원전 비평을 하지는 못하지만 김택영본이 비교적 정제된 내용으로 판단하여 이를 텍스트로 택했다. 판본간의 구체적인 차이는 작품을 인용할 때에 따로 언급한다. 이하 작품의 원문 인용에 있어서 출전을 따로 밝히지 않는다.

4) <微子>, ≪論語≫. 미자는 떠나고 기자는 노예가 되고 비간은 간하다 죽었다. 공자는 상나라에 세 사람의 인인이 있었다. 微子去之, 箕子爲之奴, 比干諫而死, 孔子曰 '殷有三仁焉'.

씩이나 붙잡혔던 인물이다. 그는 원나라의 수도에 압송되어 3년간의 옥고를 치른 후 원나라 세조의 회유를 뿌리치고 형장의 이슬로 사라졌다.

문천상에 대한 세인들의 인식을 더듬어 보는데 흥미로운 글이 있다. 문천상이 잡혔다는 소식이 전해지자, 왕염오王炎午란 인물은 그가 압송되는 길목마다 제문을 지어 붙여서 그에게 절의를 지켜 죽을 것을 촉구했다. 그는 문천상이 거병하자 그를 찾아갔다가 노모의 병 때문에 돌아왔던 인물로서 문천상이 살아있음에도 불구하고 제문을 지어서 절사節死하도록 권유한 것이다.

> 아, 위대한 승상이시여! 죽어야 합니다. 화원은 달아나고 오자서는 도망하였지만 승상께서는 자주 죽음을 맹세하였습니다. 진실로 불행한 일이 있다면 (절의를 지켜 죽지 않는다면) 국사는 정해지지 못하고 신하의 절개가 밝게 드러나지 못할 것입니다. (중략) 비록 거사가 성공하지는 못했으나 큰 절의는 또한 부끄러울 것이 없습니다. (그러나) 부족한 것은 한번 죽는 것뿐입니다. 어떻게 두 번이나 붙잡혔고 시일이 흘렀는데도 절의를 지키다 죽었다는 소식이 없으니 듣는 사람은 놀랍고 애석합니다. 승상께서는 어찌 오히려 벗어나려고 하는 겁니까, 오히려 할 일이 남았기를 바라십니까? (후략)5)

왕염오는 문천상의 거사가 저항의 의지를 보인 것이니 비록 성공은 못하였지만 전왕조의 신하로서 할 일은 다 한 셈이라고 평했다. 그러면서 이제는 절의를 지켜 죽는 것만 남았다고 했다. 이 글 때문인지 알 수 없지만 문천상은 자살을 기도했다. 하지만 자살은 실패했고 그는 수도로 압송되고 말았다.

---

5) ≪靑莊館全書≫ 卷4, 민족문화추진회, 1983, 原文篇 51-52쪽. 嗚呼! 大丞相可死矣. 華元跟蹌, 子胥脫走, 丞相自敍死者數矣. 誠有不幸, 則國事未定, 臣節未明. (중략) 雖擧事無成, 而大節亦無愧, 所欠一死耳. 奈何再執, 涉日踰時, 就義寂寥, 聞者驚惜. 豈丞相尙欲脫去耶? 尙欲有所爲耶?(후략) 이덕무는 정조의 명을 받아 송나라의 유신들에 대한 글을 취합했는데, 이 글은 그 일부분이다.

감금 생활 중 원나라 세조는 민심 수습 차원에서 그를 등용하고 싶어 했다. 하지만 문천상은 자신이 사면된다면 고향에 은거할지언정 벼슬은 할 수 없다면서 거부했다.6) 원세조의 신하 중에는 이미 정권이 안정되었으므로 그를 고향으로 돌려보내자고 한 사람도 있었으나, 그의 전력을 들어 반란을 우려하여 반대한 신하들이 많았으므로 결국 처형되고 말았다.

원세조의 회유를 뿌리치고 죽음을 택했던 행적 때문에 후세의 역사가는 그를 절의 있는 인물로 평가했다. 왕염오의 기원대로 된 셈이다.

> (전략) 상나라의 덕이 쇠하고 주나라가 그것을 대신할 덕을 지니니, 맹진의 군사는 약속도 없이 모인 것이 8백 국이었다. 백이와 숙제는 두 남자의 몸으로써 말을 붙잡아 막으려고 했으니 삼척동자도 그것이 안 될 일이라는 것을 알았다. 훗날 공자는 그것을 어질게 여겨 '인을 구하려하여 인을 얻었다'고 했다. 송나라가 덕우 연간에 이르러 망하니, 문천상은 두 나라 군대 사이를 오가며 처음에는 변설로써 강화를 맺으려 했다. 일이 이루어지지 못하자 나약한 두 왕을 받들고 산으로 바다로 고생하며 송나라의 부흥을 도모했으나, 군사는 패하고 몸은 잡혔다. (후략)7)

이 글은 〈문천상열전文天祥列傳〉의 사론史論 일부분이다. 기록자는 문천상이 강화를 맺으려고 했으나 실패하자, 두 임금을 모시고 송나라의 부흥을 도모하다가 죽었다고 했다. 비록 송나라의 회복은 불가능한 상황이었지만 신하로서의 도리는 다했다고 하면서, 그의 행적을 백이·숙제

---

6) 《新校本宋史·文天祥列傳》. 만일 사면을 받아서 황관을 쓰고 고향으로 돌아갈 수 있다면 훗날 방외의 일로 묻는 것에 대하여 대비하는 것만은 할 수 있을 것이다. 儻緣寬假, 得以黃冠歸故鄕, 他日, 以方外備顧問, 可也.

7) 〈文天祥列傳〉, 《新校本宋史》. (전략) 商之衰, 周有代德, 盟津之師, 不期而會者, 八百國. 伯夷·叔齊, 以兩男子, 欲叩馬而止之, 三尺童子知其不可. 他日, 孔子賢之, 則曰 '求仁而得仁.' 宋至德祐亡矣, 文天祥, 往來兵間, 初欲以口舌存之, 事旣無成, 奉兩孱王, 崎嶇嶺海, 以圖興復, 兵敗身執. (후략)

의 그것과 비슷했다고 평가했다.

문천상을 백이에 비유한 문맥이 흥미롭다. 백이는 보통 절의의 인물로 평가되지만 그 이미지가 단일한 것은 아니다. 이곳에서는 무왕을 막으려다가 실패한 후 절의를 택한 인물로 되어 있다. 문천상 역시 송나라와 원나라의 강화를 이루려고 했으나 실패한 후 절사한 것으로 되어 있다. 두 사람이 혁명을 막으려다가 실패한 후에 절사했다는 점에서 동일하다는 것이다. 이 글이 원나라의 공식 기록이라는 점에서 이런 평가는 어쩌면 당연한 일인지도 모른다.

## 2) 화이론적 저항의 이미지

문천상의 행적은 절의 이상의 의미로 해석되는 경우가 많다. 고대 중원의 화하족華夏族들은 자신을 중화라 하고 주변 민족을 이적이라고 불렀는데 춘추 시대, 주나라 왕실의 힘이 약해지고 초나라의 세력이 커지자 이들은 존왕양이尊王攘夷, 곧 '주나라 왕실을 높이고 이적을 물리친다'는 구호 아래 동맹을 맺고 초나라를 견제했다. 《춘추》에 이런 내용이 기록되어 있으므로 후대에는 이를 춘추대의라고 불렀다.

금나라의 침략 이후 호안국胡安國이나 주희朱熹 등 성리학자들이 한족 왕조의 독립 사상을 고취시키기 위해 이 춘추대의에 입각한 존하양이尊夏攘夷의 화이론을 내세웠다. 그 후 원나라가 침략하자 이적은 곧 원나라를 가리키는 것이 되었고 청나라가 침략했을 때 이적은 다시 청나라가 되었다. 따라서 원나라나 청나라에 대한 저항은 단순한 절의를 넘어서 존하양이의 화이론적 저항이라는 의미를 지니게 되었다.

이는 조선의 경우도 마찬가지였다. 김상헌金尙憲은 병자호란 때 이적과 강화하는 것을 반대하여 척화를 주장했을 뿐 아니라 강화 후 청나라가 명나라 공격에 출병을 요구하자, 이에 반대하는 상소를 올렸다. 이런 일로 그는 심양에 끌려가서 4년 동안의 감금 생활을 지냈었다. 그러나 이 기간 동안에도 그의 기개는 꺾이지 않았다. 그래서 조선에 돌아온 후에 그는 절의의 인물인 동시에 화이론적 저항의 표상이 되었다.

《현종개수실록》에는 김상헌의 공로를 인정하여 김상헌을 효종의 세실에 배향하면서 현종이 교서를 내린 사실이 기록되어 있다. 그런데, 이 글에서 현종은 그를 백이와 문천상에 비유했다.

> 하늘과 땅이 뒤흔들렸으나 경(김상헌-필자)의 절개를 빼앗을 수 없었고, 끓는 솥이 쫙 벌려 있었어도 그 터럭 끝 하나 움직일 수 없었다. 신국공(문천상-필자)처럼 다행스럽게 죽지 않고 북경의 지옥에서 빠져 나왔으니, 백이가 다시 살아왔다는 송나라 사람들의 말과 참으로 딱 맞았다.8)

문천상이 원나라의 회유에 굴하지 않았으므로 사람들은 그를 다시 살아난 백이로 평했는데, 김상헌도 청나라에 굴하지 않았으니 그에게도 문천상에게 내렸던 평가와 똑같이 평가해야 한다는 것이다. 곧 문천상과 김상헌을 화이론적 저항의 이미지로 해석한 것이다. 그런데 두 사람과 함께 백이를 넣었다. 이는 백이의 이미지 역시 화이론적 저항의 문맥 속에 있다는 것을 보여준다.

그런데 그의 행적을 절의로만 보든지 화이론적 저항의 의미를 부여하든지, 문천상과 비유된 것은 주로 백이였다. 이 글이 국가의 공문서라는 점에서 이런 인식은 비교적 폭넓게 존재했었을 것으로 추정된다. 이를 전제해 놓고 보면 연암처럼 문천상을 기자와 연결시킨 것은 결코 평상적인 것은 아니다. 그 의도는 무엇일까?

---

8) 《顯宗改修實錄》, 국사편찬위원회, 현종 2년, 7월 을묘일(8일)조, 237쪽 상우. 乾坤震蕩, 不可奪其寸心, 鼎鑊森羅, 夫豈動吾一髮, 信國不死, 幸脫燕獄之囚, 伯夷復生, 眞符宋人之言.

## 3. 기자·문왕 대비의 의미

### 1) 절의 콤플렉스의 부정

문천상을 백이와 비유한 경우는 주로 그의 저항과 죽음에 초점을 둔다. 그러나 연암이 관심을 보인 것은 절사하기 전에 그가 고향에 은거하려고 했었다는 기록이었다. 은거하려고 했었다는 것은 그가 처음에는 절사할 의사가 없었다는 뜻으로 해석할 수 있다. 연암이 그가 원래 기자처럼 되려고 했었다고 한 것은 이 때문으로 보인다.

5-1) (그러므로) 원나라 세조가 되어서는 친히 그가 있는 곳으로 가서 손수 그의 형틀을 부수고 동쪽을 향하여 절한 후 중화의 문화로 변방민족의 문화를 바꾸는 방법을 묻고 천하를 이끌어 스승으로 섬길 것을 계획했었다면, 이는 또한 선왕의 도를 실천한 일이 되었을 것이요, (문천상이) 백이처럼 벼슬을 거부할 것인지 이윤처럼 책임을 맡을 것인지는 오직 선생이 택할 일이었다. 여릉에 백무의 땅을 떼어주고 세금을 거두지 않았다면 벼슬을 하지 않아도 먹을 것을 마련할 수 있었을 것이다.

5-2) 아! 황관을 쓰고 고향으로 가기를 원했던 것은 곧 (기자처럼) 백마 타고 동쪽으로 나아가려는 뜻이리라. 그것으로써 천하를 다스리는 상도가 차례대로 펼쳐지고, 예악이 홍기하게 하는 것, 선생의 뜻이 여기에서 벗어나지 않았던 것을 어찌 알았으리오.9)

---

9) 〈文丞相祠堂記〉. 爲元世祖, 計親造館, 而手破其械, 東向而拜之, 問用夏變夷之道, 率天下而師之, 則是亦先王之道也. 伯夷之隘, 伊尹之任, 惟先生所擇也. 區廬陵百畝之田而不稅, 則不祿而有其食矣. 噫! 黃冠故里之願, 卽白馬東出之志歟. 彝倫之所以叙, 禮樂之所由興, 而安知先生之志, 不出於此也. 충남대학 도서관본에는 先王之道가 武王으로 되어 있다. 박영철본은 先生이 先王으로 되어 있다. 인용문 앞의 번호는 필자가 구분한 단락을 표시한다. 5-1은 제5대단락의 제1소단락을 뜻한다. 이후로는 설명하지 않는다.

연암은 기자가 무왕에게 홍범구주洪範九疇를 전했던 사실을 거론했다. 기자가 홍범구주를 전함으로써 주나라에 천하를 다스리는 상도가 펼쳐지고 예악이 흥기되도록 했다는 것이다. 그러면서 문천상이 은거하려고 한 것도 그가 원나라에서 기자와 같은 구실을 하고 싶었기 때문이었으리라고 추정했다.

연암은 원세조가 그를 굳이 신하로 삼으려 하지 말고 그에게 용하변이用夏變夷의 도, 곧 선왕의 도로 이적의 문화를 바꾸는 방법을 물었어야 했다고 지적했다. 그러면 문천상은 기자가 되었을 것이고, 그 자신은 무왕이 되었을 것이라고 했다. 원세조가 이런 뜻을 헤아리지 못해서 그를 신하로 삼으려 했으니, 그가 죽을 수밖에 없었고 그래서 그가 절의의 인물이 되었다는 것이다.

문천상이 원래 전도傳道를 꿈꾸었으나 어쩔 수 없이 절의를 택했다는 해석은 해석 자체도 눈길을 끌지만 더 중요한 것은 그 이면에 자리잡은 인식이다. 연암의 이런 해석에는 절의보다는 전도가 낫다는 인식이 깔려 있기 때문이다. 이는 절의, 혁명, 전도에 대한 연암의 생각을 분석하면 확인된다.


2 1) 나는 두 번 절하고 물러나서 쓸쓸하게 탄식하며 말했다. "천고 흥망의 시기에는 하늘의 뜻을 분명히 알 수 있다. 그것이 나쁜 것이든지 좋은 것이든지 징조를 보여주며 내쫓기도 하고 복돋우기도 해서 반드시 돈독히 해야 할 것에 힘쓰므로 비록 아녀자라도 하늘의 뜻이 따로 있다는 것을 분명히 안다. 그러나 충신과 의사는 다만 한 손으로 하늘에 저항하려고 하니, (이는) 어찌 이치에 어긋날 뿐만 아니라 (이루기) 어려운 것이 아니겠는가?

(그러나) 위세와 무력으로는 천하를 얻을 수 있어도 절개 있는 선비를 굴복시키지 못한다. 이는 한 선비의 높은 절개는 백만의 사람보다도 강하고, 만세의 떳떳한 윤리는 한 왕조가 나라를 차지하는 것보다 무겁기 때문이니, 이것도 또한 천도가 깃들은 것이다.

2-2) 나라를 세운 왕의 경우는 스스로 (천명이 자신에게 있는 것을) 알고 (해야 할 일을) 능히 살펴서 이렇게 말한다. '이 천하를 얻은 것은 하늘이 명한 것인가, 아니면 오히려 내가 힘으로 취한 것인가? 하늘이 이미 이 천하를 명하고서 나의 힘을 용납하지 않는다면, 또한 장차 나에게 천하를 다스릴 책임을 맡기려는 것인가, 아니면 오히려 천하로 나 자신만 이롭게 할 것인가? 하늘이 나를 통하여 천하를 이롭게 하려고 한다면, 천하를 이롭게 하는 일에도 또한 진실로 틀림없이 천도가 있을 것이니, 나는 하늘의 명을 받아서 도탄에 빠진 백성을 구하는 것뿐이리라.'10)

연암은 새 왕조가 들어설 때 온갖 징조가 일어나므로 아녀자도 그것을 알고 받아들이는데 충신과 의사만은 이를 인정하지 않는다고 했다. 그러니 이것은 이치에도 어긋날 뿐 아니라 막을 수도 없는 일이라고 했다. 하지만 선비의 절의는 영원히 변하지 않을 윤리이므로 그것에는 천도가 깃들어 있다고 했다. 이 말의 의미는 미묘하다. 절의가 천도의 실천이라면, 혁명은 잘못이라는 뜻이 될 수 있기 때문이다.

하지만 연암은 천하를 얻은 것도 천명에 의한 것이라고 생각했다. 나라를 세운 왕은 이를 알고 있기 때문에 그 의미를 살핀다고 했다. 천도란 천하를 이롭게 하는 것이요, 천명이란 그 일을 자신에게 맡긴 것이므로, 나라를 세운 왕은 도탄에 빠진 백성을 구해 천도를 실현해야 한다는 말이다. 이런 논리는 혁명이 백성 구제를 실현한 것이라면 혁명도 천도의 실천이 될 수 있다는 의미가 된다.

---

10) 〈文丞相祠堂記〉. 余再拜而退, 喟然嘆曰, 千古興亡之際, 天意斷可知矣. 其見于妖孽楨祥, 而爲之驅除, 爲之扶植, 必於其所篤而力焉, 雖婦人孺子, 灼見其天意之有在. 而乃忠臣義士者, 徒欲以隻手與天抗, 豈不悖且難欺. 威武足以得天下, 而不能屈一介之士. 是一士之抗節, 强於百萬之衆, 而萬歲之綱常, 重於一代之得國, 則是亦天道之攸寄也. 若興王者. 自知克審, 而曰'其得此大器也. 天命之耶? 抑且吾以力取之也? 天旣命此大器, 而不容吾力焉, 則亦將使吾任天下之責耶? 抑且以天下利吾身也? 天旣欲以吾身利天下, 則其利天下之術, 固亦將有其道矣. 吾受天之命, 拯救斯民于塗炭之中而已矣.' 박영철본과 충남대학 도서관본에는 而曰其得此大器也의 曰이 없다.

절의도 그렇지만 혁명 역시 천도의 실현이라는 말이다. 이 말은 마치 모순처럼 느껴지지만 두 말이 모두 맞는다면 이 말은 혁명이 백성을 구제하지 못하는 경우에는 저항해도 좋지만, 백성을 구제하는 경우라면 저항이나 절의가 무의미하다는 뜻으로 해석된다. 그뿐 아니라 바른 혁명에 저항하는 것은 오히려 천도의 실현을 해치는 것이라는 뜻을 함축하게 된다. 곧 절의가 언제나 옳은 것이 아니요, 상황에 따라 절의보다 혁명의 의의를 완성하도록 돕는 전도가 더 이상적인 것일 수 있다는 말이다. 그렇다면 이런 가정은 타당한가? 이를 입증할 만한 사례가 있는가? 연암은 무왕과 기자의 경우를 예로 들었다.

3-1) 그러므로 무왕이 주왕을 친 것은, 무왕이 주왕을 친 것이 아니라 도가 있는 사람이 무도한 자를 친 것이니, 무왕은 당당하게 천하를 가지면서도 그 자리 자체를 즐거워하지 않았다. 이러므로 (무왕은) 하늘에 대하여 의심하지 않았고 사람에 대해서는 꺼리는 것이 없었으며, 적국에 대하여는 원수가 없었고 천하에 대해서는 사사로운 욕심이 없었으며, 도가 있는 곳을 좇아서 나아갔다.

3-2) 그러므로 무왕이 기자에게 물은 것은 그 도를 묻기 위한 것이었으니, 도를 물어 천하를 이롭게 하려고 했던 것이니, 기자는 또한 그가 자신을 신하로 대하지 않았으므로 그를 위해 도를 전했다. 만약 무왕이 기자를 윽박질러서 억지로 신하로 삼았다면 기자 같은 사람은 또한 홍범구주를 가슴에 간직한 채 시시로 나아갔을 뿐일 테니, 도가 전해지지 못하더라도 그에게 무슨 상관이 있었겠는가?11)

---

11) 〈文丞相祠堂記〉. 故武王之伐紂也, 非武王伐之也, 以有道伐無道也. 堂堂乎其有天下, 而武王不與焉. 是故, 在天無疑, 在人無忌, 在敵國無讎, 在天下無我, 隨道之所在而就焉. 故武王之訪于箕子, 訪其道也, 訪其道, 以利天下, 而箕子, 亦以其不臣之之故, 而爲之傳道矣. 若武王逼箕子而强臣之, 則爲箕子者, 亦將抱九疇, 而赴柴市而已矣. 道之不傳也, 於我何有哉? 박영철본과 충남대학 도서관본에는 訪其道, ~ 而爲之傳道矣 부분이 訪其道, 所以利天下也로 되어 있다.

연암은 무왕의 혁명이 두 가지 근거로 이상적인 경우라고 판단했다. 하나는 무왕이 백성의 구제에만 몰두한 것이고, 다른 하나는 혁명 후에 기자에게 천하를 다스릴 상도를 물은 것이었다. 이런 이유로 기자는 홍범구주를 전했고, 이로 인해서 무왕이 선왕의 도를 실천하여 선왕의 반열에 오르게 되었다는 것이다. 무왕과 기자의 경우는 혁명과 전도가 천도의 실천이었다는 말이다.

이런 서술은 전도가 절의보다 높은 가치라는 의미를 담고 있다. 그렇다면 문천상의 행적을 논하면서 이런 논리를 전개한 이유가 무엇일까? 그가 실제로 전도의 꿈을 이룬 것도 아니요, 사람들이 그의 절의를 숭상하지 않은 것도 아닌데, 왜 굳이 그를 기자처럼 전도를 꿈꾸었던 인물로 몰고 간 것일까? 여기에는 그의 절의를 높이 평가하는 대신 그에게서 절의 이미지를 떼어놓으려는 의도가 있는 것으로 생각된다.

당대의 북벌론은 청나라에 대한 저항 의식을 전제로 했으므로 절의는 필수적인 덕목이었다. 따라서 절의를 절대적인 가치로 떠받들 필요가 있었을 것이다. 이는 역으로 북벌론을 극복하기 위해서는 절의에 대한 이런 인식을 먼저 걷어낼 필요가 있다는 것을 의미한다. 연암이 절의보다 전도가 더 높은 가치라는 인식을 보여준 것은 아마도 이런 절의 콤플렉스를 부정하기 위한 의도로 생각된다.

당대의 북벌론에서 존하양이의 화이론은 그 인식적 기반이었다. 그러므로 절의와 존하양이의 화이론의 결합은 아주 자연스러운 결론이었을 것이다. 오랑캐 민족에게 저항했던 인물은 북벌론의 고취를 위한 아주 유효한 상징이었을 것이다. 백이나 문천상은 이 일에 적합한 인물이었던 셈이다. 김상헌을 문천상과 백이와 연결시킨 행위는 이런 의식을 반영한 것일 것이다.

역으로 북벌론을 부정하기 위해서는 이런 이미지의 관습적인 재생산을 막을 필요가 있었을 것이다. 그런데 문천상의 기자 대비는 일거에 이를 해결해 준다. 이 비유는 문천상에게서 절의뿐 아니라 화이론적 의미도 탈색시켜 버리기 때문이다. 이는 연암의 이런 해석이 결국 북벌론의 기반이 되는 절의 숭상 의식을 부정하고, 나아가 절의와 화이론적 저항의 연결 고리를 끊으려는 의도였음을 시사하는 것이다.

## 2) 존하양이식 화이론의 부정

북벌론의 화이론적 세계관을 부정하는 인식은 다른 곳에서 더욱 분명하게 확인된다. 연암은 원나라 세조가 문천상에게 용하변이의 도, 곧 중화의 문화로 이적의 문화를 바꾸는 방법을 물었다면, 이는 선왕의 도를 실천한 일이 되었을 것이라고 했다. 이는 원세조가 문천상을 죽인 행위가 잘못이었다는 힐책이지만, 주목할 부분은 그가 문천상에게 '용하변이의 도를 물었다면'이라는 가정이다.

용하변이는 《맹자》에 나온 개념이다. 초나라 출신 진상은 초나라 허행의 가르침을 들어 임금도 직접 농사를 지어 백성의 부담을 덜어야 한다고 주장했다. 이에 대해 맹자는 초나라 허행식 통치 방식을 거부하면서 선왕들의 행적을 들어, 중화의 문화로 초나라 이적의 문화를 바꿀 수는 있지만, 용하변이 곧 이적의 문화로 중화의 문화를 바꿀 수는 없다고 했다.

(전략) 요 임금 시기에도 천하는 아직 태평하지 않았습니다. 홍수가 마구 흘러 천하에 범람하고 초목은 무성하여 금수가 번성하고 오곡은 여물지 않았습니다. (중략) 요임금은 홀로 이를 걱정하여 순임금을 선발하여 이를 다스렸고 순임금은 백익으로 불을 관장하게 하였는데, 백익은 산과 연못에 불을 질러 그것을 태웠으므로 금수는 도망쳐 숨었습니다. 우 임금은 아홉 하천을 뚫고 제수와 탑수를 다스려 바다로 흘러가게 했습니다. (중략) 그런 뒤에 나라 중앙 지대가 먹고 살 수 있게 되었습니다. 이 당시에 우임금은 팔년이나 밖에서 지냈고 세 번이나 자기 집 문 앞에 지나갔지만 들어가지 못했습니다. 비록

농사를 지으려고 해도 그럴 수 있겠습니까?(중략)

나는 중화로 이적을 바꾼다(用夏變夷)는 말은 들었지만 이족에게 영향을 받았다는 말은 듣지 못했습니다. 진량은 초나라 출신이면서 주공과 공자의 도를 기뻐하여 북쪽으로 와서 중국에서 배웠는데, 북방의 학자들도 그보다 앞서지 못했으니, 그 사람은 이른바 호걸지사입니다. 당신의 형제들이 그를 수십 년 동안 섬기다가 스승이 죽자 마침내 그를 배반하였습니다. (후략)12)

맹자는 임금의 도리가 백성들이 잘 살도록 하는 것에 있다고 하면서, 요堯·순舜·우禹·탕湯 등의 업적을 들어 이를 설명했다. 맹자의 개념을 흔히 선왕의 도, 또는 왕도정치라고 하므로, 용하변이의 도란 곧 선왕의 도, 왕도정치를 의미하는 셈인데, 이 말은 다시 선왕을 선왕으로 평가하거나 이적을 이적으로 평가하는 것이 곧 이러한 도리의 성취 여부에 있다는 뜻이 된다.

그러므로 용하변이의 도를 묻지 않아서 원세조가 선왕이 되지 못했다는 것은 미묘한 의미를 함축한다. 이 말을 뒤집으면 그가 그렇게만 했다면 선왕의 자리에 설 수도 있었다는 뜻이 되기 때문이다. 다시 말하자면 원세조의 잘못은 그가 이적이기 때문이 아니라 왕도정치를 실현하지 못했기 때문이라는 뜻이 되는 것이다. 이런 인식은 존하양이의 화이론과는 다르다.

존하양이의 화이론은 원나라와 청나라 등 이적의 통치 시대에 한족 왕조 회복 운동의 이념적 기반이었다. 이에 의하면 원나라는 화이론적 저항의 대상이었고 원세조는 선두에 있었으므로, 원세조는 어느 경우에도 선왕의 반열에 올라설 자격을 인정받을 수 없다. 선왕의 정치를 못했

---

12) 〈滕文公上〉, ≪孟子≫. (전략) 當堯之時, 天下猶未平. 洪水橫流, 氾濫於天下, 草木暢茂, 禽獸繁殖, 五穀不登. (중략) 堯獨憂之, 擧舜而敷治焉. 舜使益掌火, 益烈山澤而焚之, 禽獸逃匿. 禹疏九河, 瀹濟漯而注諸海. (중략) 然後 中國可得而食也. 當是時也. 禹八年於外. 三過其門而不入. 雖欲耕得乎? (중략) 吾聞用夏變夷者, 未聞變於夷者也. 陳良, 楚産也, 悅周公仲尼之道, 北學於中國, 北方之學者, 未能或之先也, 彼所謂豪傑之士也. 子之兄弟, 事之數十年, 師死而遂倍之 (후략).

기 때문이 아니라 이민족이기 때문이다. 이런 점에서 연암의 가정은 매우 파격적인 것이다.

또한 연암의 서술은 화이론에 존하양이식 화이론만 있는 것이 아니라 용하변이식 화이론도 있다는 점을 환기시켜 준다. 용하변이의 논리도 존하양이의 논리와 마찬가지로 중화와 이적을 구분하고 중화의 문화가 이적의 문화보다 우월하다는 인식은 보인다. 그러나 존하양이의 논리가 이적의 배격과 부정을 목표로 하는데 반하여 용하변이의 논리는 이적의 교화와 융합을 지향한다.13)

용하변이의 개념은 화이론이지만 존하양이의 화이론과는 다르다. 이 개념은 중화와 이적의 구분을 백성을 살리는 정치의 시행 여부에 둔다. 그래서 이 개념은 한 왕조나 개인의 위치가 고정된 것이 아니라 바뀔 수도 있다는 의미를 함축한다. 이를 확인시키듯 맹자는 초나라 진량이 주공과 공자를 배워서 북방의 학자보다 낫게 되었다고 했다. 이적 출신자이지만 중화가 되었다는 것이다.

용하변이의 화이론은 북벌론에 매우 도전적인 명제다. 북벌론은 존하양이의 화이론을 기반으로 하는데, 이 존하양이의 논리는 《춘추》라는 경전에서 추출된 개념이기 때문에, 유교적인 세계관이 유지되고 춘추가 경진으로서의 권위를 잃지 않는 한 그 권위가 손상되지 않는다. 이는 북벌론이 근거로 삼고 있는 존하양이의 개념이 매우 확고한 이데올로기적 기반을 지니고 있음을 시사하는 것이다.

이는 북벌론을 부정하기 위해서는 먼저 존하양이의 화이론을 극복하

---

13) 맹자가 이 글 마지막 부분에서 주공이 이적을 처벌하려고 했다는 《서경》 구절을 인용한 것을 보면 용하변이에도 적대감이 내재되었다고 할 수 있을지도 모른다. 그러나 이 개념이 교화가 되지 않은 상태에서의 적대적인 관계를 보이는 것이요, 기본적으로는 진량이 초나라 출신으로서 중원의 학자보다 더 훌륭한 학자였다고 평가한데에서 보듯이 용하변이의 개념은 교화를 진제로 한 포용과 관용의 논리를 지니고 있다고 할 수 있다.

지 않으면 안 된다는 것을 의미한다. 용하변이의 개념은 이에 대한 적절한 대안이었으리라고 생각된다. 용하변이는 화이론의 개념을 지니면서도 존하양이의 개념과는 달랐으므로, 화이론적 세계관을 부정하지 않으면서 중화와 이적에 대한 새로운 지평을 보여주는 것이기 때문이다.

더군다나 이 개념은 ≪맹자≫에서 추출된 것이므로 존하양이 개념과 마찬가지로 유교적 권위를 지니고 있었다. 따라서 이를 대안으로 제시하는 것이 조금도 부담스러운 것이 아니었을 것이다. 이런 추리는 연암이 용하변이의 화이론을 거론한 것이 북벌론의 인식론적 기반을 무너뜨리려고 한 의도였음을 말해주는 것이다.

정리하자면, 연암은 문천상과 원세조를 기자와 무왕에 대비시킴으로써 전도와 용하변이의 개념을 제시했는데,14) 이는 절의 콤플렉스와 존하양이식 화이론에 대한 반대 논리를 제공한 것으로, 궁극적으로 연암은 이를 통하여 북벌론을 부정하려고 했다는 것이다.

이런 결론은 역으로 말하자면 전도와 용하변이의 개념이 당대의 북벌론을 부정하는 논리적 근거인 동시에 연암 북학론의 이론적 배경이라는 것을 의미한다.


## 4. 북학 사상의 근거와 지향

### 1) 청나라 천명의 인정

연암은 청나라를 역대 왕조의 하나로 인정했다. 그 근거로 ≪맹자≫의

---

14) 김택영은 이 글이 왕염오의 생제문(生祭文)과 다르지만 문천상의 마음을 이해하는 데에 해롭지는 않을 것이라고 했다. ≪重編燕巖集≫. 같은 곳. '이 글은 왕염오의 생제문(生祭文)과 다르지만 문천상공의 마음을 이해하는 데에 해롭지는 않을 것이다.(此文, 與王炎午生祭文不同, 而不害乎得文公之心矣.)'

천명 사상을 들었다. 제자 만장이 하늘이 천하를 주었다는 표현은 하늘이 직접 말로 했다는 뜻이냐고 묻자, 맹자는 이 말은 덕행과 정사를 보고 하늘이 뜻을 표시하고 백성들이 이에 따르면 허락된 것으로 본다는 뜻이라고 설명했다. 천명이란 하늘과 사람의 교감의 결과라는 말이다. 다음을 보자.

옛날에 어떤 사람(만장-필자주)이 하늘이 말로써 천하를 준다고 한 말을 의심하여 성인(맹자-필자주)에게 물어본 사람이 있었다. 성인은 천하를 받는 것이 하늘의 명에 의거한 것이라는 뜻을 간곡하게 설명하며 "하늘은 말로 하지 않고 (그 사람의) 덕행과 정사로 (이 사람에게 천명이 있다는 것을) 보여준다."고 했다. 나는 이 대목을 읽을 때 의혹이 자못 심해서, 감히 '(하늘이) 덕행과 정사로 보여주는 것이라고 한다면 오랑캐로 중화의 문화를 바꾼 것을 천하의 큰 모욕이요 백성들이 죄도 없이 벌을 받은 것이라고 여기는 것은 어찌 된 일인가?'라고 스스로 물었다.

향기 나는 음식과 비린내 나는 음식은 그 성질로 나눈 것뿐이요, 제사를 받는 신이 많으니 제사에 마땅하지 않은 냄새가 있으리오? 그러므로 사람이 사는 곳으로 보면 중화와 변방이 진실로 구분이 되지만, 하늘이 명한 관점에서 보면 은나라의 후관이나 주나라의 면류관은 시대가 바뀌어 달라진 것이니, 어찌 꼭 청나라의 붉은 모자만 이상하게 여길 수 있으리오?

그래서 하늘이 정한다는 천정설天定說이나 사람이 이긴다고 하는 인중설人衆說이 그 사이에 떠도니, 백성과 하늘이 서로 교통한다는 이치는 곧 오히려 물러나고, 기수에 귀를 기울여서 앞선 성인의 말에 승거를 찾다기 부합하지 않으면 문득, '천지의 기수가 이와 같다'고 한다. 아이! 이것이 어찌 진짜 기수 같은 것이겠는가?[15]

---

15) 〈關內程史〉, ≪熱河日記≫. 人嘗疑於諄諄之天, 而有質於聖人者, 聖人丁寧體天之意, 曰"天不言, 以行與事示之." 小子嘗讀之至此, 其惑滋甚, 敢問'以行與事示之, 則用夷變夏, 天下之大辱也, 百姓之寃酷, 如何?' 馨香腥膻, 各類其德, 百神之所饗, 何臭? 自人所處而視之, 則華夏夷狄, 誠有分焉, 自天所命而視之, 則殷冔周冕, 各從時制, 何必獨疑於淸人之紅帽哉? 於是, 天定人衆之說, 行於其間, 而人天相與之理, 乃反退, 聽於氣, 驗之前聖之言而不符, 則輒曰, '天地之氣數如此' 嗚呼! 是豈眞氣數然耶!

왕조의 성립을 설명하는 전통적인 논리에 천명론이 있다. 맹자는 국가의 흥망을 하늘과 사람이 교감한 결과라고 생각하여 이 논리의 근거를 제공했다. 그런데 이 논리에 의하면 왕조의 건립 자체가 이미 천명의 증거라는 뜻이 된다. 연암은 자신이 청나라의 천명을 인정한 이유를 여기에서 찾고 있다. 그래서 그는 청나라의 통치를 모욕으로 여길 것도 없고, 백성들이 죄 없이 벌 받은 것으로 여길 필요도 없다고 주장했다.

이외에도 연암은 천정설, 인중설, 기수론을 거론했다. 천정설과 인중설은 신포서申包胥가 '사람이 많으면 하늘을 이기고, 하늘이 결정하면 또한 사람의 뜻을 꺾을 수 있다.'고 한 말에서 나온 것으로16) 인중설은 곧 사람의 힘으로 국가의 운명이 결정된다는 뜻이고, 천정설은 곧 하늘이 국가의 운명을 결정한다는 뜻이다. 기수론은 음양의 기운의 변화에 따라 국가의 존망과 운명이 정해진다는 주장이다.

이런 이론은 모두 천인감응의 천명론과는 다르다. 천정설과 인중설은 말할 것도 없거니와 기수론으로 청나라의 건립을 설명하면 청나라가 천하를 차지한 것을 기수일 뿐이라고 주장할 수 있으므로 결국 청나라의 천명을 부정할 수 있게 된다.

그런데 이런 논리들이 많았다는 것은 역으로 청왕조의 천명을 부정하기 위해 얼마나 많은 사람들이 고심했었는가를 증언하는 것이다. 하지만 연암은 왕조의 교체 자체를 자연적인 과정으로 받아들였다. 연암은 무왕뿐 아니라 후대 혁명가의 천명도 인정했다. 그는 이적 왕조라고 해서 천명을 부정하지 않았다.

〈문승상사당기〉의 논리는 이런 인식의 연장선상에 있었다. 연암은 원나라가 무왕과 달리 천하로 자신의 이익을 삼아 자신에게 저항하는 사람들을 죽였지만 사실 원나라 세조가 해야 했던 것은 천명의 의미를 깨닫

---

16) 司馬遷, 〈伍子胥列傳〉, ≪史記≫.

고 전대의 신하에게 천하를 다스릴 도를 배우는 일이었다고 말했다. 이 런 주장은 원나라나 청나라를 이적으로 배척하여 절의와 저항의 당위성 을 주장하는 존화양이의 논리와 전면 배치된다.

4-1) 후세에 천하를 차지한 사람도 또한 하늘로부터 명을 받지 않은 사람 이 없었으나, 그는 (천명이 자신에게 있는 것을) 스스로 알면서도 자세히 살 피지 않았으므로 하늘을 믿지 않았고, 하늘을 믿지 않았으므로 사람을 꺼리지 않을 수 없었다. (그래서) 무릇 자기의 힘으로 굽힐 수 없는 것은 모두 그의 강적이므로(강적으로 여겨) 그가 의로운 무리를 규합하여 옛 왕조를 일으켜 회복시키려 할 것을 항상 두려워하니, 이 사람을 죽여서 후환을 없애는 것이 낫다고 생각한다. (그러나) 이 사람은 또한 한번 죽음으로써 천하에 대의를 분명히 드러내니, 이 사람은 천하의 부형이다. 천하의 부형을 죽이고서 어찌 자제들의 복수를 그치게 할 수 있겠는가?

4-2) 아아! 천하가 망하고 흥하는 것에는 상수(정해진 이치)가 있으니, 유 민 중에 문승상 같은 사람이 하나씩 둘씩 이어지지 않은 적이 없었다. 때를 당하여 천명을 받은 임금은 마땅히 이 사람을 어떻게 대해야 했는가? 나는 말 한다. '백성으로 삼기는 하되 신하로 삼지는 말고 높이기는 하되 벼슬을 주지 는 말며 봉하지도 말고 조회에 나오도록 하지도 말고 내버려 둘 뿐이다.'[17]

연암은 천하의 흥망이 상수에 따른 것이라고 했다. 상수란 왕조의 흥 망의 정해진 이치로서 백성이 도탄에 빠지면 그것을 구할 사람이 나오고 그 결과 새로운 왕조가 서게 된나는 천명론의 개념이다. 이에 따라 새 왕 조가 들어서면 저항하는 사람이 나오기 마련인데, 문천상은 그런 사람

---

17) 〈文丞相祠堂記〉. 嗚呼! 天下之廢興, 有常數, 而遺民之如文丞相者, 未嘗不輩出也. 當時受命之君, 當如何處斯人也, 曰'民焉而不臣, 尊之而無位, 置之不封不朝之列已 矣.' 後世之有天下者, 亦莫不受命于天, 而惟其自知也不審, 故不信乎天, 惟其不信乎 天, 故不能不忌人. 凡吾力之所不得以屈者, 皆吾之强敵, 而常恐其糾合義旅, 興復舊 物, 則莫如殺斯人, 以除後患. 斯人者, 亦以得一死, 爲明暴大義於天下也. 斯人者, 天 下之父兄也, 殺天下之父兄, 而寧能止子弟之爲讐乎?

중의 한 명이라고 했다.

이런 말 속에는 송원의 교체를 여느 일반 왕조의 흥망 이상의 의미로 해석하는 느낌이 전혀 없다. 문천상의 절의 역시 여느 신하의 절의와 특별히 구분하지 않는다. 이는 혁명에 대하여 절의를 무조건 절대적인 가치로 높이거나, 특정 왕조를 이적으로 구분하여 존하양이식 화이론적 관점을 적용하는 것과는 구별된다.

그는 혁명에 대하여 단지 백성의 구제와 천하 안정의 성취 여부만 중요시할 뿐 어느 민족이 천하를 차지했는가 하는가는 크게 문제 삼지 않은 것이다. 이런 인식은 원세조뿐 아니라 청나라에 대해서도 마찬가지였다. 아니 청나라에 대하여 이렇게 생각했기 때문에 원나라에 대해서도 동일하게 생각했을 것이라고 추론하는 것이 옳다. 청나라에 대한 이런 인식은 다음 글에서 확인할 수 있다.

> 지금 청나라가 천하를 다스린 지가 겨우 4세가 되었건만 문덕과 무공이 지속되지 않은 적이 없어서 태평성대가 백년간이나 지속되고 사해가 편안하고 조용하니 이러한 때는 한나라 당나라 때에도 없었던 일이다. 청나라가 안전하고 발전하는 것의 의미를 보면 아마도 또한 하늘이 내려준 천명을 받은 심부름꾼일 것이다.18)

연암은 청나라 임금들이 보여준 문덕과 무공, 그리고 청왕조가 이룩한 태평성대를 거론했다. 그리고 이런 것들은 청나라가 천명을 받은 증거라고 주장했다. 곧 청나라가 백성을 구제했으니 그것은 청나라가 천도를 실현했다는 뜻이고, 그것이 바로 천명의 증거라는 것이다. 백성 구제가 천도요 그것의 실현이 혁명의 본질이라고 생각한 이 글의 기본 논리는 〈문승상사당기〉의 그것과 그대로 일치한다.

---

18) 〈關內程史〉《熱河日記》. 今淸之御宇, 纔四世, 而莫不文武壽考, 昇平百年, 四海寧謐, 此漢唐之所無也. 觀其全安扶植之意, 殆亦上天所置之命吏也.

　　원나라에 대한 인식과 청나라에 대한 인식이 이처럼 일치하는 것은 ＜문승상사당기＞의 논리가 단순히 문천상에 대한 평가만을 목표로 삼은 것이 아니라 실은 청나라에 대한 자기의 인식을 드러내기 위한 것이었음을 시사하는 것이다. 절의와 존하양이의 화이론을 앞세워 청나라를 배격하기보다는 천명과 용하변이의 화이론을 들어 청나라가 성취한 백성 구제의 구체적인 실례들을 배우고 싶었던 것이다.

## 2) 홍범구주와 용하변이의 도

　　이런 서술의 이면에는 왕조의 정체성이 백성의 구제, 곧 백성을 잘 살도록 하는 것이라는 연암의 인식이 들어있다. 홍범구주와 용하변이의 도는 이를 상징적으로 표현한 말이다. 홍범구주는 국가의 통치를 위해서 임금이 꼭 알아야 할 사항과 임금이 갖추어야 할 덕목을 정리한 국가 통치의 지침서요,19) 용하변이의 도는 임금의 구실은 백성을 잘 살게 하는 것에 있다는 개념이다.

　　《서경》은 홍범구주를 기자가 전했다고 했는데, 그 내용은 전대까지 전승되어 왔던 임금의 덕목을 총정리한 것이라고 할 수 있다. 《맹자》의 용하변이 역시 전국시대의 혼란을 구제하기 위해 임금이 갖추어야 할 덕목을 담고 있다. 두 개념은 신하와 임금의 양 측면에서 거론되었지만

---

19) ＜洪範＞, 《尙書》. 五行(자연을 구성하는 5가지 요소와 그 성질), 五事(인간의 5가지 행위와 그 덕목), 八政(행정의 8가지 일과 조직), 五紀(5가지 시간의 개념과 기록 방법), 皇極(왕·백성·관리의 특질과 왕의 법도), 三德(신하의 종류와 6가지 다스리는 법), 稽疑(점을 이용한 정책 결정법), 庶徵(자연현상과 정치의 득실간의 관계), 五福六極(5가지 복과 6가지 어려움) 등이 그것이다. 그 대강이 자연과 인간의 특성, 국가와 사회의 조직, 시간 개념, 통치와 정책 수행, 정치의 평가와 상벌 등의 개념인 셈이다. 이의 출처에 대해서는 洛書에서 근거한 것이라는 설도 있고 후대에 鄒衍의 오행설에 영향받아 만들어진 위작이라는 설도 있다. 역대의 제왕과 유학자들은 이의 해석을 통해서 자신의 정치 이념을 표현했는데, 이에 대하여는 홍학이라는 부르는 일정한 학문 영역이 있다.

백성들의 삶 구제를 지향한다는 점에서 동일한 의의를 지닌 셈이다.

연암이 이 두 가지를 이 글의 중심 개념으로 삼고 있는 것은, 그가 백성의 삶을 돌보는 것이야말로 바로 왕조의 자기정체성과 치자의 도리로 여기고 있었다는 것을 시사한다.[20] 더욱 더 흥미로운 것은 이것이 바로 연암 북학 사상의 중심 개념이라는 점이다. 앞에서 인용했던 구절을 다시 인용한다.

> (전략) 나는 중화로 이적을 바꾼다(用夏變夷)는 말은 들었지만 이족에게 영향을 받았다는 말은 듣지 못했다. 진량은 초나라 출신이면서 주공과 공자의 도를 기뻐하여 북쪽으로 와서 중국에서 배웠는데(北學於中國), 북방의 학자들도 그보다 앞서지 못했으니, 그 사람은 이른바 호걸지사다. 당신의 형제들이 그를 수십 년 동안 섬기다가 스승이 죽자 마침내 그를 배반하였다. (후략)[21]

맹자는 진량이 주공과 공자의 도를 북(중원)에서 배웠다고 했다. 이때 사용된 표현이 바로 북학이다. 연암의 북학은 이것을 뜻하는 것이므로 연암의 학문이 용하변이의 도, 곧 선왕의 도를 지향하고 있으며, 백성을 살리는 정치를 추구하고 있음을 의미한다. 곧, 홍범구주와 용하변이 개념은 연암 학문의 핵심 개념이요, 이 시기의 연암 사의식의 지향점이었고, 그의 삶과 학문의 자기정체성이었던 것이다.

아마도 그가 이용후생을 내세워 청나라의 문물을 배워야 한다고 주장했던 것도 이 때문이었을 것이다. 백이의 절의도 분명 가치 있는 일이요, 존하양이의 논리에도 부국강병의 방향이 없는 것은 아니었다. 하지만 그

---

20) 여기서 치자는 임금만을 의미하는 것으로 보지 말고 선비 계층 전체를 포함시켜서 이해하는 것이 좋다. 졸고, 〈燕巖 朴趾源 文章의 硏究〉, 연세대 박사학위논문, 1993, 105~107쪽.
21) 주석 12) 참조.

것으로 이 시기 조선 왕조의 정체성으로 삼을 경우 청나라의 선진 문물을 수용할 수가 없었기 때문에, 연암은 홍범구주와 용하변이의 개념을 환기시키면서 청나라 문물을 배울 것을 촉구한 것으로 보인다.

　요컨대, 이 글은 문천상을 다루면서 절의 콤플렉스와 존하양이식 화이론을 부정하여 북벌의 논리를 거부할 뿐 아니라, 치자의 참된 도리가 백성들의 삶을 향상시키는 데 있다는 비전을 제시한 것이다. 이것이 이 글의 주제요 의의다. 그런 의미에서 이 글은 이 시기의 연암 사상의 총체적이고 핵심적인 내용을 보여준다고 할 수 있다. 김택영이 이 글을 꼭 선정하려 했던 것은 아마 이 때문일 것이다.[22)

## 5. 대비와 가변성의 미학

### 1) 대립항의 설정과 가변성의 인식

　이제 이 글의 논리가 어떤 구조를 지니고 있는지 살펴보자. 이 글은 전체적으로 문천상의 사당과 관련된 역사적 사실, 절의와 혁명의 본질, 그 이상적 사례(무왕과 기자), 잘못된 절의와 혁명의 성격, 그 구체적인 사

---

22) 절의 콤플렉스를 부정하는 것은 김택영에게도 의미가 있었으리라고 생각된다. 그는 대한제국이 망하자 절사하지 않고 망명을 택했던 인물이다. 이는 그도 백이식의 절의 콤플렉스를 부정하고 기자와 같은 의도를 지녔을 지도 모른다는 추정을 가능하게 한다. 그렇다면 그는 이 글을 통해서 자신의 심정을 말하고 있는지도 모른다.
　다른 한편으로는 이 글의 출판이 사람들의 반대에 부딪혔다면 그 이유 역시 이것 때문이었을 것이다. 조선말에 洋夷와 倭夷의 침범으로 攘夷 사상은 새로운 힘을 얻고 있었다. 사회를 통합하고 국난을 극복하는 차원에서 절의 숭상 의식과 화이론이 다시 필요했다. 비록 연암의 시대와 달랐지만 이 글의 내용이 이런 시대적 요구와 상치되었기에 이 글의 출판에 비판적인 여론이 제시되었을 것이다.

례(원세조와 문천상)의 순서 등으로 나누어져 있다. 문천상 행적의 의미를 혁명과 그 대응이란 차원에서 접근하되 무왕과 기자의 사례와 비교하는 서술 방식을 취한 것이다.

이 글의 논리 중 주목할 부분은 절의와 혁명에 대한 인식이다. 절의는 혁명을 거부한 것이기 때문에 이것을 혁명의 대립항으로 인식하기 쉽다. 하나 연암은 혁명의 대응 방식에 절의만이 아니라 전도도 있음을 환기시켰다. 혁명에 대한 인식도 마찬가지다. 혁명의 본질은 무력(폭력)일지 모른다. 하지만 연암은 혁명이 천도의 실현일 수 있다고 했다. 요컨대, 혁명의 개념에는 무력과 천도 실현의 두 가지 개념을 대비시켰고, 그 대응 방식에는 절의와 전도의 두 개념을 대비시킨 것이다.

이것은 연암이 특정 대상을 이해할 때 단일하고 절대적인 개념으로 받아들이는 대신 복수의 개념으로 이해한다는 뜻이 된다. 이런 논리는 연암의 글 속에서 매우 빈번히 발견되는 것이어서 이런 사유방식은 연암 사유의 일반적인 경향의 하나일 가능성이 높다. 이런 사유의 의의는 특정 개념의 독단적인 지위나 고정적인 관념을 인정하지 않는 점이다.

혁명의 대립항에 절의만 설정하면 절의는 혁명만큼 위대한 것이 되고 절의의 가치는 절대적인 것이 된다. 그러나 혁명의 대립항에 전도를 함께 놓으면 절의의 절대성은 상실된다. 혁명의 경우도 마찬가지다. 혁명을 폭력으로만 보면 그것은 절대로 용납될 수 없는 것이 된다. 그러므로 이에 맞서 투쟁해야 한다는 주장만 유일한 대안이 된다. 그러나 혁명을 천도의 실현으로 인식하면 오히려 혁명은 긍정된다.

그러니까 대립항의 설정은 특정 개념의 도그마적 권위를 빼앗는 기능을 하고 있는 것이다. 이는 중화와 이적에 대한 인식에서도 드러난다. 연암은 화이론에 존하양이와 용하변이의 두 개념을 대립시켰다. 이런 대립은 중화와 이적에 대한 인식을 존하양이식 화이론의 틀에서 벗어나도록 했다. 존하양이의 화이론이 누렸던 도그마적인 권위 역시 부정한 것이다.

이 글의 인식 논리에서 또 주목할 점은 혁명 또는 그 대응의 관계를 가변적으로 인식했다는 점이다. 연암은 혁명이 천도의 실천이 될 수도 있고, 폭력이 될 수도 있다고 했다. 그러므로 이에 대한 대응에 있어서 전도가 더 나을 수도 있고 절의가 나을 수 있다고 했다. 진정 가치 있는 것은 백성을 구제하는 것이므로 어느 쪽을 택할 것인가 하는 것은 상황에 따라 가변적일 수밖에 없다는 것이다.

혁명의 대응 방식으로 절의와 전도를 서로 대립시키면서도 절의와 전도의 선택을 가변적 관계로 인정한 것은 연암이 가치 판단에 있어서 선험적 절대성에 매이지 않고 있음을 보여주는 것이다. 원나라 세조를 천도의 실현자가 될 수도 있었다고 한 것이나 문천상이 기자처럼 전도하지 못한 것을 아쉬워한 것은 그가 이런 인식 논리를 가졌기 때문이다.

북벌론의 절의 콤플렉스는 절의에만 절대적인 가치를 부여하고 다른 대응 방식을 인정하지 않는다. 존하양이식 화이론은 한족의 천명만 인정하고 이적의 천명을 인정하지 않는다. 이는 북벌론의 인식 논리가 혁명과 절의 개념을 단일한 개념으로 인식하고 있으며 대립항 간의 가변성 또한 인정하지 않고 있음을 보여준다. 하위 개념을 둘로 나누고 그것 사이의 가변성을 인정한 북학론과는 명확히 다른 것이다.

## 2) 대비와 가변성의 미학

이 글이 지닌 수사적인 특징은 여러 가지다. 그 중에서 앞의 인식 논리와 관련시켜서 대비의 수법과 가정과 선택의 표현 방식을 중심으로 살펴보자.

### 대비와 함축

이 글에서 광범위하게 사용된 수사적 기교는 대비의 수법이다. 앞에서 폭력과 천도 실현, 절의와 전도의 개념이 대립되어 있음을 거론했지만 이 글의 대비는 여기에 국한되는 것이 아니다. 대비의 효과는 기본적으로 함축성이다. 그리고 이 함축성의 의의는 다양하게 해석될 수 있는 어떤 이미지를 특정 의미로 한정시키는 것이다.

예컨대, 원나라 세조는 왕조의 창시자란 의미를 지닐 수도 있지만 단순히 이적이라는 의미를 지닐 수도 있다. 그런데 이 글에서 그는 이적이 아니라 왕업을 이룬 사람이라는 의미를 지닌다. 이것은 그가 무왕과 대비되었기 때문이다. 곧 연암은 대비의 수법을 통해서 원나라 세조가 지닐 수 있는 다양한 이미지를 한 가지로 한정시킨 것이다.

나아가 이 글에서 대비의 함축성은 새로운 의미를 창출하기도 했다. 이 글에서 절의 콤플렉스이나 존하양이의 화이론의 부정은 대비의 함축성에 의해 추론된 것이다. 문천상의 기자 비유는 문천상의 백이 비유와 대비되는 것으로 연암은 이를 통해서 절의 콤플렉스를 거부하려는 자신의 의도를 드러냈다. 세조와 무왕의 대비도 마찬가지다. 이를 통해서 연암은 존화양이 화이론을 부정했던 것이다.

이 글에서 이와 함께 주목할 만한 것은 대비의 함축성을 뒷부분에 대한 복선의 기능으로 활용한 점이다. 이 글의 첫 단락은 주로 문승상의 소상과 제사에 관한 역사적인 사실로 되어 있어 제2대단락 이하의 내용과 동떨어진 느낌을 준다. 그래서 마치 불필요한 부분이 구색 맞추기용으로 들어간 것처럼 보인다.

1) 문승상의 사당을 알현했다. 사당은 시시에 있었으니 (이곳은) 곧 선생이 죽은 곳으로 교충방이다. 원나라 때에는 유복을 입은 소상으로 꾸몄으나 명나라 정통 13년에 순천부의 부윤 왕현이 임금에게 아뢰어 송나라 때 승상복의 소상으로 바꾸었다. 문승상이 사전祀典에 오른 것은 영락 6년으로, 매해 봄가을 가운데 달의 초하루에 천자가 순천부윤을 보내어 술 석잔, 과일 다섯 가지, 비단 한 필, 양 한 마리, 돼지 한 마리로 제사를 지낸다.23)

　　문천상의 사당은 그가 처형당한 곳에 세워져 있었다. 그런데 처음부터 사당이 서고 제사가 받들어진 것이 아니었다. 원나라 때는 다만 유복을 입은 소상만 있었고 명나라에 들어와서야 승상복의 소상이 섰다고 했다. 또한 국가적인 제사를 올리게 된 것도 명나라 정통 13년의 일이었다는 것이다. 이는 문천상에 대한 평가가 언제나 일정한 것이 아니라 왕조에 따라 달랐다는 사실을 일깨워주는 것이다.

　　이런 사실은 단순한 사실의 기록일 수도 있다. 그러나 굳이 이러한 기록을 거론한 것은 일정한 의도를 보여주는 것으로 이해된다. 원명 사이에서 문천상의 평가가 달라졌다는 것은 시대가 바뀌면 문천상에 대한 평가 자체가 또 달라질 수 있다는 것을 함축한다. 더욱이 원명의 교체는 이적과 한족의 교체이므로, 이는 왕조가 이적인가 한족인가에 따라 문천상의 행적에 대한 평가가 바뀔 수 있다는 의미를 함축한다.

　　일반적으로 이런 함축은 문천상이 백이로 비유되는 기존의 시각 역시 바뀔 수 있음을 암시한다. 그를 기자로 비유한 자신의 견해도 원래부터 가능한 것이었다는 말이다. 나아가서 이것은 존하양이의 화이론의 개념에도 적용될 수 있다. 화이론에서 용하변이의 관점이 원래부터 가능한 것일 수도 있다는 뜻을 함축했다는 말이다.

　　이 글이 실제로 문천상에 대한 기존의 관점을 바꾸어서 논의를 전개했다는 점에서 이 부분의 함축적 의미는 뒷부분에 대한 암시와 복선의 기능을 했다고 할 수 있다. 따라서 이 부분은, 단순히 구색을 맞추기 위해서 들어간 것이 아니라 뒷부분에 대해 복선을 깔기 위해서 의도적으로 집어넣었다고 해석해야 하는 것이다.

　　암시와 복선으로 전후 부분이 서로 내용상 연결되는 것을 전통적으로

---

23) 〈文丞相祠堂記〉. 祇謁文丞相祠, 祠在柴市, 卽先生成仁之地也, 坊曰敎忠. 元時, 塑以儒服, 明正統十三年, 順天府尹, 王賢, 奏改塑宋時丞相服. 其登祀典, 在永樂六年, 每歲春秋仲朔, 天子遣順天府尹, 設爵三果五帛一羊一豕一.

조응이라고 한다. 조응은 앞 뒤 부분이 의미상으로 연결되어 있는 모습을 보여줌으로써 글의 내적 긴밀성을 높여줄 뿐 아니라 글의 구성적 완결성을 높여주는 법이다. 이 글의 첫 부분이 이런 기능을 하고 있다면 이 부분의 문학적 기능은 결코 작은 것이 아니다.

다만 '바뀔 것'이라는 의미는 직접 설명된 것이 아니다. 그것은 단지 함축으로만 존재하는 것이고 그 함축은 대비에 의해서 만들어졌다. 그러니까 대비의 수사가 함축을 통해서 암시와 복선의 의미장으로 확대된 것이다. 대비의 수사가 요란하지 않게 글의 내적 긴밀성과 구성적 완결성을 높이기 위한 물결을 일으킨 것이다.

### 가변성과 선택·가정의 표현

이 글에는 서술 방식이 특이한 부분이 있다. 혁명의 본질을 논한 부분이 그것이다. 혁명의 본질을 어떻게 규명하는가에 따라 혁명에 대한 대응 방식에 대한 평가가 달라지고, 이에 따라 문천상의 행적에 대한 평가도 달라지므로 이 부분은 내용상으로 중요한 부분이다. 다음을 보자.

2-2) 나라를 세운 왕의 경우는 스스로 (천명이 자신에게 있는 것을) 알고 (해야 할 일을) 능히 살펴서 이렇게 말한다. '이 천하를 얻은 것은 하늘이 명한 것인가, 아니면 오히려 내가 힘으로 취한 것인가? 하늘이 이미 이 천하를 명하고서 나의 힘을 용납하지 않는다면, 또한 장차 나에게 천하를 다스릴 책임을 맡기려는 것인가, 아니면 오히려 천하로 나 자신만 이롭게 할 것인가? 하늘이 나를 통하여 천하를 이롭게 하려고 한다면, 천하를 이롭게 하는 일에도 또한 진실로 틀림없이 천도가 있을 것이니, 나는 하늘의 명을 받아서 도탄에 빠진 백성을 구하는 것뿐이리라.'[24]

---

24) 주석 10) 참조.

이 부분은 전체 내용이 'A인가, B인가? A이면서 B가 아니라면, C인가, D인가? C라면 E이다.'의 형식으로 이루어져 있다. 문장이 일반적인 단정이나 의문이 아니라 선택과 가정의 형식으로 표현되었기 때문에 그 의미가 쉽게 파악되지 않는다.[25] 그렇다고 의미 파악이 불가능한 것은 아니다. 이 글이 'A이면서 B가 아니라면', 'C라면'이라는 가정을 내세운 것은 A와 C의 부분이 실질적인 의미를 가진 내용임을 시사하기 때문이다.

따라서 전체 내용은, 천도란 천하를 이롭게 하는 것이고 혁명은 천명에 의한 것이니 천명을 받은 사람은 도탄에 빠진 백성을 구해야 한다는 것으로 정리할 수 있다. 곧 혁명은 천명이니, 그것이 백성을 도탄에서 구하는 것이라면 천도를 실현한 것이요, 개인 이익을 취한 혁명이라면 단순한 폭력에 지나지 않는다는 말이다.

그렇다면 이렇게 직접적으로 설명하면 될 것을 왜 위와 같이 모호한 표현 방식을 택했을까? 이런 서술은 혁명의 본질에 대한 판단을 단정하지 않음으로써 읽는 사람에게 특정 메시지를 강요하지 않으려는 의도일 수도 있다. 또한 서술자의 판단을 직접적으로 드러내지 않음으로써 어떤 판단에 대한 책임을 피하기 위한 것일 수도 있다.

그런데 이 부분의 내용과 표현 사이의 유사성에 주목하면 또 다른 추정이 가능하다. 이 글은 혁명의 성격이 천명일수도 있고 폭력일 수도 있다는 인식을 담고 있다. 상황에 따라 가변적이라는 말이다. 그런데 반문과 선택, 가정과 추정은 어떤 내용에 대한 판단을 '가변적인' 상태에 두는 표현이다. 그러니까 가변적인 표현 방식이 가변적인 내용을 담고 있는 셈이다.

---

25) 이런 탓인지 이 부분은 판본마다 글자의 출입이 다른 곳보다 많은 편이다. 이는 아마도 필사자마다 글의 의미를 자신이 이해하는 한도 내에서 문맥을 부드럽게 만들면서 수정했기 때문일 것이다.

이는 우연의 일치일 수도 있다. 그러나 이 부분의 표현은 의도적인 것일 가능성이 더 높다. 곧 반문과 선택, 가정과 추정은 가변적인 내용을 고려해서 선택된 표현이라는 것이다. 이것이 연암의 의도였다면 그는 내용과 형식의 일체화라는 개념을 가지고 글을 썼다는 평가를 받을 수 있을 것이다.


## 6. 맺음말

이덕무李德懋는 정조의 명을 받아 송나라의 유신들에 대한 기록을 정리하여 책을 엮었고, 비록 완성을 보지 못했지만 명나라의 유신에 대한 정리 작업도 착수했다. 연암의 시기에도 북벌론은 아직 살아 있는 문제였던 것이다. 그러나 거시적으로 보면 이 시기는 이에서 벗어나는 시기였다. 연암은 이런 일을 수행하는 선두 그룹에 속했다. 그의 글에 이와 관계된 내용이 많은 것은 이 때문이다.

혁명기의 인물들을 다루었다고 백이와 기자의 이미지를 꼭 청나라 문제와 관련시켜서 해석할 필요는 없다. 당대의 비정상적인 왕조 교체를 두고 이야기하자면 영조와 정조의 왕위 계승도 이 범주에 들기 때문이다. 연암의 글 중에는 후자의 해석이 타당해 보이는 경우가 있지만, 이 글처럼 전자의 경우와 연결시키는 것이 좋은 경우도 있다.

연암이 모든 유형의 북벌론을 반대한 것은 아니다. 그는 존하양이의 논리에 바탕을 둔 북벌론에 대해서는 부정했으나, 민족적인 자존을 회복하기 위한 북벌에 대해서도 그런 것은 아니었다. 하지만 그가 절실하게 생각했던 것은 역시 백성의 구제, 곧 잘사는 나라를 만드는 것이었다. 그래서 그는 먼저 청나라를 인정하고 배워야 할 것을 주장했다. 이런 인식을 더듬어 볼 수 있는 글의 하나가 바로 이 글이다.

　본고는 인식논리에 있어서는 대립항의 설정과 가변성의 논리라는 두 가지만 추출했다. 이는 전체적인 구성의 차원에서 주제와 관련된 주요 내용의 골격을 분석한 결과였다. 표현 부분에 있어서도 이와 관련된 두 가지 내용만 다루었다. 그것은 우연의 산물일 수 있지만 이러한 논의가 가능하다는 것은 이것이 이 글의 핵심적인 요소일 가능성을 시사하는 것이다.

　이 글은 연암의 다른 글들에 비하여 판본간의 글자 출입이 많은 편이다. 판본간의 차이는 단순히 글자상의 차이만 의미하지 않고 형식적인 특징까지 변화시켰다. 이를테면 김택영본에는 혁명의 본질에 대한 설명이 나라를 세운 왕의 독백으로 처리되어 있지만, 다른 판본은 서술자가 한 것으로 되었다. 이런 차이의 의미나 변화의 이유도 살펴보았어야 했지만 다루지 못했다. 후고를 기약한다.

◎ 이현식

　　연세대학교 국어국문학과 졸업
　　연세대학교 대학원 국어국문학과 수료(석사, 박사)
　　한림대학교 부설 태동고전연구소 한학연수과정 수료
　　일본국 동경외국어대학 조선어과 연구생
　　연세대학교 강사 역임
　　현재 서남대학교 교수

　　연구 업적
　　〈燕巖 朴趾源 文章의 硏究〉(박사학위논문)
　　〈朱熹의 賦比興論의 硏究(1)〉
　　〈연암 소설 연구의 성과와 한계에 대하여〉 외 논문 다수.

**박지원 산문의 논리와 미학**

펴낸날 | 2002년 10월 30일　제1판 1쇄

지은이 | 이현식
펴낸이 | 송미옥
펴낸곳 | 이회문화사
등　록 | 제6-0532(1992. 5. 2)

주　소 | 서울시 동대문구 답십리동 488-338
　　　　　부영빌딩 503호
전　화 | 02-2244-7912~3
모　사 | 02-2244-7914
전자우편 | ih7912@chollian.net

정가 17,000원

ISBN　89-8107-204-3　93810